国家出版基金项目
NATIONAL PUBLICATION FOUNDATION

本卷主编◎宋喜坤

戏剧卷①

1945—1949年

东北解放区文学大系

总主编◎丛　坤

黑龙江大学出版社
哈尔滨

图书在版编目（CIP）数据

1945—1949年东北解放区文学大系．戏剧卷 / 丛坤
总主编；宋喜坤分册主编． -- 哈尔滨 ： 黑龙江大学出
版社， 2021.10
　　ISBN 978-7-5686-0468-0

　　Ⅰ．①1… Ⅱ．①丛… ②宋… Ⅲ．①解放区文学-作
品综合集-东北地区－ 1945-1949②戏剧文学-作品综合
集-中国－ 1945-1949 Ⅳ．① I218.3

中国版本图书馆 CIP 数据核字 (2021) 第 101536 号

1945—1949 年东北解放区文学大系　　戏剧卷
1945—1949 NIAN DONGBEI JIEFANGQU WENXUE DAXI XIJUJUAN
宋喜坤　主编

责任编辑　杨琳琳　魏　玲　高　媛　于　丹　宋丽丽　徐晓华　范丽丽　常宇琦
出版发行　黑龙江大学出版社
地　　址　哈尔滨市南岗区学府三道街 36 号
印　　刷　哈尔滨市石桥印务有限公司
开　　本　720 毫米 ×1000 毫米　1/16
印　　张　312
字　　数　3494 千
版　　次　2021 年 10 月第 1 版
印　　次　2021 年 10 月第 1 次印刷
书　　号　ISBN 978-7-5686-0468-0
定　　价　998.00 元（全十册）

本书如有印装错误请与本社联系更换。

《1945—1949 年东北解放区文学大系》

学术顾问（按姓名笔画排序）

冯毓云　刘中树　张中良　张毓茂

编委会（按姓名笔画排序）

主任： 于文秀

成员： 叶　红　丛　坤　刘冬梅　那晓波

孙建伟　李　雪　杨春风　宋喜坤

张　磊　陈才训　金　钢　赵儒军

侯　敏　郭　力　戚增媚　彭小川

蓝　天

出版说明

　　1945 年到 1949 年的东北解放区，社会风云变幻，文学繁荣发展。当时的文学创作者们以激昂向上的笔触，再现了波澜壮阔的解放战争和轰轰烈烈的土地改革，讴歌了人民军队可歌可泣的英雄事迹，描绘了劳动人民翻身后的喜悦心情，书写了时代的大主题。为了再现这段文学风貌，我们编辑出版了《1945—1949 年东北解放区文学大系》。

　　这套丛书大体以体裁分编，计小说卷（长篇、中篇、短篇）、散文卷、戏剧卷、诗歌卷、翻译文学卷、评论卷及史料卷七种，所收录作品以新文学为主。此阶段作品浩如烟海，而部分文字资料因时间久远或受当时技术所限出现严重缺损，考虑到丛书篇幅有限，故仅收入代表性较强的作品。对于因原始资料不全、不清晰而无法完整呈现，或受条件所限未收集到权威版本的篇目，则整理为存目，列于丛书卷末，以备读者参考。

　　丛书编辑过程中，多数篇目由原始版本辑录，首次收入文集，也有些篇目参照了此前出版的多种文集。原始文献若有个别字迹不清确不可考的，丛书中以□代替。

　　丛书收录作品以 1945 年 8 月至 1949 年 10 月为时间节点，个别作品的完成时间略有延伸。大部分作品结尾标注了写作时间，以及初次发表或结集出版的版本信息。作品编排大体以作者姓名笔画为序（特殊情况除外，如集体创作作品列于卷末）。

就筛选标准而言，所收主要为东北作家创作的主题作品，也有非东北籍作家创作的有关东北解放区的作品。除此之外，还有此时期公开发表的反映抗日战争题材的作品，以及在东北出版的反映其他解放区的、革命主题特色鲜明的作品。需要指出的是，在本丛书的史料卷中，还有一部分作品创作于新中国成立之后，但反映了解放战争时期东北解放区的文学发展面貌，或记述了一些典型事件、代表性人物，亦具珍贵的史料价值，为完整呈现当时的文学风貌，这部分作品亦收入丛书，以"节选"的方式呈现。

需要特别说明的是，此时期的个别作家受时代限制，思想表现出了一定的历史局限性，体现在文学创作方面可能表现为不同程度的瑕疵，这一群体的作品，只要总体导向是正面的、积极的，从保证史料全面性、完整性的角度考虑，我们也将其予以收录。个别作家在解放战争时期是积极追求进步的，但随着社会环境的变化，却出现思想动摇甚至走向错误道路，对于其作品，本丛书只选取其有代表性的、取向积极的篇目，对于其他时期该作家的不当言论、思想，我们不予认同。此外，在当时复杂的政治环境下，还有一些作品中的个别表述可能存在一些偏差，但只要其主题思想是积极进步的，则丛书亦予以收录。

丛书旨在突出东北解放区文学原貌，侧重文献整理，故此在编辑过程中，重点对作品中会影响读者理解的明显讹误进行了订正，对于字词、标点符号以及句法等，尊重原文的使用习惯，不予调改，以突出其史料价值。此外，由于此时期文学作品肩负宣传进步思想的重任,而读者对象大多文化程度较低,创作者亦水平不一,因此创作主旨以通俗易懂为要,一些篇目语言风格通俗、浅白,甚至个别篇目、细节存在一些俚语表达,为遵从原貌,丛书仅对不雅字、词、句加以处理,其余不予调改。本书选文除作者原注外,亦保留原文在初次出版时的编者注,供读者参考。

《1945—1949 年东北解放区文学大系》

戏 剧 卷 ①

总序 ·· 1

总导言 ·· 1

戏剧卷导言 ·································· 1

丁洪

三担水 ·· 1

于真

军民拜年 ·································· 24

马健翎

血泪仇 ·· 30

丰永刚

晚春 ·· 130

王乃堂

翻身英雄黄甫其建 ·················· 157

王水亭

二毛立功 ···················· 169

王长林

比有儿子还强 ···················· 190

王肯

二流子转变 ···················· 199

毛烽

两相好 ···················· 233

邓泽

红娘子 ···················· 247

左林

光荣夫妻 ···················· 319

石化玉

董存瑞 ···················· 328

田川

打黄狼 ···················· 334

担架队 ···················· 345

两个大土豆 ···················· 351

白人

老张机智捉俘虏 ···················· 356

白华

杨勇立功 ·· 364

白辛

鞋 ··· 402

存目 ·· 429

敬告 ·· 435

总　序

张福贵

　　从古至今,东北在中国历史与文化进程中,特别是近代以来都是决定中国社会政治发展走向的重要因素。当然,这种作用不单纯是东北自生的,更是多种因素叠加和交汇的结果。东北文化既是文化空间概念,同时更是历史时间概念,是不同空间、区域的多种历史文化的积累,是一种时空统一的文化复合体。值得注意的是,除了抗战时期的特殊因缘使"东北作家群"名噪一时外,作为东北历史文化和现实社会表征的东北文学特别是东北解放区文学,在相当长的时间里却未得到应有的关注。黑龙江大学出版社在对过去为数不多的东北文学史料进行整理的基础上出版的东北文艺史料集成——《1945—1949 年东北解放区文学大系》,因而可以说是特别值得关注的。

　　《1945—1949 年东北解放区文学大系》内容丰富,除了包括小说卷、诗歌卷、散文卷、戏剧卷之外,还包括评论卷、史料卷和翻译文学卷。这是一个前所未有的大工程,也是一件大善事。正如"总导言"中所说的那样,丛书注重发掘新资料,通过回归文学现场,复现了东北解放区文学的整体面貌。东北解放区文学处于东北现代

文学快速繁荣发展的历史时期,在土改文学、工业文学、战争文学等方面代表了 20 世纪 40 年代解放区文学的成就,是对《在延安文艺座谈会上的讲话》所确立的文艺观念的全面实践。对东北解放区文学的系统研究有利于更全面地总结解放区文学的成就,有利于把握延安文艺传统与东北解放区文学的内在联系,以及解放区文学对新中国文学制度、观念、创作等方面的影响。以"历史视角""时代视角"对东北解放区文学,尤其是解放战争时期的土改题材、工业题材的小说和戏剧进行分析,可以勾勒出政治意识形态对东北解放区文学运动、文学社团、文学形态、文学制度、文学风格、文学论争等产生的影响,有利于把握东北解放区文学的历史价值、认识价值、审美价值与当代意义,同时对于挖掘东北地区的文化历史和建设东北文化亦具有现实意义。东北解放区文学是基于延安文艺传统而创作的,对东北解放区文艺运动、文艺理论的全面审视具有重要的历史价值和理论意义。此外,对东北解放区文学进行深入研究,探寻人民文艺理论的历史源头,对于当代文艺创作、审美观念的引导亦具有一定的启示作用。但是,受地域因素、资料整理程度、研究者文化背景等条件的制约,东北解放区文学在中国当代文学史上的特殊地位与价值一直以来并未引起研究者的足够重视。

东北解放区文学无论是在中国大文学史中还是在东北文学和文化发展的历史中,都是具有特殊意义的存在。

虽然现代东北文学在新文学运动初期晚于也弱于关内文学的发展,但是 1931 年九一八事变发生,新起的东北文学及东北作家被国难推到了文坛中心,萧红、萧军等青年作家更是直接受到鲁迅的关注和扶持,迅速成为前沿作家。这一批流落到上海等都市的青年作家由此被称为"东北作家群",他们奠定了东北文学在中国大文学史上的特殊地位。然而,正像全面抗战进入相持阶段之后,中国文坛也变得相对平静、舒缓一样,除了萧红、萧军等人外,东北文学和东北作家也逐渐失去了文坛的关注。应当承认,一些东北作家的文学成就和文坛名声之间并不完全相符,是时代造就了他们,提高了他们的文学史地位。然而,另一方面,我们对其中有些作家及作品的价值却又是认识不足的。对此,我自己也有一个认识转化的过程:过去单纯依据多数东北作家的创作进行判断,感觉某些艺术价值之外的因素在评价中发生了作用,其地位可能有些"虚高";但是,对于20世纪的中国文学史来说,艺术之外的价值判断就是艺术判断本身,或者说,社会判断、政治判断就是中国文学史评价的根本性尺度。因为在中国作家或者说在知识分子的群体意识之中,政治的责任感和社会的使命感几乎是与生俱来的,而中国20世纪风云激荡的社会现实又为这种责任感和使命感提供了最好的生长环境。"悲愤出诗人","文章憎命达",文学创作是与政治、思想、伦理等融为一体的,脱离了这一切,文艺也就失去了时代与大众。所以说,无论是具体的作品分析,还是文学史研究,没有了这些"外在因素",也就偏离了其本质。"东北作家群"是时代的产物,也是时代文艺的产物,20世纪中国文学史中应该有他们浓墨重彩的一笔。作为后人,对历史做出评价往往是轻而易举的,但是这"轻而易举"往往会导致曲解甚至歪曲了历史,委屈了历史人物。"东北作家群"的价值和意义不是单一的,因为对中国现代文学史的评价从来就不是一种艺术史、学术史的评价,而是一种思想史和政治史的评价。正如鲁迅当年为萧军的成名作《八月的乡村》所作的序中所写的那样,"这《八月的乡村》,即是很好的一部,虽然有些近乎短篇的连续,结构和描写人物的手段,也不能比法捷耶夫的《毁灭》,然而严肃,紧张,作者的心血和失去的天空,土地,受难的人民,以至失去的茂草,高粱,蝈蝈,蚊子,搅成一团,鲜红地在读者眼前展开,显示着中国的一份和全部,现在和未来,死路与活路。凡有人心的读者,是看得完的,而且有所得的"。《八月的乡村》不仅是中国现代第一部抗日题材的长篇小说,也是世界反法西斯战争题材的第一部长篇小说,其意义和价值是特殊的、特有的,不可单单以艺术审美的标准来看待这部作品。"东北作家群"的存在及其创作的意义,不只是为20世纪30年代的中国文坛增添了特有的地域文化内容和东北文学特有的审美风格,更在于最早向全国和世界传达出中华民族抗敌御辱的英勇壮举,最早发出反法西斯的声音。此外,在抗战大历史观视域下,"东北作家群"的创作为十四年抗战史提供了真实的证据。特别是东北解放区的早期文学直书十四年历史的特殊性,这是十分可贵的和独特的。于毅夫的散文《青年们补上十四年这一课》,深刻而沉重地描写了十四年殖民统治下东北人的精神状态和文化演变:

　　这许多现象,说明了东北在十四年殖民统治的过程中,文化生活上是起了很大的变化。翻开伪满的《满语国民读本》一看,真是"协和语"连篇,如亚细亚竟写成アジヤ,俄罗斯竟写成ロシヤ,有的人一直到现在还把多少元写成多少円,这都是伪满"协和语"的残余,说明殖民统治残余的文化还在活着,还没有死去,这在今天不能不说是一件遗憾的事!仔细想来,这也难怪,因为日本的魔手,掌握了东北十四年,今天一旦解放,希望不着一点痕迹,这是完全做不到的,要从历史上来看,它切断了东北历史十四年,这十四年的历史是很黯淡地被抹掉了,十四年来也的确是一个大变化,在这期间多少国家兴起了,多少国家衰落了,多少血泪的斗争、多少波浪的起伏,都被日本鬼子的魔手所遮断!我回到家乡接触到成千成百的青年,几乎都不大明了这十四年来的历史真相,有的连中国内部有多少省都不知道,连云南、贵州在哪里都不晓得。

难能可贵的是,作者较早地认识到在经历了十四年的奴化教育之后,对东北人民进行民族和民主意识的启蒙是至关重要的。"不过历史是不能停滞的,殖民统治残余的文化必须要肃清,法西斯毒化思想也必须要肃清,既然是日本鬼子切断了东北历史十四年,既然法西斯分子要篡改这一段历史,那我们就应该设法补足这十四年的历史!""要做到这点,我想青年们今天的迫切要求,不是如何加紧去学习英文、代数、几何、物理、化学,读死书本事,争分数之短长,准备到社会上去找一个饭碗,而是如何加紧去学习新文化,如何加紧学习社会科学,如何去改造自己的思想,如何进一步地去改造这遭受法西斯思想威胁的半封建的半殖民地的社会!""因此我向青年们提议要加强你们对于新文化的学习,加强对于社会科学的学习,特别是政治的学习,不要把自己圈在课堂里,圈在死书本子上。""新青年要掌握着新文化,新思想,才能创造起新中国新东北!"(《东北日报》1946 年 10 月 13 日)

在一批最前沿的左翼作家流亡关内之后,东北文学经过了一段艰难而相对平静的发展阶段。在表面繁华而内在凶险的沦陷区文艺界,中国作家用各种文艺手段或明或暗地与侵略者进行抗争,并为此付出了血的代价。这种状况直到 1945 年光复之后才发生根本性转变,东北文艺创作者们一方面回顾过去的苦难,另一方面表现出对新生活的憧憬,这正是后来东北解放区文艺的心理基础,而日渐激烈的解放战争又为东北文艺的走向和解放区文艺的诞生提供了具体的现实基础。这与以萧军、罗烽、舒群、白朗、塞克、金人等人为代表的东北籍作家的返乡,以及在东北沦陷区留守的左翼作家关沫南、陈隄、山丁、李季风、王光逖等人的坚持,是分不开的。当然,随我党十几万军政人员一同出关的延安等地的众多文艺家,在东北文艺的创设中更是起到了引领和带头作用。这其中已经成名的有刘白羽、周立波、丁玲、草明、严文井、张庚、吴伯箫、华山、陆地、公木、方青、任钧、雷加、马加、陈学昭、西虹、颜一烟、林蓝、柳青、师田手、李克异、蔡天心等。

东北解放区文艺的创作直接继承了延安文艺特别是毛泽东《在延安文艺座谈会上的讲话》精神。在党的直接领导下,东北解放区先后创办了《东北日报》《中苏日报》《东北民报》《关东日报》《辽南日报》《西满日报》《大连日报》《松江日报》《合江日报》《吉林日报》《胜利报》等,这些报纸多为党的机关报,其文艺副刊发表了大量的文艺作品、理论文章及文艺动态。这些报纸副刊对于东北解放区文学的引导与建构起到了重要的作用。与此同时,《东北文学》《东北文化》《东北文艺》《文学战线》《人民戏剧》《白山》《戏剧与音乐》等文学杂志,以及东北书店、大众书店、光华书店等出版机构相继创办,这些文艺刊物和书店对解放区文艺的发展也起到了很大的推动作用。

革命的逻辑和阶级的理论是东北解放区文艺创作的普遍主题。这是一种革命的启蒙,与左翼文艺一脉相承,只不过东北的社会现实为这种主题提供了更为广泛而坚实的生活基础。抗战胜利后,为了开辟和巩固东北解放区,使之成为解放全中国的军事和经济基地,我党进军东北,抢占了战略制高点。可是,在东北,人民军队所处的环境与山东等老解放区完全不同,殖民统治因素加之国民党的宣传,使得我们的政治优势在最初未能完全发挥出来。正如李衍白在散文《黎明升起——巨大变化的东北一年间》中所写的那样:"群众在犹豫中,岁月在艰苦里,这就是我们在东北土地上刚刚开始播种,还没有发芽开花时的现实遭遇。"随着革命形势的发展,革命军队传统的政治思想工作优势又体现了出来。我党在部队中开展了以"谁养活了谁"为主题的"诉苦运动",这颠覆了中国东北乡村社会的封建伦理,提高了官兵的阶级觉悟,极大地增强了部队的战斗力。

这种革命的逻辑在土改题材的作品中表现得最为突出。方青的短篇小说《擦黑》讲述了这个朴素的道理:

"……像赵三爷那号人,把咱穷人的血喝干了,咱们才不得不去找口水喝饮饮噪;他们喝干了咱们的血没有一点过,咱们找口水喝饮饮嗓子就犯了罪?旧社会就是这么不公平!他们还满口的仁义道德,呸!雇一个扛活的,一年就剥削好几十石粮食,还总是有理!穷人的孩子偷他个瓜吃,就叫犯罪,绑起来揍半天,这叫什么他妈的道德?咱们要讲新道德,咱们贫雇农的道德;就是用新道德来看咱们贫雇农;像上边说的那些犯了点毛病的,都不要紧,脸上有点黑,一擦就干净了,只要坦白出来,都是穷哥儿们好兄弟。一句话:只要是姓穷的就有理,穷就是理!金牌子上的灰一擦净,还是金牌子。家务事怎么都

好办!"李政委讲的话刚一落音,大伙高兴地乱吵吵起来:
"都亲哥儿兄弟么!"

除此之外,还有在"你给地主害死爹,我给地主害死娘……"的事实教育下,认识到了彼此都是阶级弟兄,大家都是穷苦人的"无敌三勇士",他们从此"火线上生死抱团结"。(刘白羽《无敌三勇士》)

土地改革是东北解放区文艺最引人关注的问题。东北解放区文学作品中有许多极具写实性的"穷人翻身"故事,如周立波的《暴风骤雨》、马加的《江山村十日》、白朗的《孙宾和群力屯》、井岩盾的《瞎月工伸冤记》、李尔重的《第七班》、西虹的《英雄的父亲》等文艺经典作品。

方青的《土地还家》描述的就是这一历史巨变给贫苦农民带来的心理和生活的变化:

二十年了,郭长发又重新用自己的手来耕作自己的土地了。这是老人留下的命根,叫它长出粮食来养活后代的儿孙:可是二十年的光景,它被野狼吞了去,自己没有吃过它一颗粮食——他想到是旧社会把他的地抢走了。

现在呢?他又踏在这块地上铲草了。他感到自己已经离开家二十年,如今又回到母亲的怀里,亲切地叫着:"娘!我回来了。"——于是他又感到是:这是新社会把我的地要回来的。他这样想着,不由得拉长了声音跟儿子说:

"柱儿！想不到啊，盼了二十年，那时候你才三岁。多亏共产党……记住！可别忘了本啊！"

他直起腰来，两手拉着锄把，又沉重地重复着这句话：

"柱儿！记住，可别忘了本啊！"

佚名的《永北前线担架队速写》则写了老乡们在一天的时间里就组织起了八百余人的担架大队，作者经过和担架队员们的交谈，感受到了新解放区人民的觉悟。大队长问担架队员们："你们这次出来抬担架，怕不怕？"大伙回答："不怕！"大队长又问："为什么不怕？"大伙答："不怕，这是为了自己。"担架队员们相信唯有民主联军存在，他们才能活着。他们说："胜利是我们的，土地才是我们的。""赶走国民党反动派，保卫我们的土地和民主。"这与《白毛女》"旧社会使人变成鬼，新社会使鬼变成人"和《王贵与李香香》"要是不革命，穷人翻不了身，要是不革命，咱俩结不了婚"的主题是一样的。淮海战役的胜利是山东人民用手推车推出来的，而东北解放区的建立和辽沈战役的胜利又何尝不是如此！

战争书写是东北解放区文艺中最主要的内容，革命理想主义、革命集体主义和革命英雄主义精神，是东北文艺的思想主题，也是东北文艺的审美风尚。这种简单明了的思想、昂扬向上的精神本身就具有一种审美特质，它奠定了新中国文艺的审美基调。就东北解放区文艺而言，无论是描写抗日战争还是描写解放战争的作品，都普遍具有鲜明而朴素的阶级意识、粗犷而豪迈的革命情怀。

蔡天心的诗歌《仇恨的火焰》，描写了在觉醒的阶级意识支配下东北民主联军官兵的战斗情怀：

仇恨燃烧着，

像火一样烧灼着广阔的土地。

听啊——

大凌河在狂呼，

辽河在咆哮，

松花江在怒吼，

在许多城市和乡村里，

哪儿出现反动派的鬼影，

哪儿就堆成愤怒的山，

哪儿有敌人的迹蹄，

哪儿就燃起仇恨的火焰……

……

我们要

用剪刀剪断敌人的咽喉，

用斧头砍下他们的头颅，

用长矛刺穿他们的胸脯，

用棍棒打折他们的脚胫，

用地雷炸弹毁灭他们，

用从他们手里夺过来的武器，

打垮他们，

然后用铁镐把他们埋掉！

我们要用生命，用鲜血，

保卫这自由解放的土地，

不让反动派停留！

"赶走敌人啊，

赶快消灭它！"

让这充满着力量和胜利的声音，

随同捷报传播开去，

让千百万颗愤怒的心，

燃起

仇恨的火焰！

这种激情在东北解放区的散文、报告文学和战地通讯中表现得最为明显，如丁洪的《九勇士追缴榴弹炮》、马寒冰的《雪山和冰桥》、王向立的《插进敌人的心腹》、王焰的《钢铁英雄王德新》等。这些作品内容真实，情感深沉厚重，延续了抗战时期散文书写浪漫主义与现实主义相结合的审美特征。这些既有写实性又有抒情性的东北解放区散文作品在战争中凝聚人心，彰显力量，具有极大的宣传、鼓舞作用。

最为难得的是，面对东北发达的近代工业景观，作家们更多地描写了工人们的斗争和生活，这些作品成为东北文艺中最为独特而珍贵的展示，而且直接影响了新中国工业题材文学的创作。战争期间，沈阳、长春、大连等地的工业设施惨遭破坏。光复之后，为了保护工厂和恢复生产，工人们表现出了忘我的精神和高超的技术。这使得从未见过现代工业景象的文艺家们感动和激动，他们纷纷用笔来描写现代工业生产和城市新生活，从而给中国现代文学带来了前所未有的新气象。大连大众书店于 1948 年 8 月出版的

《"工农园地"选集》，就收录了城市工人拥护并融入新生活的历史片段，如袁玉湖《锉股的"火车头"》，郓景明、孙聚先《熔化炉的话》等。此外还有李衍白《工人的旗帜赵占魁》，草明《工人艺术里的爱和恨》，张望《老工友许万明》等。李衍白在散文《黎明升起——巨大变化的东北一年间》中，描写了东北现代工业的风貌和工人们的热情：

> 今日的城市也正在改变着一年以前的面貌，先看一看今天的哈尔滨，代表它新气象的是全部工业齿轮的旋转，是市中心区黑夜中的灯光如昼，是穿插在四条线路的廿五台电车和六条线路上卅台公共汽车，是一万五千吨自来水不停地输送给工厂、商店和住宅。这些数目字不仅超过了去年今日（蒋记大员们劫掠后所造成的混乱情况），而且有些超过了伪满。在紧张的战争中加速地恢复这些企业，同样不是依靠别的，而仅仅是由于工人的觉悟。你想一想，一个工人为了修理一个发电的锅炉，但又不能停止送电，于是就奋不顾身钻进可以熔化生铁、数百度的锅炉高热中，他穿着棉衣，外面的人用水龙朝他身上喷冷水，就这样工作一会熬不住了跑出来，再钻进去，来回好多次，最后，完成了任务。我们有好多这种感人的事例。

我们在这些描写工友的散文里，看到了解放区新生活带给城市工人的希望。他们积极上工，传授技术，加班加点，争着当劳动英雄。这在中国同时期其他地域的文学作品中是极少见的。

质朴单一的写实手法是东北文艺的普遍表现方式,这种质朴不单是一种审美风格,更是一种直面大众的话语策略。这一传统与近代"政治小说"、五四新文学、左翼文学和抗战文艺等都是一脉相承的。文艺作为一种宣传和斗争的工具,自然要承担起团结和争取最广大人民群众的历史任务。因此,质朴单一的写实手法、通俗易懂甚至有些粗俗的语言风格,成为东北解放区文艺的普遍表现形式。

鲁柏的诗歌《夸地照》用简朴的形式表达了翻身农民淳朴的感情:

一张地照领回家,
全家老少笑哈哈;
团团围住抢着看,
你一言我一语来把地照夸:

长方形,四个角,
宽有八寸长两拃;
雪白的纸上写黑字,
红穗绿叶把边插。

上边印着毛主席像,
四季农忙下边画;
地照本是政委会发,
鲜红的官印左边"卡"。

里面写着名和姓,

地亩多少填分明，

拿到地照心托底，

努力生产多收成。

这首诗歌不仅使用了农民的口语，而且用东北农村方言来直观地描摹地照的具体形状和细节，表达了翻身农民朴素的情感。这种描写和表现方式与中国古代民歌传统有直接的联系。

井岩盾的小说《瞎月工伸冤记》以一个雇农自述的方式讲述自己的悲苦经历和内心感受。当工作队员问他是否受地主老赵家的气，他说："大伙吃他的肉也不解渴啊，都叫他给熊苦啦。"于是在工作队的启发和支持下，他"找大伙宣传去了"："张大哥，李大兄弟啊，咱们都是祖祖辈辈受人欺负的人呀！这回来了八路军啦，八路军给咱们穷人做主呀！有话只管说呀！有八路军，咱们啥都不用怕呀！"这是东北解放区贫苦农民普遍具有的经历和感受，而这种质朴无华的语言也是地道的东北农民的日常语言，具有天然的亲和力。

邓家华的小说《打死我也不写信》从情节到语言都相当质朴，甚至有些幼稚，但是那种情感是真挚的。"我"被敌人抓去，遭到严酷的鞭打，"当时我痛得忍不住，皮肤里渗透出一条一条青的红的紫的血痕，可是打死我也不写信的，他们看到我昏过去了，也就走了。等我清醒过来时，浑身疼痛，我拼死命地弄坏了门逃了出来，可是不巧得很，又碰到了伪军，又把我抓起来了，他们还是逼迫我写信，我坚决地说：'死了心吧！就是死了，我父亲会帮我报仇的。'救星来了，在繁星的晚上，忽然西面枪声不停地响着，新四军老部队来攻击了，伪军们都吓得屁滚尿流地逃走了，啊！新四军救出我了,我很快地到了家里,见了爸爸妈妈,心里真是高兴得流泪了"。

李纳的散文《深得民心》记叙了长春一个米面商人对民主联军和共产党的淳朴情感:"他已经将红旗展开,举到我的眼前,我看到七个大字:'中国共产党万岁!'""'中国共产党万岁!'他重复着这七个字,从眼镜里透露出兴奋的眼睛。这脸,比先前更可爱更慈祥了:'我喜欢这七个字,所以我选择了它。'""大会开始了,人们都向着会场移动,老先生也站起来要走,临走时他问我在什么地方工作,我告诉了他,他高兴地说:'好,都是民主联军。深得民心,深得民心。'"抛开其内容不论,作品文字风格的朴素也显露出解放区文艺在艺术层面幼稚和不甚精致的弱点,而这弱点又可能是许多新生艺术的共有问题。也许,正因为幼稚,它才有更广阔的发展空间。

形式的多样性特别是短小化是东北解放区文艺创作的普遍特点,短篇小说、墙头诗、快板诗、散文、战地通讯、说唱文学等成为最常见的艺术形式。战争的环境、急剧变化的生活和读者的接受水平与习惯等,决定了人们需要并且适应这种短平快的表达方式,而这也是延安文艺和抗战文艺形式的延续。天意的《县长也要路条》描写了两个一丝不苟的儿童团员在放哨时不放过民主政府的县长,硬是把他和警卫员带到乡长那里查证的故事。其篇幅短小,不到400字,但是内容蕴意深刻,语言风趣自然,简直就是一篇微型小说。

小区区的短诗《一心一意要当兵》,将人物的关系、思想、表情和语言都生动形象地表现出来,极具说服力和感染力:

葫芦屯有个小莲青,

一心一意要当兵——

他爹说：

"你去吧。"

他娘说：

"你等一等！……"

他老婆说：

"哪能行?! ……"

忸忸怩怩来扯腿；

哭哭啼啼不放松：

"你去当兵啥时还？

为老为少撇家中！"

小莲青，

脸一红：

"小青他娘，

你醒醒：

八路同志千千万，

哪个不是老百姓?!

我去当兵打蒋贼，

咱们才能享太平。"

当然，东北解放区文艺中也有许多保留了浓郁的文人气息的作品，这些作品与五四新文学的"纯文艺"审美风格有明显的承续性。例如大宇的诗歌《琴音》：

一个琴师

把琴音遗失在幽谷里
滑落在幽谷的谷缝里了

琴音栽培了心原上的一棵草儿
琴音赞咏了艺术的生命
一支灿烂的强烈的光焰

我就永住在这琴音里了
就仿佛身陷于一片梦的缘边
仿佛浴着一片无际的云海
无垠的生旅无限的生涯
何处呀
我摸索到何处呀
琴音丢在幽谷里
滑落在幽谷的谷缝里了

十分明显,这不是东北解放区文艺创作的主流。

《1945—1949 年东北解放区文学大系》的编者耗费了大量精力来做这样一项浩大的地域性文学工程,这不只是对东北文艺的巨大贡献,更是对新中国文艺的巨大贡献。在此之后,东北文艺研究将迈上一个新台阶。

总导言

丛　坤

从 1945 年抗战胜利到 1949 年新中国成立这个时期，对于东北而言是极为特殊的。抗战胜利后，中共中央发布了《建立巩固的东北根据地》的指示，迅速成立了以彭真为书记的东北局，抽调了四分之一的中央委员、两万名党政干部、十三万主力部队赶赴东北，与国民党反动派展开激烈的斗争。在广大人民群众的支持下，中国共产党及其领导的军队从最初的战略防御转为战略反攻。1948 年 11 月，辽沈战役胜利，全东北获得解放。在解放战争时期，在中国共产党的领导下，东北人民反奸除霸，建立民主政府，消灭土匪，进行土地改革，在政治上、经济上翻身做了主人。东北的政治、经济、文化、教育等各个领域都发生了翻天覆地的变化，尤其是在文学创作方面，东北地区取得了不可低估的成就，文学创作出现了前所未有的发展和繁荣的局面。

“东北作家群”的回归、党中央选派的文化宣传干部的到来、文学新人的成长使得解放战争时期东北地区的创作队伍不断壮大。在东北沦陷后从东北去往关内的进步作家中，除萧红病逝于香港、姜椿芳在上海从事党的地下工作外,塞克(即陈凝秋)、舒群、萧军、罗烽、白朗、金人等都积极响应党的号召,陆续返回东北。1945年9月至11月,党中央从陕甘宁边区和各个解放区抽调一大批优秀的文化工作者到东北解放区。据不完全统计,这一时期来到东北解放区的文化工作者有刘白羽、陈沂、周立波、草明、严文井、张庚、吴伯箫、华山、西虹、陆地、李之华、胡零、颜一烟、公木、林蓝、江帆、李纳、魏东明、夏葵、常工、方青、任钧、李则蓝、煌颖、侯唯动、李熏风、雷加、马加、袁犀、蔡天心、鲁琪、李北开等。① 中共中央东北局宣传部与东北文艺协会在"土地还家"口号的基础上,提出了"文艺还家"的口号,号召广大文艺工作者在与农民同吃、同住、同劳动的同时,领导农民群众参加土地改革运动,帮助农民成立夜校、学习文化、办黑板报、成立文艺宣传队,提高他们的写作能力与文艺欣赏能力,在农民、工人等基层劳动者中培养了一大批"文学新人"。创作队伍的空前壮大为东北解放区文学的繁荣奠定了坚实的基础。

东北解放区文学的繁荣也与当时出版事业的空前繁荣密不可分。东北局宣传部将建立思想宣传阵地(即报刊、出版机构)、改造思想、建构意识形态话语权确定为首要任务。进入东北不久,东北局于1945年11月在沈阳创办了机关报《东北日报》(1946年5月28日由沈阳迁至哈尔滨,1948年12月12日搬回沈阳)。该报面向东北全境的党政军发行,是东北解放区发行量最大的报纸。之后,东北解放区创办、发行的报纸近百种。据《黑龙江省志·报

①　彭放:《黑龙江文学通史(第二卷)》,北方文艺出版社2002年版,第354页。

业志》的统计,当时黑龙江地区(5 省 1 市)的每个省市不仅有党政机关报,而且有人民团体和大行业的专业报纸,有些县也出版油印小报。仅哈尔滨出版的大报就有《哈尔滨日报》《哈尔滨公报》《哈尔滨工商日报》《大众白话报》《午报》《自卫报》《北光日报》《新民日报》《民主新报》《学生导报》《文化报》等。这一时期的报纸,无论设没设副刊,都或多或少地发表过文学作品。

东北局还出资创办了东北书店、光华书店、大连大众书店、辽东建国书店、兆麟书店、吉东书店、辽西书店等众多的图书出版机构。其中,东北书店是东北解放区规模最大、贡献最大的书店,在东北全境建有 201 个分店,发行网点遍布东北全境。除出版、发行图书外,东北书店还创办了《知识》《东北文学》《东北画报》《东北教育》等期刊。这些出版机构大量出版政治读物、教材和文学书籍,促进了东北解放区出版业的发展。仅以东北书店为例,从1946 年到 1948 年,东北书店总共出版图书杂志 760 种、各类图书1 520 余万册。① 东北解放区纸张和印刷质量上乘的大量出版物不仅发行于东北各地,还随着东北野战军入关和南下,成为陆续解放的北平、天津、武汉等地人民群众急需的读物。历史上一向"文风不盛"的东北第一次有大量的出版物输送到关内文化发达之地,这成为一时之盛事。

此外,东北解放区先后创办的文学类期刊的数量是惊人的。如 1945 年至 1947 年创办的文学期刊有《热风》(半月刊)、《文学》(月刊)、《文艺》(周刊)、《文艺工作》(旬刊)、《文艺导报》(月

---

① 逢增玉:《东北解放区文学制度生成及其对当代文学制度的预制》,载《文学评论》2017 年第 4 期。

刊)、《东北文艺》(月刊)。1947 年以后创刊的大型专业期刊有《部队文艺》、《文学战线》(周立波主编)、《人民戏剧》(张庚、塞克主编),综合性期刊有《东北文化》(吴伯箫主编)、《知识》(舒群主编)等。其中,《东北文化》与《东北文艺》的影响最为突出。《东北文化》的主要任务是协同东北文化界,从政治上、思想上启发广大的东北青年和文化工作者,提高他们的自觉性,激发他们的革命热情、积极性和创造性,使他们在东北人民解放的伟大事业中发挥应有的作用。《东北文艺》是纯文艺性的刊物,刊载小说、戏剧、散文、诗歌、漫画、速写、报告文学、杂文、书刊评价,以及文学理论、有关文艺运动史的论著等。《东北文艺》聚集了一大批优秀的作者,如周立波、赵树理、罗烽、公木、萧军、塞克、舒群、白朗、严文井、刘白羽、西虹、范政、宋之的、金人、马加、雷加等。在他们的影响下,《东北文艺》还不断提携文学新人,这成为该刊的传统。从创刊到终结,《东北文艺》在新中国成立前后产生了很大的影响,20 世纪50 年代成长起来的许多作家、诗人是从这里起步的。可以说,《东北文艺》在解放战争和革命胜利后对新中国文学新人的培养起到了重要的作用。报纸、文学期刊、综合性期刊和出版机构的大量涌现,为东北解放区文学的发展创造了良好的条件。

与此同时,为了更好地团结广大文艺工作者,东北局于1946年在黑龙江佳木斯成立了东北文化工作委员会,成员有张闻天、吕骥、张庚、塞克等。此后,若干文艺与文化团体陆续成立,其中最有影响的是1946 年10 月19 日由全国文协的老会员萧军、舒群、罗烽、金人、白朗、草明6 人在哈尔滨发起筹备的"中华全国文艺协会东北总分会"。这个文艺团体表面上是由文人自由结社,实际上主体是来自延安、具有干部身份的文化人,其中不少人是党员或东北文艺界的领导干部。"中华全国文艺协会东北总分会"对东北解放区文学的发展起到了不可忽视的作用。此外,中苏文化协会、鲁迅文艺研究会等文艺社团相继成立。1948 年 3 月,中共东北局宣传部首次召开了由文学、戏剧、音乐、美术、电影等部门的 150 余名文艺工作者参加的文艺工作者会议。会议对抗战胜利以来的东北解放区文艺工作进行了总结,并制订了随后一段时间的文艺工作计划。此外,中共中央东北局宣传部内部成立了文艺工作委员会,吕骥、舒群、刘白羽、张庚、罗烽、何世德、严文井、袁牧之、朱丹、王曼硕、华君武、白华、向隅、田方、沙蒙、吴印咸任委员,负责指导东北解放区的文艺工作。

1946 年秋,已迁至哈尔滨的原延安鲁迅艺术学院,按照东北局的指示北撤至佳木斯,并入东北大学,更名为鲁艺文学院。同年 12 月,东北局又决定让鲁艺脱离东北大学,组建东北鲁艺文工团。1948 年秋冬之际,随着沈阳的解放,东北鲁艺文工团在经历了三年多艰苦卓绝的转战与工作后进入沈阳,随后正式复名为鲁迅艺术学院,恢复了延安鲁迅艺术学院的学校建制。文艺团体的纷纷建立为东北解放区文学创作队伍的培养提供了组织保证。

为了纪念解放东北这段革命岁月,为了展现东北解放区文学的勃兴与繁荣,我们编辑出版了《1945—1949 年东北解放区文学大系》,分别从小说、散文、戏剧、诗歌、翻译文学、评论、史料等体裁角度进行整理、收录。

一

抗战胜利后的东北解放区文学是延安文艺的延伸与发展,东北解放区四年所发生的巨大变化,都生动、形象地展现在东北解放

区的小说创作中。东北解放区小说充分展示了当时的社会生活，塑造了形形色色的人物形象，给人们留下了时代的缩影与历史的印迹。

东北解放区小说创作大体可以分为两个阶段。第一个阶段是从1945年日本投降到1946年中共东北局通过"七七"决议，第二个阶段是从1946年通过"七七"决议到1949年新中国成立。在当时的局势下，中国共产党要最广泛地发动群众，进入东北的文艺工作者便肩负了与武装部队同样重要的"文化部队"的任务。他们用文学作品教育、引导群众，积极参与了粉碎旧的国家机器和意识形态的过程。在党的文艺方针政策的指引下，东北解放区的作家们广泛深入到农村土地改革、前方战斗生活和工厂建设之中，亲身体验群众生活。这使得东北解放区的小说能够迅速地反映生产、生活、军事等各个领域的变化与东北人民精神世界的变化。

从1931年日本发动九一八事变到1945年日本投降，十四年的沦陷历史构成了东北文学不可磨灭的创痛记忆。对沦陷时期东北社会生活的回忆，是这一时期小说的一个重要题材。而抗战题材小说则是对异族侵略者铁蹄下民生困难的真实记录，也是对战争年代民族精神的热情颂扬。但娣的《血族》、陆地的《生死斗争》、范政的《夏红秋》、骆宾基的《混沌——姜步畏家史》等都是这方面的代表作品。

土改斗争是东北解放区小说三大题材的重中之重。在那场深刻改变了中国农村政治、经济关系的运动中，东北解放区作家将强烈的政治使命感与巨大的创作热情相融合，创作出了大量的优秀作品，周立波的《暴风骤雨》、马加的《江山村十日》、安危的《土地底儿女们》等至今仍被读者反复阅读。

小说创作需要一个孕育的过程,相对来说,中长篇小说需要更长的时间来构思和写作,而短篇小说则完成得较快。在复杂、激烈的土改运动中,东北解放区作家们努力笔耕,迅速创作出大量的短篇小说。在这些小说中,我们可以看到东北农民在土改运动中的精神变化,农民经历了几千年的封建压迫,他们身上的枷锁不仅是物质上的,更是精神上的,从奴隶到主人的蜕变需要一个心灵的搏击历程。

反映前线战争是东北解放区小说的另一个重要题材,这些小说真实地体现了军民的鱼水情谊。西虹的《英雄的父亲》、纪云龙的《伤兵的母亲》等都是当时影响较大的作品。1947 年至 1948 年是解放战争中我党从防御转为反攻的时期,随着战事的推进,中国人民解放军(1948 年 1 月 1 日,东北民主联军改称为东北人民解放军,同年 11 月 13 日改称为中国人民解放军)的队伍急剧壮大,部队官兵的成分因而趋于复杂化。为此,部队采用诉苦的办法对广大指战员进行阶级教育,提高他们的政治觉悟和思想觉悟。诉苦教育消除了战士之间的隔阂,为解放战争的胜利打下了坚实的思想基础。刘白羽的短篇小说集《战火纷飞》、李尔重的中篇小说《第七班》等反映了这一主题。

除上述三大题材外,解放战争时期东北涌现出来的工业题材小说,亦可视为中国现代工业题材小说的发端,这也从一个方面证明了东北解放区小说的文学史价值和文化价值。

东北解放区的工业在新中国发展史上占有非常重要的地位。在这一方面,影响最大的是女作家草明的中篇小说《原动力》。这篇小说虽然存在粗糙和简单等不足之处,但作为新中国成立前描写工业生产和工人思想的作品,是值得关注和肯定的。此外,李纳

的《出路》、鲁琪的《炉》、韶华的《荣誉》、张德裕的《红花还得绿叶扶》等作品也广受好评。这些小说充分展现了东北解放区工业蓬勃发展的景象，展现了工业生产对人的改造，也开创了新中国工业文学的先河。

东北解放区的相当一批小说，强调小说的政治价值，强调创作为工农兵服务，大多通俗易懂，而缺乏对心理深度和史诗境界的发掘。然而，东北解放区小说明朗新鲜，创造性地继承了延安文艺精神，反映了东北解放区的历史巨变和社会变革中诸多的社会问题，为新中国成立后的十七年文学开辟了道路。

二

散文卷在本丛书中占有重要的分量，真实地记录了解放战争中东北解放区人民的巨大贡献，独特的作品体例亦标示出其在新中国散文创作史中的独特地位。

解放战争时期东北战区的胜利，不仅是军事史上的奇迹，更是人民意志创造历史的丰碑。许多作者都以醒目而直接的题目记录了解放军普通战士勇敢战斗、不畏牺牲的英雄事迹，以真挚的情感，突出了普通战士大无畏的战斗精神和取得战斗胜利的信心。这些作品表现了同一个主题：解放军是人民的军队，中国共产党是全心全意为人民服务的。这也是新中国强大的根基体现。

散文卷中还有一部分作品，叙述了悲壮的抗联斗争的事迹，如纪云龙的《伟大民族英雄杨靖宇事略》、菽沅的《老杨——人民口中的杨靖宇将军》、陈堤的《悼念李兆麟将军》等。英勇不屈的民族气节是抗联英雄所具的崇高品质，也是抗联精神最真实的写照。而东北书店于1948年6月出版的《集中营》，以革命者的亲身经历叙述了大义凛然、为真理献身的革命志士的事迹,让后人真正理解了"头可断血可流,革命意志不能丢"的气节,"永不叛党"是英烈们用鲜血和生命刻写在党章之中的。

从1946年到1948年,尽管国民党军队在东北重要城市盘踞并负隅顽抗,但是东北农村却发生了翻天覆地的变化。中国共产党在根据地开展土改运动,领导农民推翻了地方统治势力,领导农民斗地主、分田地,农民欢欣鼓舞,迎来了新生活。强大的后方农村根据地为部队供给提供了保障,同时,许多年轻的子弟为了保护胜利果实自愿参加了解放军,这改变了国共双方在东北的兵力布局。《永北前线担架队速写》等作品反映了这一主题。

此外,解放区散文作家的笔下还洋溢着新生活的喜悦,如严文井的《乡间两月见闻》。除了乡村,对于那些在战后重新回到人民手中的城市,我党也开始接管,并进行初步的恢复性建设。在作家们的笔下,新生活带来了新气象。大连大众书店于1948年8月出版的《"工农园地"选集》,就收录了描写城市工人拥护和融入新生活的散文。在这些描写工厂、工友的散文里,我们可以看到解放区的新生活给城市工人带来了希望。

这些散文作品大多短小精悍,有迅速性、敏捷性和战斗性等特点,具有独特的艺术特征。这与当时许多作家的出身密切相关。如刘白羽、草明、白朗、华山、西虹等作家对战争环境和百姓生活有着敏锐的观察力和真实的体验,他们的作品使得东北解放区1945年至1949年的散文创作呈现出独特的风格,表现出纪实性和文学性相结合的特点。此外,由众多从延安来到东北的文艺干部组成的随军记者,以大量的新闻报道反击了国民党的舆论污蔑,记录了解放军战士不畏艰险、顽强抗敌的英雄事迹,同时表现了后方人民在解放区土改过程中翻身解放、分得土地的喜悦心情。

散文作家记录这些真人真事的报道在东北解放战争中起到了巨大的宣传作用，成为鼓舞人心的强大的精神力量。东北解放区散文也因为内容真实、情感真实而呈现出历久弥新的生命力，往往给读者带来身临其境的感受，也让人忽略了作品本身的艺术特质。实际上，这些散文正是在真实的基础上，以生动与丰富的细节给读者留下了深刻的印象，在真实性的基础上呈现出文学性。华山的《松花江畔的南国情书》就是代表作品之一。

细节的生动亦使东北解放区散文具有鲜明的文学性。东北解放区散文将我军战士的大无畏精神写得非常真实、感人。在展示解放区新生活、新风尚方面，许多拥军爱民的片段写得细腻、真实。

东北解放区散文在主题内容上具有很高的价值，大量的散文颂扬了东北人民解放军的集体主义精神和英雄主义精神，表现了我军指战员的英勇气概，体现了战士们浩气长存的革命豪情。因此，东北解放区散文具有较高的文学价值，其明朗的表现方式恰恰是后来共和国文学明确表达和高度肯定的。题材广泛、内容真实和情感深厚的纪实性文学，使得东北解放区散文在战争时期凝聚了强大的精神力量。反映中国人民解放军不畏艰险、英勇战斗的长篇报告文学，在风格上激情澎湃，体现出解放军崇高的革命乐观主义精神。这一时期的散文把东北解放历史进程的全貌和战士们的英勇壮举再现了出来，东北解放区散文也因此具有了军事史和共和国历史的资料留存价值。东北解放区散文在创作上因为具有纪实性与文学性相结合的特点，为军旅散文创作提供了新的美学范式。

三

在东北解放区文学中,戏剧具有内容丰富、种类繁多、通俗明了、利于传播等特点,兼之创作群体庞大,故而获得了巨大的丰收,这成为东北解放区文学繁荣的重要标志之一。东北解放区的戏剧具有鲜明的启蒙性、宣传性和战斗性等特征,对生产建设、围剿土匪、土改运动和解放战争发挥着不可替代的宣传作用。

东北解放区戏剧的繁荣首先得益于东北解放区报刊对戏剧的支持。例如,《东北日报》刊发的剧作涉及歌唱新生活、感恩共产党、批判美蒋、拥军劳军、参军保家、歌颂劳模等多方面的内容。1947年5月4日创刊的《文化报》则是东北解放区第一份纯文艺性质的报纸,主要刊载一些文学常识、短文、小诗、书评、剧报等。此外,《前进报》《北光日报》《合江日报》等都刊发了大量的戏剧作品。而从刊载量来看,期刊对戏剧的支持力度更大。在众多的文艺期刊中,对戏剧传播影响较大的是《东北文学》《东北文化》《东北文艺》《文学战线》《知识》和《人民戏剧》等。

从1945年年底开始,东北解放区以各家出版社为依托陆续出版了许多戏剧作品,这是解放区戏剧传播的重要途径。较有影响的是东北书店和人民戏剧社等。在解放战争期间,东北书店出版的各类戏剧作品和理论书籍近百种,形式包括话剧(独幕话剧、多幕话剧)、京剧、评剧、二人转、歌舞剧(广场歌舞剧、儿童歌舞剧)、歌剧、新歌剧、小歌剧、道情剧、活报剧、秧歌剧、小喜剧、小调剧、皮影戏等。其中,秧歌剧超过一半。

文艺团体的迅猛发展是解放区戏剧广泛传播的最终体现。1945年11月以后,东北文工团等数十个文艺团体在东北局宣传

部的领导下先后成立。这些文艺团体以《在延安文艺座谈会上的讲话》为指导,坚持走文艺大众化的道路,活跃在东北城市和乡村,战斗在前线和后方。他们创作、表演了一系列以支援前线、土地改革、翻身当家为主题的作品,这些作品受到人民群众的好评。

从内容方面来看,歌颂工人阶级是东北解放区戏剧的一个重要内容。东北光复后,作为解放全中国的大本营,哈尔滨、沈阳等工业城市的作用得以凸显,工人阶级成为时代的主角。从剧作内容来看,第一种是反映工人生活的剧作,如王大化、颜一烟创作的《东北人民大翻身》;第二种是歌颂先进个人无私支援解放区建设、帮助工厂恢复生产的剧作,较有影响的有《献器材》《十个滚珠》《一条皮带》《刘桂兰捉奸》;第三种是歌颂党的政策的剧作,代表作品有《比有儿子还强》和《唱"劳保"》。工业题材戏剧的大量创作,极大地拓宽了解放区戏剧的创作领域,为新中国工业题材戏剧的发展奠定了坚实的基础。

东北解放区戏剧中描写农民翻身解放、分得土地的农村题材的戏剧的比重最大。第一类是反映东北农民翻身解放,通过新旧对比来歌颂新农村、新生活的剧作。第二类是反映粉碎各类阴谋、同复辟分子做斗争的剧作,代表剧作有《反"翻把"斗争》等。第三类是反映改造后进、互助合作,表现农民积极开展大生产运动的剧作,如《二流子转变》。第四类是描写劳动妇女反抗封建婚姻、争取民主权利、积极参加劳动生产的剧作,如《邹大姐翻身》。

东北解放后,群众的思想还比较保守,革命启蒙的任务十分重要,尤其是要帮助东北人民认同和接受中国共产党及其领导的人民军队。在描写军队的戏剧中,既有表现人民军队英勇战争、不怕牺牲、勇于献身的剧作,也有以军民互助、拥军支前为主要内容的剧作,这类剧作完整地再现了东北人民从最初的误解民主联军到后来积极送子参军、送夫参军、拥军支前的全过程。前者的代表作有《老耿赶队》《鞋》《两个战士》等,后者的代表作有《透亮了》《收割》《支援前线》等。

在艺术特点上,虽然东北解放区戏剧的整体水平不是最高的,但是其庞大的作者群体、巨大的创作数量、伟大的历史功绩,使得解放区戏剧创作达到了巅峰状态。东北解放区戏剧因对传统戏剧和西方舶来戏剧的融合而具有现代性,在这种融合的过程中实现了本土化,并形成了民族化、大众化、乡土化的特征。东北解放区戏剧的民族化特征源于延安时期戏剧的"中国化"。而其大众化特征是指具有广泛的群众基础,且创作群体亦十分大众化。东北解放区戏剧的乡土化则主要表现在地域特色上。

在创作方法上,东北解放区戏剧继承了延安戏剧的传统,剧作家们用现实主义的方法把自己身边刚发生或正在发生的事情通过戏剧的形式真实地反映出来,集中表现工、农、兵的日常生活。东北解放区戏剧起到了鼓舞斗志、颂扬先进、宣传政策、支援前线的作用。

在戏剧结构上,东北解放区戏剧的戏剧冲突尖锐而集中,叙事模式多元,表现方式多样。在人物塑造上,剧作塑造了一个个爱憎分明、个性突出、敢作敢为的人物形象。这些人物形象生动丰满、有血有肉,为观众熟悉和喜爱。

东北解放区戏剧在取得较高的艺术成就和发挥重要的宣传作用的同时,也存在一定的不足。然而瑕不掩瑜,民族化、大众化、乡土化的特征,使得戏剧的宣传性、教育性、战斗性的作用得以充分发挥出来。东北解放区戏剧对光复后进行的民众文化启蒙、文化

宣传具有不可替代的作用,对解放区的土地改革和解放战争做出了不可磨灭的贡献。

四

东北解放区诗歌秉承了我国诗歌的优秀传统,具有红色革命基因。它一方面与伪满时期的诗歌做了彻底的割裂,另一方面又延续了东北抗联诗歌的革命精神和爱国主义情怀,集中书写了山河易色、异族入侵带给东北人民的苦难和屈辱,书写了受难的人民在共产党领导下的觉醒与反抗,书写了东北人民在艰苦的自然环境与战争环境中形成的坚韧、乐观、幽默的性格。

东北解放区诗歌是中国解放区诗歌的重要组成部分,与其他解放区诗歌保持着一致性和连续性。它之所以能复制延安解放区的文学模式,主要是因为其创作队伍中的很大一部分是来自延安解放区的革命文艺工作者,故在文学制度和文学政策上与全国其他解放区能保持一致。东北解放区诗歌的作者主要有四种身份:一是中共中央派驻到东北的文艺工作者;二是抗战时期流亡到关内的"东北作家群"(在抗战结束后返回东北);三是虽然本人不在东北解放区,但是其作品在东北解放区的重要报刊上发表过并产生了一定影响的诗人;四是来自各行各业的业余诗人。《东北日报》文艺副刊曾陆续发表过很多业余诗人的作品,这些业余诗人中既有宣传干部,又有工人、农民、战士、学生(其中有许多人使用笔名,甚至使用多个笔名,今天有些作者的真实姓名已很难核实)。有一些诗人并不在东北解放区工作,但是其作品在东北解放区的重要报刊上发表过,并对全国解放区的文学发展产生过重要影响,如艾青、田间等。东北解放区的代表诗人有公木、方冰、马加、严文井、鲁琪、冈夫、天蓝、韦长明、刘和民、李北开、彤剑、侯唯动、胡昭、李沅、夏葵、林耘、顾世学、萧群、蔡天心、杜易白、西虹、师田手、白刃、白拓方、叶乃芬、丁耶、孙滨、阮铿等。

从内容上看,东北解放区诗歌主要是反映当时东北解放区的经济建设、军事斗争、农村工作和城市建设等,具有现实性、时代性。从艺术形式上看,诗歌谣曲化、大众化、民间化的特点突出。抒情诗、叙事诗、街头诗、朗诵诗、歌谣、童谣等成为当时最常见的诗歌体裁。东北解放区诗歌具有以下几个显著特点:

第一,诗歌内容具革命性且高度政治化。东北解放区文学是为中国共产党解放东北和建设东北的政治任务服务的,其主要功能和目的是紧密贴近和配合解放区的主流政治运动。很多诗歌是为满足当时的政治需要而作的,充分体现了《在延安文艺座谈会上的讲话》在诗歌创作方面的实践成绩。东北解放区诗歌与中国解放区诗歌在题材选择、审美价值上保持着一致性,并具有东北解放区特有的地域性特点。揭露、批判、颂扬是东北解放区诗歌的三大主旋律,诗人们以工人、农民、士兵、英雄人物、劳动模范等为书写对象,歌颂英雄人物,记录战争风云,赞美新农民,抒发家国情怀。

第二,具有鲜明的战争文学特点。东北经历了十四年艰苦卓绝的抗日战争,接着又经历了五年的解放战争,近二十年间,始终处于战争状态。诗歌也呈现出战时文学特质,记录了艰苦卓绝的战争场景与生活现实。对于重大战役的抒写与记录,英雄主义、乐观精神、必胜信念的情感基调,加之大东北茫茫雪原、天寒地冻的地域特点,使得东北解放区诗歌具有鲜明的东北地域特色。

第三,农村题材也是东北解放区诗歌的重头戏。东北经过十四年的抗日战争,土地荒废,农民思想落后。抗日战争结束后,解

放军入驻东北,一方面做农民的思想工作,进行思想启蒙,另一方面在农村贯彻党的土改政策,进行土地革命,让农民成为土地真正的主人。因此,在东北解放区,启蒙农民思想、反映土改运动、揭露地主阶级剥削农民的本质、塑造新农民形象成为农村题材诗歌的主要内容。

第四,工业题材诗歌在东北解放区诗歌中独领风骚。《文学战线》等报刊还专门设立了工人专栏,如《文学战线》专辟"工人创作特辑",作者均来自生产第一线。工业题材诗歌丰富了东北解放区诗歌的样态,也成为东北解放区诗歌的重要组成部分。

第五,叙事诗是东北解放区诗歌的主要体裁。长篇叙事诗体量大,便于完整地呈现人物或事件的变化过程,便于刻画生动、饱满的艺术形象,因此很受东北解放区诗人的青睐。在《东北文艺》《文学战线》等杂志和个人诗集中,带有浓郁的东北民间话语特色,反映土改运动、翻身农民踊跃参军等内容的长篇叙事诗一时间大量出现。

第六,诗歌审美倡导大众化、通俗化。在解放战争时期,文学要担负着团结人民、教育人民、打击敌人的任务,因此,战时诗歌不能一味地追求高雅的诗意,它既要通俗易懂,便于启蒙民众,又要迎合普通大众的审美需求,适应战争时期的宣传需要。东北解放区诗歌的谣曲化倾向突出,诗作大多出自部队宣传干部、战士、工人、农民之笔,以社会现象为题材,具有相当强的时效性,普遍具有语言通俗易懂、直抒胸臆、为群众所熟悉和易于接受等特点,真正达到了为工农兵服务的目的。

东北解放区诗歌也存在一些不足。由于过于强调宣传性、鼓动性和战斗性,重内容而轻艺术,艺术水准较低,东北解放区诗歌未能达到思想性和艺术性相结合的高度。

五

东北翻译文学兴起于 20 世纪 20 年代末,当时的《北国》《关外》等文学期刊上都登载过翻译作品,对俄苏、英、美、日等国家的民族文学作品,以及批判现实主义、"普罗文学"等文艺理论均有译介。但这种生动、活跃的局面随着 1931 年九一八事变的发生而不复存在。1931 年至 1945 年,在长达十四年的沦陷时期,东北翻译文学出现了两块文学阵地:一个是以沈阳、大连为中心的"南满文学"阵地,另一个是以哈尔滨为中心的"北满文学"阵地。辽南文坛在九一八事变以后出现了一股译介欧美和日本文学及其理论的潮流,主要刊发、翻译消极的浪漫主义、自然主义的文艺作品和理论,只刊发少量的俄苏文学。相对而言,北满文坛对俄苏现实主义文学作品及其理论的翻译有着更重要的意义。

解放战争时期的东北解放区文学的传播模式主要是"延安模式"。在翻译文学方面,东北解放区文艺工作者侧重译介的目的性和计划性。从目前了解到的情况来看,当时很多期刊都设有翻译栏目,其中《东北日报》《东北文艺》《前进报》《群众文艺》《知识》等都设立了介绍苏联文学的专栏,经常发表苏联社会主义建设时期和卫国战争时期的作品。此外,侧重刊发翻译文学的报纸、期刊还有《文学战线》《文化报》《知识》《东北文化》等。文学观念是文学创作的潜在基础,规范和支配着这个时代的文学创作。解放区的作家们译介了大量的苏俄作品,其中大部分是社会主义现实主义作品。除报刊外,东北解放区翻译文学的出版途径还有书店。由书店、期刊、报纸构成的媒介场,有效地促进了东北作家与世界文艺思潮的交流,尤其是苏联所倡导的革命现实主义文学创作思想对东北的文艺运动发挥了指导作用。

《东北日报》的译介主要集中在俄苏文艺思想、作家作品方面,其中刊发爱伦堡、法捷耶夫等文艺理论家的作品的数量最多,产生的影响也最为深刻。这些作品极大地开阔了东北知识分子的视野。《东北文艺》每期都对俄苏文学作品、作家进行介绍,较有代表性的是1947年曾连载过的金人翻译的苏联作家华西莱芙斯卡娅的中篇小说《只不过是爱情》。《文化报》介绍了大批的俄苏作家,刊载了一些文艺评论、文学作品等。《文学战线》在刊发原创作品的同时,则侧重于介绍俄苏文学作品和翻译俄苏文艺理论。

东北书店出版了大量的翻译过来的苏联文艺论著和苏俄文学作品,目前搜集到的翻译文艺论著的种类达110余种。其翻译出版的俄苏文学作品具有丰富的题材,包括电影文学剧本、报告文学、游记、书信集、诗歌、小说等。辽东建国书社、大连大众书店、光华书店等也是翻译作品重要的出版机构。

翻译文学的发展有助于文学创作的繁荣与文艺理念的更新,但东北解放区译介作品的内容较为单一,翻译的作品几乎全都来自苏联,俄苏文艺思想、文艺理论和文艺作品得到高度关注,成为文坛的主流。其原因有如下几个方面:

首先,从地缘因素来看,东北与苏联有着天然的地缘关系。东北地区与苏联的东西伯利亚地区有着相似的自然环境,都处于高纬度寒带地区,气候寒冷,地广人稀。自然环境和原始文化的相似为思想的交流提供了基本契合点。

其次,从政治因素来看,俄苏文学在中国的兴衰与中俄之间的政治文化交流有着密切的关系。当时的文人也希望通过译介苏联文学作品来改造和影响人们的思想意识,以及树立新民主主义革命的奋斗目标和未来社会主义的奋斗目标。

最后,从社会现实来看,东北解放区的沈阳、大连等地在中国人民解放军进驻之前已经驻有苏联红军,而且在经济、文化等方面与苏联交往密切,苏联文学作品的翻译、出版自然丰富。

1942 年之后,延安文艺工作者主要是对苏联等少数社会主义国家的文学作品进行译介。对于与苏联接壤的东北解放区来说,由于与外界接触困难,能获得的外国文学作品更少,在建设新文学方面,除了以五四新文学和老解放区文学为资源外,苏联文学便是重要的资源。苏联文学对建设中的东北解放区文学具有不同寻常的意义。

六

东北解放区建立后,文学创作繁荣一时。然而,文学创作在繁荣的背后也存在着一些问题,其中一个突出的问题就是创作者的背景复杂,其中有来自抗日根据地的,也有来自关内国统区的,还有本土的。不同的思想意识、价值取向、艺术趣味掺杂在各类作品中,部分作品的创作倾向出现了偏差。这些问题引起了文艺界的关注。东北解放区的主要报刊和杂志纷纷开辟评论专栏,采用编者按、读者来信、短评、述评、观后感等形式开展文艺批评,为确立正确的文艺路线提供思想保障。

初到东北的文艺工作者首先感受到的是新老解放区之间政治环境和文化环境的差异。自清朝灭亡到抗战胜利的三十多年间,东北民众饱受战乱的痛苦。抗战胜利后,虽然旧的社会结构和文化体制已经解体,但旧的意识形态还残留在一些人的头脑中,东北民众与新政权之间存在着一定的隔膜。刚刚到达东北的大多数文艺工作者对东北特殊的历史环境认识不足,尚未做好相应的思想准备,仍然延续过去的创作方法和思维方式,脱离群众和实际。以什么样的形式和内容来服务刚刚从殖民者的铁蹄下解放出来的人民,是当时文艺工作迫切需要解决的问题。

文艺争鸣与文艺批评既是抗日根据地文艺工作的优良传统,也是党指导文艺工作的重要手段。毛泽东同志在《在延安文艺座谈会上的讲话》中指出,文艺界的主要的斗争方法之一,是文艺批评。此时,东北文艺工作者的首要任务就是对旧的意识形态进行批判和改造,从而构建与延安解放区主体同构的新的意识形态场域。因此,在本地区文艺界开展一场广泛的文艺批评运动就显得十分迫切和必要。1945年11月,陈云同志在《对满洲工作的几点意见》中提出了党在东北的几项重要任务:"扫荡反动武装和土匪,肃清汉奸力量,放手发动群众,扩大部队,改造政权,以建立三大城市外围及长春铁路干线两旁的广大的巩固根据地。"这既是党在东北的中心工作,也是东北文艺界所面临的主要任务。东北解放区的文艺队伍自觉地将创作与政治任务结合起来,坚持为人民服务的创作方向,以《在延安文艺座谈会上的讲话》为指导来进行创作。东北这块古老而又年轻的土地上结出了丰硕的艺术成果。这些作品在内容上贴近当时东北的现实生活,在形式上生动活泼,富有浓郁的地方乡土气息,在教育人民、鼓舞人民、组织人民、团结人民、打击敌人方面发挥了重要作用。东北解放区文艺作为革命文艺版图中的一个独立板块开始形成,它既是"延安文艺"的派生,又具备地域文化品格。它不是由内而外自发产生的,而是在改造和清除原有旧文化的基础上通过外部输入逐步确立的。

与"延安文艺"相比,东北解放区文艺自身也出现了一些新的特质,特别是在文艺批评方面,文艺工作者表现出了强烈的自觉性。他们坚持无产阶级和人民大众立场,从不同层面和角度开展文艺界的批评与自我批评,引导东北解放区文艺朝着正确的方向发展。

东北解放区文艺的根本任务与延安文艺的根本任务保持着高度一致,但又具有特殊性。如果简单地照搬、照抄延安文艺的经验,那么东北解放区文艺很难适应革命发展的需要。东北解放区文艺首先具有启蒙的意义,它不仅具有文化启蒙的意义,也具有政治启蒙的意义。为此,东北解放区的文艺工作者以《在延安文艺座谈会上的讲话》精神为指导,树立起无产阶级的文艺大旗,以新文化来改造旧社会,重塑民众的国家意识、民族意识和政治意识,把东北建设成为中国革命的战略大后方。

在延安文艺旗帜的指引下,东北文艺界通过理论探讨和思想整风,统一了广大文艺工作者对革命文学根本属性的认识,东北的文艺工作焕然一新。广大文艺工作者在理论和实践两个方面取得了很大的成就,既继承和发扬了延安文艺思想,也将《在延安文艺座谈会上的讲话》精神与具体实践结合起来。夏征农、蔡天心、铁汉、甦旅、萧军、胥树人等知名的文艺界人士都对这个问题做了深入研究,产生了较大的影响。

与延安文艺相比,这个时期的东北文艺作品主题更丰富,创作者以切身的生命体验为基础,再现了解放战争时期东北所发生的波澜壮阔的革命斗争,以及在这个过程中东北人民的生活与精神面貌。

东北解放区的文艺发展也不是一帆风顺的,它也走了一些弯路。但是,在毛泽东《在延安文艺座谈会上的讲话》的指引下,文艺工作者不仅投身到创作之中,也开展了广泛的文艺批评,营造了一个宽松的舆论环境,作家们畅所欲言,在批评他人的同时也开展自我批评。这为创作的繁荣奠定了理论基础,也为新中国的文艺创作和文艺批评积累了资源和经验。

七

史料卷是大系的综合卷,其编撰初衷是反映东北解放区文学创作的初始背景,呈现当时的政策和文学创作的大环境,通过对资料的梳理,为弘扬东北解放区文学创作的优良传统提供第一手的基础资料。史料卷共分为七大部分。

一是文艺工作政策方针。文艺工作的政策方针是党根据一定历史时期的总路线和总任务确立的文艺指导原则,反映了一定时期文艺创作的总体规划、部署和要求。史料卷旨在呈现东北解放区创作繁荣的大背景下中国共产党对文艺工作的总体规划和实施情况。史料卷主要收录了与东北解放区相关的宣传文件,以及部分会议发言和讲话等内容,其中有出版、通讯、写作的相关规定,也有重要领导对文艺工作的指示要求,同时还收录了部分重要会议成果。

二是重要报纸、期刊。报纸、期刊大量创办是文艺繁荣的重要标志之一。报纸、期刊直接促进了文学事业整体的发展和繁荣,使优秀作品产生了广泛的社会影响。1945年11月《东北日报》创办后,东北解放区先后创办、发行的报纸近百种。此外,在东北局宣传部的统一领导下,地方与军队也创办了数十种文学与文化类刊物。从成人刊物到儿童刊物,从高雅刊物到面向大众的通俗刊物,从文学到艺术,靡不具备。诸多的文艺报刊为文学作品的生产提供了园地,成为东北解放区文学创作的先锋阵地。

三是文艺团体、机构。在东北解放区,多个文艺团体和机构活跃在文艺创作和宣传的第一线,对东北解放区文艺事业的发展发挥了重要作用。东北局先后出资创办了东北书店等众多的图书出版机构,使得东北解放区报刊出版和传媒得到快速发展。1946年,东北局在佳木斯成立了东北文化工作委员会,此后,中苏文化协会、鲁迅文艺研究会等文艺社团也相继成立。东北文艺工作团等文艺团体也迅速发展。在组建大量的文艺团体和文工团之际,军队与地方政府和宣传部门还非常重视文艺人才的培养和文学教育体系的建立,在演出之余,也招收和培养文艺人才。在短短的四年间,东北解放区建立了众多的文艺工作团体与人才培养学校。这体现了我党对教育人民、教育部队和动员人民参与革命的重视。

四是作家及创作书目。从延安来到东北的革命文艺工作者数以百计,此外,20世纪30年代从哈尔滨流亡到关内各地的东北作家群成员也陆续返回东北。这些文化工作者云集黑龙江,办报纸,办杂志,从事广泛的文化艺术活动,使得东北解放区文学艺术以全新的姿态向共和国迈进。史料卷收录了活跃在东北解放区的多位作家的生平和创作情况,当然,由于这一历史时期具有特殊性,作家区域性流动较为频繁,对作家的遴选和掌握主要以创作活动的轨迹和作品发表的区域为依据。

五是东北解放区文学回忆与纪念。为了弥补现有资料不足的缺憾,史料卷特别收录了部分文学界前辈及其家人的回忆与纪念文章,其中既有参加文艺团体的亲历感受,也有对文艺创作细节的点滴回忆。由于年代久远,这些资料的某些细节无法准确、翔实地体现出来,但这些资料记录了东北解放区文艺工作者的亲历感受,对补充和完善史料卷的内容大有裨益。

六是大事记。为了对解放区文学创作资料进行细致整理,进而为读者提供一个简明的、提纲挈领式的线索,史料卷呈现了大事记。大事记旨在将反映文学活动和文艺创作的各种资料予以浓缩,按照时间线索对史料进行编排。大事记简明扼要地记述了1945年9月至1949年9月东北解放区文学方面的大事、要事,涵盖了部分文艺作品创作、文艺团体成立的时间节点,有助于读者了解东北解放区文学的发展脉络。

七是索引。鉴于东北解放区文学总体呈现出体裁广泛、内容丰富等特点,史料卷以作者为线索,将分散在小说卷、散文卷、诗歌卷、戏剧卷、评论卷、翻译文学卷中的作品整理出来,形成丛书索引。索引以作者为基点,将作者在各卷中的作品情况(作品名称、所在卷册、页数)逐一列出,可以在一定程度上呈现出东北解放区文学的整体情况,亦可以体现出作者的创作风格和特点,进而从不同角度展示出东北解放区文学发展的脉络和趋势。

随着军事上的胜利和东北解放区的形成,东北的政治面貌、经济面貌发生了根本性的变化,特别是文化呈现出前所未有的发展和繁荣的局面。东北解放区在政策制定、政策实施、新闻出版、文艺社团、文艺教育体制、作家培养等涉及文艺发展与繁荣的各个方面,继承、发展和完善了延安文艺体制,对当代文学和文艺制度产生了重要和深远的影响。

尽管东北解放区文学得到前所未有的发展和繁荣,但这份珍贵的文化资料始终没有得到系统整理,有关资料分散在哈尔滨、齐齐哈尔、牡丹江、佳木斯、长春、沈阳、大连等地,加上年代久远,这给编选工作带来了很大的困难。一方面,区域性的文学史料不易引起一般研究者的重视,文学史料的保留和整理工作在通常情况下很不理想,尽管编选者在前期已有一定的资料积累,但是很多工作还需要从头开始。另一方面,由于年代久远,加之当时的出版印刷技术有限,许多资料的保存和整理已经成为一大难题。许多珍贵的文学资料甚至已经出现严重的、不可恢复的缺损,因此,整理和出版东北解放区的文学史料,对东北解放区文学和中国现代文学的研究具有重要意义,同时,对人们了解和认识东北解放区这段历史也具有重要意义。

东北解放区文学创作距今已有七十年的历史,从 20 世纪 80 年代开始,东北解放区文学作为中国现代文学的一部分开始进入研究者的视野,搜集、整理与研究工作逐渐深入,一大批有分量的成果随之产生。其中,具有代表性的成果有两项,一项是林默涵主编的《中国解放区文学书系》(重庆出版社,1992 年出版),另一项是张毓茂主编的《东北现代文学大系》(沈阳出版社,1996 年出版)。这两部著作以文学价值作为侧重点,对东北解放区文学进行了很好的梳理。此外,黑龙江、辽宁与吉林三省的社会科学院文学研究所通力编辑出版的《东北现代文学史料》(共九辑),其价值亦不可低估,当时资料的提供者或为亲历者,或为亲历者之亲友,这从文献抢救的角度来看可谓及时。尽管《中国解放区文学书系》和《东北现代文学大系》对东北解放区文学进行了较大规模的搜集与整理,但由于编辑侧重点不同,这两部著作对东北解放区文学作品只是有选择性地收录,东北解放区文学作品分散在各地图书馆与散落在民间的态势并未改变。进入 21 世纪后,随着时间的流逝,承载东北解放区文学作品的旧报、旧刊、旧图书流失和损毁的情况日益严重，对东北解放区文学进行进一步搜集与整理的必要性在中国现代文学界达成共识。2008年，东北现代文学研究者、黑龙江省社会科学院文学研究所研究员彭放在主编完成《黑龙江文学通史》（北方文艺出版社，2002年出版）之后，提出了编辑出版《东北解放区文学大系》的建议，这一建议得到了认可。事隔十年，2018年，由黑龙江省社会科学院文学研究所与黑龙江大学出版社联合策划的《1945—1949年东北解放区文学大系》荣获国家出版基金资助出版，这完成了老一代东北现代文学研究者的夙愿。

《1945—1949年东北解放区文学大系》的编者，力求完整地体现东北解放区文学的整体风貌，在文学价值之外，亦注重作品的文献价值，以文学性与文献性并重作为搜集、整理工作的出发点。

《1945—1949年东北解放区文学大系》的篇目编选工作，由黑龙江省社会科学院发起，联合黑龙江大学、哈尔滨师范大学、哈尔滨学院等黑龙江省多所高校共同开展。为了保证学术性，本丛书特聘请多位东北现代文学领域的专家组成编委会，各卷主编均为中国现代文学方面学养深厚的研究者。本丛书的篇目编选工作得到了北京、吉林、辽宁等地多家相关单位的支持。东北现代文学界德高望重的老一代学者亦给予大力支持，刘中树、张毓茂与冯毓云三位先生欣然允诺担任本丛书的学术顾问，本丛书的姊妹著作《1931—1945年东北抗日文学大系》的总主编张中良先生亦为学术顾问。特别应提及的是，张毓茂先生在允诺担任本丛书学术顾问不久后就溘然离世，完成这部著作就是对先生最好的悼念。

本丛书的资料搜集工作，除得到东北三省各家图书馆的支持外，还得到了中国现代文学馆、黑龙江省浩源地方文献博物馆的大力支持。东北红色文献收藏人胡继东、华东师范大学历史系博士崔龙浩,以及华东师范大学历史系高铭阳、雷宇飞等人为本丛书的集成提供了大量珍贵而稀缺的第一手资料。对于他们的无私奉献,在此表示诚挚的感谢!此外,黑龙江大学文学院、哈尔滨师范大学文学院许多在读的博士生、硕士生和本科生也参与了资料搜集工作,在此,请恕不一一列名。

《1945—1949 年东北解放区文学大系》除入选 2019 年度国家出版基金资助项目之外,还被列入黑龙江历史文化研究工程项目,在此谨致谢忱。

戏剧卷导言

东北解放区戏剧创作导论

宋喜坤

东北解放区文学是东北解放战争时期的文学，"抗战胜利后的东北解放区文学，则是延安文艺的延伸与发展"①。随着哈尔滨的解放，已完成伟大历史使命的东北抗日文学在延安文学的指导和改造下，带着余热迅速转型为东北解放区文学。1945 年至 1949 年，来自延安和各沦陷区的知识分子，以及东北地区的革命群众在中国共产党的领导下，创作了大量的东北抗战文学作品。② 戏剧具有内容丰富、种类繁多、通俗易懂、利于传播等特点，获得了创作上的巨大丰收，这成为东北解放区文学大繁荣的重要标志之一。东

---

① 张毓茂、阎志宏：《东北现代文学史论》，载《社会科学辑刊》1994 年第 2 期。

② 东北解放区的戏剧创作数量颇丰，据统计，各类剧目约有 332 种，已查找到剧目 234 个。

北解放区戏剧是中国共产党领导下的群众性戏剧,具有启蒙性、宣传性和战斗性等特点。在中国共产党领导下的东北解放区,戏剧对生产建设、围剿土匪、土改运动和解放战争发挥着不可替代的宣传作用。

一

1946年春天,延安的革命文化机构和文艺团体集中转移到佳木斯,佳木斯成为指导东北文化的中心,被称为东北"小延安"①。在中国共产党的领导下,哈尔滨、佳木斯、齐齐哈尔、大连、沈阳等地的文化运动蓬勃开展起来。东北解放区戏剧种类繁多,内容和题材丰富,创作群体庞大,因此东北解放区开展了大规模的群众戏剧运动,这促进了东北解放区文学的繁荣。

东北解放区戏剧的生成是政治文化和民间文化糅合的结果,这主要表现为党的组织领导得力、多元文化交融、作家阵容强大。组织领导得力是指在党的领导下建立了各级"文艺协会"来领导和指导东北文艺工作。1945年9月15日,中共中央东北局成立,在宣传部部长凯丰(何克全)的领导下,东北解放区的文化工作如火如荼地开展起来。1946年10月19日,"中华全国文艺协会东北总分会"筹备会在哈尔滨召开。1946年11月24日,"中华全国文艺协会佳木斯分会"成立。1947年6月15日,"关东文化协会"成立。随着革命文化工作的迅速开展,哈尔滨、佳木斯、齐齐哈尔、长春、沈阳、大连等城市都成立了"文艺协会"等文化组织。这些"文

---

① 王建中、任惜时、李春林等:《东北解放区文学史》,辽宁大学出版社1995年版,第63页。

艺协会"的成立符合当时东北文化的发展状况,这些"文艺协会"所提出的开展"民主的科学的文化运动"与新启蒙思想相吻合。"文艺协会"作为东北文艺的领导组织对东北解放区戏剧的发展做出了不可磨灭的贡献。

东北地域文化的成分复杂,悠久的关外本土文化融合了中原儒家文化,形成了既粗犷又细腻、既豪放又婉约的关东文化。随着中国革命文化大军战略目标的转移,东北文化又融入了先进的延安文化,经延安文化改造后,发展为融政治话语和民间话语为一体的东北解放区文化。东北解放区戏剧文化是党的主流政治文化,兼容了东北民间文化。东北解放区戏剧在内容上以政治话语为核心,在艺术形式上以民间话语为依托,以改造后的东北民间舞蹈、东北大秧歌、北方萨满神舞、民间莲花落子、鼓书等为载体,以东北方言为基础。东北解放区戏剧实现了"旧瓶装新酒"。

东北解放区拥有一支经验丰富的戏剧创作队伍。1946年,有着光荣的革命传统和文化传统的哈尔滨汇集了从延安来的各路文艺工作者。知名的戏剧作家丁玲、萧军、端木蕻良、塞克、宋之的、刘白羽、阿英、草明、骆宾基、严文井、颜一烟、王大化、张庚等,加之陈隄等原东北作家,以及青年学生、部队文艺工作者、工人作者群、农民作者群,形成了一支文化经验丰富、创作热情高涨的规模宏大的创作队伍。这为东北解放区戏剧的发展和繁荣做好了准备。在革命文化指导下生成的革命戏剧,必然要反映时代生活,并为革命政治服务。民间话语和政治话语的融合,以及民间文化和政治文化的糅合,共同促进了东北解放区戏剧的发展和繁荣。

专业剧作者和工农兵群众创作的戏剧由报刊刊载和书店发行后,经专业戏剧团体演出后与观众见面,发挥着宣传、教育和启蒙的作用,促进了东北解放区戏剧的快速传播。

1945年11月1日,中共中央东北局的机关报《东北日报》创刊,其宗旨是"通过宣传报道,打破当时在部分人中存在的和平幻想,揭露美蒋制造中国内战的阴谋"①。《东北日报》刊载的文学作品中不乏戏剧作品。据不完全统计,该报副刊从1946年7月9日至1949年10月13日共刊载话剧、广场剧、秧歌戏、快板、鼓词、二人转、小演唱等各类剧作38个。这些剧作涉及歌唱新生活、感恩共产党、批判美蒋、拥军劳军、参军保家、歌颂英雄模范等内容,如《支援前线》《唱"劳保"》《军民拜年》《十二个月秧歌调》等群众性作品。1947年5月4日,由萧军任主编的《文化报》在哈尔滨创刊,该报是东北解放区第一份纯文艺性质的报纸,刊载一些文化常识、短文、小诗、书评、剧报等。其中有评剧(如《武王伐纣》)、说唱(如《李桂花的故事》),以及一些喜剧评论。除《东北日报》和《文化报》外,《前进报》《合江日报》《牡丹江日报》《关东日报》《大连日报》《西满日报》《哈尔滨日报》《辽南日报》《安东日报》等都刊载了大量的戏剧作品。这些报纸有力地配合《东北日报》宣传马列主义和党的政策方针,对东北解放区的文化启蒙做出了应有的贡献,产生了广泛的影响。

虽然东北解放区的期刊数量没有报纸多,但是其戏剧的刊载量却比较大。在众多的文艺期刊中,对戏剧传播产生较大影响的是《东北文学》《东北文化》《东北文艺》《文学战线》《知识》《人民戏剧》《生活知识》等。1945年12月创刊的《东北文学》以刊载小

---

① 哈尔滨市地方志编纂委员会:《哈尔滨市志·报业广播电视》,黑龙江人民出版社1994年版,第88页。

说、诗歌、散文为主,偶尔也刊载戏剧作品,如由言的《各怀心腹事》等。1946 年 5 月,《知识》在长春创刊,王大化、颜一烟等都在《知识》上发表过作品,其中较有影响的作品有颜一烟的《徐老三转变》、雪立的《揭底》、李熏风的《把红旗插遍全中国》、田川的《一个解放战士》等。1946 年 10 月创刊的《东北文化》的主要任务就是"协同整个东北文化界,从政治上思想上启发广大的东北知识青年、知识分子以及文化工作者,提高他们的自觉性,鼓舞他们的革命热情,与为人民服务而斗争的积极性、创造性,使之在东北人民解放的光荣伟大事业中发挥应有的作用"[①]。《东北文化》刊载的戏剧作品不多,较有影响的是塞克的《翻身的孩子》。1946 年 12 月创刊的《东北文艺》是纯文艺性刊物,刊载小说、戏剧、散文、诗歌、翻译作品、漫画、速写、报告文学、杂文、书刊评价作品等。《东北文艺》与"东北文协"同时诞生,它的作家阵容强大,其刊载的戏剧作品有冯金方等人的《透亮了》、张绍杰等人的《人民的英雄》、鲁亚农的《买不动》、莎蕻的《拥军碗》、李熏风的《农会为人民》等。这些剧作具有多样化的形式和多元化的题材,具有宣传性和战斗性,充分发挥了东北解放区文学的"武器"作用。1946 年 12 月,《人民戏剧》在佳木斯创刊,其宗旨是帮助解决一部分剧本的问题,提供一些理论和技术材料。在两年多的时间里,鲁艺文工团的创作组和群众作者在《人民戏剧》上发表秧歌剧、独幕剧、儿童剧、歌剧、历史剧等多种形式的剧作 20 多篇,如《参军》《缴公粮》《打黄狼》等。另外,《人民戏剧》还翻译、刊载了《白衣天使》(苏联)、《莆劳伦丝》(美国)等国外戏剧,促进了中外戏剧的交流,显

---

① 《发刊词》,载《东北文化》(创刊号),1946 年第 1 卷第 1 期。

示出了编者们的国际视野。周立波主编的《文学战线》主要刊载文艺论文、小说、戏剧、诗歌、报告文学、人物传记、散文、速写、日记、民间故事、翻译作品和书报评介等。《文学战线》刊载了不少优秀剧作,如田川的《一个解放战士》、李熏风的《把红旗插遍全中国》等。《文学战线》刊载的剧作主要反映人民群众的斗争和生活。

东北解放区在1945年底开始以各级出版社为依托陆续出版戏剧作品,这是东北解放区戏剧传播的重要途径。戏剧作品的出版单位主要是各类书店,较有名气的书店有东北书店、人民戏剧社、哈尔滨光华书店、新华书店、大连新中国书局、大连大众书店、辽东建国书店等。在诸多书店中,东北书店是东北解放区影响最大、规模最大、出版贡献最大的书店。东北书店在东北全境有201个分店,《知识》《东北文学》《东北画报》《东北教育》等都是东北书店发行的刊物。在解放战争期间,东北书店出版各类戏剧作品和理论书籍,发行数十万册。戏剧形式包括话剧(独幕话剧、多幕话剧)、京剧、评剧、二人转、歌舞剧(广场歌舞剧、儿童歌舞剧)、歌剧、新歌剧、小歌剧、道情剧、活报剧、秧歌剧、小喜剧、小调剧、皮影戏等。其中,秧歌剧超过一半。东北书店不仅出版了戏剧作品,还出版了不少有关戏剧理论和戏剧经验的著作,如贾霁的《编剧知识》等。

文艺团体的迅猛发展是东北解放区戏剧传播的最终体现。1945年11月2日,东北文工团在东北局宣传部的领导下成立。后来,东北三省相继成立了数十个文艺工作团体,其中较有影响的有东北文工一团、东北文工二团、总政文工团、东北鲁艺文工团、东北文协文工团、东北炮兵文工团、东北军政治部文工团、东北军政大学文工团、兆麟文工团、黑龙江省文工团、齐齐哈尔文工团、旅大文工团等。这些文艺团体以《在延安文艺座谈会上的讲话》为指导，坚持走文艺大众化的道路，坚持文艺为工农兵服务的原则，活跃在东北城乡，战斗在前线和后方，开展各种文艺活动，宣传革命文艺思想，教育和争取人民群众。这些文艺团体表演了《我们的乡村》《军民一家》《东北人民大翻身》《血泪仇》《二流子转变》等剧作。这些作品以支援前线、土地改革、翻身当家为主题，具有积极的教育意义，在组织群众、支援前线、开展土改运动、发展生产等方面起到了巨大的作用，取得了良好的启蒙效果，受到了人民群众的好评。

二

时代呼唤着文学，文学紧跟着时代，文学是时代的映像。毛泽东在1942年的《在延安文艺座谈会上的讲话》中指出："所以我们的文艺，第一是为工人的，这是领导革命的阶级。第二是为农民的，他们是革命中最广大最坚决的同盟军。第三是为武装起来了的工人农民即八路军、新四军和其他人民武装队伍的，这是革命战争的主力。第四是为城市小资产阶级劳动群众和知识分子的，他们也是革命的同盟者，他们是能够长期地和我们合作的。"①有关戏剧的文艺批评是政治和艺术的统一、内容和形式的统一，要符合政治标准。受到《在延安文艺座谈会上的讲话》的影响，加之作者主要来自延安解放区，东北解放区的戏剧创作从一开始就是为主流政治服务的，东北解放区戏剧成为革命宣传的"武器"。东北解

---

① 毛泽东：《在延安文艺座谈会上的讲话》，见《毛泽东选集》第3卷，人民出版社1991年版，第855页。

放区戏剧的服务对象以工农兵和城市市民为主,剧作内容集中体现了人民群众在东北光复后的喜悦心情和对党的歌颂,展现了工人积极参加生产斗争、农民积极参加土改斗争、军人奋勇参加解放战争等一系列革命政治生活面貌。

歌颂工人阶级是解放区戏剧的一个重要内容。东北光复后,作为老工业基地的哈尔滨、沈阳等工业城市的作用得以凸显,工人阶级成为时代的主角。获得新生的工人阶级当家做主,以百倍、千倍的热情投入到新中国的建设中,谱写了一曲曲拥军爱民、积极生产、支援前线的动人乐章。

从剧作内容来看,第一种是反映工人生活的剧作。例如,王大化、颜一烟创作的《东北人民大翻身》生动地再现了东北工人阶级翻身后的喜悦,反映了东北人民的生活和历史变迁。《二毛立功》是大连锻造工厂工人王水亭以自己为原型自编、自导、自演的一部秧歌剧,集中展现了工友二毛"后进变先进"的思想转变过程,展现了工人自己的新生活。正如罗烽所说:"但它所走的是生活结合艺术、艺术结合生产、工人结合知识分子的道路,它就一定能逐渐完美起来。"①这类描写工人思想转变或描写劳动英雄的戏剧还有《立功》《不泄气》《红花还得绿叶扶》《取长补短》《师徒关系》等。

第二种是歌颂先进个人无私支援解放区建设、帮助工厂恢复生产的剧作。其中,较有影响的有《献器材》《十个滚珠》《一条皮带》和《刘桂兰捉奸》。《献器材》《十个滚珠》《一条皮带》反映的是东北解放后,为了实现早日开工的目标,工厂组织工人捐献生产器材,使得人们明白"献器材,争模范"的道理。独幕话剧《刘桂兰

---

① 王水亭:《二毛立功》,东北书店 1949 年版,第 2 页。

捉奸》描写的是在刘老汉将两箱机器皮带献给工厂的过程中,女儿刘桂兰和李大嫂发觉工厂里有潜伏的特务,最终机智地将特务李德福抓获。这些剧作均是以工人无私捐献物品为主线,展现了家人从反对、不理解到支持捐献的思想转变过程。这些剧作虽然有些程式化,但是贴近生活,比较真实。

第三种是歌颂党的劳保政策的剧作。代表作品有《比有儿子还强》和《唱"劳保"》。独幕话剧《比有儿子还强》写的是铁路机务段工人高大爷在新社会有了"劳保",这被大家比喻成多个"儿子"。《唱"劳保"》则是通过写老纪老婆"猫下了"(生孩子)和张大哥工伤这两件事来体现新旧劳保制度的不同。这两部剧作通过比较新旧社会,歌颂了共产党和毛主席,指出了解放区政府和工会是工人真正的靠山,从而激发了工人努力生产、争当劳动模范的热情。在延安解放区戏剧中,工业题材戏剧的数量较少。工业题材戏剧的大量创作,极大地拓宽了东北解放区戏剧的创作领域,为新中国工业题材戏剧的发展奠定了坚实的基础。

在东北解放区戏剧中,描写农民翻身解放、分得土地的农村题材的戏剧所占的比重最大。1946 年 5 月 4 日,中共中央发出了《五四指示》①,开展土地改革运动,调动农民的积极性,加快东北解放战争的进程。为了配合土地改革运动和加强对农民的思想改造,文艺工作者创作了大量的反映农民翻身的戏剧。这主要表现在以下四个方面。

---

① 即《中共中央关于土地问题的指示》,通称《五四指示》。日本投降以后,中共中央根据农民对土地的迫切需求,决定改变党在抗日战争时期的土地政策,由减租减息改为没收地主土地分配给农民。《五四指示》的制定就体现了这种转变。

第一方面是反映东北农民翻身解放,通过新旧对比来歌颂新农村、新生活的剧作。在这类剧作中,秧歌剧《血泪仇》是最具代表性的一部作品。《血泪仇》讲述了国统区农民王东才被保长迫害,最终逃到解放区获得解放的故事。在剧作中,这种父子相残、妻离子散的故事真实地再现了旧社会农民的苦难生活,通过对比解放区的幸福生活,鲜明地表达了广大农民对翻身解放的渴望。通过描述地主对农民的剥削事件来突出地主阶级的罪恶,借以引起农民对地主阶级的仇恨,从而引发农民对新生活的向往。秧歌剧《土地还家》描写了群众在土改运动中存在的各种问题,农民最终彻底觉悟。剧作告诉人们,共产党、八路军才是农民的救星,封建压迫必须要肃清。除上述作品外,这类剧作还有《老姜头翻身》《永安屯翻身》等。

第二方面是粉碎各类阴谋、同复辟分子做斗争的剧作。《反"翻把"斗争》以东北解放区为背景,讲述了农民群众面对地主阶级的翻把挖掉坏根的故事,凸显了广大农民谋求翻身和解放的迫切心情。《一张地照》围绕土地的"身份证"——"地照"展开叙述,通过对比"中央军"与共产党对土地截然不同的态度,指出只有共产党才能帮助农民实现"土地还家"的愿望。《捉鬼》是一部批判封建迷信的优秀剧作,旨在告诉人们封建迷信是不可信的,要相信共产党,只有共产党才能真正救穷人。值得注意的是,在这些同地主、坏分子做斗争的剧作中,很多作品都设置了这样的情节:地主利用子女与贫苦农民联姻或用金钱收买农民,企图逃避制裁和划分成分。在主题思想方面,这方面的剧作既写出了农民在土地改革后的团结,又写出了被推翻的地主阶级的翻把;既写出了劳动人民的思想觉悟,又写出了反动阶级的阴险和毒辣。这方面的剧作塑造了许多真实的、有血有肉的人物形象。在解放区的戏剧中,地主阶级的伎俩从未得逞。

第三方面是反映改造后进、互助合作、积极进行大生产的剧作。解放区农村题材的戏剧在改造后进、互助合作、积极进行大生产方面起到了抓典型和介绍经验的作用,加速了土地改革的进程,为土地改革提供了政策保障和经验保障。在东北解放后,农村在土地改革的过程中经历了"开拓地""煮夹生饭""砍挖运动""平分土地"这四个阶段。农民当家做主,分得土地,真正成为土地的主人。但在土地改革初期,个别农民思想落后,仍然存在不少问题。《二流子转变》讲述的是"二流子"李万金在生产小组长于大哥等人的帮助和教育下幡然悔悟,最终改掉恶习、投入到"安家底"的生产建设中的故事。《焕然一新》讲述的是要钱鬼、懒汉子方新生由消极变积极,最后当上区劳动模范的故事。同样成为模范的还有李万生①,李万生说服父亲和家人参与生产劳动,为前线作战的战士提供优质的物资,他最终成为解放区的生产模范。互助组具有重要作用,参加互助组的组员之间的合作态度直接影响春耕的速度和质量。《换工插锹》《互助》《大家办合作》等剧作指出,互助组组员之间的积极合作能调动农民的生产积极性,有利于促进农业生产,有利于提高生产效率和农民的生活质量。

第四方面是劳动妇女反抗封建婚姻、争取民主权利、积极参加生产劳动的剧作。东北解放区妇女解放主要体现在妇女翻身、婚姻自由和男女平等上。《邹大姐翻身》通过讲述邹大姐翻身上学的经历,突出了解放时期劳动妇女打倒地主、反对剥削、翻身解放、追

---

① 刘林:《生产小组长》,东北书店1948年版。

求平等的观念。在《新编杨桂香鼓词》中,杨桂香的父母被媒婆欺骗,迫于压力将女儿许配给老地主,杨桂香依靠民主政府成功退婚,成为识字队长,后来与劳动模范订婚,并鼓励爱人积极参军。韩起祥编写的《刘巧团圆》后来被改编成评剧《刘巧儿》。巧儿的父亲刘彦贵为了卖女儿撕毁了与赵家柱儿的婚约,后来巧儿和柱儿自由恋爱,经政府审判,一对劳动模范终于走到一起。这些剧作主题鲜明,虽然情节简单,但却将反抗封建婚姻、追求恋爱自由的民主观念根植到解放区人民群众的心中。在东北解放区戏剧中,批判重男轻女、提倡男女平等的作品也颇受欢迎。例如,《儿女英雄》表达了转变落后思想、争取劳动权利、倡导男女平等的观念;《干活好》讲述了妇女分得田地,受到平等对待,在提升地位后成为生产活动的参与者;《夫妻比赛》和《赶上他》通过讲述夫妻进行劳动比赛来表达男女平等、同工同酬的愿望;《一朵红花》《姐妹比赛》讲述了妇女积极参加生产劳动。在这些剧作中,妇女成为生产活动的主要参与者,不再受到歧视,甚至当上了劳动模范,成为美好家园的缔造者和新社会的主人。

在东北光复后,人民群众的思想还比较落后和保守,部分青年人甚至在光复前都不知道自己是中国人。这表明,"在东北青年学生中还有很大一部分没有摆脱敌伪的奴化教育和蒋党的愚民教育的影响,依然还是盲目正统观念,反人民思想在他们头脑中占统治地位"①。因此,对东北解放区人民进行革命启蒙就显得尤为重要。在启蒙的过程中,最重要的就是帮助东北人民认同和接受中国共产党及其领导的人民军队。在东北解放区戏剧中,描写军队

---

① 《尽量办好中学》,载《东北日报》1947年9月4日。

的戏剧既有英勇作战的壮烈场面,又有拥军优属的动人场景,完整地再现了东北人民从最初误解民主联军到后来积极送子参军、送夫参军和拥军支前的全过程。

第一类是表现人民军队英勇斗争、不怕牺牲、为解放中国勇于献身的剧作。《阵地》通过描写连长分配战斗任务和战士们争当爆破队员的场面,歌颂了解放军战士为了争取革命胜利不畏牺牲的精神。除了描写战斗场面以外,部分剧作还注重描写部队生活,表现战士们在艰苦的斗争生活中团结互助的精神,如《老耿赶队》《鞋》《两个战士》等。值得一提的是,在以战斗生活为主的军队题材的剧作中,出现了以后方医院的女护士照顾伤兵为情节的作品,小型歌舞剧《我们的医院》为充满硝烟的军队题材的剧作增添了色彩。这些剧作主题鲜明,塑造了各类英雄形象:既有孤胆英雄老丁,又有不怕误解、为伤员献血的护士和医生;既有"后进变先进"的杨勇①,又有教导新兵立大功的马德全②。自萧军的"中国现代文坛上第一部正面描写满洲抗日革命战争的小说"③《八月的乡村》后,经抗日战争阶段的完善和发展,战争题材的戏剧作品在东北解放区得到丰富和补充。这为后来新中国同类题材的戏剧创作积累了不可或缺的宝贵经验。

第二类是以军民互助、拥军支前为主要内容的剧作。在东北解放初期,部分群众对共产党、八路军不了解,甚至有误解。因此,

---

① 一鸣等:《杨勇立功》,东北书店1948年版。
② 黎蒙:《马德全立功》,东北书店1949年版。
③ 乔木在《八月的乡村》这篇文章中写道:"中国文坛上也有许多作品写过革命的战争,却不曾有一部从正面写,像这本书的样子。这本书使我们看到了在满洲的革命战争的真实图画:人民革命军是和平的美丽的幻想,进一步认识出自由的必需的代价,认识出为自由而战的战士们的英雄精神。"

拥军题材的剧作在情节上也表现了从误解到拥护再到踊跃参军、奋勇支前的过程。《透亮了》将"天亮了"和"透亮了"呼应起来,预示劳苦大众迎来了解放,同时预示这种"透亮了"是老百姓精神和肉体的双重解放。《三担水》讲述的是刘大娘对民主联军从最初有戒心到最后拥护的过程,通过比较"中央军"和民主联军,老百姓终于认可了民主联军。《军民一家》描写了人民群众由猜疑、误会解放军到后来拥戴解放军的情景。在误解消除后,人民群众开展了轰轰烈烈的拥军活动。老百姓为部队送军鞋、送公粮,慰问部队。这表现出老百姓对解放军解放东北的渴望与感激。在拥军题材的剧作中,较有影响的是莎蕻的《拥军碗》,作品从战士和群众两个方面表现了军民鱼水情,体现了军民一家亲。《女运粮》则是从妇女能顶半边天这个视角出发,表现妇女在支援前线工作中的重要性。除上述剧作外,拥军题材的剧作还有《劳军鞋》《缴公粮》等。老百姓不仅拥军,而且积极送亲人参军。于是,剧作中出现了"老姜头送子参军"①和"四妯娌争相送丈夫参军"②等感人场景。这些剧作表现了老百姓的参军热情,表现了老百姓对前线解放军的积极支持,突出了人民要将革命进行到底的决心。东北解放区戏剧中也有军爱民、民拥军的戏剧。《军爱民、民拥军》讲述了王二一家代表村民们慰问八路军,为八路军送年货,表达对八路军的感激之情和拥护之心。《收割》讲述了战士帮助农户收割,却不接受农户给予的物品和福利,体现了人民解放军铁一般的纪律和为人民服务的优良传统。《支援前线》表现了老百姓听闻长春、沈阳

① 朱漪:《送子入关》,东北书店 1949 年版。
② 力鸣、兴中:《妯娌争光》,光华书店 1948 年版。

解放时的激动心情,在歌颂解放军的同时也体现了军民之间的团结。此外,《骨肉相联》《都是一家人》等作品也都表现了军民鱼水情,表现了人民与解放军一条心,表现了解放军一心一意为人民服务。

东北解放区戏剧以反映工农兵生活为主,很少以知识分子为主题。在现已收集到的剧作中,只有独幕剧《晚春》描写了城市知识女性与旧家庭的斗争。此外,儿童歌舞剧《老虎妈子的故事》采用童话的形式,批判了"老虎"象征的"中央军"反动势力。该剧作与童话《小红帽》相似,既有模仿,又有独创,显示出当时东北解放区文学与世界文学的紧密联系。

三

虽然东北解放区戏剧的整体艺术水平不是很高,但是其庞大的作者群体、巨大的创作数量、伟大的历史功绩,使得东北解放区戏剧创作达到了巅峰状态。中国现代戏剧诞生于新文化运动之中,到延安时期已经比较成熟。东北解放区戏剧继承延安戏剧传统,自然而然地完成了自身的现代化转变。东北解放区戏剧的现代性源于中国传统戏剧和西方戏剧的融合。在这种融合的过程中,东北解放区戏剧实现了本土化,形成了民族化、大众化、乡土化的特征。

东北解放区戏剧具有民族化特征,这种民族化源于延安时期戏剧的"中国化"。毛泽东曾谈道:"使马克思主义在中国具体化,使之在其每一表现中带着必须有的中国的特性……教条主义必须休息,而代之以新鲜活泼的、为中国老百姓所喜闻乐见的中国作风和中国气派。"①这段讲话既点明了马克思主义要实现中国化,又指出了文化和文学也要实现中国化,这在文学领域引发了解放区和国统区关于"民族形式"的讨论。对于民族形式问题,周扬也表明了自己对民族形式的看法,认为民族形式就是民间形式,指出必须对民间形式进行改造。在周扬看来,中国文艺理论没有得到建构的原因就是文艺工作者盲目地追逐西方文艺潮流。文艺的民族化实际上就是文艺的中国化。毛泽东和周扬的观点概括起来就是:文艺要实现中国化,中国化的表现形式就是民族形式,民族形式就是民间形式,旧的民间形式要进行改造。

东北解放区戏剧形式多样,种类繁多。其中既有由西方传入的"文明戏"(话剧),又有传统国粹京剧和评剧;既传承了本土固有的莲花落、大鼓、蹦蹦戏(二人转),又改造了歌剧和秧歌戏。话剧作为一种舶来的戏剧形式,是不同于中国传统戏曲的剧种。话剧在实现本土化的过程中,尤其是在毛泽东《在延安文艺座谈会上的讲话》发表后率先实现了民族化。这种民族化表现在以下几个方面。首先是对戏曲进行改编。如崔牧将传统戏曲与话剧融合在一起,将梆子戏《九件衣》改编成话剧。"虽然多少受了那出老戏的启发,但所表现的人和事,却完全是重起炉灶新创作的。"②虽然《九件衣》是由旧剧改编成的,但是它着眼于地主和农民的剥削关系,因此在进行农村阶级教育方面是有一定意义的。其次是继承传统戏剧的优秀遗产。《老虎妈子的故事》是将三姐妹、老虎和猎人的唱词连接在一起的儿童歌舞剧。整部歌舞剧具有较强的象征

---

① 人民教育出版社编:《毛泽东同志论教育工作》,人民教育出版社 1992 年版,第 46 页。

② 崔牧:《九件衣》,东北书店 1948 年版。

意义：三姐妹象征着底层百姓，是"待宰的羔羊"；老虎象征着"中央军"，是"吃人的魔王"；猎人象征着人民子弟兵，以消灭"吃人的野兽"为己任。三个象征使整个戏剧具有超出戏剧本身的意味：解放军为人民伸张正义，消灭"中央军"，解放东北。《老虎妈子的故事》将"大灰狼和小白兔""老虎和小女孩""小红帽"等中国民间故事糅合在一起，以歌舞剧的形式表现出来，凸显出民族化的特征。除话剧、歌剧外，京剧、评剧、秧歌戏、大鼓、落子、二人转、快板、活报剧等本身就是民族戏剧（戏曲），其民族化、中国化主要表现在对旧戏的改造和"旧瓶装新酒"上。这类剧作有很多，如鲁艺根据评剧曲调改编的歌剧《两个胡子》。经过内容和形式的改造，东北解放区戏剧实现了民族化。

东北解放区戏剧具有大众化的特征，这种大众化指的是戏剧具有广泛的群众性。东北解放区戏剧涵盖的剧种较多，不同的剧种所面对的观众群体不同。话剧和歌剧的观众以青年学生、城镇市民、知识分子为主，改造后的京剧、评剧的观众以城乡老派民众为主，地方戏曲为普通工农大众所喜爱，而秧歌剧和新歌剧则受到新派市民的喜爱。在毛泽东《在延安文艺座谈会上的讲话》精神的指引下，东北解放区戏剧创作呈现出全面为工农兵服务的态势，剧作内容主要反映东北土地改革、剿灭土匪、解放战争等一系列革命政治事件。受到当时政治文化语境的影响，东北解放区戏剧创作者的主体意识减弱，非主体意识增强，因此各个剧种的主题和内容自觉地统一了。统一为工农兵题材的东北解放区戏剧得到了各个剧种观众的认可，从而实现了大众化。翻身后的东北解放区人民不只做戏剧的观众，还踊跃参演他们喜爱的戏剧。秧歌剧早在陕甘宁边区时期就已经发展成熟。有着丰富的创作经验的鲁艺文艺工作者到达东北后,将东北旧秧歌中的色情成分剔除,在剧作中加入了反映社会生产、生活的新内容。源于对东北地方舞蹈——大秧歌的喜爱,东北人民非常喜欢这种融民间音乐、民间舞蹈和狂野表演于一体的秧歌剧。在秧歌剧的演出过程中,东北人民被剧作感染,踊跃参加演出活动,"这些节目的演出,增强了东北人民当家作主的自觉性"①。东北秧歌剧具有贴近大众、对演出场地要求不高、适合露天表演等特点,因此这种大众参与、自娱自乐的形式很快就成为东北解放区的重要剧种。在东北解放区,秧歌剧种类繁多:有翻身秧歌剧,如《欢天喜地》《农家乐》等;有生产秧歌剧,如《二流子转变》《十个滚珠》《献器材》等;有锄奸惩恶秧歌剧,如《挖坏根》《买不动》《揭底》等;有拥军秧歌剧,如《拥军碗》《妯娌争光》等;有部队秧歌剧,如《荣誉》《斗争》《谁养活谁》等②。除秧歌剧外,快板、落子等剧种的大众化程度也很高。

东北解放区戏剧的大众化还表现为创作上的大众化,即作者的大众化。东北解放区戏剧的作者阵容庞大:既有来自陕甘宁边区的戏剧作者,又有东北本土的戏剧爱好者;既有文工团的文艺工作者,又有各行各业的普通劳动者;既有成熟的老作家,又有初出茅庐的学生。而各行各业的劳动者创作的戏剧,成为东北解放区戏剧的亮点。工人很爱话剧(包括秧歌剧),很爱从事戏剧活动,工人还善于迅速地把自己的新生活、新问题反映到戏剧创作里

---

① 弘弢:《生气勃勃 丰富多彩——解放战争时期东北解放区的文艺工作》,载《党史纵横》1997年第8期。

② 任惜时:《东北解放区的新秧歌剧创作》,载《辽宁大学学报》1995年第1期。

去。① 群众创作的戏剧有很多,如《二毛立功》就是大连锻造工厂工人王水亭根据自己的经历创作的。除了工人参与戏剧创作以外,东北解放区还出现了农民创作的戏剧。这类工农群众直接参与创作的作品反映的是工厂、农村、部队的真实生活,塑造的形象是他们身边熟悉的人物,戏剧的语言是大众化的群众语言。东北解放区戏剧真正实现了文艺为工农兵服务的目标,成为《在延安文艺座谈会上的讲话》精神在东北解放区得以全面贯彻的典范。

东北解放区戏剧的乡土化特征主要表现在地域文化特色上。1946 年,延安的革命文艺团体集中转移到东北,延安文学和东北地域文学在哈尔滨交汇。以《在延安文艺座谈会上的讲话》作为指导的延安文学比东北地域文学更具革命性,这就使得延安文学具有无可争议的合理性和正统地位。根据东北革命文化的发展需要,文艺工作者对东北地方曲艺的各剧种进行了整合和改造,并将其纳入新的革命文艺体系中。在对民间艺术进行改造的过程中,东北大秧歌和二人转是最早被改造的。改造前的东北大秧歌以娱乐为目的,舞蹈多,说唱少,色情成分多,教育意义小,舞蹈多为东北民间舞蹈,音乐多为东北民歌和二人转小调。改造后的秧歌剧加大了情节和台词的比重,内容以劳动生产、拥军优属、参军保家、肃清敌特为主,如《三担水》《参军保家》等。二人转在东北地区拥有大量的观众,民间有"宁舍一顿饭,不舍二人转"的说法。正因如此,二人转的宣传作用非常大。"蹦蹦又名二人转,亦称双玩意儿,流行于东北农村中(俗称蹦蹦戏,其实戏剧的意味较少),流行的戏有《蓝桥》《红娘下书》《卖钱》《华容道》《古城》《王员外休

① 草明:《翻身工人的创作》,载《东北文艺》1947 年第 2 卷第 3 期。

妻》等。演唱时一人饰包头（即花旦），手中拿一块红手帕，一人饰丑，用板胡和呱啦板伴奏，演员一面轮流歌唱，一面扭各种秧歌舞。舞蹈内容，主要是以逗情逗笑热闹为目的，与唱词往往无关。"①对二人转、拉场戏的改造与对秧歌的改造相同，主要是内容上的改造。二人转歌唱的内容大多源自民间故事或历史传说，如《干活好》就用了两个秧歌调子和一段评戏，其他都是蹦蹦戏。改造后的二人转减少了封建迷信内容和黄色故事情节，净化了语言，增加了拥军、生产等新内容，如《支援前线》《陈德山摸底》等。对东北大秧歌、二人转和拉场戏的改造集中表现在内容方面，而艺术上的改革力度并不大。秧歌继续"扭"和"浪"，演员仍然"逗"和"唱"，角色还是分为"旦"和"丑"，样式还是耍龙灯、跑旱船、踩高跷，步法始终离不了"编蒜辫""十字花""九道湾"。秧歌道具有所改变，红绸子、手绢、大红花、红灯笼的使用多了起来。在音乐方面，二人转的改变不大，音乐仍然是文武咳咳、胡胡腔、快流水、四平调等传统曲牌。秧歌剧的音乐还是以东北民歌和二人转曲牌为主。例如，《自卫队捉胡子》采用了东北民歌曲调"寒江调""锔大缸调""绣荷包调"；《光荣夫妻》采用了"花棍调"；《姑嫂劳军》《一朵红花》等秧歌剧还采用了二人转的文武咳咳、那咳等曲牌。东北有秧歌剧和二人转等表演形式，它们被东北人民认同，已经打上了乡土文化的烙印，其乡土化特征极其显著。

此外，东北解放区戏剧的乡土化特征，还离不开原汁原味的东北方言的运用。东北解放区戏剧"语言的运用都达到了当时话剧

---

① 肖龙等：《干活好》，东北书店1948年版。

创作的高水平"①,尤其是东北方言的运用。受到东北戏剧大众化的影响,原汁原味的东北方言的运用是戏剧被观众接纳和喜爱的重要因素,如嗯哪、老鼻子、下晚儿、眼巴巴、磨不开、个色、胡嘞嘞、膈应、猫下、不大离儿、拾掇、整、自个儿、消停、不着调、疙瘩、硌叽、重茬、唠扯、差不离儿、麻溜、急歪、昨儿个。此外,东北民间谚语和歇后语的运用也不容忽视。在这些剧作中,东北方言土语、民间谚语随处可见,使东北人民感到亲切和乐于接受,拉近了剧作和观众的距离,加强了宣传的效果。

四

东北解放区戏剧是中国现代戏剧的重要组成部分,具有承前启后的作用。它忠实而客观地记录了东北解放战争时期的历史风云,在戏剧史、革命史和社会史方面都具有重要的参考价值。东北解放区戏剧在民族化、大众化、乡土化和革命化的进程中,积累了丰富的经验,形成了鲜明的艺术特色,实现了从现代戏剧到当代戏剧的过渡。

在创作方法上,东北解放区戏剧继承了延安戏剧的传统,除《老虎妈子的故事》运用了象征手法外,其余剧作皆采用现实主义创作方法。剧作家们运用现实主义的方法,通过戏剧的形式把刚发生或正在发生的事情真实地反映出来。这些剧作集中描写了工农兵的日常生活,起到了鼓舞斗志、颂扬先进、宣传政策、支援前线的作用。在戏剧结构上,戏剧冲突尖锐而集中,叙事模式多元:劝诫模式的剧作有《二流子转变》,成长模式的剧作有《杨勇立功》

① 柏彬:《中国话剧史稿》,上海翻译出版公司1991年版,第307页。

《刘巧团圆》，误会模式的剧作有《三担水》《比有儿子还强》等。东北解放区戏剧具有多种表现方式，既有多幕剧，又有独幕剧。在人物塑造上，东北解放区戏剧作品塑造了一个个爱憎分明、个性突出、敢作敢为的人物形象，如《好班长》中的刘振标、《二毛立功》中的二毛、《买不动》中的王广生等。这些人物形象生动丰满，有血有肉，观众熟悉并易于接受。

东北解放区戏剧在取得较高的艺术成就和起到重大宣传作用的同时，也存在着不足。第一，东北解放区文学是典型的"革命文学"，东北解放区戏剧是典型的"革命戏剧"。导致这种状况出现的原因有两个：一方面，文学具有反映时代的使命，这是文艺的功用；另一方面，受到政治的影响，剧作家创作的自主意识弱化了，而政治意识强化了。《在延安文艺座谈会上的讲话》要求文艺为政治服务，这就使得戏剧创作出现了公式化、概念化的倾向。第二，不少剧作都是因宣传需要而创作的，是应时应事之作，因此创作时间短，艺术水准不高。此外，工人、农民、学生也参与创作，因此一些作品粗糙，质量不高。从整体上来看，专业作者要好于业余作者，鼓词、话剧等剧种要强于秧歌剧，多幕剧要优于独幕剧。第三，反动人物被类型化和丑化，语言也存在粗鄙、不干净的问题，脏话较多。不少剧作对"中央军"、地主阶级、特务等反动对象较多地使用脏话。这类语言的使用者多为革命的工农兵人物，针对的多为反动军队或地主阶级等对立的角色，因此这些粗鄙的语言被作者美化、合理化和合法化，这降低了戏剧语言的纯净度。

虽然东北解放区戏剧有以上不足之处，然而瑕不掩瑜，其民族化、大众化、乡土化的特征，使得戏剧的启蒙性、宣传性、教育性、战斗性的作用得以充分发挥。东北解放区戏剧对光复后东北人民进行的文化启蒙、拥军优属、动员参军、生产建设等具有重要意义，对解放区的土地改革和解放战争做出了不可磨灭的贡献。

（作者系哈尔滨师范大学教授）

◇丁　洪

三担水

时间：一九四六年冬。

地点：东北解放区农村——边沿区。

人物：李有贵——民主联军某连通信员，外号"老资格"，十六岁。

　　老大娘——姓刘，四十多岁。

　　小锁——老大娘的儿子，十三岁。

　　（老大娘提一小水桶上）

娘：锁儿，锁儿！这小犊崽子，又跑到哪儿去啦？天都快黑啦，该作饭啦，缸里连一口水都没有！（叫）锁儿，锁儿！——（开门）（唱第一曲）

　　开开两扇门，

　　这是不见人啦。

　　（插白：锁儿，锁儿！——这是插在门中说的，以下同此）

　　雪花满天飘，

　　寒风吹来像刀刮，

1

你怎么还不回家呀,不呀嘛不回家!

这么冷还在外边瞎跑!(唱)

今天来队伍,

家家摊着住哇。

(插白:我家也摊着啦!)

住下还不算,

又借锅来又借碗,

叫人真麻烦啦,真呀嘛真麻烦!

(瞅瞅那边——队伍的房门,又瞅瞅自己这边)唉!(唱)

小锁跑出去,

就没有把水提呀。

(插白:锁儿,锁儿! 这小犊崽子!)

我本想自己去,

又怕家里丢东西,

倒叫我没主意呀,没呀嘛没主意!

锁儿跑到哪儿去啦?(一阵冷风刮来)哎呀! 这么大的风,怎还不回来?(进屋,放下桶,关门)缸里没水了,也不寻思回家提去,偏偏家里又住上了队伍! 我要是各个去嘛,就没人照门,备不住就得丢东西! 要是丢上这么一样两样的,可怎整? 连问还不敢问人家一声呢! 虽说我也听别人说过,这队伍有管教,讲规矩,还帮老百姓干活,是咱们老百姓的队伍,可是俗话说得好:"眼见为实,耳听是虚",现在这世道,几句话算得了个什么,还是小心些好! 才刚那小同志来借桶,我说是没有,没借给他。唉! 真叫人操心!(过门二)(唱第一曲)

队伍住我家,

心里真害怕。

想去提桶水,

偏偏小锁又不在家,

真叫人没办法!(下)

(李有贵挑水上,边走边唱,愉快极了)

贵:(唱第二曲)

一根扁担软溜溜,

挑起水桶快快走;

软呀嘛软溜溜,

快呀嘛快快走,

快快走,软溜溜,

软溜溜,快快走,

帮助老乡来挑水,

我越干越加油!

一担水要是少一桶,

挑在肩上就走不动;(重复如上,以下同)

军队离开了老百姓,

就动也不能动!

浑身上下汗淋淋,

汗流身上我喜在心;(重复如上)

站定脚步放下桶,

我歇呀嘛歇一阵。

(放下水桶,把扁担架在桶上,坐在中间)

(念)我叫李有贵(儿),连部通信员(儿),今年十六岁,外号老资格(儿)。我才十六岁,怎么叫个老资格呢?这中间却有点文章。

3

打我十三岁参加革命那天起,我就遇事发表意见,后来革命道理越学越多,话也越来越多;大家就给我起了这个外号——老资格。虽说老呀老的,不大好听,倒也怪带劲的!可不是?像老红军、老八路军、老干部,不都是挺光荣的吗?(笑)嘿嘿……我们今天晌午才到这儿;听说这个地方从前没住过我们的队伍,中央胡子队又来过几回,弄得老百姓见了背枪杆的就怕。像咱们连部那个房东老大娘,就没有认识;向她借几样家具,她都不乐意,解释了老半天才借来。刚才我去借扫帚,见她缸里没水了,我就想给她挑水,向她借桶,她又没有;这我就更要给她挑啦,还要给她挑三担,盛满缸呢!为什么呢?第一啊,咱们到哪儿都给老百姓挑水,像她家,人又少,男人又不在家,自己又没桶,井又远,加上今天雪又大,风又猛,天寒地冻的,就知道她吃水很困难。第二啊,她的思想还有点落后,我就更要多挑几担,用"行动宣传"来给她开脑筋。第三啊,嗯——我老资格心里还有个计划:要多多立功,争取做个工作模范呢!嘿嘿……(一阵风)惊!啧!啧!(缩头耸肩)凉起来啦!走吧,别穷说啦,还要挑两担水呢!
(挑起水桶,走起来)(唱第二曲)

寒风吹来像刀刮,

遍地雪花滑又滑;(重复如前)

风刮路滑我不怕,

走得利洒洒!

老资格今年十六整,

干起活来可不让人;(重复如前)

革命道理一肚子,

我整天笑盈盈!

哦,到了。(推门)咦! 关着啦! 看,这准是因为害怕我们,我得多宣传宣传。喂! 老大娘! 开门啊!

娘:(上)谁啊?

贵:我!

娘:(独白)哎呀! 这又是要借什么啦?

贵:老大娘,快开门啊,我挑水来啦!

娘:(独白)哎呀! 这又是要借什么啦?

贵:老大娘,快开门啊,我挑水来啦!

娘:(独白)挑水? 这又是要借水桶!(提起水桶,向贵)哎,同志,我家没桶啊!(一时不知怎样好)

贵:快开门啊!

娘:来啦,来啦!(欲去开门,又停住了,独白)哎呀! 这个桶得藏起来!(急忙跑下,藏水桶,又奔出来,颇为慌张,手上蘸了些苞米面)

贵:(打门)老大娘,老大娘!

娘:来啦,来啦!(忙将衣袖卷起,开门)嘿嘿……我手占着啦!

贵:(进门)哎呀,我等了老半天啦!(边说边往里走)

娘:(拦住)哎——同志干啥?

贵:给你家挑两担水。

娘:(又惊又喜)给我家挑? 哎呀! 不敢,不敢,同志! 我们各个会提去。

贵:你家老爷子不在家,又没有桶,吃水困难。

娘:(旁白)哎呀! 这队伍可真是不错,讲规矩! 唉,这就好啦,缸里正没水咧!(猛然想起)哎呀,他会不会要钱啦? 坏了,这该多少钱一担?

贵：（又往里走）

娘：唉——同志，不敢！我们穷人家，都是自己打水，不买水吃。

贵：呃！老大娘，你说哪儿去啦？咱们民主联军给老乡担水，是帮助老百姓，不要钱的。

娘：不要钱？

贵：老大娘，你放心，真不要钱；这是咱们的规矩。军民一家，都是自己人嘛！咱们到哪儿都给老百姓挑水做活的！咱们是人民的军队，给老百姓做事的。

娘：（半疑半信）嗯，嗯！（旁白）看样子，许真不要钱？唔，还是不让他往缸里倒水，小心些好！再说，人家才刚来借桶，我都没借，怎么好意思要人家这担水呢？这可怎整？人家都挑来了……哦，对了！（向贵）同志，我缸里有水，还满着咧，盛不下啦！

贵：哈哈……老大娘，我早调查好啦，你缸里连一口水都没有啦！

娘：（旁白）哎呀！坏了，坏了！

贵：刚才我借扫帚的时候，就看好啦！

娘：唉，不行，不行！那哪行呢！

贵：老大娘，你看我这么老挑着，多沉啊！哎，挑都挑来了，要不倒在你缸里，倒在哪儿？倒在院里？一冻住就直滑人……这，这——这你还能要我再挑回去倒在井里？

娘：（为难起来）这，这——

贵：（再逼一下）这，这——这你还能要我再挑回去倒在井里？（乘隙而入，下）

娘：（旁白）哎呀！真倒里了，怎整？（急向贵）唉，唉！同志，让我来，让我来！（跟了下去）

（一阵倒水声——配以音响，二人先后出）

贵:哈哈……你还说是满缸呢,干得连缸底都看见啦!

娘:(也笑起来)嘿嘿……同志,把桶放下来歇歇!

　　(贵放桶。二人对唱第三曲)

娘:(唱)小同志会做事又会说话,

贵:(唱)给老乡挑担水这不算个啥。

娘:(唱)你给我挑了水我拿啥来谢谢你呵?

贵:(唱)军和民是一家还谢谢个啥!

　　(插白:老大娘,我给你挑水就像给自己家里挑水一样,还谢个什么?)

娘:(唱)风又大道又滑你怎么抗得住?

贵:(唱)年纪轻身体壮我劳动惯了!

　　(插白:你看我多壮!——去取水桶)

娘:(唱)歇一歇暖一暖你再回家去吧!(拦住贵)

贵:(唱)因不早我还要去再把水挑。

　　老大娘,不歇啦,我还要挑水去咧!你看,再有两担就满缸了,对不对?

娘:怎?你还要挑?那可不行!

贵:再有两担就满缸啦!

娘:哎——不行,不行!同志,你听我说,你们队伍住在我家,我没给你们烧水做饭、劈柴铡草的,你倒给我挑起水来。这样冷的天气,风又大,道又滑,你们又是关里人,怎抗得住?要是冻着摔着,我怎担得起啊!

贵:没关系,咱们惯了!(趁势宣传起来)你看,咱们夜晚行军,翻山过河的,什么坑坑坡坡的道不走,这算什么!

娘:唉,可不能这么说!再说,(小声地)要是给你们当官的知道啦,

7

那还得了!

贵:哈哈! 那才好哩! 他们要知道啦,还要奖励我,给我记功咧! 老大娘,你不知道,咱们连长、指导员还要帮助老乡干活呢!

娘:连长也挑水啊?

贵:可不,还帮老乡挑粪呢! (把水桶挑起)

娘:(旁白)哎呀,这队伍可真是不错啦! (见贵又要去担水,忙挡住)唉,唉,同志! 说啥也不能再挑啦!

贵:我再挑一担好不好?

娘:一担也不行! 来回一里来地,好几十斤的担子,你抗得了?

贵:(挣扎)不要紧!

娘:(拉住)不行!

贵:就这一担!

娘:一担也不行!

　　(两人正拉扯间,锁儿回来了)

锁:(推门而入,见状大惊)妈! (两人见小锁回来,都停住了)

娘:把门堵住,不要他出去!

锁:(莫明其妙)妈,这干啥?

娘:把门堵住,别叫他蹓跑啦! 他给我们挑了一担水,还要去挑!

锁:对! 保险他蹓不出去! (拦住门,抖雪)

贵:(明知无法,就放下担子,坐在扁担上)行! 不挑就不挑呗! (略停,打定了主意)可得让我把桶给人家送回去!

娘:叫锁儿送去!

锁:嗯哪! 我去! (过来要取桶)

贵:(忙护着,颇慌张)呃,呃——那,那不行,要是弄错了,人家向我要桶,怎么办?

锁:保险错不了！

娘:咱们这小地方,都是天天见面的人,谁家有啥家具都知道,还错

得了？

锁:你是不是在村头王大叔家借的？

贵:(更慌了)呃,呃——

娘:是不是呀？

贵:是,是的！ 可是——哎,不行,不行！ (又找到理由了)这人家还

说咱们民主联军支使小孩跑腿咧！ 咱们军队本来是老百姓的勤

务员;这么一来,好,老百姓倒成了军队的勤务员啦！

锁:(不明其意,乘隙抢去扁担)我保险错不了！

贵:(忙护住水桶)老大娘,你看,我给你挑水,本来是为了帮忙你做

点事情,要是叫小锁去还桶,那我挑这担水不就白搭啦！

娘:哎呀！ 你们就这么认真？

贵:这是咱们的规矩！ 老大娘,该让我去了？

娘:唉！ 真是没说的！ 好,去吧！ 可别再挑啦！

贵:对！ 说不挑就不挑啦,我老资格从来说话算话！ 小锁,把扁担

给我！

锁:(不给)我送去,保险错不了,村西头王大叔家！

娘:傻小子,什么王大叔、张大叔,快给同志！

锁:(不高兴地)给！

娘:(送贵出门)可不敢再挑了,同志！ 还了桶,回来喝口开水,我这

就烧火啦！

锁:回来教我唱歌啊！

贵:对！ 马上就回来！ (转过身去)

娘:(关门)小犊崽子,跑到哪儿去啦？

锁：听队伍唱歌！

娘：还不跟我烧火去！（二人下）

贵：（转过身来，望着房门）嗤……你们可上了我老资格的当啦！（唱第四曲）

　　满肚子道理我有打算，

　　假装还桶把他们骗。

　　朝着那井台我快快跑，快快跑，

　　越跑越快，不由得心中我好喜欢！

　　老资格从来就不怕难，

　　哪怕你们来把门关！

　　下定了决心要挑三担，挑三担，

　　想方设计，也要把你们的缸盛满！

　　（一股冷风，迎面吹来）

　　喏！喷，喷！（缩头耸肩）好大的风啊，跟他娘针扎似的！（突然昂头，精神焕发地）球！你就下刀，我老资格也要挑满这两担！（迎风奔下）

锁：（上，唱着刚才学来的"火箭炮"，唱到中间，不会了，又从头反复，仍唱不下去）这后边是怎唱的？（看看房门）老资格怎还不回来呀？（开门，一股雪风刮来，但他还在看望）

娘：（提着那个小桶上）这么冷，你开门干啥？又想往外跑？进来！

锁：（进门）我才不出去哩！（仍回头看望）

娘：才刚你出去老半天，上哪去啦？

锁：听队伍唱歌。

娘：（又好气，又好笑）你还知道饿？缸里连一口水都没有了，也不想着回来提去。

锁:你去啊!

娘:我去?(小声地)家里住得有队伍;我出去啦,谁照门? 丢了东西
　　怎整?

锁:(分辩地)人家队伍才不偷东西哩!

娘:(忙堵其嘴)你嚷个啥? 啥你都知道!

锁:(小声地)才刚老资格给我说,他们是我们的老百姓的队伍,借根
　　针还要还呢!

娘:我不知道,还要你来教我!

锁:(受了委屈,又忘记了要小声)你知道? 你知道还怕丢东西啦!

娘:你还嚷!(看看那边)去灶坑添把火,我提桶水去!(锁下)真是,
　　还能光叫人家队伍给挑水啊!(开门出,正碰着贵挑水上)哎呀,
　　同志! 你怎又挑水来啦!(一下意识到自己提了水桶,欲藏不
　　能,颇为尴尬)

贵:(笑)嘿嘿……我就只挑这一担啦!

娘:呃,我们各个会提去! 你瞅,我才刚借了个桶,正要去提水哩!

贵:你那么麻烦,看,我这一回要顶你三四趟呢!

娘:(忽然想起)哎呀,快进来,快进来,冻坏你啦!

贵:(往里走,在进门处滑了一下)

娘:(顺手将手中小桶放在门边)慢些,别摔着了!

贵:没关系,摔不了!(话犹未了,唰的一声——配以音响——滑了
　　一下,幸娘在旁边扶着,没有摔倒)

娘:瞅,让我来!

锁:(上,边跑边说)老资格,教我唱歌——(见状一惊)咦!

娘:(给贵扫雪)瞅你一身雪! 唉,你说不挑了,还桶去,怎又挑来啦?

贵:(笑而不言,颇为得意)嘿嘿……

11

娘：（唱第三曲）为啥你说假话把我来骗？

贵：（接唱）谁叫你不要我去把水担！（笑）

娘：（唱）这一回我定要叫小锁儿一人去呵，

贵：（唱）他帮我去还桶这太不好看！

锁：（插白）我保险错不了！

娘：（唱）傻小子别多嘴你快去还桶，（锁应声"对！"就去拿桶）

贵：（唱）不要慌，让我们来商量一番！（护桶）

娘：（唱）是不是你心里又想把我们骗呵？

贵：（唱）你不信就我和小锁一块去还！

　　老大娘，你怕我再撒谎，那就让小锁跟我一块去！

娘：叫锁儿一个人去！

锁：对，我一个人去！

贵：那哪行啊！人家看见，像什么玩意儿？这说咱们民主联军——

娘：（紧接着，一字一蹦地）支使小孩跑腿！对不对？

锁：（笑）对，对！

娘：好，好，好！唉！你们这队伍可真是没说的，我算是知道你们的
　　规矩了！好！叫锁儿跟你去！

锁：妈！我保险不叫他挑水！

娘：（送二人出门）同志，可真不能再挑了！锁儿，你可跟着啊！

贵：　　　对！我说不挑就不挑了！
　　（同时）
锁：　　　对！我保险叫他挑不成！

　　（二人先后下，锁尾随其后）

娘：（关门，此时那个小桶仍留在门外）唉！人家说得对，这队伍真
　　好，真是没说的，有管教，讲规矩，还帮助老百姓干活，真是咱们
　　老百姓的队伍啊！这两担水就尽够我用两三天啦；要是我自己

去,六七楂还提不了这么些啊! 对啦,快点把水烧开,等同志回来好喝。真是,这么冷的天气!(过门二)

(唱第一曲)

数九大寒天,

他挑水多麻烦啦!

(插白:这队伍可真是没说的!)

快快把水烧开,

等他回来喝一碗,

我才把心安啦,才呀嘛才心安!(下)

(贵在前,锁在后,总距离六七步,先后上,边走边唱第五曲)

贵:(唱)前面走的我老资格(儿),

锁:(唱)后面跟定了刘小锁(儿)。

贵:(唱)老资格越走我心越乱,

锁:(唱)小锁我心里好喜欢!

贵:(唱)眼看挑不成第三担,

锁:(唱)紧紧跟在他的后边。

贵:(唱)我在前面走得慢,

锁:(唱)你慢我也跟你慢。

贵:(唱)加快脚步我往前蹿,

锁:(唱)连蹦带跳我赶上前。

贵:(唱)丢也把他丢不掉,

锁:(唱)要把我撩下难上难。

贵:(唱)放下水桶我歇一阵,(放下桶,坐在扁担上)

锁:(唱)你要停来我也停。

贵:(唱)我偏要挑满这一担,

锁:（唱）偏不叫你再把水担！

　　老资格，你怎不走啦？

贵:歇一下。你怎么不走啦？

锁:我不知道。你不走我就不走；你歇一下，我也歇一下。（蹲下）

贵:好！算是泡上啦！唉！（唱第四曲）

　　老资格走慢他也走慢，

　　我走快来呀他也赶，

　　我停下不走他也不走，他不走，

　　步步跟紧，

　　不让我挑水可怎么办？

　　（看看锁，又看看桶）唉！可怎么办？

　　三担水我挑了有两担，

　　眼看就要把缸盛满，

　　偏偏那小锁来捣乱，（不重复'来捣乱'三字，该二拍作过门。贵

　　插白：唉！）

　　想方设计，我也要挑满它这一担！

　　对！让我想个方法把小锁支开……（片刻）小锁，你刚才到哪儿

　　去啦？

锁:听你们队伍唱歌。

贵:好听不好听啊？

锁:可好听啦！

贵:你会不会唱？

锁:会一点！（靠近贵一二步）

贵:什么歌呀？

锁:不知道，前面是这么唱的——（唱'火箭炮'开头两三句）

14

贵：啊！这是"火箭炮"，我可会唱啦！

锁：（又上前一步）老资格，你教我唱！

贵：（旁白）哈！机会来了！我教他唱，可不教完。（向锁）好！小锁，过来，咱俩坐在一块。（二人并排坐扁担上。贵一句句地教，但总不教最后两句。这时风不断地刮，小锁有点冷了）

贵：小锁，你冷不冷？

锁：不冷！（一个寒噤）

贵：真不冷啊？

锁：真，真不冷！（又一个寒噤）

贵：小孩家可不敢在大人跟前撒谎啊！

锁：嗯——老资格，你也不比我大多少啊！

贵：我啊！唔——（又找了个理由）你可不敢跟民主联军撒谎啊！真不冷啊？

锁：唔——有一点！

贵：小锁，先回去吧！这么大的风，别把你冻着啦！

锁：我才不回去咧！妈叫我跟着你，不要你挑水。

贵：我还了桶就回来，不挑水啦！

锁：我先回去，妈妈要打我！

贵：不怕，她不敢打你！新社会不许打人；她打你，你就来告我！唔——这样好不好？你先到我房里去；我房里没人，他们都出去啦，等我还了桶回来再叫你，你娘就不知道啦。

锁：（犹豫起来）唔——你要再去挑水呢？

贵：我不挑了！小锁，你不听话，我就不教你唱歌啦，连这个"火箭炮"都不教啦；你要是听话啊，我明儿个再教你唱两个。嗬！我还会唱好些好听的歌哩！

锁:（更加犹豫了,却又怕贵挑水去,为难极了）唔——

贵:（硬一句）你听不听话?（软一句）先回去吧,你娘又不知道。你看这儿多冷啊!

锁:（望着贵,几乎快哭了）唔! 我先回去!

贵:（抱着锁拍拍他）好! 真听话! 一会儿回来我先把这个歌教完,明儿再教你两个新的。

锁:（站起）快些回来啊,我在你房里等你。不要挑水了啊!

贵:对! 我马上就回来!（喊口令）向右——转! 齐步——走!（唱"火箭炮"送锁下场）

　　（锁跟着口令,踏着拍子,唱着歌下）

贵:哈哈……又上了我老资格的当啦!（挑起水桶,边走边唱第四曲,愉快至极）

　　挑起了水桶我快快走,

　　笑在脸上我喜心头,

　　老资格人小心不小!

　　心不小,用个计谋,

　　又把那小锁来骗走!

　　（边笑边念）成心要挑水,哪怕挑不成;骗走刘小锁,忙往井台奔。

　　（又哈哈大笑起来,得意极了! 不小心滑了一下,差点摔倒,跌跌撞撞奔下）

锁:（走着齐步,唱着"火箭炮"上;但后两句不会）这后边是怎唱的? 咦! 到了! 小心些,别叫妈知道了,先藏到老资格房里。（蹑手蹑脚地走进门。觉得新奇,四面张望;抖雪,忽然地）咦! 我怎跑到这儿来啦? 让我想想看!（念儿歌。按节奏,适当而轻微地配以音响）

老资格　资格老　人不大　心眼好

帮我家　把水挑　挑一担　他嫌少

撒个谎　又去挑　这一楂　我跟着

不让他　把水挑　半道上　歇下了

他怕我　冻着啦　我说是　冻不着

他就说　我不好　你要不　往回跑

他就不　把歌教　我就这样回来啦

他还给我喊了操

我可不就这样回来的？哎呀！老资格会不会把我骗回来，又去挑水啊？要是这样，妈准要骂我！唔，我去把他提溜回来！（跑到门口，想要开门，又停住了）哎呀，不对！这样，老资格就不教我唱歌了！唔——他许不会挑水吧？对，我不去，就是妈妈打我，我也要学歌！（又唱起"火箭炮"来，声音渐小）

贵：（挑水上，唱第二曲）

一根扁担软溜溜，

挑起水桶快快走，（重复如前）

有了决心又有计谋，

三担水全挑够！

（先到自己门口）小锁，小锁！出来，我回来啦！

锁：（高兴奔出，见状大惊）咦，你怎又挑水啦！（忙往家跑）妈，妈！
老资格又挑水来啦！（二人先后进门）

娘：（奔上，又惊又喜，感动得慌乱起来）哎呀！你这同志怎——（见锁）傻小子，你干啥去啦——（又见贵还挑着水）哎呀！快，快，快把水倒了歇歇！（三人扶着下，倒水声，三人上）

娘：（给贵扫雪）你这同志，怎又挑来啦？

贵:(笑而不答,喘息未定)嘿嘿……

娘:(向锁)你干啥去啦? 傻小子!

锁:(念儿歌)

老资格　资格老　人不大　心眼巧

想方法　把水挑　可是我　跟着了

他走快　我就跑　他走慢　我不跑了

他不走　我站着　不让他　把水挑

这回他可没法了　这回他可没法了

贵:(笑)

娘:(也笑)没法? 没法人家又把水挑来啦!

锁:妈! 你别打岔,我还有哩!

(继续念)

他怕我　冻着啦　我说是　冻不着

他就说　我不好　要我先　往回跑

在他家　先等着　等他来　把我叫

妈妈就　不知道　我要不　往回跑

他就不　把歌教　我就这样回来了

他还给我喊了操　向右——转(比划起来)

齐步——走　我就这样回来了　我就这样

回来了

(三人都大笑起来)

娘:(向锁)还笑咧,傻小子! 这么大了,光长个子不长心! 快给同志

舀(音块)碗开水来暖一暖!

锁:(立正)是!(跑去)

娘:(笑不由衷)看你这股淘气劲!

锁:(快下场了,又跑回来,向贵)记着教我唱歌啊!

娘:哪来那么多穷话!

锁:(还不放心地看贵)啊?

贵:对! 等会就教!

锁:(这才一溜烟地跑下)

贵:小锁可真灵!

娘:灵个屁! 他灵又不上当啦! 你才灵啦,三担水硬给你挑满了! (笑)

贵:嘿嘿……

娘:同志,现下我心里可真是"天亮下雪,透亮啦!"我才刚还当你挑水要钱咧! 你可别笑话啊!

贵:老大娘,你说哪儿去啦! 那是中央胡子队欺负老百姓,把你吓的,见着队伍就害怕!

娘:唉——可不是怎的!

锁:(端水上)老资格,喝水!

贵:(接着,送给娘)老大娘,你喝!

娘:你喝,同志! 你累了,先喝口白开水,往会儿我煮几个鸡蛋给你吃。

贵:不,不,我吃过饭啦!

娘:同志,你得吃,别当外人啊! 你要是不吃,就是瞧不起我啦!

贵:(赶忙分辩)不是,老大娘,不是!

娘:同志,这是表表你大娘的心! 要不啊,喝我口白水我还不乐意哩! 这回我真看出你们是真心实意帮我们老百姓的。你大娘活了四五十岁啦,从中华国到"满洲国",又从"满洲国"到中华国,我才第一次瞅见这样的军队! 中央军降队在这里,一打二骂,谁不是见了兵就怕？你们这么好，真是连听还没听说过哩！（笑起来）嘿，嘿！说真的，要不是这三担水啊，找我借个碗筷，我还不乐意咧！这回我可打心眼里"信用"你们啦！

贵：老大娘，这算不了什么！咱们军队是老百姓的儿子，帮助老百姓是应该的；有做不到的地方，你们当父母的还要好好管教呢！

娘：（乐极了）我不是占便宜，我要有你这样又能干、又懂事、又会说话的儿子，那我就乐上了天啦！哈哈……同志，今年十几啦？

贵：十六啦。

娘：唉！真是好样，没说的！（向锁）瞅瞅人家，才比你大三岁，就这么懂事，又会说又会做，心灵嘴巧的！

锁：（靠近贵）还会唱歌哩！

娘：你就知道唱歌！得好好向同志学！

锁：我才要学呢！

贵：对！可不敢学我撒谎啊！

娘：别唠了，我们煮鸡蛋去！

贵：哦！想起来了，我还得给人家还桶去哩！

娘：（笑）哈哈，又还桶！这回啊，你就说上天，我也不让你去；吃了饼我给你还去！

贵：那哪行？天快黑啦，人家还等着用哩！借桶的时候就讲好了，挑三担水就还去。

娘：（痛快地）好！我知道你们的规矩，干啥都为了老百姓。你大娘也不能亏了你这一片好心！这回我跟你去，回来再吃。

贵：老大娘，叫小锁去就行啦！

娘：好，锁儿也去，省得你半道上又滑啦！

锁：妈，谁照门啊？

娘:不用照!

锁:东西丢了呢?

娘:呸! 傻小子! 这样的队伍住在院里,还会丢了东西? 没心眼!

锁:(嘟哝着)才刚你各个说的——

娘:不准多嘴,没出息! 走!

　　(三人出门)

锁:(看见小桶)妈! 我们的桶!

贵:啊?

娘:走吧,丢不了! 哪来那么多穷话!

锁:我提上。(提起小桶)

　　(三人走起来——穿花:碰头就唱,唱了就走)

娘:同志,你可别笑话啊,这水桶就是我的!

贵:哦!

娘:(唱第一曲,稍快,用一曲过门三)

　　早就把它藏,

　　我没有借给你呀!

　　(贵插白:为啥呀?)

　　队伍住我家,

　　心里就是个不乐意,

　　我说是借来的呀,借呀嘛借来的。

贵:(笑)哦! 哈哈……

娘:(唱)

　　缸里露了底,

　　也不敢去把水提呀。

　　(贵插白:这又是为啥呀?)

21

没人来照门,

害怕家里丢了东西,

我只好干着急呀,干呀嘛干着急!

锁:人家队伍才不乱拿东西呢!

娘:(正想说他两句,见贵在笑,也就笑了)

娘:(唱)

大娘没脑筋,

我看错了大好人啦!

(插白:我这是老糊涂啦!)

一觉睡醒来,

天亮下雪透心明,

我瞅准了你们啦,瞅呀嘛瞅得准!

这回我可是把你们瞅得清清楚楚的啦!(唱)

三担水不轻,

总有百多斤啦。

(插白:有吧? 贵白:没有! 锁白:两百斤还有呢!)

百多斤不算重,

重在你同志这一颗心,

我忘不了你们啦,忘不了你们!

锁:我保险也忘不了!

娘:(唱)

雪花满天飘,

这寒风像小刀啊!

(插白:这天可真够呛!)

雪地难走道,

也挡不住同志的热心肠，

你帮我把水挑啊，把呀嘛把水挑！

锁：还挑了三担呢！

贵：这算得了个啥！

娘：（唱）

队伍是好队伍，

这同志是好同志呀！

（插白：真是没说的！）

嘴笨我说不清，

给你煮上几个鸡蛋，

表表我的心呀，我呀嘛我的心！

锁：妈，走快些！

娘：嗯哪！

（三人并排走，锁在左，拉着贵，娘在右。反复奏第一曲过门三，渐快，在强烈的锣鼓声中，直至剧终。锁拼命拉着贵往前跑，娘掉在后面）

锁：妈，快呀！（拉着贵跑下）

娘：瞅你着急得！（急急赶下）

（完）

东北书店 1948 年 9 月初版

◇于 真

军民拜年

人物:人民解放军军人、人民。

地点:东北解放区某地。

时间:大新年。

开幕:一阵锣鼓,人民穿崭新蓝色长袍、头戴皮帽、围一毛线围巾、手
　　　拿贺年片上。

人民:(以下简称民)(快板)雪花飘,飘满天,咱们大家过新年。大红
　　　纸上写门联,左边是:"丰衣足食春光好";右边是:"男耕女织
　　　喜冲天"。墙上的年画贴得满,"抬头见喜"在中间。毛主席和
　　　首长们肖像墙上挂,红灯绿灯门上悬。新席铺上炕,被褥枕头
　　　叠一边。秧歌一队队满街串,又唱又扭又把戏演。胡琴拉得
　　　"楞哥楞哥楞","赤不隆冬"锣鼓闹喧天!男人穿着新棉袄,女
　　　人穿着蓝布衫,小孩穿花袄更好看,红的绿的颜色鲜。人人面
　　　带笑,个个精神都饱满。拜年咱们不磕头,那是老派太封建,
　　　鞠个躬儿哈哈腰,又好看来又简单。这个说:"恭喜大发财。"

那个说："今年生产真是不善。"这个说："庆祝东北得解放。"那个说："蒋介石眼看就完蛋！"

想从前，受饥寒，小鼻子恶霸和地主，结合在一起欺压咱，又抓劳工又是捐，吃的是糠皮橡子面，十冬腊月破单衫。死的死来散的散，不到过年还能熬，越到过年越艰难！……到如今，把身翻，斗倒恶霸和地主，国民党的军队，起义的起义，投降的投降咱，其余也全都消灭完，穷人分了地，努力搞生产，种下的粮食堆满仓，织好的棉布做衣衫，不愁吃不愁穿，丰衣足食过新年。这都全靠共产党，解放军的恩典记心间。

今天是阳历大新年，换上新衣心喜欢，手里拿着贺年片，逢人我就拜个年来拜个年。（下）

（人民解放军军人——以下简称军——穿着一身整齐的很新的冬衣，在锣鼓声中上）

（快板）秋季攻势作完了战，部队整训把兵练，学爆炸，好攻坚，还有刺杀瞄准和投弹，样样武艺练得好，兵强马壮开进关，解放全国老百姓，把敌人全部干净彻底消灭完。

今天阳历大新年，我高高兴兴上街看一看，猛抬头，往前看，（民上）见二位老乡来面前，我这里急忙敬个礼，（敬礼）先给老乡拜个年！

（白）老乡拜年！拜年！过年好哇！

民：（先作揖，后意识不对，又急换军礼）（白）好！好！（快板）叫同志，听我言，今年过年不比往年，今年过的是快乐年。我种地种了两垧半，打下粮食十五石，高粱米黄小米苞米棒子滚圆圆，小鸡喂了二十个，生下的鸡蛋六百三。还有一口大肥猪，"猪壳囊"也有一十三，打过粮食我编席子，一共赚了四十万。我屋里的织布又纺线,一年的穿衣不犯难。原来有个大耕牛,枣红的大马又买进家园。

军:老乡们生产得真不善,希望你明年更要加油干。(白)老乡,你生产得真好,你再加把油就能当个生产模范了。

民:(白)这也全靠咱队伍打胜仗,要不,我这些东西,还不是地主拿去了?所以我呀!(快板)报答解放军,慰劳些东西理当然,送了鸡蛋整一百,一双新鞋轻又软,还有毛巾一打半,流通券有两万元。

军:老乡真是好心眼,你是拥军的好模范。(白)老乡你现在到哪?

民:我去拜年去!

军:那咱一路走吧!

民:好!(锣鼓,二人在台上转一圈。)

军民:(快板)给毛主席拜个年!(敬礼)你是人民的救星活神仙,领导人民闹革命,为咱百姓谋吃穿,咱们人民拥护你,万岁万岁万万年!

再给朱总司令拜个年!(敬礼)你领导咱解放军,消灭敌人几百万,解放城和乡,胜利在眼前!

民:(快板)咱给战斗英雄来拜年!(鞠躬)你们是中华民族的好儿男。为国家、为民族、为了穷人把身翻,不怕流血和流汗,和蒋匪军拼命干,建立功勋美名传!今后更要不骄、不躁、不怠慢,时时刻刻和群众紧相联,多杀敌人多缴枪,城市政策莫违反,功上又加功,金色的奖章挂胸前!

军:(快板)咱给劳动英雄拜个年!(敬礼)一年劳动多辛苦,起早贪黑多勤俭。今后更要加劲干!互助组,带领干,深耕又细作,打下的粮食堆得像山。

民:(快板)咱给荣军同志拜个年!(鞠躬)前方挂彩流血汗,人民功臣不流泪来不悲观,安心学习搞生产,遵守政府的法令,见了群众做宣传,真是人民军队的好模范。

军:(快板)咱给军工同志拜拜年!(敬礼)多造枪炮支援前线,大小子弹多多造,红头绿头的最保险。三八子弹尖又尖,信号弹来射得远。六〇炮弹和手榴弹,敌人见了吓破胆!

民:咱给军属拜个年!(鞠躬)你们的子弟上前线,你们在后方也光灿。鼓励子弟打进关,不扯后腿,还忙生产。子弟杀敌立大功,你们是生产战线的好模范。

军:(快板)咱给工人拜个年!(敬礼)修铁路来安电线,还有那机器和零件,军需民用样样全,轻重工业都不等闲。样样财富工人创造,完成那历史任务你在头前。提高质和量,尊师爱徒关系改善。大量生产支援前线,学习劳动英雄刘英源!

民:(快板)再给青年学生拜个年!(鞠躬)尊老师,爱学校,学习的知识要实践,支前、优属,见了老乡多宣传。毛主席著作要多研究,改造思想都争先。还要参加新民主主义青年团,做个模范的好团员。

军:(快板)还给妇女们拜个年!(敬礼)多织布、多纺线,多喂猪鸡多拾粪。教育孩子要讲卫生,小孩养的红圆圆。还要识字不封建,见人不要先红脸,后方副业全靠咱,争取做个光荣劳动女状元。

民:(快板)再给小朋友拜拜年!(鞠躬)讲究卫生爱清洁,多多识字把书念。站岗放哨查坏人,帮助父母,数咱能!别看咱人小志不小,干起活来咱抢先。

军民:(快板)咱给那男的拜年女的拜年,老的拜年少的拜年,男男女女老老少少军队百姓工人商人军属学生妇女儿童一齐来拜年……

民：咱就是不给那二流子来拜年，因为他，好吃懒做不生产，光吃人家的现成饭。又要牌，又赌钱，又嫖破鞋又抽洋烟，不知耻来不要脸，人人见了都讨厌！

军：不！二流子虽然不生产，他还是咱穷哥弟兄一条汉，家里人不能往外推，大家帮助他转变，只要他好好务庄田，浪子回头金不换。

民：对！只要你好好搞生产，咱就给你拜个年！（鞠躬）

军民：拜年拜了一大串，不觉红日升高竿。

叫声　老乡／同志　听我言，你到　咱连会会餐／咱家吃顿饭。（同时白）天不早了，该吃晌午饭了，你到咱连／家吃饭去！

民：（快板）好同志，听我言，请到我家吃顿饭，要吃白的有粳米，要吃黄的小米饭，又红又香的高粱米，盛在碗里真好看！要吃面条咱就擀，带馅的饺子咱也办，还有烙饼圆又圆，又酥又脆又新鲜，同志你要想吃啥，不要客气尽管言。

军：好老乡，你听我言，你的盛意我记心间。还是先到我们连，咱们美美会会餐！桌上放着四个碗：鸡鱼肉蛋可也全；清炖鸡子整一个，炖得又香还又烂；新鲜鲤鱼装在盘，小心有刺慢慢咽；红烧猪肉盛得满，到了嘴里就化完；还有菜汤一海碗，白菜豆腐粉条和鸡蛋。吃完一碗添一碗，家常便饭慢慢餐。吃罢饭，抽袋烟，赛似天上活神仙。打开罐头和饼干，这是敌人孝敬的咱。老乡你说好不好？咱们快走莫迟延。

（白）老乡快去吧！

民：（白）还是先到我家！

军:（白）还是先到我们连！

民:（白）你不去我生气了！

军:（快板）好老乡别生气,还是先到咱连部去,这顿先吃咱连的,下回再去吃你的,你看乐意不乐意？

民:（快板）乐意也得我乐意,不乐意还得我乐意！（白）下顿可得到我家去呀！

军:对！去吧！（二人扭唱）

　　军队和老百姓,咱们是一家人！

　　前方军队去作战,老百姓生产支援前线。

　　全部消灭蒋匪军,全国人民得解放！（下）

选自《东北日报》,1948 年 12 月 31 日

◇ 马健翎

血泪仇

写在前面

在蒋介石国民党反动派统治区域内，军阀官僚特务土豪劣绅到处压迫剥削敲诈残害老百姓，劳苦群众挣扎呻吟于水深火热之中，呼天天不应，叫地地不灵，妻离子散，十有九死，简直可以说"无民不难"。

八路军新四军所创造的前后方根据地，在共产党的领导下，党政军民亲密团结，积极抗战，努力生产，丰衣足食，到处蓬蓬勃勃，欢天喜地，——但是，坏人见不得好人，有好人，坏人担心自己坏不到底，于是想尽了一切无耻的方法，陷害好人，因此就有"解散共产党""取消边区"的狂吠，竟然调动大兵，包围边区，准备内战。

人常说"坏人天不容"，这是从前的人们对于真理的伟大力量，没有明确的认识，抽象地功归于"老天"或"天理"，其实那个"天"字应作大众解，就是说大众不会容忍坏人的。

今天中国的坏人,如果梦想坏到底,那么,在他们压迫下的人民大众一定不容,在各抗日根据地边区享自由幸福的人民大众一定不容,结果他们会落一个"天下无容身之地"。

中国的劳苦大众,已经觉悟了,中国的劳苦大众已经有了自己的力量,谁敢欺负中国的劳苦大众!

从这个剧里就可以看出靠谁解放中华民族,靠谁解放中国人民。

健翎起稿于一九四三年九月七日于延安

《血泪仇》各个场面简单说明表

场次	名目	出什么人	用什么道具
一场	议丁	田保长,刘荣,郭主任,孙连长,兵甲、乙。	纸烟、包钱的白布包子。
二场	派丁	王仁厚,王老婆,狗娃,田保长,保甲、乙。	麻绳一条。
三场	卖地	桂花、王仁厚、王老婆。	纸钱包子。
四场	交款	兵甲、孙、韩排长、刘、郭、田。	纸烟、火柴、白布钱包子。
五场	上坟	桂、老、东才妻、狗娃、王、东才、保甲。	
六场	抓丁	韩,兵甲、乙,王,东,壮丁一、二、三。	绳、皮鞭、马棒、筐子。
七场	逃难	桂、老、媳、狗、王。	破被、烂东西、扁担、绳、包袱。
八场	活埋	兵甲、乙,壮一、二、三,东,孙,韩,兵丙、丁。	木桶、杓、碗筷、担架、绳。

续表

场次	名目	出什么人	用什么道具
九场	指路	王，老，媳，桂，狗，老冯，兵丙、丁。	小口袋、黑馒头、鸡。
一〇场	龙王庙	王，老，媳，桂，狗，兵丙、丁。	血彩。
一一场	进边区	县长、白科长、小勤务、王、桂、狗、乡长、工作员二。	镢头二把。
一二场	互助	团长、勤务员、乡、王、桂、狗、吴老二、胡老、张老婆、乡指。	扁担、桶、筐、馍、碗筷、杓、菜桶、锅。
一三场	开兵	孙、韩、武得贵。	
一四场	纺棉	桂、刘二嫂、王、狗、乡。	盆、杓、碗、筷、簸箕、纺车、弔、棉线、罐……
一五场	派差	孙、韩、武、东。	
一六场	放哨	兵甲、壮一、东。	货担子。
一七场	投军	张虎儿、胡。	土枪、一袋粮、一袋菜。
一八场	接头	黄先生、东。	馒头、纸包、信。
一九场	政府忙	乡、吴、王、虎、胡、善牛、张、党老先生、女子一二、黄、乡指。	布袋三、鸡、鸡蛋一筐、红缨枪一。
二〇场	砍柴	桂、狗、王。	砍柴斧一、麻绳。
二一场	放毒	东、吴、桂、狗。	包袱、纸包、瓢一、拨浪鼓、桶、扛子。

场次	名目	出什么人	用什么道具
二二场	送柴	王。	斧头、柴一背。
二三场	中毒	王、桂、狗、乡、任医生。	柴、挂包、药包、碗罐、鞋帮子、信。
二四场	逼刺	黄、东。	
二五场	刺父	东、王。	小斧头、旱烟袋、火柴。
二六场	全家哭	桂、狗、王、东。	锄头、麻油灯。
二七场	回营	东、兵甲、武、孙、韩。	
二八场	爆炸	韩,东,兵丁,兵甲,壮一、三。	假手榴弹二(帽圈引线全)、啸、血彩、放大火。
二九场	见尸	祁连长,贵,兵乙、丙、戊。	
三〇场	追赶	东,兵丁,壮一、三,祁,贵,兵乙、丙、戊。	
三一场	自卫	吴、虎、刘三。	红缨枪。
三二场	布防	高连长,八路军子、丑、寅、卯。	
三三场	二老碰	王、胡。	红缨枪二枝。
三四场	击退	吴,虎,刘三,兵丁,壮一、三,祁连长,兵乙、丙、戊,高,子、丑、寅、卯,王,胡,东,张,牛,何,黄。	筛、馍筐、肉、血彩、绳、假山围子。

《血泪仇》登场人物说明表

什么人	怎样的人
王仁厚	老农夫,五十余岁,为人耿直果断。
王老婆	仁厚妻,年相似,操劳过度,软弱无能。
王东才	仁厚子,年二十七八,农民,性格与其父同。
桂花	仁厚小女,年十二三,活泼伶俐。
狗娃	东才子,年九岁。
东才妻	年二十四五,生得很好看,为人艰苦忠厚。
田保长	年三十余,是一个贪财爱利的小人。
刘荣	联保主任的心腹联丁。
郭主任	联保主任,四十左右,大烟鬼,奸猾恶毒。
孙副官	国民党的副官,凶残腐化。
兵甲	是一个班长,姓侯,老兵,很坏。
兵乙	国民党军队的士兵。
保甲	保丁,很凶残。
保乙	保丁,性颇良善,有良心。
韩排长	孙副官的心腹,坏蛋。
壮丁一	三十左右的农民。

续表

什么人	怎样的人
壮丁二	二十余岁,农民。
壮丁三	同上。
兵丙	国民党的士兵,坏蛋。
兵丁	国民党的士兵,稍有良心。
老冯	友区的一个老农夫,忠厚人。
县长	边区县长。
白科长	边区县府科长。
小勤务	边区县长的勤务,年十三四。
团长	八路军团长,左膊直,年三十余岁。
勤务员	团长的勤务员,年十三。
乡长	边区乡长,三十七八,忠厚朴实。
指导员	边区乡指导员,很坚定,年三十余,农民出身。
工作员	边区县府工作人员。
工作员	同上。
吴老二	农民,自卫队的班长。
吴得贵	孙副官的勤务兵。
胡老	老农夫,性强,从前是难民。

续表

什么人	怎样的人
张老婆	边区的老婆婆,很进步。
刘二嫂	边区农村进步妇女,纺织组长。
张虎儿	农民小伙子,勇敢。
黄先生	四十余岁,八字胡,医生,是汉奸特务。
善牛	年十二三,少先队员。
党先生	友区的古老先生,为人正直,斯文。
女子一	友区的大姑娘。
女子二	同上。
任医生	八路军团部医生。
祁连长	国民党连长。
兵戊	国民党士兵。
刘三	边区农民自卫队员。
高连长	八路军连长。
兵子	八路军士兵。
兵丑	同上。
兵寅	同上。
兵卯	同上。

续表

什么人	怎样的人
何大	边区农民。
总计	五十一人。

注：如缺演员有三十人左右，也能替换演出。

第一场　议丁

田保长：（年三十余，是一个贪财爱利的小人）哎！（唱）这几日把人忙坏了，每天起来到处跑，只要能把钱到手，哪管他百姓哭号啊，哭号啊。（进门）郭主任，郭主任。

刘荣：（联丁，由下场门上）噢！田保长来啦，快坐下。（说着取凳放下）

田：联保主任呢？

刘：出去啦！

田：出去啦，现在还不到晌午，平时这时候他还没有起床呢！今天有啥要紧事么？

刘：啥事都没有，人家昨天晚上就没有回来。

田：哪里去了，今天得回来不得回来？我忙得很，等不得。

刘：我给你叫去，不远，跑不出这圈子的。（轻浮的笑容）

田：噢！我明白咧。

刘：你明白啥咧？你不得明白。

田：我不得明白，他跟曹三家媳妇，睡觉去啦，你说是不是？

刘：看，我知道你不明白，咻媳妇多得大呢！

田：媳妇多，再没啥好的。

刘：没啥好的？我问你，杜拴的媳妇还不美吗？

田：（惊讶地）主任把那弄得手咧？

刘：哎！

田：美！美！真好！（猛然想起）我给你说，你们要小心，咿杜老头子凶得太呢！只有一个儿子抓了壮丁，再把他的媳妇教谁霸占了，咿敢跟你拼老命呢！

刘：把你愁的，他再凶，还能比这（指身上带的枪）凶？告诉你，联保主任说他违抗公款，把老驴×的送到县政府咧！

田：哎，这还好，主任真是有福气，有办法。（表情语气庆祝赞美联保主任的成功）

刘：你要见联保主任是交款子吧？

田：是的。

刘：款子收得怎么样？

田：哎，收得不好，刚够数。

刘：你不要骗我，联保处给你保上摊了三万元，你下去摊了三万五，老百姓还敢少出一个钱吗？你不要骗我，我又不要你的！（高声地）

田：好我的那你哩！说低一点，你有困难，我哪一回不帮助么，不怕，下一回你到我保上来，我总不教你空回。

刘：我跟你说笑呢。

田：快请主任去。

刘：好，你等一会。（下）

郭主任：（联保主任，四十左右，大烟鬼，奸滑恶毒）哎！（唱）（二六）

昨夜晚我在那杜家睡觉，那媳妇直哭得两眼红桃，虽然家成美事心中不快，懒洋洋只觉得难以展腰。（揉眼打呵欠，乏

乏地进门)

田:郭主任。(轻浮,稍亲)

郭:(麻的品的,落座又打呵欠)你来得早。

田:我来一会咧!

郭:款子收齐啦吧?

田:收齐啦!

郭:好收不好收?

田:哎,难得太呢,荒灾水灾,老百姓都没办法,非打不给钱!

郭:能打出钱,就算不错,不打不行,胆子放大。

田:(拿出一个小包子交郭)这一回的三万元,如数收到。

郭:(接过钱笑着说)你也能搞几个吧?

田:(笑着说)我不敢多搞,弄得够跑路钱就是了。

郭:(笑)哼……没有关系,你就多搞一点怕啥呢!

刘:(内喊,急上)报告,来了一个副官带两个士兵。

郭:快给我拿湿手巾。(取湿手巾一块,郭忙乱地擦了一下脸)

　　(孙副官傲然地同一个勤务吴得贵上)

　　(郭笑嘻地迎出,田随其后)

孙副官:(三十左右,凶狠奸)你就是联保主任?

郭:(恭敬地)是的。

孙:你姓郭?

郭:是的,请到公所里坐。

　　(内有五人孙、郭、刘、田、贵,刘摆凳子)

刘:副官请坐。

　　(孙落座后,审视周围)

郭:(恭敬地给副官纸烟,擦火点着)副官到这里是……

孙：我是师部政治处的政训员，我到这里的任务是要调查惩办坏分子，听说你们这一带的老百姓，因为旱灾水灾死人不少，好多人不满意咱们的政府和咱们的军队，非把这些坏东西铲除干净不可。

郭：是的，是的，老百姓非压迫不可。

孙：以后你要多留意，调查这里有没有共产党，他们总是主张改善民生坚决抗日，你应当明白，这对于我们是不利的。

郭：是的，是的，我们应当小防，

孙：（瞪起眼来）什么，小防？

郭：（赔笑脸）我们应当镇压屠杀他们。

孙：我告诉你，消灭不了共产党，什么都不方便。

郭：是的，是的。

孙：还有你们县上的壮丁是派给我们部队里的，师管区教我来催，县上让我直接到你们联保处要。（说着拿出几封公文交郭）

郭：（看了一下公文）噢，这一次是八十名壮丁。

孙：怎么，你觉得多么？

郭：不多，不多，国难当头，国家要人么。

孙：本来按平日，你们每一联保每月抽壮丁四十名，不过，我们这一师，要大大地补充，所以这一次你们要多出壮丁，一定要办到。

郭：那是自然的，不过，这几年来，这地方荒灾水灾老百姓苦得很，副官还得另眼看待。

孙：国难当头，老百姓苦一点算什么。

郭：咱们都是一个领袖，事情商量着办，天理国法人情，都教有着。

孙：这是国家大事，不能随便，我们当军人的说一不二，不讲情面，少一个都不行！

田：副官,我们实在难为得很呢。

孙：不要多讲,公事公办。

郭：好,我马上召集各保长计划计划,副官请到上房休息休息!

孙：(起立欲动)事情要很快地办,我可不同别人,马马虎虎是不行
　　的,你们要是随便抓几个人,买流氓,违法欺天,小心!

郭：不能,不能,我也是战干团受过训的,不能不晓得国家法律。

　　(郭把孙送下,田不安地徘徊着)

　　(郭麻麻地又上场)

田：郭主任,八十名壮丁,一个也不能少,不抓不买,杀人都办不到!

郭：你不要担心,上边要的少,我们有小办法,上边要的多,我们有大
　　办法。

田：我看这个孙副官好像不爱钱?

郭：世上没有不爱钱的人。

田：你看,这人神气不对,凶的咧样子!

郭：凶,凶是要的钱多!

田：(愉快起来了)你说这一回花钱还能行?

郭：你简直没有见过啥,我告诉你,不管是县政府,不管是军队,吃钱
　　吃得嘴都油油的,看见咧洋钱票子,比我都馋。

田：只要他们肯要钱,咱就有办法。

郭：你听我说,这一次八十名壮丁,按理你们保上应抽十名,你回去
　　派上十四名,能出钱的壮丁按一万元,实在不行的七千八千都
　　可,你看着办去,一个钱都拿不出来的穷小子,把驴×的缚起来,
　　送到联公所。

田：现在是抓人容易,弄钱难。

郭：你应当知道我们为的是啥?

田：当然我知道多搞几个钱好，老百姓这几年来，一年不如一年，老
　　百姓的钱难搞得很！

郭：我问你，你说老百姓怕死不怕？

田：当然怕死么。

郭：怕死，就有办法，你逼着教他死，看他花钱不花钱？

田：自然要是硬打硬上，钱是能搞到的，我就怕弄得寻死上吊，风声
　　一大，上边知道了，咱们受不了。

郭：呔，把你干了几年公事，胆小的咻"松"相，你知道上边是个干啥
　　的？县长、专员、主席、团长、旅长、师长，哪一个不发财，哪一个
　　不是在老百姓身上弄钱，你懂得个啥？

田：那你说不要害怕。（得意地）

郭：不要害怕，孙副官还是师部政治处的政训员，老百姓里边要是谁
　　敢反抗，就按共产党办。

田：你说不害怕，我就不害怕，不害怕了，就有办法，这就去了。（唱）
　　（二六）辞别主任忙回转，这一回又能发大财，绳子捆来棍子打，
　　哪怕他老百姓不花钱。（下）

郭：哎，（唱）（二六）田保长是个胆小鬼，官场的事儿不晓得；上爱贪
　　财下有利，上下一致无是非。回头来我把刘荣唤，听我把话对你
　　言，忙吩咐百姓送猪送羊送鸡蛋，好酒好肉办周全，孙副官咱要
　　好招待，一步不到非等闲，我在此地莫久站，到上房与他细讲一
　　番。（齐下）

第二场　派丁

王仁厚：哎嗯，（上唱）（四句慢截）遭兵荒遇水灾，天又大旱，河南人
　　　　一个个叫苦连天，这样粮那样款摊个不断，眼看看老百姓就

要死完。

狗娃:(慌张跑出)爷! 快走。田保长进庄了。

王:(大惊)田保长又来了!

狗:来啦,还带保丁,绳子棍子,我怕,咱们快走。

王:(抚狗头)孩子,不要怕,不要紧!

　　(田带保丁甲、乙气汹汹地上)

保甲:(急拍门)开门!

　　(狗吓缩王怀)

王:(惊疑)谁?

保甲:保长来啦,快开门!

王:(稍示惊疑犹豫,安慰狗)孩子,你到后边去。

　　(狗娃下,王环视周围)

保甲:(猛拍门)快!

王:(惊缩一下)这就来。(开门)噢,田保长快请屋里坐。

　　(田等凶狠狠地进去,田坐)

　　田保长,忙得很吧!

田:为大家办事(冷笑地)就是这样。

王:保长真是太辛苦。

　　(此时狗扶王老婆由下场门暗上,偷听)

田:王仁厚。

王:保长。

田:这一次又叫大家难为,你要给我帮忙!

王:保长有什么使用,我绝不推辞。

田:这一次上边派的壮丁多,公事紧,没法子,你的儿这一次可非去
　　不可!

王：保长，你忘了吧，上一次我卖了十亩地，花了八千元，买过壮丁了，（腰里掏出一个纸单）这是收据。

田：（接过没有看就装在衣斗里）前几天县政府派委员重新登记户口，以前买壮丁"替"名字的都不算啦，又要重来。

王：保长，这不对，你要想办法！

田：上边的命令，谁也没有办法，你敢违抗委员长吗？

王：这简直不讲道理，要老百姓的命！

田：（大声斥责）混蛋！什么不讲道理，国难当头，老百姓的命算啥，把你们的儿子交出来！

姥：（站立不定，跌到地上，大哭大喊）哟，不要人的命了，东娃，快跑……

（王田等呆瞪一会，保丁紧张握枪捏棍）

东才：（急忙跑出来，扶其母）妈！什么事！

田：（命保甲、乙）抓住！（踢姥）不准叫！

（桂花、狗，悄出将姥拉回）

（保丁甲、乙拉定东才，东浑身打颤目瞪口呆）

王：保长老爷！要是把东才拉走，我这一家人就完了。

田：国难当头，委员长的命令，我管不了，你自己想办法。

王：保长老爷，你看我把地要卖完了，地方都让水推了，我有什么法子可想？

田：什么，你一点办法都没有？

王：实在没有。

田：（示保丁把东捆了）捆了！

（保丁甲乙捆东才）

王：（急得乱动）保长！

田：拉着走。

（保甲、乙作拉状）

王：（拉田）保长，你要救我，你要想办法！

田：你没办法，我哪里来的办法？（大声）拉着走！

保甲乙：（大声应）是。

甲：（用力击东背）走！

王：（向保甲、乙作揖哭诉）你们先不要拉走，（转身向田）田保长，（跪下）说是你恩宽恩宽，容小人一时，我还是想办法就是了。（起立）（唱）（紧拦头）拉我儿把我的心肝疼烂，田保长儿好比催命判官，保丁们一个个气汹满面，我的儿，只吓得胆战心寒，前一次买壮丁卖地一片，丢下了十五亩靠它吃穿，这一回逼得我还要出卖，顾不得全家人日后安然，（转身向田）转面来对保长话讲当面，我还是卖田地情愿花钱，但愿你田保长多寻方便，念起我全家人常受饥寒。

田：（变笑容）（唱）王仁厚莫要哭，一旁立站，你听我言和语细说心间，并不是我保长做事太坏，政府里有命令我也为难，这一次我与你多寻方便，买壮丁我替你出力周全，如今的东西贵啥都不贱，买一名壮丁费一万二千。

王：（唱）（带板）听一言吓得我浑身颤，从哪里能搞出一万二千，我这里把保长一声呼唤，这一回还要你格外恩宽。

田：哇！（唱）（带板）王仁厚你莫要那样打算，听我把话对你言，拿出钱来事好办，拿不出钱来送当官。

东：老爹爹！（唱）（带板）我这里忙把爹爹唤，我的老爹爹哪，……老爹爹……呵……听儿把话说心间，十五亩地不敢卖，卖了全家无吃穿，儿情愿当兵上前线，为一人害全家儿心不安。

王：哎，儿哪！（唱）（带板）我儿莫要糊盘算，为父心中自了然，当兵打仗还犹可，壮丁几个活命还，咱家中老小无能耐，全靠我儿你动弹；为父心中有主见，我儿低头莫多言，（截）（白）田保长反正尽我的家产变卖，我一定花钱买丁就是了。

田：这就好，我得先把东才拉到保上。

王：保长，你把他留下，他不会跑，我一定把钱送来。

田：这是手续，钱送来一定放回，你放心。

王：保长，你知道我们是本分人。

田：（不耐烦）看你，这不是你一家，无论谁都是这样办，你懂不懂？（瞪视王）

　　（王低头不敢言）

田：拉着走！

　　（保甲乙拉东，东难为看王一眼，低头而下）

王：（焦灼地目送田等押下，不见后）田保长，我把你好贼！（唱）（二六）官家做事太无理，把百姓全不在心里；有一日百姓全做鬼，看你们做官再靠谁；越思越想越流泪；无奈何卖地走一回。（下）

第三场　卖地

（娃扶姥上）

姥：（唱）（二六）昨夜里我的儿让人拉走，一家人大和小两泪双流；但愿我老头子卖地顺手，才能够解去了全家忧愁。（落座）

王：哎，（手拿钱包）（唱）（二六）世事说坏真到坏，穷人处处受可怜，买田卖田由人变，如今世事讲霸权，无势无钱不能买，有势的干买不花钱；万般出于无其奈，贱价卖了好庄田。（截）（进门冈坐一旁）

姥:你回来了。

王:回来了。

姥:地,卖了没有?

王:哎,如今卖地都不由人了!

姥:怎,怎么样么?

王:那些有钱无势的人肯花钱,不敢买地,非卖给坐官的又有钱又势的人不可,他们仗势欺人不肯花钱;没有办法,只好卖给他们,哎! 世事这样下去,穷人都死完了!

姥:卖了多少?

王:我把所有土地卖了个一干二净,求了一阵,哭了半天,(哭)他们才给了(看包)九千元。

姥:(哭)哎! 这怎么得了,不得够我的娃不得回来,哎! 天哪,完了呀……

王:哎! 待我见了保长,痛哭一场,田保长也许念起咱家可怜,放他回来,(哭)说是你不要伤心,我就去了,(唱)手提钞票泪双流,(看包)全家的性命在里头;从此,吃穿二字无来路,老老少少断咽喉:这才是官家不顾民间苦,许多的百姓泪双流,低头出门往外走,东才回,全家人才不发愁。(下)

姥:(唱)老头子流泪出门外,倒叫老身把心担,但愿我儿能回转,我全家老少谢苍天。(娃扶姥下)

第四场　交款

(贵随孙,刘随郭上)

郭:(唱)(二六)每日里游游荡荡真高兴。

孙:(接唱)好酒好肉吃不穷。

郭：（接唱）大摇大摆把门进。

孙：（唱）扬扬雾雾养精神。（坐在椅上得意地舒展）

　　（二人抽出纸烟，甲兵给孙点，刘给郭点）

郭：哎，你说倒究哪一个好？

孙：教我说，还是曹家的媳妇好。

郭：还是杜家的媳妇好，年纪又小，脸又白，贾家媳妇有点口大咧。

孙：杜家的虽好，咻驴×的哭的脑的，不给人耍，冷"巴巴"的，咻有个啥意思。

郭：那有办法，多给她花钱，吃好的吃惯了，慢慢一步一步地就来了。

孙：我看咻"松"拗劲大得太，难改。

郭：孙副官，我押起来的那些坏分子，我看不一定都是共产党员。

孙：难道你还不知道吗？凡是主张坚决抗战到底，改善人民生活，批评咱们国民政府和军队的人，都不是好东西。蒋委员长有命令，宁可以屈死九十九个人都不能放过去一个共产党。

郭：是的，很对。

田：（手里提一大包钱上）（唱）（二六）出门来只觉得身轻脚快，这一次弄到手几万洋钱；见主任我对他细讲一遍，管叫他哈哈乐喜笑颜开。（截）（进门）郭主任，副官，都在呢。（脱帽鞠躬）（刘给田找一个座）

郭：怎么样？

田：还好，就是高二拴跳井死咧，再没有出什么事。

郭：我问你钱怎么样？

田：很好，一共搞到六万五千元，只有常家李家两家和赵家一家，一点办法都没有，在保里押着，就连王仁厚我把老驴×的还"肯"地出了七千元哩！

郭:(高兴地看孙)你看怎么样?

孙:好的,好的,有办法!

郭:七家保,已经有五个保办得不坏,那两个保我想也不成问题,(问田)照你说那五家搞不出钱来?

田:不行,穷得太不像样子,赵家把一个娃都饿死啦!

郭:那就把驴×的缚来,交给副官。你把钱暂时交给文书,回头再细算?

田:是!(立起出门)

郭:(随后出门)田保长!

田:(转回)主任。

郭:你们保上赌博"头子"为什么还不交来?

田:那容易,那马上就可送到。

郭:没有钱送二两好的大烟也成。

田:对。

郭:(向田使眼色,意思要知道收到多少壮丁费的确数)

(田捏手码七与八,得意的表情)

(郭高兴地点头进门)

(田下)

郭:事情就是这样,心硬,胆大,就有办法。

孙:按现在的情形,大概只能搞二十人左右,回去不好交代。

郭:报一些开小差的,吃一些空名字就行了。

孙:你倒什么都懂得。

郭:告诉你,就是师部军部咿鬼,哪一件我不晓得。

孙:无论怎说,二十名有点太少。

郭:我知道,你带的是兵,有的是枪,路上有的是人,还愁抓不下三十二十？

孙：你真是个内行，咱们惯啦，我要跟你商量一件事。

郭：什么事？

孙：（示意兵甲与刘）你们下去。（兵甲与刘下）我告诉你，这一次我们师部的意思，钱也要弄，人也要弄，我自己也当然不能空回。

郭：那是自然么。

孙：因此抓人补数是难免的，倘若路上抓了你保上的老百姓，要是没有什么关系，你可不要向我找。

郭：那不成问题，你肯帮助我，我还能不给你带面子？

孙：那就好，咱们出去打牌去。

郭：好！

（二人起立）

说一句良心话，现在的人只可以装好人，要是真的打算当好人，非碰钉子不可。

孙：来！

贵：（年十四五，勤务员，跑上）副官。

孙：叫特务连第二排韩排长。

贵：是。（下）

韩排长：（年二十二三，凶狠恶毒）副官，什么事？

孙：我们就要结束，你带上一班人，到各处查店，路上等人，遇见四十五以下，十八岁以上的人，都抓起来。

韩：是。（欲走，听孙又说话，转回立正。）

孙：抓到人藏起来，不要让人看见。

韩：是。（下）

郭：其实国难当头，老百姓当然苦一些。

50

孙:那是一定么,走,咱们打牌去吧。(说着拍郭的背肩二人亲热地
　　下场。)

第五场　上坟

　　(娃扶姥,东媳拖狗上)

姥:(唱)(二六)清早间老头子去保上,

媳:(接唱)为什么这时候还不回乡;

姥:(接唱)莫不是钱少无希望,

媳:(接唱)等爹爹回来问端详。

　　(王与东上,东垂头,脸色不好看)

王:(上唱)(二六)去保上哭哭啼啼求保长,好容易将我儿带回家乡。

　　(截)

姥:(一见他俩回,惊喜非常)噢,你们回来咧!

狗:　　　　　　　爸爸!
　　(同跳上去抓东)　　　(同望东的脸)
桂:　　　　　　　哥哥!

东:(难受地用手抚狗、桂的头)

姥:(走上前审视,东哭)我娃去了两天把脸都黄了,他们打你没有?

东:没有,妈!(用手擦泪)

王:哎,人是回来了,日月光景怎么过?你们大家都坐了,听我说。

　　(大家都落座)

　　咱家里辈辈受苦,只靠三十亩地过日子,现在是都完了,完全是
　　穷光蛋了;在这河南地面东边是日本鬼子捣乱,地方上欺负穷
　　人,军麦征粮各种款子,谁能支应得起;人越穷了,越发吃亏,怎
　　能活下去,我已经打定主意,西边逃难去,你们愿意不愿意?

姥:逃荒出去又怎么办?……

东：我看到哪里都一样，出去还不是没有办法。

王：哎！这都是没办法的办法，你们看咱河南人死了多少，人吃人，犬吃犬，简直不能活下去了。我就不信咱中国，到处没有穷人的路，也许西边好一点。

姥：咱们现在穷得要命，连路途盘费都没有。

王：我一辈子没有道谎，这一次我求保长的时候，说咱卖地卖了八千元，（掏腰）总算剩下一千，（交姥）你先藏在身上，这就算咱的路途盘费。

姥：这能吃几天，这不够。

王：哎，穷人要打穷主意。我们说走明天就要走。多一天，说不定上边就要摊下什么款子来；东才！

东：爹爹！

王：这一次我们要远离家乡，活了活不了，回来不回来就说不定了，咱父子这就到街上买上几份香纸，去到坟茔把王门祖先祭得一祭，哎，（哭）把祖先祭得一祭，算尽了这辈儿孙的孝心了。（唱）（二六）全家人就要离家院，但不知回来不回来；叫东才随父坟茔去，到坟前痛哭一场祭奠祖先。

（王东下，姥等坐哭）

保甲：经征处要保长催收陈欠，不觉得来在了王家的门前。（截）（进门）王仁厚。

（姥等吓得呆视不敢言，孩子们缩到大人怀里）

（生气）王仁厚在家不在家？

姥：他出去了，你有什么事？

保甲：你们还有五斗征粮陈欠，经征主任催得紧，快送去！

姥：哎，老总，你们保里知道，我家里穷得什么都没有了。

保甲:不行,国难当头着呢,国家的征粮谁敢不出,委员长的命令,违抗征粮就是汉奸。

姥:(走上前拉保甲,连说带跪)老总,你给保长说,我们实在没办法!

保甲:我管不了。(把姥摔倒)明天交不出看你受了受不了。(凶气满面地下)

姥:(拿出票子)天哪!天哪!这一千元还不得够呵!(唱)(桂、媳将姥扶起)又是壮丁又是粮,穷人活得无下场,等他们回来讲一讲,全家人舍死逃他乡。(截)(齐下)

第六场　抓丁

（幕内皮鞭声,斥责叫骂声,疼痛叫喊声,韩排长带兵甲、乙,押三壮丁,绳连着）

兵甲:(用枪托打第三壮丁)走!

（第三壮丁倒,其他亦倒）

兵乙:(用皮鞭乱打)装鬼,走!

（正在乱打乱叫之际）

韩:你们暂时躲在那里,前边好像又来人啦!

（兵甲、乙推壮丁三人于下场门桌旁,韩也隐在一边等着）

（王与东上,东手提小筐）

王:(唱)(二六)祭祖先哭得我肝肠烈断,

东:(接唱)父子们一路上两泪不干。

王:(接唱)但愿他年回家转,

东:(接唱)全家老少祭祖先。(截)

韩:(挡定王、东)你们从哪里来?

王:我们刚才上坟去,祭奠祖先回来的。

韩:（指东）他是你的什么人？

王:他是我的儿子。

韩:老头子,你不要胡说,我认得他,他是我们队上的逃兵。

王:呵哟,老总,他是我的儿子,你认错了,他不是兵!

韩:（拿出枪）不准叫!

　　（王、东呆立不敢动）

　　来一个人。

兵乙:（走上前）韩排长,有什么事？

韩:（指东）这也是一个逃兵,跟他们捆在一起。

兵乙:是。（抓东）

王:老总,这……

韩:（逼前）不准叫!

　　（王呆立,东打颤,由兵乙摆布,把他和其他的壮丁捆在一起）

兵乙:报告排长,捆好啦!

韩:拉着走!

兵乙:是。

兵甲乙:走!（推打带喊）

王:（不顾一切,奔上去）东才,东才。

韩:（一脚将王踢倒）驴×的再来就要你的命!（韩等与兵下）

王:（唱）（伤寒调）昏沉沉只觉得神魂不在,朦胧胧强扎挣头儿难抬,
　　我这里拼老命将身立站,（挣扎起而复倒数次）不见我的儿在那
　　边,哭了声东才难相见,那,那是东才呀,父的儿……呵……大料
　　我儿命难全,迈大步我把联保见,（绕一个圈子）来到了联公所大
　　喊屈冤。（截）

　　（大喊）冤枉,冤枉。

刘:(急上)什么事？

王:快请联保主任,我有话讲!

　　(刘进去引郭上)

郭:什么事？

王:(跪下)哟,联保主任,我只有一个儿子,前一个月,我买了壮丁,这一月又买了壮丁,还……还让他们抓去了。

郭:谁抓走啦?

王:队……队伍上。

郭:哪一部分?

王:我不晓得,他们穿黄绿军衣。

郭:那有什么办法,政府管不了军队上的事。

王:呵哟,联保主任,你不能不管,我买壮丁给你们花了一万多钱呢。

郭:混账! 你给谁花钱? 花钱还不是为了你们自己,大声喊叫什么? 滚蛋!

　　(气愤愤地下)

王:(呆傻地目送郭下)啊哟,我的天哪! (唱)(带板)王仁厚有难向谁告? 我的天哪……老天爷……呵……活活地杀了我全家大小! 强扎挣忙往家中跑,回家去老的哭小的号怎样开交。(下)

第七场　逃难

　　(桂扶姥,媳拖子上)

姥:(唱)(二六)日落月上天将晚,

媳:(接唱)为什么他们不回还?

姥:(接唱)将身儿打坐小门外,

媳:(接唱)单等参参早回来!

王:(内唱)(介板)王仁厚心中是火烧,(上颠倒爬起)走一步来跌一跤,浑身打战往前绕,(全家一见,惊慌,搀王进门,老少齐叫)叫一声姥姥(看姥)媳妇(看媳)不……不好了。

姥、媳:(惊异)什么事?

王:(接唱)我与东才正前行,中途路遇见了土匪兵。

姥、媳:(大吃惊)怎么样?

王:(接唱)横行霸道不讲理,把咱的东才……(看全家)他……他抓了逃兵。(全家放声大哭,王也随着后音,两小孩也随哭后音)

姥:
媳: 啊哟,不好!(同唱)听一言把人的肝胆惊炸,那……那是我那

儿 东才儿 老老
…… …… 呵……这一回性命难保全,忙把 一声唤,
夫 我的夫 爹爹

我
听 把话对你言。(截)
儿

姥:你就该去联保处告状!

王:我见了联保主任龟子孙!他不管就是了,还把我骂了一场。

媳:就该到县政府去告。

王:儿呀,咱们这里,穷人只有受屈,哪有伸冤的地方,你们晓得前庄里殷老二的儿子,去年也是路上让军队抓去,他到县政府里去告状,到如今人死财散,有什么下场?!

(媳长叹一声,拭泪)

姥:谁也不要怨,单怨姓魏的不是好东西!你舍出一条老命,跟他拼命去!

王:哪一个姓魏的?

姥:派款、征粮、抓壮丁,他们哪一回都说是姓魏的搞的,难道你就没

有听见么?

王:他叫魏什么?

姥:你糊涂了,他叫魏员长。

王:哎,你不懂!委员长,就是蒋委员长蒋介石,他好比从前的皇上,
（发恨）大大的昏君!

姥:那你说我们怎么得了?

王:怎怎怎……至到如今我们只有（看狗、桂）将这两个小孩子抓养
成人,就算好了。（严肃庄重地说）媳妇!

媳:爹爹。

王:今天我要把话说明,你看东才让人抓走,你不要妄想他还能够回
来,王门就是（指狗）这一条小根苗,我们只有外边逃难,也许能
活下去,你……你愿意不愿意?

媳:爹爹不要多心,你们到哪里,我就到哪里。（哭）我要把狗娃抓养
成人!

王:（感动的哭音）你当真愿意?

媳:愿意!

王:你不怕受苦受罪?

媳:（哭）爹爹,你不要担心,我不怕受罪!

王:哎,说是狗娃,狗娃,小孙孙,你还不与你娘跪了。

（狗娃向媳跪下,桂也跪下,全家人沉痛,媳抱狗娃哭,姥半昏
落座）

（唱）（紧拦头）全家人直哭得肝肠断,受苦人直落得这样可怜,并
不是农人无能耐,怨只怨官家横行霸道欺压百姓杀人贼;下决心
离开这河南地面,全不信普天下没有老天,叫媳妇你莫哭将身立
站,到明天全家人逃往外边。（截）（白）你们不要哭了,今晚收拾

行李,明天我们就要上路。

姥:明天保上要收征粮陈欠。

王:什么,他们今天催过了?

姥、媳:催过了!

王:如此,千万不敢等到明天,赶快收拾,(叫紧带板)连夜逃走!(媳
提包袱一个,王担一担,一边是破被,一边是烂东西)(唱)立逼得
今夜晚就要逃走,咬牙关离开了故乡故土。(用手拖狗)叫媳妇
扶你娘随在身后,这一去全家人冒闯冒游。(齐下)

第八场　活埋

（内喊快走！兵甲、乙带四壮丁上,一绳连着,脸色灰白,六人
上,壮丁一、三两面挟壮丁二……）

壮一:（唱）（二六）此地好比阎罗殿。

壮二:（病甚重,脸肿,身软颤倒,简直快要死）（接唱）（气短）大量我
命不周全。

壮三:（接唱）每日不能吃饱饭。

东:（接唱）全家老少哭皇天！（截）

兵甲:站住！（示兵乙）把绳子解了。（端枪）

兵乙:（把绳子解了,非常粗野地,壮丁疼痛咬牙出声）

（壮丁们右手揉左手腕的绳痕,壮二难支,几乎跌倒,壮一、三
扶住）

（兵乙作开门状,门在中场,偏开）

兵甲:进去！

（四壮丁低头进门,壮一、三扶二卧倒,其余蹲坐不一）

（兵乙作闭门状,并锁之,然后下去）

壮一：哎，这真要人的命！

壮三：一点道理都……

兵甲：不准说话！

　　（壮等互视，长叹低头，壮二呻吟）

　　　哎，那一个害病的不要哼哼啦！

　　（壮一向壮二示意，壮二哼声降低，兵甲下）

壮三：（作听外通声息状）哎，我们连犯人都不如！

壮一：我告诉你，不知道把咱们老百姓糟踏了多少啦，我们村里有好
　　　多人都当上了土匪啦，我胆小，就落下这下落！

壮三：本来当兵打日本送命也情愿，把他妈的，就是受不了这罪。

　　（兵甲暗上）

壮一：说的好听，服从蒋委员长，打日本复兴中国，老百姓死完，复他
　　　妈的屁，复兴……

兵甲：谁说什么？混账东西！

兵乙：（提一桶饭，桶里有杓，拿四碗四双筷上）

兵甲：饭好啦？

兵乙：好啦！

兵甲：（走上去挖了一杓饭，闻了一下，笑着摆头）

兵乙：（开了门出去，用脚踢壮丁们）起来，吃饭呢？！

　　（一、三、东起）

　　　你怎么不起，装猫赖狗！（踢）快起！

壮一：好老总哩，他病得连命都顾不得了。

兵乙：（走出去，把桶放进来）吃！

　　（壮丁们挖饭闻，摆头，勉强吃，不时长叹，低头擦泪，吃不下去
就放下了）

（示意一、三，指二）问他吃不吃？

壮一：（走到二跟前）老乡你吃饭不吃饭？

壮二：（应声低微）

壮一：（用耳凑近二）你说什么？

壮二：（摇手）我不想吃！

壮一：（向兵乙）他不想吃。

兵乙：不想吃！不想吃是饱着呢！（将饭提出，把门关锁后，下）

　　　（兵甲稍待也下）

壮三：什么饭，连猪食都不如！

壮一：人家会算账，买的时候不要多花钱，咱吃不下又省东西，人家
　　　才能赚的钱多。哎！

壮三：（向东）老乡，你怎么不说话，心上有啥事呢？

东：我不明白，为什么人家卖了地，花了买壮丁钱，还要把人抓到这
　　　里？简直不讲道理。

壮一：你还糊涂着哩，道理是道理，事情是事情，如今什么事都不按
　　　道理走。

东：你们不晓得，我家里不得了，这一下我家里老的小的，就怕活不
　　　了（擦泪）！

壮一、三：谁都一样！

　　　（兵甲上）

东：我家里……

　　　（壮一、三挡住东嘴，示意有人来了）

兵甲：（手拿绳一条，开门进去）天黑啦，睡觉，来！大家一齐跟我出
　　　去解手。（壮一、三、东站起）（踢壮二）起来！……

壮二：（呻吟的口气）我走不动，我……不去了……

兵甲：你不去，晚上可不能再起来，没有那么多的闲工夫陪你，是不是？

壮二：（哭音）哎，我不得活了，我……

兵甲：不准哭，妈的，跑到这里害病来了？（向壮一、三、东）来！排起来。（一、三、东顺长站齐，甲用绳连起手拉绳头）走！

（壮等快到上场门，背向观众，解小手）回！

壮三：我还要"巴"①呢！

兵甲：他妈的，麻烦，快！

壮三：（退到桌角，面向观众蹲下，一、东站两旁，因绳短又连着，一、东不得不弯腰靠三）

兵甲：（拉着绳，将头迈过去，捏鼻）快！（便完，将壮等拉回去解了绳）脱裤子！

壮一：夜深了，人冷得很，我们又没有啥盖的，裤子脱了受不了！

兵甲：上边的命令，脱！

（壮等脱裤交兵甲）把他的裤子也脱下。

壮一：他病得很厉害！

兵甲：不管病不病，跑了谁负责任，脱！

（壮一脱二裤，二呻吟喊叫）不准叫！

（壮一把二的裤交兵甲）睡！

（壮等躺下）（把门锁了，来回转着）

孙：侯班长！（身后随贵）

兵甲：有！

孙：（领兵丙、丁上）这几天没有跑什么壮丁吧？

----

① 大便的意思。

兵甲：上边那一排房子，前天跑了两个，我们下边这几个房子没有跑
　　　一个。

孙：上边有命令，队伍要开走。

兵甲：往哪里开？

孙：西边。

兵甲：怎么又回去啦？是不是又……

孙：（生气）你不要管这些。监视壮丁、新兵行军，是很麻烦的事，你
　　们要留神！

兵甲：是！

孙：（指壮丁房）这里边有病号没有？

兵甲：有。

孙：重不重？

兵甲：重得很！

孙：是不是走不动啦？

兵甲：不行，连站都站不稳！

　　　（壮一在内偷听）

孙：那就干脆就在今天晚上抬出去埋了，（向贵）大概有六七个重病
　　号都归韩排长负责处理，你报告韩排长去！

贵：是！（下）

孙：看严一点。

兵甲：是！

　　　（孙下）

　　　（韩带兵丙、丁上，丙、丁用绳子缚抬门板上）

孙：侯班长。

兵甲：有！

韩:这里有一个重病号吗?

兵甲:有!

韩:(指门)把门开了。

（兵甲开门进去）

韩:(进门)哪一个?

兵甲:(指壮二)就是他。

韩:(指其余的)先把他们叫起来,跟大院子那些人缚在一起。

兵甲:(踢壮一、三、东)起!

韩:(向兵甲)拉出去!

（兵甲拉壮等,壮等担心地看壮二而下）

(命令丙、丁,指壮二)把这一位叫起来!

兵丙、丁:(踢壮二)起来!

壮二:我实在不得动,饶了我吧!

韩:把他架起来!

（兵丙、丁把壮二架起来）

壮二:老总,你们要我到哪里去?

韩:因为你病重啦,送你到医院治病,不要叫,让他们把你抬走。

壮二:你老爷是我的恩人。

（兵丙、丁,把壮二放在门板上,用绳套好）

兵丙:(手拿壮二的裤子)报告排长,搞好啦!

兵丙:(与丁抬起壮二向下场门走了几步)(转过身问韩)韩排长,我
看把他丢在山沟里就是啦。

韩:胡说,不能叫人看见他,我们还要从上边领棺材费呢,一定要埋。

壮二:(急得乱扬两臂,硬挣扎地大声)什么? 你们要埋我,我能活,
我能活……

韩:把口给塞住,(从丙手里夺过裤子,塞壮二的口,恶狠狠地瞪骂丙、丁,并踢打之)你们驴×的是干啥的?!(齐下)

第九场　指路

王:(这一回上来,只见肩上披一个破被)(内唱介板)一家人无依靠逃在外,(上摆门,引全家上,媳、桂扶姥,王将狗拖过来,到中场全家对视哭,一边走一边唱)(榻板)讨的吃要的喝好不为难;离家后到如今将有半载,走到处贫寒人有谁可怜:白昼间讨饭吃无人怜念,到晚来憩孤庙冷冻难挨;可怜我全家大小泪满面,一个个直饿得骨瘦如柴,最可恨保丁联丁军队警察太短见,把穷人当做了猪狗奴才;我只说离河南世事改变,谁料想到陕西越发可怜:这才是走投无路把谁怨,一家人哭啼啼哪里安排;大路小路有千万,逃难人该走哪一边。

姥:(呻吟叫板)(唱)(二六)开言我把老老怨。咱不该逃难到外边,全家人出门有半载,难道说跑来跑去死外边。

王:(接唱)姥姥不要把我怪,有饭吃谁肯到外边;你我全家不逃难,在家下还是个泪涟涟。

媳:(接唱)老娘没把我爹怨,万般出于无奈间,恨只恨如今世事坏,穷人到处哭皇天。

姥:(唱)(介板)一阵阵只觉得身乏体软,浑身无力难向前;老老莫走且立站,咱全家老少憩一憩。(截)我们走了半天,我浑身疼痛两腿困酸,憩一憩再走!

王:(左右探望了一下)好,我们憩一憩再走。

狗:爷爷我饿了。

王:(抚狗头)我娃饿了,不要紧,前边有村庄,到了那里,我给你要点东西吃。

狗:不,我等不得,我要吃,……(哭)

王:狗娃不要哭,我给你找东西吃。

狗:我就要吃,我就要吃。(跳,擦泪,哭)

媳:(拉过狗)狗娃,不要哭,到了前边就有吃的。

狗:我等不得,我就要吃,把我饿死了。(跳,哭)

媳:(打狗屁股)你总是不听话,再哭,再哭。(拉着狗左膊,转圈子,狗越哭越凶,媳越打越急)

王:(抱过狗)说是媳妇,媳妇,你莫打他,小孩子当真的饿坏了,(狗一跳睡在地下打滚,放声大哭,姥将狗抱在怀里)(唱)(二六)叫媳妇莫把狗娃打,小孩子年幼不懂啥,几天没有吃饱饭,他也能不哭不怨咱。

老冯:(老农夫,上)(唱)(二六)正行走来抬头看,红日又要落西天。(截)

王:老大哥到哪里去?

冯:走亲戚看我女儿去。

王:老大哥,你身上带不带吃的,你看,我有个小孙孙,两天没有吃饭了。

冯:(看王全家)你们是逃难的?

王:是的,我们从河南跑到这里。

冯:哎,如今的可怜人太多了。(说着从腰里掏出一个黑面馍给王)

王:多谢老大哥!狗娃,不要哭了,这给你吃。(狗接馍大吞大嚼)

冯:(审视王全家)你们此地有亲戚朋友没有?

王:没有。

冯:没有你这一家人怎么了"些"?

王：老大哥，你看你们庄上，是不是用人？（指姥、媳）她们可以缝针做线，两个小孩子可以伺候人。我虽然上了年纪，还能受苦种地！只要有人用，不图工钱，有一碗稀饭吃，饿不死就是了。

冯：哎，你不晓得，如今人人都难为。我们这里粮重款子多，常常拨壮丁，十家有九家穷，水推龙王庙，吾身顾不了吾身，谁还顾得用人呢？！

王：哎，你说我们该怎了么？

冯：（看周围无人）听说边区里好，那里粮也轻，款也少，老百姓日子过得好，你们河南逃难的，到那里去的不少，都有办法。

王：边区在哪里？

冯：往北走（指）两天就到了。

王：那里是谁家管？

冯：那里是共产党八路军的世事。

王：共产党，我们保长常说共产党杀人不"眨"眼，咱们敢去吗？

冯：哎，你还不明白，保长嘴里没好话，你只管去，不要紧。

王：（低头想）噢！保长不做好事，哪里来的好话。

冯：对着呢，快到边区里去吧！（唱）我们都是老百姓，因之，你说实言，我要走，你们（临走再指路）到边区再往北走两天。（下）

王：（接唱）老大哥与我讲一遍，诚心诚意尽真言；从此一直往北走，到边区也许能留恋。

（兵丙、丁上，丙夹一鸡，姥、媳、桂、狗，吓得缩做一团）

兵丙：（唱）（二六）前村后村搜庄院，

兵丁：（接唱）见啥拿啥不出钱。（截）

兵丙：（向兵丁）妈的，老百姓穷得连啥东西都搜不出来。

兵丁：老百姓也就是可怜。

兵丙:(向王等)你们是做啥的?

王:我们是逃难的。

兵丁:一定又是河南人。

兵丙:你们又是想到边区里送死去,是不是?

王:不是的,我们在这里讨饭。

兵丙:哼,不是的,你们不到边区去,跑到北边做啥呢,往南边去!

王:南边没有办法,我们才到这里来的!

兵丙:放屁!(捉老等)起来,到南边去!

王:老总,到南边我们就要饿死!

兵丙:(把枪端起)不准你说话,到南边去!

　　　(王等无奈,退了回去。兵丙睽视媳)伙计!

兵丁:怎?

兵丙:你看哪年青的好不好?

兵丁:你管人家好不好。

兵丙:咱们暗暗跟在他们的后边,看他们憩到什么地方,回去报告韩
　　　排长,今天晚上跌狗肏的活。

兵丁:就是啦,少做一点坏事,良心要紧!

兵丙:毬,良心,当好人你就吃不开,你还可怜人呢,谁可怜你呢? 你
　　　看,在官长跟前吃开的哪一个不做坏事?

兵丁:韩排长把乡下的好女人,糟踏得太多咧。

兵丙:韩排长算啥呢,孙副官才是个色鬼呢! 不说话咧,快走,不要
　　　让狗×的跑得看不见了。

兵丁:咳!(叹了一口气跟着下)

　　　(二人下)

第一〇场　龙王庙

王:(内唱介板)(唱)可恼军队太无理,(全家人上)立逼我全家又转

　　回,只见红日要西坠,一家人今夜晚住在哪里?(截)

媳:爹爹,天黑了,我们今夜晚该在哪里住?

王:你们站在这里,(哭)待我到高坡望一望吧。(走了几步,脚尖点

　　地探望)那里大路旁边好像龙王庙,咱们到那里休息一夜了。

姥:哎,我还不如早死了好!

王:不要那样说,随着我来,(转圈唱)(二六)姥姥莫要多言语,小孩

　　子听了太伤悲;我们此地暂躲避,等机会全家人逃往边区。(截)

　　(向前看)果然是龙王庙,我们就在庙里躲避一夜再说。

　　(全家人进庙,压门,坐的坐,躺的躺,不时长叹)

　　(兵丙、丁,作黑夜摸行状,后随韩排长)

兵丙:(低声说)韩排长,就在这里。

韩:好,你们把他们拉到前边树林子里来。

兵丙:是。(韩下)(示意了)不要害怕,不要心软。

兵丁:(叹了一口气)

兵丙:(打门)开门!

　　(全家人大惊,老小缩做一团)

兵丙:快!

王:你……你们是什么人?

兵丙:清查户口的。

王:我们是逃难的百姓。

兵丙:不管逃难不逃难,快开门!

王:(紧压门)饶了我们吧,这里有女人娃娃,他们害怕。

兵丙:(生气,用力踢门)他妈那屁!

　　(王正在压门,被兵丙一脚将门踏开,王跌倒在地,小孩惊叫,姥、媳搂抱不使作声)

兵丙:(踢王一脚)为啥不开门?

王:我正要开门,你把门踢开咧。

兵丙:哼,老×的,这里有几个人?

王:大小五个人。

兵丙:(走到姥等跟前)这婆娘是你的什么人?

王:她是我的儿媳。

兵丙:前庄上有一个女人跑咧,我们把她拉去,教人家看是不是。

　　(说着就拉媳,媳死坠,姥拉媳)

王:老爷!(跑上去)

兵丙:(向兵丁)把他当过去!

兵丁:(将王拉过)不准动!(王不敢动)

兵丙:(踢姥一脚)放手!(抽出枪指媳)走!

　　(王等吓得不敢动,兵丙逼着媳走出门下)

兵丁:不准你们出来,出来就要开枪。(出门后表示难受,下)

姥:(哭叫)哎,天哟! 这是什么世道,我们不得活,我们不得活……

　　(小的,老的,大放悲声)

　　(忽听后台打人骚动,喊叫声,韩排长喊"你们不要拉,她咬着我不放",兵丙说"韩排长,你拿刀子",媳"哎哟"!)

王:(听致声时已站起)你们等着,我出去看。

姥:(拉王)小心!

王:我还怕什么?(连说带走,一头碰在门墙上,一边揉,一边昏沉颠
　　倒地出门摸着走)

（媳露臂，满脸血，臂上有血点，也是昏沉颠倒地摸着走出来，王、媳一碰，二人惊叫，退缩庙中，狗、桂闻声，大叫，做紧抱状）

王：你……你是谁？

媳：你……你是老爹爹？

（王上前将媳妇架定拖回）

（媳回庙昏过去）（全家喊媳）

媳：（唱）（阴死调）我只说老小难见面，谁知又能转回来。强打精神睁开眼，（抓住狗）我的……狗娃，（看桂）小妹妹，罢了爹娘呵，（带板）浑身疼痛好难受，刀子戳棒子打，鲜血流下一大摊。爹娘多把狗娃看，儿媳性命难保全；讲话中间好气喘（颠倒，老小叫，气喘挣扎，睁眼看老小）老娘，爹爹，妹妹（强抱狗一下），我的狗娃，丢不下年迈二老小儿男。（跌倒死去）

（全家叫媳，不应，全家大放悲声，狗伏媳哭，王呆坐在一旁抖颤）

姥：（急疯了）（唱）（带板）我一见媳妇把命断，（哭叫时，狗、桂和之）东才的媳妇……我……我的好媳妇哪……呵……怎忍心丢下了老少儿男；年幼的狗娃谁照管，我二老年纪迈能活几天；转过身我把东才唤，（狗、桂和之）那……那是东才儿呀，娘的儿呀……呵……不知我儿在哪边；一家人直落得人死财散，老的老小的小疼烂心肝，死的死活的活太的伤惨；我不如碰头死，死也心甘。

（碰死，身被王扶定）

王：（见姥碰头时，急忙上前阻挡，没有来得及，将姥身扶住叫唤，狗、桂都起立叫唤，姥倒地后，也疯了似的，压一压姥，压一压媳，看一看狗、桂，——此时狗伏媳身，桂伏姥身哭叫——忽然放声大哭）呵哟我的天哪，（唱）（带板）媳妇姥姥都把命丧（哭时狗、桂

70

和之）那……那是媳妇，那……那是姥姥……呵……好似钢剑刺心膛；死的死亡的亡，丢下一老小一双；天黑地黑明星朗，两个孩子都哭娘；难民无势难告状，哭声天叫声地，我我我无有主张。（思忖）唉！（另起介板）王仁厚收住泪两行，事到了万难要硬心肠；死的死了她……她……她们无希望，活的活着还要活；（手拖狗、桂起）你们莫哭听我讲，哭死了你们，她……她还是不能弄活，咱老小此地把她们葬，埋葬了她们再商量。（截）（白）狗娃！

狗：爷爷。

王：桂花。

桂：爹爹。

王：你们不要哭了，哭上个什么？我们把她们掩盖了吧。（在悲哀的音乐声中，两小不时啜泣拭泪，将姥、媳抬的放在鼓怀前早就铺好的大单上，然后三人拿起单子，遮姥、媳回去，单子下边放两小凳，单子放下去如坟丘状）（向狗、桂）来！跪下叩首。（二人叩头毕）（手拖两小）咱们走！

狗：爷爷，就是咱们走？

王：就是咱们走！

狗：妈妈，（向后看坟放声大哭）妈妈不跟咱们来么？我要妈妈哩？！（连跳带哭）

王：（紧抱小狗）（滚白）我可没说，狗娃，狗娃，我的小孙孙！你那妈妈，死了，死了不能活了！她再也不能会跟着我们来了，（再叫滚白）唉，（在锣声中，狗跳在坟上挖土，意欲要娘出来，王将他拉抱在怀里）狗娃，狗娃，不明白的狗娃，糊涂的小孙孙，你再莫要傻想，莫要挖土，就是把你娘挖出来了，她也是不会讲话了。（唱）（二六）手拖孙、女好悲伤，两个孩子都没娘；（看桂）一个还要娘教养,(看狗)一个年幼不离娘;娘死不能在世上,怎能不两眼泪汪汪;庙堂上空坐龙王像,背地里咬牙骂老蒋,你是中国委员长,为什么你的文武官员联保军队是豺狼;河南陕北都一样,走到处百姓苦遭殃;看起来你就不是好皇上,无道的昏君把民伤;我不往南走往北上,(拉狗、桂)但愿得到边区(看二小)老小能活。

(下)

第一一场　进边区

(边区县长与白科长及工作人员二名肩镢上)

县长:(三十五六岁,穿普通蓝制服,上身敞开,露出粗白布衬衣来)

　　(唱)生产热潮真高涨,

白科长:(与县年相等,其他亦相同)(接唱)党政军民齐开荒。

县:(接唱)又丰衣又足食人民兴旺,

白:(接唱)边区的老百姓喜气洋洋。(截)

　　(四人取手巾擦汗)

　　县长,我看你今天下午该休息休息,这几天太累啦。

县:不要紧,我是受苦出身的,你看咱三科长从小念书念大的,现在开地挖荒满有劲,真是模范。

工作员:看,那山上的妇女同志也开荒哪!

白:嘿! 今年有些妇女同志开荒都出名咧,老百姓很多小脚婆娘,上山挖地,争得怕怕。

县:我实服咱们毛主席的计划,咱们边区这么穷的地方,这几年大家生产,竟然搞的公家百姓都过好光景;顽固分子封锁咱们,心想咱们吃不开穿不上,教那些东西到咱这里看一看。

白:哎,国民党反动派只晓得挖苦老百姓,升官发财,一点都不给老

72

百姓想办法,老百姓实在受不了!

县:你等着看,把老百姓逼得太不像样子,迟早老百姓不会受的。

小勤务:(县长的勤务,跑上向县长、科长敬礼)县长,你们快回去吃饭;饭等你们着呢。

县:今天靠你们小鬼做饭,我看一定搞不好。

小:咦,回去看一看,我们的萝卜菜,比他们平时还切得细,我们还要争取模范呢!

县:看,那里好像又来难民啦,咱们等一等。(王携两小上)

王:(唱)(二六)昨晚偷过封锁线,不是来到了边区里边。(截)

    (县、白迎上去,王、小畏缩退后)

县:老人家,你不要害怕,你从哪里来的?

王:老总,这……这是什么地方?

县:这是边区。

王:你……你们是八路军?

县:哎,我们是八路军,老人家你从哪里来的? 要到哪里去?

王:哎,我们是逃难的人呵。(携两小走上前)(唱)(二六)未开言不由人泪流满面,我本是可怜人好不为难,我姓王家住在河南地面;天荒旱,无收成,少吃缺穿;那里的联保军队行事坏,公粮公款任意摊;百姓死了有大半,有人把自己亲生儿女杀死充饥寒;我只有一个儿子把活干,抓壮丁一次两次没有完;前后花了好几万,把我的财产土地都弄干;我点买了壮丁人还在,谁料想军队无理当路抢人又把我的儿子拉走用绳栓;全家出于无计奈,连夜逃走进潼关;到陕西还是无人管,走到处军队警察联丁保丁一打二骂无处把身安,最可恨那里军队太短见,拉我的儿媳要强奸,不从就拿刀来砍,流血太多丧"黄泉";我的老婆年纪迈,一头碰死大路边;一家人逃出五条命,只有三人活命还;昨夜偷过封锁线,但愿得到这里能把身安。

县:(唱)(二六)听罢言来好凄惨,外边的百姓太可怜,转面来我把小鬼唤,快叫乡长这里来。(截)小鬼。

小:有。

县:请乡长到这里来。

小:是。(下)

王:(疑心地上前打量县)

县:老人家不要伤心,咱们这里,优待难民,一定要给你想办法。

王:外边的老百姓都说你们这里好。

县:(拉狗,狗惧缩)小孩子不要怕,怕啥呢?

乡长:(四十岁)(唱)(二六)县长派人将我唤,急急忙忙走向前。

　　　(截)县长你还没回去吃饭呢?

王:(惊讶)嗯,你是……?

白:他是县长。

王:(连忙跪下叩头)你是县长老爷,你看我还不晓得!……

县:(急忙扶王)老人家,不要这样,咱们都是一样的人,咱们边区人人平等,再不要这样。乡长,你吃过饭了吧?

乡:吃过啦。

县:老人家(指王)是河南逃难来的难民,且可怜得很,我看就分配到你们乡上,找地方,借给粮,(向王)老人家,你能受苦吧?

王:能么,我就是受苦种地的人么!

县:很好,很好。(向乡)老人家上年纪啦,给搞一些好地,大家多帮助。

乡:有办法,现在咱们群众,都热心帮助难民,什么问题都好解决。

县:好,你把老人家引的去。

乡:(向王)你不要担心,不能叫你受困难。

县:乡长,老人家刚从外边来,不习惯,有困难不好意思说,你们要多关照。

乡:那是自然的。好,(拉王)咱们走。

王:县长老爷,这就实在……我忘不了你的恩!(说着跪下又叩头)

县:(扶起王)老人家,再不敢这样,这样就不对啦!

乡:你不晓得,咱们边区,做官的跟老百姓是一家人,常在一块呢,咱们走。

县:好,再见,过几天看你来。(同白向上场门下)

（王等与乡长向下场门下,王惊讶感激回头下）

第一二场 互助

（团长,小特务员随其后,提一桶菜,二人由下场门上）

团长:(三四十岁)(左臂因带花直而不能曲,担一担饭,一边是馍,一边是汤,筐里有碗筷杓等)(唱)战士们开荒上山去,我给他们送饭到山里,军民人等多种地,丰衣足食笑嘻嘻。(截)

（乡带王等由上场门上）

乡:(惊奇问团)唉,你送饭呢?

团:(扬左臂)我因为这一只胳膊,打仗带花唎,不能拿镢头挖地,所以我做饭给他们送,生产是大家的事么。这位老人家又是逃难的?

乡:是么,可怜得很,一家人死了几口,好不容易才跑到咱们边区来。

团:哎,外边把老百姓太不当人,(放下担子,拿出两个馍给王)给娃娃吃去。

（王看乡长，不敢拿）

乡：（接馍给王）不要紧，给娃吃。

（王接馍，分给两小，两小吞吃）

（特务员抓菜给两小夹馍）

团：（取出碗杓，盛汤向狗）来！喝一碗汤。

（狗不敢去）

乡：（向狗）不怕得，你喝。

（狗怯怯不前地，一边走一遍看王，展手欲接碗）

团：（总以为狗接来了，把碗一松，连碗带汤扑在团脚上）拂拂！

（揉脚）

王：（急得推狗一把）你做啥呢！（向团）老总，对不起，烫着了吧?！

（取起碗，欲给团揉脚）

团：（接过碗，阻老）老人家，不要紧，娃才从外边来，看见军队就害怕
呢，不要紧。（说着又另取出一个碗盛了汤，把狗拉过来，交给
他手）

（狗接汤喝起来，又给桂喝）

（团一边擦脚，稍表示烧痛，一边说着）老人家放心，到咱边区来
的难民，政府帮助，老百姓也帮助，大家给你想办法；（向乡长）你
们乡上粮要是一时不方便，我们可以给你借一些。

乡：现在群众都热心帮助难民，什么问题，都好解决。

（桂将碗筷放在筐内）

团：你们乡上安了多少家难民？

乡：已经安下二十多家啦，都有地种。

团：很好，很好。（担起担子）你们在，我就走了。（唱）（二六）外边
的世事真可叹，到边区（白）老人家（唱）你把心放宽。（与特下）

王：他是咱们八路军的弟兄？

乡：他是咱们八路军的团长呢。

王：团长？

乡：团长。

王：就是带领营长连长的团长？

乡：哎，告诉你，咱们的团长带领的人马，比外边咿团长还多。

王：（转过身，向团长去处远望）

乡：（拉王）老人家，咱们走。（二人绕一圈）

王：哎，人家也是团长。（唱）（二六）王仁厚听言泪满面，想不到那人是军官，怪不道人人都说边区好，到边区另是一层天。

（吴老二上）

乡：吴老二！

吴老二：（二十七八岁的小伙子）唉，乡长，有什么事？

乡：这位老人家是刚逃过来的难民，你家里，能不能腾出一个窑洞，让他三口住下？

吴：行，能成！老人家，就到我家里去，我给你找地方。

王：这就教你老兄难为。

吴：不要紧，人么，谁都有个一灾二难哩！到咱们边区，就跟一家人一样。

乡：好，你找地方，我再动员大家帮助。（向王）老人家，你先跟他去，我还有事！

王：你……你去家。

乡：我就来。（下）

吴：先在这里坐一会，（引王等进门，找几个馍出来）你们先吃一点，我给你们腾地方去。（下）

王：（将馍分与两小）孩子，咱们到了好地方啦！

桂：（别一块馍给王）爹，你吃。

王：你们吃，我不饿。

狗：（也别一块与王）爷爷你还没有吃东西呢，快吃！

王：（接过两块馍吃着）孩子，这里就是边区，这里就是共产党八路军的地方。

胡老：（老农夫，拿一个铁锅上）（唱）（二六）听说又有难民到，借他个铁锅把饭烧。（截）（进门）你老兄就是刚逃难来的？

王：是的，你老人家有啥事？

胡：我借你一个锅子，你好做饭。

王：老人家，你真是好人，我忘不了你的恩！（作揖）

胡：看你老兄，不要这样，咱们这里不同外边，政府极力地招护老百姓，政府一好，老百姓就变成一家人啦。我是前年逃难来的，政府给我粮吃，大家都帮助我，种二十亩地，三年不出公粮，五年不出租子，外边把能过日子的人，都弄得没法活，这里把多少穷人都搞得有办法，这里是咱们穷人的天下。

王：这里好，这里做官的老百姓都好。

胡：咱们这里做官的，都是咱老百姓推选的，是咱们自己的人。

张老婆：（年五十六七，手掌两个碗，二双筷，还带两个馍）（唱）（二六）手拿两碗两双筷，急忙送与难民来。（进门）胡老，你倒先来咧，你给人家借啥呢？

胡：我送来一口锅。

张：正好，我送来一个碗。这两个孩子都是你的？

王：她是我的女儿，他是我的小孙孙。

张：好娃么，亲亲的，来，我给你们拿来两个馍。（说着拖过两小，给了馍,问狗)你几岁咧?

狗:九岁咧。

张:(问桂)你几岁了?

桂:十二岁啦。

张:你会不会纺线?

桂:会哩,我在家纺过线。

张:会纺线就有办法,我给你寻纺织组组长刘二嫂子,教公家给你借
　　上一个纺线车子,纺一斤线子可赚的钱不少哩!

桂:怕人家不给我借呢!

张:嗯——你还不晓得,咱们这里公家,一天忙来忙去,就是给咱老
　　百姓办事呢,纺线车子公家给你借,棉花公家都给你发。(向王)
　　你不要愁,你种地,你纺线;(指桂)能下苦的,在咱们这里不要愁
　　过不好日子。

　　(乡背一袋米上)

胡、张:(齐说)乡长也来了。

乡:哎,你们真好,把东西都送来咧。

张:你当就是你好,你背的啥东西?

乡:我从乡政府借的一斗米。吴老二呢?

吴:哎。(跑上)

乡:地方弄好了没有?

吴:弄好啦……

乡指导员:(年与乡等,为人喜乐,勤苦负责,很匆忙地上)乡长!
　　(进门)

乡:唉,指导员,你有啥事呢?

乡指:我听说来难民啦,跑来看一看。

乡：（给王介绍）老王，这是咱们乡上的指导员，"单顾"跑来看你的。

王：（很感激地，连跪带说）这就实在担当不起……

乡指：（连忙扶起）老人家，不敢这样。你到这里来，大家想办法，不能叫你老小受饿。（向大家）你们给老人家借啥东西？（大家把自己借的东西一一说完后）你们都好，实在，全中国的老百姓，都是一家人，应当互相帮助。

乡：好，（向王）这是政府给你借的一斗米，你暂时（向吴）住他的地方，过几天你也参加变工队，大家帮助，给你开一块荒地。

王：我是五六十岁的人咧，没有见过这么好的地方，没有见过这么多的好人，你们边区真好。

胡：老大哥，这是咱们的边区。

吴：哎，是咱们的边区。

乡：老人家，看你说的，咱们是一家人。

王：你们不嫌弃我？

乡指：老王，世上受苦的穷人，都是一家人。

王：（笑着问）咱们是一家人？

众：一家人。

王：（感动得掉泪）哎，你们都是我的恩人。（揖众）（唱）（二六）王仁厚来泪满面，众位恩人听我言：我离家逃难有半载，走到处穷人受可怜；眼看老小难存在，大家救我活命还；外边的政府军队行事坏，多少人饿死大路边。（截）（张摔鼻子，擦泪起来）

乡、乡指：你哭啥哩么？

张：（哭着说）我哭啥呢，民国十八年逃难到这里，那时候这里还是国民党，看不起穷人，受他们多少欺负，把我三岁的二女娃，活活地饿死，那时间要有咱边区政府、八路军，大家招护，我的娃是不会死的,活到现在(指桂)比这娃还长得大呢!

乡、乡指:好啦,好啦! 你现在儿也有,孙也有,不愁穿不愁吃,还哭上个什么? 走,(推张)咱们大家帮助老王把地方搞好,走!

(众齐下)

第一三场　开兵

孙:(上唱)(二六)处长与我讲一遍,他言说军队往北开,急忙我把得贵唤,快叫排长上前来。(截)吴得贵!

贵:有,(跑上敬礼)副官!

孙:你快请特务连韩排长到这里来!

贵:是。(下)

韩:(进门敬礼)副官!

孙:你坐下。

韩:(坐)副官叫我有什么事?

孙:处长告诉我说,上边下来紧急命令,咱们这(指一个半圈)几师人,明天就开拔,到北边去。

韩:是不是打共产党?

孙:我想大概是的。

韩:那东边的日本军队谁防备?

孙:你问他干什么! 听我告诉你,师部政治处要我带领特务连的你们这一排人,到边区边界上去,调查镇压倾向共产党八路军的人。必要时,还可以指挥其他部队扰乱边区,破坏他们。

韩:呵哟,八路军打仗可硬得太呢!

孙:咱们人多武器好。

韩:听说八路军鬼得很,冷不防就给你个受不了。

孙：你不要管这些。我问你，你们排里新拉的壮丁，还有多少？

韩：（作计算状）现在……现在还有七八个。

孙：怎么，前后交给我四万五千元，不是说老百姓只赎出去五个人吗，怎么就丢下七八个人啦？

韩：前一礼拜，病死几个，现在还有几个恐怕活不了。

孙：那就是啦，这一回，要给壮丁发军衣，门面非装不可。

韩：副官，我们这一排空名字很多，人数差得很多，该怎么办？

孙：那不要紧，我们自有办法，上边何尝不知道。

韩：那我就放心了。

孙：韩排长。

韩：副官！

孙：你看你排上，忠心干事，有胆量能下毒手的人有多少？

韩：连上补充的新兵多，老兵少，一大半都是当要小防他开小差呢，真能干几下的，可以有十人左右。

孙：我告诉你，你也是复兴社员，应该在这些事情上留意，比方新兵里面有什么老实可靠的人，抓紧他服从命令，再给他一点便宜，他自然会忠实我们的。

韩：这事我还有点经验，凡是我引他们出去弄过钱的，再做过啥事的，那些就能由咱们使用。

孙：那就很好，你要知道，到边区边界上，我们一定要配合其他的工作。

韩：那是自然。

孙：共产党八路军不是好搞的，我们非得明也要来暗也要来，我们自己没有心腹人是不行的，（看一下周围）这里也没有外人，听我告诉你，有些人，你非得引诱他多做坏事，他不会忠心我们的，你越教他多做坏事,多占便宜,他才能替我们送死,你明白了吧?!

韩:(点头称赞)是的,是的,很对,很对!

孙:好,你们早一点准备!

韩:是!(起立)

孙:还有,路上要尽量地说共产党八路军的坏话,还要说八路军要打我们。

韩:是!(敬礼,向下场门下)

　　(孙向上场门下)

第一四场　纺棉

　　(奏起幽雅的丝弦,桌上放瓷盆,盆内有杓,旁边有碗筷,预先地上放好一个线兜子)

桂:(衣服换新,上身穿粉红衫,脸色也干净好看。拿笤帚、簸箕,扫地,倒土,端出纺线车子,放在丝弦怀前,洗手,卷花后,开始纺线)(叫花音慢板)(唱)王桂花在窑内转轮纺线,只觉得一阵阵好不喜欢;来边区还不到六月半载,我一家三口人有了吃穿;老爹爹开荒地三十亩半,又种米又种豆又种花棉;我每日能纺线五两半,交工厂能赚好多元;狗娃年幼也能干,揽羊放牛照庄田;我三人劳动不偷懒,到明年吃肉吃面还要把好衣穿。

刘二嫂:(年二十七八,夹棉花,并包子一个,内有线穗子)(唱)(花音二六)身带棉花又拿线,我要把纺线的细查一番;前庄里走来后庄里转,不觉得来到了王家门前,不进门我这里偷眼观看,偷眼观看。(绕板)哎,好哇!(接唱)王桂花在那里正在纺棉,窈窕小手把轮转,身穿一件粉红衫;红花满面真好看,教人越看越喜欢;小小年纪真能干,选她个劳动英雄理

当然；我在这间莫久站，进门去与她把话谈。（进门）

桂：（见刘非常欢迎，很活泼地）呔！刘二嫂子来咧！（放下纺车，跳起来）快坐下。

二嫂：你真是好孩子，能劳动。

桂：（拿杓碗忙舀饭）刘二嫂子，吃点饭！

二嫂：（夺碗相拒）我刚吃过饭。

桂：刘二嫂子，你看我能吃你的馍么，你就不能吃我们的饭。

二嫂：我是饱着呢，你当我是客气的不敢吃你的饭。（四周上下看）你们的屋子真干净，这地是谁扫的？

桂：我扫的。

二嫂：你真是好孩子，脸也干净，手也干净，地方也干净！

桂：嗯……（愉快撒娇的音调）我还干净啥哩些。

二嫂：（拉桂手比自己的手）你看，你的手比我的白净得多呢。

桂：我是刚才洗的，纺线子不洗手，把线子弄脏了，织出布不好看。

二嫂：你比我都想得周到，把你纺的线拿来我看。

桂：（在地下车上卸下线穗子给二嫂）刘二嫂子，不要见笑，我纺的不好！

二嫂：（拿线端详）咦，你这小鬼真巧，纺出来线子又白又细，谁敢说不好！

桂：嗯，我不会纺线，好啥哩些。

二嫂：你一天能纺几两线？

桂：我现在每天要抬水做饭，刁空纺线，能纺五两半。

二嫂：你真有本事，年纪小事情忙，纺的线子又多又好，（从包内又取出一个线穗子）你看，比她们的都好。

桂：嗯，我哪里比人家的好。

二嫂:我告诉你,区政府教我检查纺线的呢,咱区上给你们纺线好的发奖呢,我看你就是第一名!

桂:比我好的人多着呢。

二嫂:你不信咱们走着看,第一名定跑不了你!

桂:刘二嫂子就爱说笑话,说得人家怪不好意思。

二嫂:这有啥不好意思,你要是得了头名奖,连我这纺织组的组长都是光荣的!

桂:刘二嫂,咱们边区对我们穷人真是好,你看我们来到这里不够半年,政府帮助,大家帮助,现在搞得有吃有穿,刘二嫂,我永远忘不了你的恩。

二嫂:咱们都是一样的人,我们从前还不是穷得要命么,共产党闹起革命,我们才翻身的。哎,咱们只顾谈话,耽误了你的纺线,你快纺线去。

桂:不要紧,刘二嫂子常也不来,咱们多谈几句吧。

二嫂:咱们往后再谈,我还有事,我就去了。(唱)(二六)我要去,你纺线,许多的话儿改日谈;二斤好花交当面,我还要到那边检查一番。(绕板)(取棉花交桂)(白)桂花!你把棉花收好,我还要到乔大娘家里去呢。

桂:你不再坐一会?

二嫂:(连说带出门)不坐啦!过几天再来。

桂:(送出来)过几天一定要来!

二嫂:一定来,你快回去!(下)

桂:哎,(唱)(二六)刘二嫂与我把话讲,桂花心中有主张,(进门,坐在车旁,一边唱一边纺)从此后越要努力纺,才不忘人家好心肠。

王:(脸色比过去好看多了,拿旱烟袋,肩锄上,笑容可掬,狗随王后,红花满面,手提水罐,二人穿衣服整齐干净)(唱)(二六)八路军帮助百姓来锄地,一个个和和气气笑嘻嘻;这才是国家的好军队,普天下要算第一的。(截)(进门)

桂:爹爹回来了。

王:回来了。(把锄放在桌后)

狗:姑,饭做好了没有?

桂:好了,你快吃去。

王:来,大家一齐吃。

　　(桂停纺,站起来)

　　(三人一边吃饭一边说话)

桂:爹爹,你们把阳洼地锄完没有?

王:今天的地锄了个美,连后沟条的地都锄完咧。

桂:嗯,我就不信。

王:你不知道,今天八路军帮助老百姓锄地,真好,八路军无论做官的当兵的真好!

桂:那你为什么不叫人家来咱家吃饭呢?

王:人家不吃么,谁家的饭都不吃;做官的、当兵的把我抬举得就和老人一样,我心上实在不得过去。

狗:爷,我听见变工队队长给吴老二说,你今年开荒开得多,锄草锄得好,又给大家肯帮忙,众人要选举你当劳动英雄呢!

王:这话可不敢给旁人说,自己说自己好,人家笑话呀!

桂:(得意地)爹,今天纺织组组长刘二嫂子到咱家来检查我纺线呢,她说我纺的好纺的多,还说我是第一名,给我发头等奖呢。

王:嗯,说这话的人多哩,我娃纺的线就是不错;边区真是好,把老百姓看得和亲生儿女一般!

狗：爷，你们都是劳动英雄，我算啥呢？

桂：你还小呢。

王：（开玩笑）我要是劳动英雄，你就是劳动孙子。

狗：我不要，劳动孙子不好！

乡指：（笑眯眯地唱）王仁厚，年虽老，努力劳动，他的女王桂花纺线
　　　出名；他二人男女老少都信任，许多人要举他劳动英雄。（截）

　　　（进门）

王：唉，指导员，快坐下。

狗：指导员，（跑上去）八路军明天再锄草来不？

乡指：（拖狗）还锄，你看八路军好不好？

狗：好，他们给我教唱歌呢。

王：指导员，快坐下！

　　　（桂将车拿起，往桌后放）

乡指：坐么，（一边落座，一边看着桂，微笑地说）桂花这个小鬼，纺线
　　　出了名啦。（说时，桂立定笑着听）

桂：（一边走一边说）我纺线纺得不好。

王：她还小呢，不行！

乡指：能成，人人都夸奖呢！

王：指导员有什么事？

乡指：团部叫咱们政府访问你们，调查军队帮助老百姓锄草怎么样。

王：咦，好么，咱们的军队又和气，又出力，完了连饭都不吃，真是跟
　　　自己人一样。

乡指：也许有一个两个不好好搞，你只管说，咱们这里，不同外边，政
　　　府军队是老百姓自己的，有不对处就批评，不要怕！

王：我说的是实话，都好！

乡指：咱们八路军就是这样，前方打日本救中国，后方生产学习帮助
　　　老百姓。

王：我活了这一辈子都没见这好的军队。

乡指：老王你和桂花都准备着。

王：准备啥呢？

乡指：变工队要选你劳动英雄，妇女们说桂花纺线纺得好，政府要给
　　　她发奖呢。

王：指导员，我们担当不起，你给大家说，不要这样。

乡指：大家都说你们好，我说你们不好也不行；劳动英雄很光荣，你
　　　们果真好，有啥担当不起。

王：你看我们逃难到这里，全靠政府帮助，大家帮助，搞得我们能吃
　　　能穿，这就了不得咧，你们再要抬举我，我实在担当不起。

乡指：政府应当帮助你，大家应当互相帮助；咱们边区就是这样，谁
　　　肯劳动，努力生产，帮助大家，谁就是劳动英雄！

王：劳动生产，为自己么，与自己也好么，大家还为什么要这样抬
　　　举呢？

乡指：我告诉你，全边区的人，都能很好地劳动。咱们边区就有办
　　　法。要是全中国的人，都能很好地劳动，全中国就有办法。咱
　　　们劳动的人有了办法，毛主席最喜欢。

王：毛主席这个人，真是老百姓的救星！

乡指：老王你们准备着，将来选举出来，开大会，给你们发奖，你还要
　　　上台讲话呢。

王：唉，我连台子下边都不敢讲话，还敢在台子上边讲话，快
　　　不敢……

乡指：不讲大家不让。

王:我实在讲不了。

乡指:有啥讲不了,咱们老百姓的话,老实话,心里有啥话就说啥。

王:心里有啥就说啥?

乡指:噢。

王:那我心里有话哩!

乡指:你当讲话还要讲啥呢?

王:我当讲话要讲文话呢。

乡指:嘿……咱们就讲心里的毛实话,好,你们在,我就走了。(唱)
　　(二六)大家都说你们好,生产劳动比人高;劳动英雄跑不了;
　　两面旗挂在你们的窑。(绕板)(白)你们在,我走啦。(起立
　　出门)

王:指导员,你要常来呢。(全家出门送乡指)

乡指:对,你快回去。(下)

王:哎,(唱)(二六)边区真爱老百姓,穷人个个能翻身,想起外边咬
　　牙恨,(进门)逼死了多少好人民。(留)

　　(关门齐下)

第一五场　派差

孙:(上)(唱)(二六)政训主任对我讲,他曾说那边有暗藏,要我找
　　人去帮助,叫出排长细商量。(白)勤务兵!

贵:(上)有,副官!

孙:请韩排长。

贵:是。(敬礼,下)

　　(孙拿出纸烟抽)

韩:(上,敬礼)副官,有什么事?

孙：坐下，前几次派出去那几个到边区里做破坏工作的人有什么消息没有？

韩：还没有得到什么消息。

孙：政训处刚才又通知我，这里的联保处高主任说，对过的边区边界上，有咱自己一个人，做特务工作，是河南人；他自己在那里不好行动，要求这里再派一个帮手。联保主任要咱们派一个河南人去，看你排上谁合适？

韩：（作想状）河南人里边可靠的人……哎，有一个新兵叫王东才，虽然没有多干事，这个人还老实，好利用，副官看怎么样？

孙：叫来咱们谈一谈。

韩：（下，引东上，东害怕不知何事）来，（进门，东怯步而进门，不自然地脱帽行十五度的礼）副官，他就是王东才！

孙：你叫王东才？

东：是。

孙：你家在河南么？

东：是。

孙：你想家吧？

东：哎，副官！我家里离开我，一家人就不得活。

孙：你家里有什么人？

东：我家有老父亲，老母亲，一个小妹妹，我的婆娘，还有一个小娃，老的老，小的小，离了我就没办法。

孙：（拿出日记本，一边问一边记）你父亲叫什么？

东：叫王仁厚。

孙：你母亲的娘家姓什么？

东：姓张。

孙:你女人的娘家姓什么?

东:姓吴。

孙:你妹妹叫什么?

东:桂花。

孙:你的孩子叫什么?

东:叫狗娃。

孙:你家里穷吧!

东:家里本来就穷,现在把地都卖完了,哎,非饿死不可!

孙:那不要紧,你有胆量多做点事,赚许多钱给你家里捎回去,不很
　　好么?

东:哎,我能做啥哩么?!

孙:只要你肯实心实意给我们办事,有我招护你。

东:只要副官招护我,我还敢不干事?

孙:你愿意干?

东:愿意。

孙:王东才,这可是你自己说的话,是不是?

东:(疑虑)是!

孙:好,现在我们要做破坏边区八路军的工作,(指)边区那边有咱们
　　自己的一个人,是一个医生,姓黄,他也是河南人,你回头打扮
　　一个摆小摊做买卖的人,到他那里去,就说你们是表兄表弟,到那
　　里,他叫你干什么你就干什么。

东:到那里干什么呢?

孙:到那里,你表面上是做小买卖的,人们不注意,调查那边有多少
　　军队,把每条路都记清楚,有空子的时候,给他们井子里边放毒
　　药,有好机会还可以打死他们的人!

东：副……副官，我……我不敢去，人……人家知道了要要我的命哩。

孙：不要紧，那一位黄先生在那里，人也熟，地也熟，你听他的话，担保不会吃亏。

东：那……那不是好事，害人哩么！

孙：嗯！你没有听上边常说么，共产党八路军，今天也喊抗战，明天也喊抗战，弄得大家不安宁，所以破坏他们是应当的。你若能毒死一个人给你五百元，杀死一个人，给你一千元，你要搞得好，把很多的钱寄给家里，我还可以提拔你。

东：副官，我心里害怕，我不敢去！

孙：混蛋！

东：（吓得抖擞一下）

孙：这是命令，你敢不听命令？

东：（害怕得不知怎么好）

韩：王东才，你应当想开一点，又能升官，又能发财，这是很好的事。再说，军队里，上官叫你干什么，你还敢不服从吗？

东：（想了一下）副官，韩排长，我愿意去，有一件，我回来以后，请求官长们，能放我回家去！

韩：回家可不能，咱们……

孙：（挡住韩的话头，一边眼瞪韩，一边说）那成么，为什么不能？（视东）只要你搞得好，回来以后，我保你钱带上回家去。

东：那我就感你们的恩，你们就算救了我一家人。

孙：你愿意干？

东：愿意干！

孙：要干就要实干，要是不实干，不但要你的命，连你家里的老小都活不了,你知道不知道?(指本子)你家里的人都在这里边记着!

东:我……我知道了。

孙:到那里,人家黄先生教你干什么,你就干什么,不能说一句二话,是不是?

东:是!

孙:(站起来,向东表示亲热)好好地干,干好啦,一定教你回家,一定叫你带上好多的钱回家。

东:(没有答应,但也不敢表示不赞成)

孙:到那里不要叫真名字,把你的名字改成(稍想)何三,记牢!

东:是!

孙:回头打发你走,你先下去。

东:(拟走)

孙:不准告诉人!

东:是。(行礼,下)

孙:韩排长。

韩:副官。

孙:你要放灵活一点,我们用这一类的人,就要顺着他的心眼走,任务完成了以后,他还能跑得出我们的手么?

韩:是的,是的。

孙:下去把一切的手续搞好,多给他说些有利的话,还要教他知道不干就不得了。

韩:那是自然的。

孙:路口上谁放哨?

韩:侯班长。

孙:可以告诉他。

韩：是！

孙：好，下去马上就办！

韩：是。

（孙由下场门下，韩由上场门下）

第一六场　放哨

（兵甲与壮一，此后壮丁都穿军衣，壮一背步枪，没有精神，兵甲带短枪）（上）

兵甲：（唱）（二六）每日里路口把哨放，来往行人要严防；若能碰到好机会，耍一个心眼弄大洋。（截）（白）刘老大，看你咿乏样子，一点精神都没有。

壮一：好班长呢，人常不吃饱饭，肚里饿着呢么，哪里可来的精神？

兵甲：胡说，哪一顿不给你吃饭。

壮一：哎，你没吃那饭，不晓得是什么米，闻都闻不得，连一点菜都没有，谁能吃饱呢。

兵甲：以后这些话不准随便说，国难当头着呢，谁都要吃苦呢。

壮一：（无可奈何地把兵甲看了一眼，叹气）唉……

东：（打扮成一个商人样，担一担货）（上唱）（二六）打扮商人做买卖，但愿能够早回来。（截）

壮一：站住！

东：刘大哥，是我。

壮一：呃，你是王东才么，（转过看一下兵甲）你……

东：咳！人家叫我到边区去呢。

壮一：你去边区做啥呢？

东：孙副官说，那里有个姓黄的……

兵甲:不要胡说。(把壮一与东瞪了一眼)王东才,自己为自己,心放
　　毒一点,心善的人发不了财,你明白不明白?

东:明白。

兵甲:把狗×的,多搞死几个,你就有办法!

壮一:(向东)呵,你做坏事家?

兵甲:(拍,打壮一耳光)什么叫坏事? 妈的。(连骂连打,又打一个
　　耳光子)

　　(壮一甘受不敢动)

兵甲:(向东)一切手续,可不敢忘了。

东:记着呢。

兵甲:好,你去吧!

东:是!(对壮一有点表同情地难为情地下)

兵甲:走,跟我到那边去看一看。

　　(二人下,壮一在后咬牙发恨)

第一七场　投军

张虎儿:(农民,二十几岁,背一背粮,拿一支手枪)(内唱)(浪头带
　　板)听说顽固又捣乱,(急上)不由我一阵阵咬紧牙关;到政
　　府我把乡长见,要参加自卫队打倒汉奸。(气汹地连唱带
　　走,碰上了急急忙忙背一背菜,给军队送的胡老)

胡:(背一背菜,当虎唱第四句时出,被虎碰得几乎跌倒)唉……

虎:(急忙扶定胡)唉,胡大伯,你到哪里去呢?

胡:(急喘着)我当我心里急,我看你也心急得很。

虎:你老人家心里急啥呢?

胡:听说国民党坏蛋,顽固分子,要打咱们边区,狗×的太可恨;咱们

95

八路军开来咧,人家都送公粮呢,捐钱哩,我背了一背菜,给咱们军队吃得美美的,把狗×的国民党坏"松"打得远远的,好狗×的又想欺负咱们。

虎:胡大伯,你看,(示出土枪)我要到乡政府报名去,参加自卫队;国民党狗×的胡调皮教他狗×的吃家伙。

胡:对,好小伙子,打! 教狗×的知道咱们边区老百姓的厉害,走,咱们走!

虎:走!

(虎在后扶胡的菜捆,二人下)

第一八场　接头

黄先生:(医生,四十余岁,八字胡,穿长袍。是一个特务汉奸。此人出时,桌上放一些馒头)(唱)(二六)前几天去信高主任,为什么还不见来人;在家下只觉得心神不定,出门去望一望路西路东。(绕)(出门瞭望)

东:(担担上)(唱)(二六)一边走一边问,莫非他就是黄先生。(截)老先生,有一位姓黄的黄先生,在哪里住?

黄:你是不是他的亲戚?

东:是,我是他的表弟,他是我的表兄。

黄:哎,你看几年不见我就把你认不得咧! 快回屋里去!

东:你就是表兄?

黄:是么。

东:你姓黄?

黄:(挤眉弄眼,东张西望)是的,你快回去。

东:(怀疑地看着黄,进门,将担放下)

黄:(向两边看了一下,进门,稍停,听外边有什么声息没有以后)你
　带的东西呢?

东:我就担一担货!

黄:不是问这东西,手续。(最后二字要重高)

东:噢。(从袜子里取出一个小纸包交黄,然后呆然地上下打量黄与
　看屋子里的一切)

　(黄接过纸包,打开看信后,走近东耳语)

　(东点头)

黄:你坐下。

东:(落座)

黄:你以后还是背着包子出去方便一点。

东:对。

黄:不敢随便说话,老老实实的要像一个好买卖人的样子。

东:对。

黄:每天下午太阳快落的时候,一定要回来,这是最要紧的。

东:对。

黄:干这一种事,最要紧的是守规矩,不能大意一点,出了岔子,不敢
　说实话,不敢咬旁人;说了实话,八路军要活剥了你的皮,咬出旁
　人,有人会要你的命,知道不知道?

东:知道!

黄:(起立)好,咱们到那边吃饭。

东:(拿起桌子上的馍)这里有馍,我随便吃两个就行啦。

黄:(连忙夺馍)不敢,不敢,这里边有毒,我搞下许多,单等好机会,
　咱们两个人抬着慰劳八路军,教他们吃了不得好死。

东:那人家不会寻咱们来?

黄：当然不能教他们知道。好，咱们晚上慢慢地细谈，先吃饭。（下）

　　（东随黄后，一边上下打量黄，一边走，下）

第一九场　政府忙

　　（吴背一袋粮在先，王背一袋粮在后）

吴：（唱）（二六）心儿里可恼国民党，

王：（接唱）走到处害百姓太无天良，

吴：（接唱）军粮军草准备好，

王：（接唱）替人送来救国粮。（截板）

　　（二人将粮放下）

吴：（先进门）乡长！

乡：（上）唉，你倒送粮来啦，好的，真快！

吴：当然要快么，咱们八路军为了保护老百姓，说话就开下来啦，咱们的粮，当然要送快呢。（说着出门同王将粮背进来）

乡：哎，老王，你怎么送粮呢，不要你们难民出粮，不敢这样，我知道你没有啥粮么。

王：哎，我就可恨我自己没有粮，我是帮助他送粮呢。

乡：你是上了年纪的人，背偌多的粮受不了。

王：不怎，人心里有劲，气力就大。

吴：乡长，你还不知道，这几天老王简直疯咧，走到处说国民党，把多少人说得都流眼泪哩。我不让他背，他非背不行。……

王：乡长，我着急我没有东西给咱们公家拿出来，咱们的政府军队是老百姓的恩人，国民党狗×的是什么东西，他们不晓得害死多少老百姓，他们放着日本鬼子不打，跑到这里打咱的边区。从前我不懂啥，现在我明白咧，有咱们共产党八路军，世事就有办法，我再也不害怕他狗×的,咱们八路军,咱们老百姓,打! 把狗×的坏"松"杀,你不知道,中国人快教他们害完咧!

吴:狗×的,自己做坏事,还不让人家做好事,看见咱们边区老百姓日子过得好,狗×的眼红呢。

虎:(急上)(唱)(紧二六)急急忙忙往前行,不觉来到政府门。(截)(进门)乡长,这是我家的公粮。

乡:啊哟,大家都齐心,咱们的粮,一定能按时完成。

虎:乡长,我报名参加自卫队。

乡:自卫队可要脱离生产呢!

虎:当然,我知道;国民党狗×的想来欺负咱们,瞎了他狗×的眼,慢说咱们有八路军,就咱们老百姓,也够他狗×的拾掇,狗×的不服就来。

乡:好的,少年英雄,咱乡上连你有四个自动报名的。(写了一个纸条给虎)你找自卫队连长去。

虎:对。(接过条子,气汹汹地下)

乡:(向王)老王,你还不知道呢,咱们边区的老百姓是打出来的好汉,国民党顽固分子要是跟咱干起来,你看,老百姓都是赵子龙、杨七郎。(王捏着拳头,咬着牙,低头沉思着)

胡:(唱)(紧二六)一边走,一边喘,不觉地来在了政府门前。(截)(进门)乡长,咱没有好东西,给咱八路军送一背菜。

乡:老胡,政府不让你们难民出东西,你一身一口,光景不大好。

胡:老天爷在上,我不敢说光景不好,从前在外边,饿死老婆,卖了女儿,还是活不下去,现在有吃有穿,国民党狗×的又想来欺负;乡长,我也要参加自卫队。

王:咳,乡长,我也参加,我要是看见国民党的军队,我非打死他们几个不可！

乡：不行，不行，你们上年纪啦，不合政府规定。

王：（欲说，被胡抢去了）……

胡：能打死人的，就该让参加！

王：乡长，我能打死人，能！能！

乡：好啦，好啦，政府的规定，你们要服从。

王：乡长，那我就太对不起咱们边区，粮出不上来，人也出不上来，你
要给我寻事情干。

胡：给我也寻事情干！

乡：对，有你们的事情。

善牛：（乡下小孩，拿红缨枪上，进门）乡长，友区那边来了一个老先
生，引了两个女子，咱们军队教送到这里来。

乡：老先生姓啥？

牛：姓党。

乡：噢，党老先生，咧是个老秀才，好人，你教他来。

善牛：（敬了一个礼，气昂昂地下）是。

乡：（牛敬礼时，就惊喜地说）唉，善牛这小鬼都凶咧，小八路！

（牛引党老先生，头戴礼帽，穿长袍短褂，同两个姑娘上，二姑娘
各夹一个小包袱）

党先生：（古老先生，斯斯文文地进门）乡长。

乡：哎，党老先生，你过来做啥呢？

党：（说话文文地）哎，不能说啦，我们那边军队扎得满满的，简直是
凶屠、流氓，占老百姓的地方，拿老百姓的东西，开口就骂，出手
就打，这，人都受惯啦，不算啥，他……他们……（看众人）哎，我
简直不好开口，那些不要脸的东西，一见年青女人就……就……

100

（二女低头，羞得转过脸去）说不成，说不成……

乡：哎，国民党反动派的军队连土匪都不如。

党：没有人性么，无廉耻，这真是国家将亡必有妖孽，中国要是靠这些东西执掌军政大权，非亡不可。（指二女）这是我的孙女，这是我的外甥女，我要把她们送到牛自高家里。

乡：噢，牛自高，是你老人家的大女婿。

党：噢，是的，我，我就送去，你看行不行？

乡：行么，那有啥不行，不要多心，我放心你老先生。

党：那我就去，噢？

乡：好。

（党与二女出门外）

乡：你看我忙得很，老先生连口水都没喝。

党：我知道你们忙么，你们一天忙正事哩么，哎……（看周围）乡长，你屋里没有外人吧？

乡：没有，你有啥话只管说。

党：你告诉咱们八路军，把国民党咧军队打得远远的，我们那边的老百姓，爱边区爱得要命呢，真是如大旱之望云霓。

乡：老先生，我们是自卫，大家还是希望他们回头改过，团结抗日。

党：哎，（摇手）不行，豺狼成性，永无更改。

乡：（笑着说）老先生累咧，快去休息一下，回头咱们再谈吧。

党：噢，是，……（转身又转过）你们边区真是有办法，（指牛）连这么小的娃娃，都训练成啦，他把我照得牢牢的，你们真是大家齐心一致。

乡：他不认得老先生，他们是有任务呢。

党：那是理之当然么，应该小心，害人之心不可有，防人之心不可无

么。好,我就走咧。(脱帽鞠躬)

乡:(不知怎么的,举了一下手,觉得不对,不自然地深深地弯腰
　　还礼)

　　(党同二女下)

牛:乡长,要不要再跟他们去?

乡:不要,(拍牛头)好的,你们少先队真了不起,能办事。

牛:咻老家伙,穿的长袍短褂,我当他不是好东西。

乡:不敢骂人,快放哨去。

　　(牛笑一下,跑下)

张:(夹一只鸡,提一筐蛋)(唱)(紧二六)送来鸡,送来蛋,见了乡长
　　说一番。(截)(进门)乡长,我家的公粮,送到没有?

乡:送到啦,一早就送到了。

张:我这没啥好东西,把这一只鸡一筐蛋,送给咱八路军,把国民党
　　打在十八层地狱里边,教他永辈子不得翻身。

乡:你老人家真好,做啥事都要跑在人前哩。

张:乡长,我永忘不了革命的好处,革命家救了我全家人,我的儿女,
　　都是革命扶持大的,国民党又来反咱们的革命,又想叫咱们老百
　　姓受罪,不行,我就不让。

黄:(肩一袋粮)(唱)(紧二六)为了调查见乡长,我也送来一袋粮。

　　(进门)

乡:唉,黄先生,辛苦,辛苦!

黄:不要紧,咱们政府待我真是好,我给咱们军队送这粮是应当的。

乡:黄先生,你看国民党反动派,可恨不可恨,把河防上挡日本的军
　　队,调来打边区,又要搞内战呢。

黄:我看不要紧,打不起来。难道他不怕日本过黄河来吗?

102

乡：哎，你还不明白，他们根本就不认真打日本，国民党顽固派的坏军队在华北华南许多地方，跟日本军队商量好打咱们八路军、新四军，简直不是中国人。

黄：真是要不得，咱八路军是好军队么，为什么要打呢？

乡：国民党反动派，自己做坏事，见不得咱们这些好人。

黄：哎，你说这打起来，实在不好，这些东西，真混账！我就担心他们的人多，咱们，唉……

胡：人多？还有咱老百姓多？

王：咱们八路军一出头，外边的老百姓，都要起来跟他们算账呢，你不要怕他们人多。

张：黄先生，你到边区才两三年，你还不知道革命的厉害呢，打起仗来，你看，咱们老百姓都上，兵比他还多。

乡：我给你说咱们从前闹革命，三个人才有一支烂步枪，两颗子弹，还有一颗是踢火的，不能用，就那把国民党反动派打得落花流水，现在咱们八路军，枪也好炮也好，顽固分子来非消灭他不可！

黄：只要打倒国民党，比啥都好，我赞成。

乡指：（匆忙上）乡长！

众：唉，指导员，这几天真把你忙坏了。

乡指：做革命工作，应当多出力，（看见粮菜等）唉！你们都是好的，送粮送菜，大家不要担心，这一次国民党反动派若是公开投降日本，搞内战，我们非打倒他不可。乡长，区上来人啦，你快到我屋内开会去。（向大家）好，你们在，我还有事。（说着匆忙地下去）

众：指导员真好，常是一头汗一头水地为大家办事。

乡：东西暂时放在这里，明天你们取布袋来，我要开会去。

（大家依次出门，只有黄向上场门下，走了几步停下偷听，等大家走了，他才下去）

胡：乡长，有什么事，我能干的，你只管说。

乡：对。

张：乡长，我昨晚上，一夜睡不着，我心想教我的二娃参加自卫队，参加革命，革命是要大家革哩么，你说对不对？

乡：很好，很好。

张：对，我一定叫他报名。

王：乡长，我心里难受得很，我的儿子要是没有让他们抓走，我一定教他参加八路军，报仇！他一定活不了，哎，乡长，打起仗来，我一定要参加，我要杀几个国民党军队，报仇！

乡：老王不要太伤心，有咱们共产党八路军，不怕报不了仇！

（众齐下，黄亦下）哎！（唱）（二六）边区都是好百姓，大家团结一条心；反动派若要胡扎挣，儿好比飞蛾扑火活不成。（下）

第二〇场　砍柴

桂：（桌旁放砍柴斧一把，桌上放麻绳一条）（桂上，狗随其后）（唱）（二六）老爹爹去政府还不回转，倒叫桂花把心担，手拖狗娃门前站，等爹爹回来问一番。（留板）

王：（唱）急急忙忙回家转，见了桂花讲一番。（截）

桂：爹爹回来了。

王：桂娃。

桂：爹爹。

王：我到政府里去，见人家都给咱八路军送粮送钱，咱们没有什么东西，你做两双鞋，我给咱上山砍柴，送给八路军。你们不要害怕，有咱八路军国民党他狗×的造不了反。（取斧，拿绳）你先不要纺线先做鞋，做得结结实实，我这就砍柴去了。（唱）（二六）我就上山把柴砍，你在家中快做鞋，大家努力齐心干，保卫边区理当然。（下）

桂：（接唱）（二六）爹爹上山打柴砍，我这里准备做好鞋，实"纳"帮子千层底，八路军穿上好爬山。（下）

第二一场 放毒

（桌裙下放一木瓢）

东：（背一包货，手拿拨浪鼓）（上唱）（二六）一边走一边看，一阵阵心跳好胆寒，我在此间用目看，见一口水井在面前。（截）（向四方瞧了一下，取出药包，再向四方瞧一下，打开药包，犹豫难受一会儿，将药撒于桌裙下，听得后边有人唱的声音，急忙摇鼓而下）

吴：（担一担水桶，随随便便哼着小曲子，到井边，弄了两桶水担下）

（桂、狗，抬一水桶，用木瓢舀了一桶水，狗抬水时，要调皮而后下）

第二二场 送柴

王：（背一背柴）（唱）（二六）上山砍了柴一背，轻重总有八十一；送与咱的好军队，我忙去政府走一回。（下）

第二三场 中毒

桂：（上，拿鞋帮子，一边唱，一边缝）（唱）（二六）手拿鞋帮穿针线，要与军队做好鞋，八路军穿上把贼赶，赶走了国民党大家安然。（留板）

狗:（提一罐饭,罐上放一个碗）（唱）手里提着饭一罐,送给我爷爷到深山。（截）姑,我给爷送饭去呀?

桂:今天不送饭。

狗:为啥不送饭?

桂:今天你爷给军队送柴去了,回家来吃饭呢。

狗:我还不知道,我倒先把饭吃了。

桂:吃了就吃了,把饭倒在锅里,你爷回来热热的好吃。

狗:对。（转身忽然肚子疼）哎哟!（把罐子放在一边,用手按肚,挣扎疼痛）

桂:（急忙扶狗）狗娃,你怎啦?

狗:我肚疼得要命,哎哟,疼死我了,快,不得活了。……（要倒的样子）

桂:不要怕,不要怕,等你爷回来给你请医生。

　　（桂一边安慰,一边给狗揉肚）

王:（上唱）（紧二六）适才送了柴一担,转回家中用饭来。（截）（进门）

桂:爹,快看,狗娃肚疼得要命呢。

王:（把斧绳一丢）什么病,快来我看。

狗:爷爷,我不得活了,肚子疼得要命,哎哟,疼死我了。

王:（问桂）什么时候得病的?

桂:早上还好好的,吃了饭就不对了。

王:（揉了一阵,没办法）桂娃,你先瞧着,我出去问一问人家,看有什么办法。

桂:好。

王:（一出门就看见乡与团部任医生）唉,乡长,我的孙子,今天早上

106

还好好的,吃了一顿饭,忽然肚子疼得要命哩。

乡:没有错,又是一个中毒的。

医生:(年三十左右,身挂皮包,带许多药)快吃药。

　　(三人进去,任医生把狗诊断了一下)

乡:他妈的,一定是汉奸特务搞鬼。

医生:(取出一包药)小孩子,把这一包药吞下去,病就好了。

　　(狗吃药后稍静)

王:(向乡问任)这一位同志,是……

乡:这是咱们团部的医生。有坏东西,给咱们井子里边放毒药啦!
　　咱们庄上中毒的人很多,任医生治好了几个啦。

王:哪一个狗×的,做出这样伤天害理的事!

乡:一定是国民党反动派的特务,大家留心调查,非把他狗×的抓住
　　不可。

王:国民党狗×的永不得好死!

任:以后你们在水缸里边,放上一个"青蛙"试验水里有毒没有毒。
　　(向乡)公共用的水井,要派专门人照看。

乡:对。

王:(问任)同志! 你看这孩子要紧不要紧?

任:不要紧,待一会一吐就不要紧了,好好地躺几天,吃稍软的东西
　　就好啦!

王:这就实在多亏你救命,咱们八路军真是好!

任:老人家,这没有什么,咱们军队人民是一家人。乡长,咱们再转
　　几家,看还有中毒的没有?

乡:对。(拟走,又站定)老王,狗娃不要紧,你放心。这里有一封信,
　　赶快地送给区政府,通知各乡,教大家都小防,这是很要紧的事。

王:对,(接信)我就去。(拿草帽拿红缨枪匆忙下)

任:(向桂)你把小孩扶到炕上睡下好一点。(与乡下)

桂:好。(扶狗下)

第二四场　逼刺

黄:(上唱)(二六)适才将见老王政府送信,要转回至少在二更;何三
　　回来讲一遍,杀死了老王算有功。

东:(背包上)(唱)日落西山天要晚,背着包儿转回还。(截)(进门)

黄:今天怎么样?

东:上午机会还好,东边有两个井子,都放药啦,下午我看人家好像
　　瞧井哩。我还没动手。

黄:放了一个是一个。何三!

东:哎。

黄:你不是想多弄几个钱么? 现在有个好机会。

东:啥机会?

黄:今天晚上,有一个人,(指)从区政府回来,一定要走西边那一条
　　小路,你早一点藏好,他过来,猛不防把他弄死,我给那边联保主
　　任去信,管叫你领一千块大洋。

东:哎哟,搞不好就不得了。

黄:不要紧,天黑咧,只有一个人,还是个老头子,他不防顾,你把胆
　　子放大。

东:哎哟,今天晚上有月亮呢!

黄:有月亮,不要紧。

东:他叫什么名字?

黄:(脸沉下来)你不要管,你这人真是,教你干啥,你就干啥,你常问

上个什么？

东:我没干过这事,心里害怕。

黄:怕什么,胆小发不了财。

东:呵嘶,这……

黄:何三,我告诉你,我留神多少天,好容易遇到了这么一个好机会,不能放过去,你非干不可,就是这事,干,能发财,不干,小心你的命。

东:咳！ 我……

黄:(逼近东,瞪眼)你怎么样？

东:我就不愿意干这种事。

黄:好,你反啦,(掏出手枪指东)你干不干？

东:我……

黄:(抓住东领口)干不干？

东:(犹豫)

黄:(更凶地)说！

东:对,我干。

黄:那就好,天一黑,你就到那里等着,那个人一定要过来,心要硬,手要快,搞死以后,连夜回那边去,我给你带一封信,找那边联保主任给你钱,我也另寻地方,不在这里住咧。

东:你到哪里去？

黄:(大声地)你又问干什么,你是什么意思,嗯？

东:你不明白我的意思,要是机会不好,不能下手,我该怎……？

黄:(严厉地)给你的任务,非完成不可,万一弄不好,你也往那边跑,是不是？

东:是。

黄:好,我给你写信办手续,找条路子,马上就去,来。

（东低头为难地拿起包子随黄后下）

东:呃哟,要是我干了以后在晚上往那边跑,碰到八路军自卫队把我
扣住就不得了。

黄:你放心,我给你带的是边区这边办的路条子,他们会放你过去
的。走,跟我来。

第二五场　刺父

东:（背货包,拿斧头）（上唱）（二六）手拿斧头心内跳,今夜晚杀人
第一遭,我有心不做坏事逃走了,上边知晓命难逃。（东张西望,
藏在桌后）

王:（上唱）（二六）区政府送了一封信,月光下边转回程,一路走得身
乏困,抽一袋旱烟再动身。（截）（坐下取烟袋）

东:（见王坐,立王侧移,提斧动手,觉得王好面熟,收斧注视,王擦火
点烟,更觉此人面熟,将货包斧头慢慢放在地下）你……

王:（骇了一跳,猛立退步,直声喊三两声,手拿红缨枪指东）你是谁?

东:（浑身打颤要抓王的样子）你……你……

王:嗯,你……

东:（一把抓住王）你是爹爹!

王:东才。

东:（大哭）爹爹。（下跪紧抱王腿,哭）

王:（一时也不知说什么好,抚摸东,二人稍沉静一会儿）东才,东才,
你抬起头来我看一看。

东:（抬头）爹爹,我是东才。

王:（细看东后,怀疑地看天,看周围）这……这是梦吧?

东:爹爹,不是梦,我当真是东才。

王:你……你……你还活在世上?

东:是的爹爹,我没有死。

王:你……你怎么能到这边来?

东:爹爹,我……我是……

王:你……你怎么能到这边来?

东:我……我是开小差,做……做小买卖到这边来的,爹爹你看,那

　　就是我的货包子。

王:(看了一下包)你……你站起来。

东:(站起)……

王:(抓东两肩细看)……

东:爹爹,我是东才。

王:你……你是东才?

东:我是东才。

王:你……你回来啦?

东:我回来啦!

王:(大声)好! 参加咱们八路军,报仇!

东:爹爹,你怎么来到这里?

王:我……我走遍了天下,受尽了痛苦,好容易才走到这个好地方

　　来,这里是共产党的地方,咱们穷人的天下。

东:爹爹,我娘来了没有?

王:你娘?

东:我娘怎么样?

王:你娘……你娘也来啦,咱们一家人都在这里,走,跟我回!

东:(将包背好)爹爹,走。

王：(拉东手)走,回,参加咱们八路军,报仇!

(东怀疑地随下)

第二六场　全家哭

(桂扶狗上)(此时桌上点油灯一盏)

桂：(唱)(二六)爹爹去了未回转,等得桂花不耐烦,放下狗娃出门看,(绕板)(出门)(眺望)(唱)月光下望不见爹爹还。(进门,坐狗旁做鞋)

王：(东随其后上)(唱)手拖我儿泪汪汪,低下头儿心内伤,他妻他母不见面,全家人难免哭一场。(截)(进门)

桂：爹爹。(惊奇地看东)

王：狗娃,你看谁回来了。

狗：(抬起头看王)

东：狗娃。

桂：你是哥哥。

狗：(连哭带叫)爹爹!(扑在东怀)

东：(抚摸狗哭)狗娃!

狗：(仰起头看东)爹爹,我妈教人家砍死了,我要妈呢。

东：嗯? 妹妹,怎么一回事?

桂：哥哥,你还不知道,咱的娘也死了!

东：嗯? 爹爹,究竟怎么一回事?

王：嗯?

东：倒究怎么一回事?,

王：嗯,(全家哭)(唱)(慢板)全家人一个个泪流满面,到如今伤心事不得不言;叫东才听为父细讲一遍,你莫要太伤心,咬紧牙关:

自那日(转二六)咱父子上坟祭典,拉走你,全家人好不为难,只道你活不了难以见面,一家人离河南进了潼关,我只说到陕西世事改变,谁料想走到处一样可怜;有一天龙王庙休息一晚,来两个坏军队口出胡言,将你妻拉出了荒郊旷野,用钢刀砍得她血染衣衫;你的妻转回来痛哭一遍,一霎时咽喉断命丧黄泉;你的娘直哭得浑身大颤,她一头碰死在大路旁边。哭了声姥姥媳妇难得见面,(合场,全家哭)那……那是姥姥,那……那是媳妇……呵……丢下了小儿女好不可怜,想起了龙王庙教人心颤,你的娘临死时叫你几番。

东:(接唱)听罢言来浑身颤,我的娘我的妻死得可怜,哭一声老娘难相见,(合场全家叫哭)那……那是儿的娘,那……那是我的妻呀……呵……好似钢剑把心剜,我只说全家人都在,有朝一日大团圆,韩排长,庙里行短见,原是我妻遭人奸;回头见了他的面,我定要杀儿报仇冤;转面我把爹爹唤,你三人到后来怎样安排?(留)

王:哎,儿啦,(唱)(二六)听人说边区好,难民优待,因此上我三人逃到这边;到此地政府里十分招待,又借粮又借款各样周全,众同胞一个个相亲相爱,好也似一家人骨肉相连。我三人到边区不过半载,不愁吃不愁喝不愁衣穿,共产党为人民寸步打算,八路军同百姓兄弟一般;好军队好政府真是少见,中国人全靠它收复河山;国民党到处把人害,多少百姓受可怜;如今越发行事坏,不打日本这里来;我儿今日回家转,你参加八路军报仇冤。(截)

(狗忽然呕吐喊叫)

东:爹爹,狗娃怎么了?

王:哎,这都是国民党的罪孽,他暗暗地派来汉奸特务,狼心狗肺,水井里撒毒药害百姓,狗娃中了毒了。

东:呵哟,(疯了似的,一把抱起狗娃,狗娃! 狗娃!)(看一下王,看一下桂,急得乱跺脚,王、桂莫名其妙,唯恐把狗掉下来,两边招架着,东最后将狗扔下,昏过去了)……

王、桂:(一边扶狗,一边叫东)东才,哥哥……

东:(唱阴司调)听一言,把人的心急坏,浑身无力难起来,我强打精神睁开眼,(看王、桂、狗,放声大哭)……呵……气得人鲜血满胸膛,咬牙关骂一声国民党,你把我王东才变成狗狼,你害我贤妻老母把命丧,又逼我狼心狗肺把人伤;共产党爱护百姓人尊仰,你为何明打暗害丧天良;到如今我成了什么模样,害大家害自己坏了心肠;若还我把实话讲,惟恐怕全家老少遭祸殃;若还不把实话讲,雪地埋人难隐藏,对不起边区共产党,对不起同胞大家帮助我的全家老少好心肠,左难右难难心上,思前想后无下场,王东才我低下头再思再想,(绕)有了,(接唱紧带扳)忽然想起好主张,回去先杀韩排长,不顾生死闹一场,活着投降共产党,死了报仇也应当;为人生在尘世上,大仇不报脸无光;这些话不敢对爹爹讲,我只得说一套假话脱离家乡。

(哭白)狗娃,我对不起你。

王:狗娃吃过药了,不要紧了。

东:爹爹,我……我对不起你们,我……我对不起……我对不起大家!(连哭带说,低头落座)

王:东才,你不要太伤心,我现在把世事看明白了,共产党八路军是真正救中国的人,有它日本鬼子就能打下去,有它咱们老百姓就能活;你回来了就好,明天我带你参加八路军,打! 把那些苦害老百姓丧尽天良的国民党坏东西,见了就打,报仇!

东：爹爹，我……

王：你怎么样？

东：我……我……哎。（低头哭）

王：我告诉你，从前我们走到处受国民党的压迫，老百姓不敢说一句
　　话，现在有共产党八路军，我们什么都不怕了，你不要怕当兵，当
　　兵当了八路军，救国家救人民，才是真正的光荣。东才，八路军
　　是咱们老百姓的。

东：爹爹，我……

王：你怎么样么？

东：我……我……

王：东才，至到如今，你还贪生怕死吗？告诉你，我这么大的年纪，要
　　是看见国民党的军队，我非打死它们几个不可，你们是年青人怕
　　什么？

东：哎，我好难也。（唱）（二六）东才难来难又难，话到口边不敢言，
　　老爹爹那里催得紧，说一套假话离家院。（截）爹爹，我愿意参加
　　八路军，只是我还有些东西货物丢在外边，我要将它拿了回来。

王：你把东西丢在国民党那边么？

东：我……丢在……

王：要是丢在国民党那里，东西不要了，小心吃亏。

东：就……就在这边，不远。

王：那就好，明天我给咱买肉，好好地吃上一顿，再去取东西，早一点
　　取回，早一点参加八路军。

东：爹爹，我一定要报仇。

王：好的，我们要报仇。

东：爹爹，你老人家休息了吧。

王:好,大家休息。

（大家作睡状,东不时睁眼看王等）

东:(见他们熟睡了,叫了几声不应)哎,(二倒板)全家人直睡得昏迷不醒,(榻板)王东才心有事,坐卧不宁;老爹爹见儿回欢喜不尽,哪知晓儿本是犯罪之人;天不明我就要翻山过境,到那里杀仇人不顾死生;平日里想家常做梦,今夜晚相见不相逢;灯燃烧心头恨,不杀仇人气难平;这一去凶吉祸福说不定,父子们团圆杳无踪。(绕板)(看父抚子依恋不舍,忽听鸡叫连声)哎!(介板)耳听得雄鸡连声唤,王东才不敢多留恋,舍不得爹爹年纪迈,舍不得年幼妹妹还有小儿男;恨只恨国民党做事太短见,害得我全家不团圆,忍泪吞声离家院,不杀仇人不回还。(截)(低声哭白)爹爹,妹妹,狗娃,我去了,我要报仇去了。(出了门,又探进去,看了一下全家,决心,下)

王:(醒来,向空一望)天明了,东才,东才。(不见东,出门去叫了几声,转回去自言自语)哎,这孩子心太急了,忙什么。桂花!

桂:(醒来看窗吹灯)

王:快起来,做饭。

桂:(不见东)爹爹,哥哥怎么不见了?

王:他寻东西去了,就会回来的。(拿起锄头)好,你就准备饭,把咱的鸡杀上一只,给你哥吃,我们变工队今天帮助咱们军队锄草,我就去了。(桂扶狗下)(唱)(二六)手拿锄头心喜欢,想不到我儿转回还;回来后引他把团长见,加入了八路军报仇冤。(下)

第二七场　回营

东:(上唱)(紧二六)王东才来泪汪汪,有家难归好心伤,幸喜一路无

116

阻挡,回营来等机会大闹一场。(截)

(兵甲当东上时,也从下场门慢腾腾地上)

东:侯班长。

兵甲:唉,你回来咧。

东:回来咧。

兵甲:怎么样?

东:我要报告副官!

兵甲:好,你来。(二人转一圈)

贵:(由下场门上见兵甲与东)做什么呢?

兵甲:回去报告副官,就说王东才回来了,有事报告!

贵:等一会。(下)

孙:(上,贵随其后,问东)你回来啦。

东:(立正)回来啦!

孙:(向兵甲)你先下去。

兵甲:是。(敬礼而下)

孙:你的手续?

东:(怀里取出一小纸包,并一个路条子交孙)这是手续,这是路
条子。

孙:(看了一下,笑着说)好,你还打死一个人。有办法,慢慢就能干
起来啦。你今天回来正好,我正打算派韩排长带人过去袭击他
们一下,你正好引路,下去换衣服去。

东:是。(出门,咬牙点头而下)

孙:(向勤务兵)叫韩排长去。

贵:是。(下)

韩:(上,贵随其后)副官。

孙：今天你可以带一部分人，过（指）那边边界上扰乱一下，把他们乡政府的人抓过来。

韩：副官，听说八路军开下来不少。

孙：怎么，你害怕吗？

韩：（立起）不害怕！

孙：上边给我们有指示，在没有进攻以前，我们要经常部分扰乱他们，破坏他们。

韩：听说有一次，他们的一个班，把咱们的一个营打死了二十几个人。

孙：那是由于我们没有调查。（取出东给的信）刚才我接到那边的情报，我们可以搞一下，有王东才引路，要快，要迅速。

韩：要是万一人家那有准备，该怎么了？

孙：不要紧，我可以告诉三营第一连祈连长，教他们也准备，要是你们遇到八路军的抵抗，会来接你们退回的，这你就放心啦吧。

韩：好。

孙：快去。

韩：应当怎么搞？

孙：怎么搞，见地方就烧，见东西就抢，见人就拉；你应当明白，一来我们要破坏他们，二来能让咱们白干不成？放大胆！

韩：好，那我就去。（敬礼，转身）

孙：还有，（韩转向立正）（笑着说）把年青的女人多抓过来几个。

韩：（笑）那是一定么。

（二人分头下）

第二八场　爆炸

（韩上吹哨子）

（上场门跑上东与兵丁，下场门跑上兵甲、壮一、壮三，都穿军衣带手榴弹，拿步枪，兵甲带短枪）

兵甲：（敬礼）报告排长，什么事？

韩：我们马上要过边区那边搞他们一下，大家不要害怕，我们有情报，没有危险，大家准备好，到了那边，大家都有好处。（向东）王东才！

东：（立正）有。

韩：要你引路，我们先搞乡政府，抓乡长。

东：是！

韩：好，下去把子弹枪支准备好，听哨子立刻集合。

众：是。（分两边下）

韩：侯班长。

兵甲：（转身立正）有！

韩：你先到我屋里，谈一谈。

（二人通门落座，东从上场门暗上偷听）

这一次是我们发财的机会，你们可以见人就拉，见东西就抢，随便搞！

兵甲：（高兴地）上边让么？

韩：上边的意思，就是为了破坏他们，要把他们搞得一塌糊涂才好。

（此时，东咬牙发恨，向左右看有没有人）

兵甲：那就有办法，能这么样，我们的弟兄就不怕命啦。

韩：侯班长，你要留神，碰到漂亮姑娘，你们不要随便……

（东早就拿出手榴弹，咬牙切齿，浑身打颤的，听到此处，揭盖套圈，东张西望）

兵甲：（高兴，笑着说）那自然么，好的总要排长么。

韩：（得意地点头称赞）哎……

兵甲：哈哈……

（正在他们得意忘形之际，东将手榴弹摔了进去，霹雳一声，放火一把，韩与兵甲倒地，兵甲躺下未动，韩满脸血满手血挣扎打滚）

东：（走了进去，用力踏韩三脚）你狗×的活！

（后台有人跑脚步声，东立刻拿出另一个手榴弹，去了盖，将引线套在指上两臂向后背，紧张相待，兵丁由上场门跑上，壮一、壮三由下场门跑上，三人手端枪跑上）

众：什么事？

兵丁：（见尸首）嗯，你反啦，绑起来！

众：（在兵丁的喊声中，拉栓，逼近东）

东：（扬过手榴弹，大喊）不准动！

（众骇得倒退开来，兵丙盯视手榴弹）把枪放下！

（众把枪放下）

弟兄们！

（众抖了一下）

我们哪一个不是可怜人，我们教人家拉了壮丁，人家不把我们当人看，我们受过多少罪；国民党欺侮我们家里的人，日本鬼杀了中国多少人，他们不打日本，他们教我们打边区，打共产党；弟兄们，我刚从边区过来，共产党八路军是最好的人，不压迫老百姓，跟老百姓是一家人，多少难民到边区都有吃有穿，我家里的人，从河南逃难，咱们的军队，韩排长这狗×的，把我的老婆强奸、杀死，把我的老娘急死，我的父亲带了两个小孩子跑到边区，人家那里公家帮助，老百姓也帮助，现在有吃有穿；孙副官硬逼我到人家那里做坏事，我在井子里下毒药，毒了我自己的儿子，我几乎把我的父亲砍死;(越说越颤,连哭带号,大家也擦泪)弟兄们,我们是干什么的,我们有没有良心,国民党把我们弄得不像人了!

壮一:(大声喊)我们投降八路军。

众:(齐声)投降八路军。

孙:(后台先喊)什么地方打枪?(急急忙忙上)你们干什么哪?

（众有点畏惧）

（看见尸首）嗯,你们暴动。(取手枪)

（东一扑上去,紧抱孙两臂,撕斗起来）

（大声喊）造反了,造反了……

（众拉孙腿,孙与东齐倒,东夺孙枪）

（壮一向孙打一枪）

呵哟!（挣扎起）

（兵丁再打一枪）

（孙躺下不动）

（众围孙,看他死了没有）

（后台像有好多人急奔,与哨子声相和着）

壮一:我们快往边区跑。

东:走! 跑我来!

（一齐跑下）

第二九场　见尸

（祁连长,手提短枪,带兵乙、丙、得贵及兵戊,端枪跑上,把三个尸首翻着看,勤务向瞧）

贵:报告,连长,那边有我们的队伍,向边区跑。

祁连长:追!

（众往下跑）

开枪打！

（枪不断地响着，众下）

第三〇场　追赶

（东等跑上向上场门一边打枪一边走退入下场门，祁带众一边打一边走追入下场门）

第三一场　自卫队

（后台枪声不断响着，自卫队吴老二提快枪，张虎提土枪，刘三左手提红缨枪右手抓手榴弹，指导员提手枪，四人一涌而上）

吴：哪边响枪？

虎：东边。

（四人向下场门远望）

乡指：上东山！

虎：（与刘齐声说）

刘三：（二十几岁的小伙子，农民）　对！

（四人跑下）

第三二场　布防

（八路军高连长，带兵子、丑、寅、卯，端枪跑上，四处张望）

兵子：报告连长！敌人从东边一直往边区跑来。

高连长：同志们！我们的军队（用左手指）压在左边山腰里，跑步！

（众一齐跑下）

第三三场　二老碰

（后台枪声正在响着）

（胡手提红缨枪从上场门跑上）

（王手提红缨枪从下场门跑上）

（二人碰倒）

王：（先起立）谁？

胡：（也起立）我。

王：胡老。

胡：你哪里去？

王：国民党的军队打来咧，我非把狗×的"攘"死几个不可。

胡：东边枪响呢，走！

王：走！

（王先跑下，胡绊了一跤，下跑）

第三四场　击退

（后台枪声还在响着，丝弦怀放桌一面，最好制假山状围桌，自卫队跑上，张虎站在桌上翘望，一边望一边说）

虎：狗×的向咱们跑来啦！

吴：（喊虎）趴下！（并用手拉）

虎：（只顾连指带说）哎，两股子人哪！

乡指：（站起压倒虎）趴下，你不要命啦？

（四人伏下探头探脑，准备开枪，后台脚步声愈响愈大，枪声愈响愈亮）前边跑的，好像是逃兵。

（东，壮一、三，兵丁，一边后望一边跑上，向上场门打枪）

虎：（拟向东等放枪）

（吴挡虎不许动）

壮三：（中弹）呵哟！（倒地）

兵丁：卧倒，盯住打！

（三人卧下，向上场门打枪，祁带众一步一步逼东等退）

乡指：瞄准，开枪！

兵乙：（中弹）哎哟！（倒地）

祁：卧倒，打！

（此时逃兵打追兵，民兵打追兵，追兵打二家）

注意，那里只有几个老百姓，不要害怕，（指中间桌子，最好也用假山围起来）我们爬到上边去。

（高带众跑上中桌，刚碰到兵丙、戊上桌子，高等连打带挑，兵丙等，滚了下去，一阵乱闯乱碰乱叫）

祁：（站起来急得乱叫）快跑，往回跑……

高：（瞄准祁，放了一枪）狗×的，叫！

祁：（腿上中弹）呵哟！（倒地连喊带爬地回去）祁所带之兵连滚带跑地下去了。

（东等拿着枪，向上两边望）

（八路军向国民党反动派军队跑处，打了一阵枪，高止住，遥望）

兵子：狗×的跑过去了。

兵丑：咱们追！

高：不要去，咱们现在为了团结抗日，我们还是忍让他们一下，不到他们那边去。

兵子：（发现东等）这里还有！

（高等端枪瞄定东等，东等骇得两手举枪，将身斜着）

高：干什么的？

东等：我们投降八路军……

吴：（站在桌上）（向高等作远呼声）唔唔……

不敢开枪，他们是逃兵，听见没有？他们是逃兵。

高：（连点头扬手带说）听见了，（向东等）你们把枪支（指鼓怀）架到

那里！

（兵丁、壮一先架，东也拿枪要架）

王：（连喊带说，扑了上来）（从下场门上）打！打……（照定东的头

猛刺一枪）狗×的哪里跑。

（东，呵哟一声倒地）

（王把枪"攮"进地去，拔出来，又准备"攮"下去）

高：（中桌上，留兵卯放哨）（一边喊一边向下跑）老人家，不敢打……

（捉住王枪杆）

（逃众骇得举两手不敢动）

老人家，他们是好人。

（此时胡亦上被吴等下山挡住）

王：好人?！我认得他们是国民党的军队。

东：（脸上带伤流血，猛起抓王）爹爹！

兵子：（抓住东）不准动！

东：爹爹！

王：嗯，（上前细看）你是东才，你怎么一回事？

东：（哭诉）爹爹，我对不起你老人家，（向大家作揖）我对不起大家，

大家原谅我……

王：（拉东）你倒究是怎么一回事？

东：哎，我……我对不起大家。（看着大家哭说）

王：（紧捏东）你倒究是怎么一回事？

东：哎！我……我……

高：老人家，他心里像是难受得很，慢慢再谈，把他的伤揉一揉。

王：（急得很厉害）哎，你把我弄糊涂了。（给东揉伤）

（东半痴半颠地呆着）

（后台许多人，用愉快的口音，夸奖八路军，紧接着，张抱一筛馍，牛提一块肉，另外一人农民何大，手里拿几个馍，上，兵卯向后看笑了一下，瞧前边仍放哨。慰劳的群众可以多出几个）

张：（得意地连说带上）国民党狗×的"胡拧瓷"看它碰钉子不碰钉子。

（见高）高连长，你们有本事，胜利万岁，大家快吃馍。

高：老人家，谢谢你们！

（张和那个农民及善牛一齐说）

张、农、牛：这算什么，咱们八路军、自卫队，保护大家，我们应当慰劳你们！

（将馍分散八路军、逃众、自卫队）

黄：（提一筐馒头上）高连长，好的，胜利！我慰劳你们吃。

高：黄先生，你太多心啦！

东：（大喊一声）嗯！（向前盯视黄）

（黄与众都瞪住啦，不知怎么一回事）

黄：（上下打量东觉得不好，打算脱逃，连说带转身）好，你们在！

东：（上前一把扭住黄的领口，大喊）汉奸！

黄：（强硬的态度）你胡说！

东：你……

黄：我怎么样，你随便咬人，小心你的命！

高:同志,你认得他吗?

东:(要开口时,又见高连长等,恐怕说出自己也不得了,所以又急又难为)他……

高:(看出他的矛盾)同志! 你有什么话,只管说,不要害怕,只要你很好地坦白,我们欢迎你,绝对不会难为你的。

众:欢迎坦白……(一阵掌声)

东:(看高及众,再看王,表示犹豫)我……我……

王:东才,你不要害怕,有什么话只管讲,咱们边区政府、八路军最欢迎说老实话的人,不要害怕,快说。

众:欢迎坦白! ……(一阵鼓掌声)

东:(连哭带喊)同志们! 你们大家不知道,我知道,他叫我给你们井子里放毒,他教我杀人,我几乎把我的老人砍了,你们不要吃他的馍,有毒,有毒! (更用力地扭黄)汉奸! 汉奸!

高:捆起来!

　　(兵子、丑,把黄手背绑起来)

东:(向大家作揖,哭诉)哎,我对不起大家,你们处罚我,国民党把我害了,我对不起大家。

高:同志! 你不要害怕,不要难受,你能坦白说出来,就是好的,我们欢迎你。

东:(还有点害怕)我……我该死……

王:(拉东安慰)东才,你不要害怕,你坦白了好,多少做坏事的人向边区政府、八路军真心坦白,大家都欢迎,你不要害怕。

　　(东放心了,很受感动)

张:(唾黄脸)把你一天还当着人呢,要脸不要脸?

王:(抓黄就狠打)你是什么东西?

胡：(用枪杆敲黄)把狗×的砍了。

众：把狗×的砍了。(乱嗓乱骂,非常激愤)

高：(挡住大家)同志们！大家不要这样,只要他能坦白,有什么说什么,改过,我们还要救他,咱们回去开大会欢迎(指逃兵)这几位同志,同时要教(黄)他向大家承认一切,改过自新。

众：(应声如雷)对！

高：好,(向逃众)你们到这边来,咱们就是同志,我们欢迎你们,请到前边走！

　　(逃众有点不好意思)

　　(八路军上去握逃众手,很亲热地说一些问候、安慰话,拉拉扯扯地推逃众前走)

高：(生气地示意,众对黄)拉着走。

兵子、丑：(拉黄)走！(推黄下)

　　(高笑嘻嘻地安慰东,并排着走,其他八路军各携逃兵应酬,老百姓有的高兴地夸奖八路军自卫队,有的骂黄,很生动地下)

后　记

　　此剧在延安出演后,多蒙各方指示,又改变、增加了一些。还在不断的修改中。为了迅速赠送各地,匆忙中油印出来,希望各地多提意见,大家互相研究。

　　再,各地如果出演时,多采用当地最流行而生动的大众语言,但务必斟酌适当,不可乱用。剧中人有的可以多说几句话,更加润色,但务须"词句""意思"都相宜才行,谨防繁琐之弊。

　　此剧用秦腔演出(当然其他旧形式如山西梆子京梆子等亦可)。我们目前对于旧剧的丝弦铜器,还没有多大的变化,但对于表情动作与带铜器（即指动作时配合铜器点而言）应尽量根据现实的表情动作，适当地扩张舞动，万勿拘泥于旧剧的那一套死公式。

旧剧里有些表情动作，和现实接近，看起来就美而生动，有许多表情动作，太不合理，令人有"疯徒""木偶"之感。我们一边要接受好的东西，一边要创造新的东西。

希望同志们多多批评指正！

一九四三年写于延安

东北书店 1946 年 11 月

◇丰永刚

晚　春

人物:高太太——(即淑华)三十岁的中年寡妇,美丽而清秀,把热
　　　情、哀怨、痛苦及希望完全让它们压在心底
　　　大小姐——前母所生,二十五岁,拜金者,爱虚荣甚于爱她的
　　　生命
　　　二小姐——(即玉芬)亦前母所生,二十岁,有梦想,有热情,把
　　　爱情当作生命
　　　陈梦飞——二十三岁,是二小姐的表兄,梦想着爱情像一朵
　　　花,但没有摘取的手段
　　　常万财——三十五岁,大小姐的丈夫,世故和阴谋染黑了他的
　　　心,视财如命
　　　赵志刚——二十九岁,二小姐的恋人,亦是高太太五年前的情
　　　人,有远志热情,有前途的青年,把爱情和事业看得很清楚
　　　老李——高家的老仆人,忠实而有丰富的人生经验
时间:深秋某暴风雨之夜

130

地点：高家客厅

布景：舞台的正面是客厅的正门，可通外院或街道，在门之右侧是扇
　　　很精致的玻璃大圆窗。由此窗望去可以看见院内的花草树
　　　木，或街道上的楼房等等建筑物。在舞台的右面是高太太的
　　　卧室门，和此门相对的舞台左面是二小姐的卧室门。在此门
　　　稍左方面，墙壁上悬挂着一张二尺高的老太太的照片，这显然
　　　是一张故去人的遗影。此外舞台的中央，有三张沙发环绕着
　　　一圆形小茶几。在此之外于玻璃大圆窗右侧前有一豪华酒
　　　台，在酒台的右侧，放有一新型的保险柜。其他如壁画、桌椅、
　　　书橱等等，凡是一间豪华的大客厅的陈设应有尽有。

　　（静静的舞台上，由那扇大圆形的玻璃窗，可以看见外面的夜
空，阴得黑沉沉的，时而有闪电掠过，或霹雷之声，使你恐怖而想到
在瞬间就有暴风雨来临。客厅中央的五个灯泡的大吊灯的光亮也
显得不十分光亮了。此时老仆人老李，正在收拾小茶几上残剩的东
西，有两瓶葡萄酒，一瓶已经喝了一半，还有一瓶未开封，在茶碟里
有残余的点心，或苹果皮，还有已经吃了一半的苹果，或未曾吃的都
零乱地放在茶几上，这使你想到这客厅在十分钟前一定有客人来
到……老李一边收拾残余的东西，一边对着这东西叹息着。正在这
时候，右面高太太的卧室门开了，高太太静静地走出来。）

高：（高太太的简称。她看看老李，又看看这茶几上的东西）老李，刚
　　才有客人来过了吗？

老：（老李简称。他只顾一心一意地收拾东西，并没有看见高太太出
　　来，听见高太太叫他，才忽然抬起头来）噢，太太！您还没有休息
　　么？是的，是二小姐的朋友，刚走不大工夫。

高：（顺口问问）是女朋友，还是男朋友？（走到沙发前坐下）

老:(笑着说)是……是个男朋友……(将酒瓶放到酒台上边去,回来收拾苹果皮)

高:嗯——(毫不往心里去,这时外面一道闪光,一声响雷,使她望望窗外的夜空)今晚上恐怕要下大雨。

老:(也随着望望窗外)是的,外面阴得太黑了,风又很大呢! 一定要下一阵大雨——今年的秋雨怕是又要很勤呢。

高:是的! 尤其是这样的深秋夜里,使人更感到可怕。(望望屋内)噢! 老李,你看今晚上这客厅里暗得多么使人发闷哪!

老:是的! 太太,不过这是外面天阴得太黑了,使屋里显得暗了很多。

高:嗯! 外面的黑暗,会把屋内的光亮遮蔽得也暗淡了。

老:(一边收拾残余的东西,一边想起了很多的往事)噢! 太太您又在伤心了,老爷在世的时候,您总是沉着脸,没有看见您高兴过一次,和谁笑过一次。直到如今老爷去世了,也没看见您高兴过一次或笑过一回,您总是把什么事都藏在心里头。太太! 人活在世界上不要太苦了自己啦。

高:(引起她的伤感来)不要说下去了。老李,你在高家做事多年了,高家的事情,你比我还知道得多,尤其是我这做继母的,更尤其是我,(心里更难过了)噢! 不要说了,你收拾完了就出去吧! 我要静静地在这坐一会。

老:是! 太太。可是,太太,外面要下雨了,您不要着了凉。(收拾起残余的东西,走了一步,恰好一个苹果掉在沙发上,于是他去拾掉下的苹果,正看见沙发上不知谁丢失的一封信,他马上拾起来)太太! 这是谁掉下的一封信?

高:(忽然立起)什么? 信? 谁的?

老：(老眼昏花的，把信举起来看)是，赵——赵什么——志刚。

高：(她的心跳了起来)呵！赵什么？快给我看看。

老：(把信给了她)给您看吧——

高：(看见信上的名字，心里更跳得厉害)呵！赵志刚？是他？(想想看)真的是他回来啦？(突然想起来)老李，刚才走的那位客人，是不是长瓜脸？

老：(莫明其妙一想想)是的，脸色稍稍苍白。

高：是不是挺高的身材？

老：是的，比太太高出一头呢。

高：(还怕有错)是不是说话声音很低？

老：(想了想)对了，太太您认识他吗？

高：(不理老李的问话，高兴了，像回忆一个美梦)噢！是他！真的是他回来了。(忽然想急忙看信)这是他的信——(念信)志刚，你接着这封信，想象你一定很高兴，你要开的医院房子已经给你租到，一切设备保你满意，就等候你这大医师兼院长来到，马上就开业！这里的朋友都在期待着你！(她高兴极了，微笑了)噢——他学医学了，他要做院长了。(又接着读信)志刚，我们更希望你能和你的爱人高玉芬小姐同来，这是我们更期待着的。(她停止了读信，高兴失去了一半)呵！他已经有啦！(她有点不相信自己的眼睛，又重读信)我们更希望你能和你的爱人高玉芬小姐同来，这是我们更期待着的。(她的希望死灭了)唯——他！他已经另有了爱人啦。(想想看)高玉芬？是二小姐？(想要证实一下)老李，刚才陪着那位客人谈话的，是二小姐吗？

老：是的，太太。

高：你没有看错？

老：是的，这苹果还是二小姐叫我去给买来的呢！

高：这——这一定不会错了。（信也不往下看了，她拿着信呆呆地坐
　　到沙发上）

　　（这时外面狂风起，一道闪电，一声雷，使高太太和老李向窗外
一望，正门开了，赵志刚慌忙地走进来，此时高太太忽然立起。）

高：（一看，正是赵志刚，马上燃起了她的希望，也燃起了她的旧
　　梦……她快乐得几乎跳起来）噢！志刚！

赵：（他一见高太太又惊又喜）噢！你是——（并没有说出什么来，只
　　是心在跳）

老：赵先生，这是我们太太。

赵：（恢复了镇静）噢！高太太——

高：（抢上两步，亲热地）志刚，你多咱回来的？你——你快请坐吧！

赵：（好像没有听见高太太说话，只顾往客厅地板上看——）老李，
　　你，你看见我的——

高：（很快地接上他的话）是不是一封信？

赵：呵！（又喜又惊）是的，是您捡去了？（走近一步，伸手要去取）请
　　您还给我——

高：（拿出信来）信在这，是不是这封信？

赵：是的，高太太，请您还给我——

高：志刚，为什么这样着急？（温柔地）噢！志刚，恭喜你！要做医院
　　的院长了。

赵：（惊讶地）怎么？您已经看了我的信？

高：（含笑地）为什么不可以看看？志刚，难道你的信——（忽然想起
　　来）老李，你去给赵先生倒杯咖啡来！

老：是，太太。（会意地走出去）

赵：老李，老李，我不要喝——（老李头也不回地去了，使他无可奈
何，回过头来向高太太）高太太，请你把信还给我，我还有要紧的
事情，我得马上走。

高：（看看老李走远了，马上燃起了心中的热情）噢！志刚，你真的要
走吗？

赵：是的，高太太，是我的事业，是我的希望叫我走！

高：（心中痛苦着）志刚，你的心太冷了，你——

赵：不！我的心和我的热情比火还要热烈，但是，人家忘掉了我，遗
弃了我，使我的心和感情不得不变得冷淡了……

高：噢！志刚，你的话比你的心还冷！

赵：（苦笑）高太太，请原谅我的失礼！

高：不！志刚！我是你的淑华！我是你曾经热爱过的淑华！志刚，
五年不见了，你知道你的淑华，是过着什么样的生活——

赵：是的，五年了！（心里又苦又愤）我知道！我知道你过的是温暖、
豪华、幸福的太太的生活！五年了，（梦一样地）我的淑华——
不！我的淑华，她，（痛苦地）她已经死了！她已经死掉了，你，你
是高太太！你是有钱的高太太！

高：噢！（如剑刺心）志刚，你不能这样讽刺我，这样恨怨我，你知道
么，我这五年来的生活，简直像坐了五年的监牢……

赵：请你不要再骗我和再骗你自己啦！

高：志刚你——你还认为我在欺骗你？

赵：这是事实，并不是我冤枉你，这是高公馆，你是高太太，用不着
解释！

高：志刚，如今你的感情变得这样冷淡，你不知道，我来告诉你，高老
头子死啦！

赵：(很快地接住她的话)这更没有用，老头子死了你还可以住楼房，

　　享受幸福，如果你还感到精神寂寞，感情上苦闷的话，你——(恨

　　怨地)你还可以嫁人哪！

高：噢！(想把她的心拿出来给他看)志刚，你——你还在侮辱我，你

　　应该理解你的淑华的心，志刚，我告诉你，自从你走后——

赵：自从我走后你就嫁给高老头子，做了建筑公司总经理的阔

　　太太——

高：志刚，请你冷静一点，我愿意你听完了我的话，你再责备我好不？

　　志刚！(几乎落泪了)自从你走后不到半个月的光景，爸爸就病

　　倒在家里，我们的生活马上成了问题。就在这个时候，爸爸公司

　　里的总经理高老头子，他趁着这个机会，给爸爸请医生治病，接

　　济我们家的生活——

赵：(冷酷地)你应该知道，老头子这样慈悲是什么用意。

高：我当然明白，那完全是为了我。

赵：你就接受了他的好意？

高：志刚，你是知道我的个性，但是爸爸的病不能不医治，而我和母

　　亲又想不出别的生财之道，使我走投无路，不得不接受了他的假

　　慈悲——

赵：那么，你爸爸的病应该好啦？

高：你哪里知道，命运是那样折磨我，爸爸的病不但不见好，反愈治

　　愈重，终于不到一个月，他老人家就死去了。(难过地流下泪)

赵：(冷笑)这正是总经理的好机会了！

高：是的，就在这个时候，爸爸的病死，又使母亲病倒了。志刚，请你

　　替我想想，这不是天给我安排下的好命运吗？

赵：命运！(愤恨地)是的！可是，你有手，你有力量，你还有青春，你

应该支配这个命运,与这个环境苦斗!

高:是的,你相信你淑华的心,我为了母亲的病和家里的生活,不得不退学了,于是我各处去找职业,去找工作,结果,到处使我碰壁。

赵:(冷冷地)于是你就做了经理的太太?

高:噢。(心痛如刀割)志刚,请你替我想想——爸爸的死和母亲的病,又加上家里的生活逼着我,这——这叫我一个孤独的女孩子怎么摆布这个遭遇呢?我不得不接受了母亲的劝告,这也是命运的安排,我终于走上了我们女人最后的那条路——把我的整个身子让他们支配吧!在我出嫁的前一天,他们才让我知道我的丈夫,就是爸爸公司里的总经理高老头子——

赵:(苦笑)做了总经理的太太,应该高兴了!

高:噢!(更难过)志刚,我知道你在憎恨我,可是,你知道我的隐痛吗?自从我嫁到高家,到现在已经五年啦!这五年来我失去了自由,失去了光明,我把眼泪和我的希望都藏在我的心里,让痛苦折磨我的感情,让苦闷折磨我的心——同时,志刚,我没有一天不在盼着你归来,我相信你一定会回来拯救我的!可是!你一去就是——(她伤心,她痛苦,她呆呆地坐到沙发上)

赵:是的,我一去就五年——可是你应该知道我是为谁出走的!你知道,我爱你,我要你嫁给我,但是金钱、富贵,迷住了你父母的心。你爸爸看不起我,他怕我的穷气熏坏了他的女儿,使我不得不离开你。我远走他乡,我去找钱,去找富贵,回来好换回你,于是我把身体、生命都寄托在我的希望上。我——我就到处去找钱,到处去找富贵,我为了要实现这个辽远的希望,我曾过着不是人的生活,我也做过不是人做的工作,我又学哭,又学笑,我也曾受过上等人的侮辱,我也受过下流人的笑骂!但是我终于找到了钱,也找到了富贵,我就,我就马上回来找你,可是你已经是总经理的阔太太啦——

高:(追念那个梦)你——你为什么不去找我,你为什么连想看看我的勇气都失掉了?志刚你知道吗?那时候我是多么想念你,多么需要你,你——(如狼如虎)你为什么不去找我?如果你去找我,我愿意和你走,我愿意和你永远在一起。

赵:那已经晚了——同时我对于爱情、女人,甚至于对整个人类开始了怀疑,我才知道人类的本身就是个欺骗!

高:噢!(燃起了她藏了五年来的热情的火,从沙发上很快立起)志刚,不晚!就是现在还不算晚,我——我可以和你走!我们马上就走——只要你能和从前一样地爱我!我是永远爱你的啦!(乞求地)志刚!我求你救救我,救救我逃出这个可怕的笼子吧!

赵:淑华!请你冷静一点,不要再说傻话啦,这已经是不可能的事啦!我你的关系和地位都不同,你是高太太,我是——

高:噢!(忽然想起)我倒忘了,你现在已经另有了爱人啦,你爱玉芬,二小姐也爱你是不?

赵:(很冷淡,而极郑重地)是的,我爱她!不如说我同情她……我更不能再看着一个有希望有青春的少女,再走上你所走的路,我不能看着她再毁灭在这个黑暗的家庭里——同时,我还有我的事业在等待着我,从此我要把我的心,把我的灵魂都献给我的事业。我要回去从事我的医师的生活,把我所有的财产、所有的精力都建筑在我的医院上,我要医治好世界上一切的病人。我不但要医治他们的病,我更要医治他们那肮脏的心——(忽然想起)淑华,请你快还给我的信,我有要紧的事,我得马上走,明天我就要离开此地,回到我的医院那里去——

高:(由爱变成恨)志刚! 你答应我和你一同走,不然,我不给你这

　　封信——

赵:(不满意地)真的吗?

高:是的——

赵:好——(心一横)淑华,你太自私了!(想想)也好! 信我不要啦,

　　我——我走了! 再见——(转头,毫不留恋地走出去)

高:呵!(她的失望和急躁搅乱了她的心)志刚,你回来,志刚,志刚!

老:(手捧两杯咖啡上)怎么?(忽看见太太在急躁并且赵先生不见

　　了)太太,赵先生走了吗?

高:(着急坏了)老李,老李,你快去,你快去把赵先生追回来!

老:(无可奈何)是——是——太太!(转身急去)

　　　(高心乱如麻,急得在客厅中走来走去。正在这时,左门开了,

二小姐走出来,看见高太太这种精神失措的样子,有点莫明其妙。)

玉:(即玉芬二小姐的简称)妈,原来是您在这,有什么事情吗?

高:噢——(立刻转为镇静)是你呀! 没有什么事情,没有什么事情!

玉:妈! 看您的精神好像有点不好似的……

高:是的,我——我有点头痛!(故意地以手抚头)

玉:妈,您还不去睡觉?

高:嗯! 我还不想睡——

玉:妈——(想要说出心里话,又怕遭拒绝)

高:玉芬! 你有什么事吗? 你说吧!

玉:妈!(高兴了)明天我想,和一个朋友到外城去。

高:(明知故问)是什么样的朋友? 到外城去?

玉:是的,妈,您不要奇怪,是个男朋友——

高:(想探询她的心意)什么？一个男朋友？一个女孩子和一个男朋友,到外城去,做什么去？

玉:妈,请您放心,他是我一个很好的朋友,他人很好,很忠诚,很热情,是个很有希望的青年人,并且,他的医学很好,是个有名的医生,他在外城开设了一个医院,我很想跟他去学医——

高:玉芬,男人的心很难预测的,我看你还是仔细想想的好!

玉:妈,我相信他,他很有人格,他不和普通的青年人一样,他待我很好,我——(拿出勇气来)我很爱他!

高:(听了这句话,她的心在酸痛着)噢!不要说了,我不高兴你去!

玉:妈,请您答应我,并且,我还要求妈帮我的忙——还要我帮你什么忙?

高:妈,请您给我五千块钱,作我的学费——

高:(更不高兴了)五千块钱?用这么多吗?我——我没有——

玉:(乞求地)妈!您别和我开玩笑啦,好妈,您给我吧!

高:(极郑重地)你也知道,近来地租、房租都收不出来,哪里有钱,我没有——

玉:(有点不愿意地)妈,您真没有吗?

高:我不会说谎!

玉:(心急而变成怒)哼!大姐领着丈夫在咱们家里吃着,喝着,穿着,您全不说什么。我和您要这么几个钱,您就心疼起来啦!

高:玉芬,你这是什么意思——

老:(这时老李跑进来)太太!我——我没追上——

高:怎么?(着急而失望)没找回来?你,——你真不中用!

玉:妈——

高:(不愿意地)我没有!我不告诉你了吗?我没有——(这时外面

140

雷电交织)老李,你快去给我叫车去——

老:太太,外面要下雨啦,天又黑,恐怕找不着车!(又一阵雷电响过)

高:(心要碎了,不顾一切地)好——我,我不用你啦——(疯狂地跑出去)

老:(无所措手)太太!

玉:(又气又难过)噢!她走了!这怎么办呢?

老:(也使他莫明其妙)二小姐,您怎么啦?

玉:(心不耐烦)你出去,这没你的事!

老:是!二小姐——(默默地退出去)

玉:噢!(倒坐在沙发上掩面哭泣,之后,渐渐抬头,忽看见壁上悬的亡母的遗像,心里更难过,慢慢立起,走至遗像前)噢,妈呀!如果您还活着的话,女儿不会受这样的委屈,噢!妈!若是您有灵的活,您替女儿想个办法!我爱他,我不能离开他,他就是我的生命,我一定和他走——(想了半天,有了勇气转过身来)是的!我一定和他走——

(正在这时,陈梦飞手里拿着几册洋装书由外面进来。)

陈:(陈梦飞简称)表妹!怎么,你一个人在这?

玉:(看见她表哥进来,很不高兴打断了她的梦想)是的,我一个人。

陈:你还没有睡?

玉:我还不想睡。(走回沙发坐下)

陈:(满脸笑容献功地)表妹,你看,——你要的书,我全替你买来啦,这是助产学,这是看护学,这是医学辞典。

(一本本地放在小茶几上)还有——

玉:都放在这吧!谢谢你,表哥。

陈：表妹，你总是和我很客气，我——我不高兴你这样。

玉：客气一点不好么？

陈：不好，我不喜欢客气，我们都是青年人，那太无聊！

玉：真对不起，我就是这样性格——

陈：表妹，今天你好像很不高兴？

玉：（强为欢颜）没有啊！你看我不是很好吗？

陈：不对，你的精神好像有点不好似的！是不是你身体有些不舒服？

玉：表哥，谢谢你的关心，我现在很好——（外面一道闪电，一阵雷声，一阵暴风）啊——这黑暗的夜，又加上这霹雷和闪电，真有点怕人！（恐怖地望着窗外）

陈：（心里跳起来，呼吸很紧迫）啊，表妹！（走近她身边，亲切地）不要怕，你不要怕，虽然这黑暗的夜可怕，这狂风暴雨可怕，但是有我在你身边，我——我会保护你，我会永远爱护你，表妹，……（有点不敢说）玉芬！（爱情之火，燃起他的勇气）我——我爱你！

玉：（没有想到）表哥，你——你这是什么话？

陈：噢！表妹，你嫌我这句话说得过早么？我把这句话藏在心里整整两年了，我总想要向你说出我心里的话，但是，我始终不敢向你说，它像一条毒蛇，每天咬着我的心和我的感情，使我忘掉了一切！啊！表妹，你是我生命中的血液，你是我生活中唯一的希望——

玉：（心碎了使她说不出话来）啊，天哪！

陈：（如火如荼）表妹，请你相信我的心，相信我的爱情！啊，表妹，我不但爱你，我——（用了很大的勇气）我还要你嫁给我——

玉：（忽立起，走出沙发）不要往下说了！我——我不能！我不能！

陈：（心碎如砂）你说——为什么不能？为什么不能？

玉:噢！我不能答应，我不能答应！啊……（双手掩面）天哪！（逃回她的卧室去）

陈:（追至她的卧室门前）表妹！表妹！（推门不开，门关上了，也关上了他的希望，失望地转回身来）啊！完了！完了！

（忽然看见酒台上的酒，好像看见了他的希望，忙过去拿了一瓶，打开瓶盖就是一口，一边喝着，一边走至沙发前坐下，恨恨地看着那几册书。）

常:（常万财的简称，正在这时，他狂笑着由正门而入）梦飞，酒怎么样？够味吗？（笑着走至梦飞身旁）

陈:（忙回头一看，原来是常万财，有些不安而难为情）啊！是你呀，万财，你，你笑什么？

常:我笑什么？梦飞，你说可笑不可笑？你表姐说，现在是春天！

陈:（觉得这话不是味，勉强笑着）对了！现在是秋天，不是春天，不是春天！（苦笑着，不好意思地拿起那几册书就走）万财，我要睡觉去了，我觉得有点凉，再见——

常:哎哎！梦飞，你别走啊！梦飞——

陈:明天见！（头也不回地走出去）

常:（望着他的背影）哈哈！（大笑）这个可怜的傻瓜！（这时大小姐由正门进来）

大:（大小姐的简称，有点不耐烦）哼！人家都是傻瓜，就你好，——原来你躲在这，我找你老半天啦！

常:你来得正好，我告诉你一件有趣的事情——

大:你还有什么好事情告诉我——

常:我告诉你，方才我看见梦飞在这里向二妹妹求爱呢！结果被二妹妹拒绝了，你说——

大：原来是这么一点小事呀，还值得大惊小怪的，我早就知道表弟在追求着二妹，但是二妹已经有了爱人啦！

常：所以我说他是一个可怜的傻瓜呢！

大：万财，这不关我们的事，我问你，我的夹大衣，你给我做了没有？

常：夹大衣？你不是已经有了三四身了吗？还不够吗？

大：你还嫌多吗？并且，那几件大衣的样子都不流行了！我不爱穿它！

常：你不爱穿它？你还想穿什么样的？

大：还想穿什么样的？你倒满意啦！我还觉得不够意思呢！你看——人家张太太，出门去穿一件，看电影去又换一件，和我们打牌的时候，又要换一件新的——

常：那未免太麻烦啦——

大：你嫌麻烦？那是人家阔气——万财，我问你，你是给我做不做吧？

常：你别生气呀！我愿意你一天换一件，我更希望我们比她的还要阔气，还要有钱，可是，我得想法去找阔气，去找钱！

大：那么，你不是我的丈夫嘛！你倒给我想办法呀！我们老住在老高家也不像话！

常：你别着急呀！让我慢慢地想办法——（取出纸烟吸着）

大：（生气，坐在沙发上）我看，我看你的办法一辈子也想不出来！

常：（胸有成竹地）要想发财倒很容易，我问你，你能不能和我合作？

大：你才是聪明的傻子呢，世间最亲密的不过夫妻，还谈到什么合作不合作的——

常：好——我相信你的话，我问你，你们老高家的财产，除了我知道以外的还有些什么？

大：除了这所住宅以外，还有五百间瓦房，二百间楼房，乡间还有五千亩田地——

常：这是不动产,关于动产方面还有多少?

大：就我知道的,在此地银行里存有二十万,在天津银行里存有五十万,在上海银行存有十万,还有北平银行存有五十万,还有一处建筑公司的股东,三处商店的财东,此外还有什么,我就不大详细了——

常：如果还有,恐怕就是你继母能知道啦?

大：对了,妈都知道——

常：我问你,关于这存款折和那些房照、地照,是不是都在你继母手里?

大：当然都在她手里,在爸爸死的时候,把家产的一切全交给我继母掌管。(有点疑惑)哎! 万财,你问这个做什么?

常：做什么?(冷冷地早有计划)我叫你们老高家的全部财产,都归我所有——

大：(高兴了)真的吗? 万财,你快告诉我,你有什么好办法,你快说呀——

常：我听说二妹妹明天要和她那个男朋友到外城去,是真的吗?

大：大概是吧! 今天早晨她和我提了几句——

常：(更增加他一分喜悦)这就更好了,我想只要能使你继母离开高家,(冷笑)高家的财产不难到我常万财手里——

大：恐怕不像你想得那么容易吧? 二妹妹能甘心舍弃这一片财产吗?

常：二妹妹? 她现在把她所有的精神,所有的希望都放在爱情上啦,只要她能和那个姓赵的一同走,她什么都可以牺牲的——

大：那么,我的继母她肯离开老高家吗?

常：你懂得什么？只要把我的手段拿出来，（冷笑）她不走出老高家也不行。哎！（忽然想起）你把二妹妹招呼出来——

大：做什么？

常：做什么？我有事和她商量，为了我们发财呀！

大：好——我去找她。（走到二小姐卧室门前）玉芬！玉芬！你睡了吗？二妹妹……

玉：（在室内应声）做什么？我没睡呀！

大：你出来，我有事要和你商量！

玉：（由卧室出来）大姐，有什么事和我商量？

大：我告诉你——

常：（怕她说不好）噢——二妹妹！你还没有睡呀？

玉：是的，我不想睡——

大：怎么？玉芬，你眼睛都红了呢！

常：二妹妹，你是不是哭了？有什么事吗？

玉：（心里更觉难过）噢！姐夫，大姐！事到如今我也不瞒着你们啦！

大：二妹妹，你说吧，我和你姐夫也许能帮助你想个办法。

玉：那好极了，我希望你们帮我一点忙，大姐，你是知道的，我惟一的希望都在志刚身上，但是，他明天就要离开这里到外城去开医院，我——我不能离开他，我是不能离开他的！我明天要和他一同走。

常：对了，这是你将来的幸福！你应该和赵先生一同走。

大：我也很赞成你和他一同走。

玉：是的，大姐，这是我一生幸福的问题，我不能不和志刚走，可是，我，我需要五千块钱。

大：你没和妈要吗？

玉：是的，我已经和妈说过啦，可是，她一个不给，十个不给的，把我拒绝了。大姐，你给我想想，我一个钱不带去，怎么能行呢？

大：这妈就不对了，这么一点钱，她都不肯给你，她的心也未免太狠啦！

玉：大姐，我看她的心近来变了。

大：是的，我也看出来啦，从前她待我们都很好。

常：（冷笑）从前待你们很好？ 那都是假的，也许是看在你们父亲的面上，现在他老死了，她对你们的心，当然要变了。

大：我看她近来的举动，像有什么用意似的。

常：当然有用意啦！（心想，机会来了）我告诉你们，二妹妹，她为什么五千块钱都不肯给你。

玉：（急于知道）姐夫，你知道吗？ 她为什么？

常：为什么？ 因为她想把高家所有的财产都吞没下，一点也不分给你们姊妹，这是她第一步手段——

大：（故意地）二妹，怪不得她近来待我们这样坏！ 原来她却存着这样坏良心呢。二妹！ 我们可不能甘心受她欺侮！ 我们得想法子对付她——

玉：噢！（着了急）大姐，那么，我们得赶快想办法呀！ 大姐，我现在一点主意都没有——

大：是的，我们得先下手为强！ 可是，我也没有主意呀！ 哎！ 万财，你看怎么办呢？

玉：对了，姐夫，你替我们想个办法吧——

常：办法倒有，只是你们能不能与我合作？ 这是问题——

大：你说吧！ 我和二妹妹，一定能帮助你——

常：好——这可是我帮你们的忙，并且，在这中间我没有一点企图！

玉：是的，姐夫，你说吧——

常：好吧！依我想，惟一的好办法，就是叫你们的继母离开高家，她
　　一走，剩下这一片财产，不都是你们姊妹俩的吗？二妹，不要说
　　你用五千块钱，就是五十万块钱，也不用愁啦。

大：对了，二妹，还是你姐夫说得对——

玉：若是她不肯走，那怎么办呢？

常：当然她不肯走，可是我们用方法来叫她走，让她自己不得
　　不走——

玉：好极了，姐夫，只要我能和志刚一同走，我什么都肯做——

大：对了，二妹妹，说得对！可是，（向常万财）你有什么方法让她自
　　己走呢？

常：我当然有办法——二妹，你去把梦飞给我找来。

大：你找他做什么？能有什么用？

常：你不用管！我自然有用着他的地方——

玉：这个——我——我不能去找他——

常：啊——我明白了，你是怕他再向你求爱？（大笑）玉芬，你放心，
　　这回我叫他永远不和你谈恋爱啦！

玉：不！姐夫，你不知道他的心里——（正在这时，外面有人哼哼着
　　歌曲声，愈来愈近）啊！他来了，我要回去，我——我不见——
　　（说着就跑进卧室去）

常：玉芬，玉芬！

大：你先别叫她啦——让她安静一会吧！

常：（想想）也好——

　　（这时，梦飞由外面进来，好像没看见他们似的，一直走到酒台
前，拿起一瓶酒去了盖就是一口。）

常:梦飞,梦飞,酒喝多了,会伤身体的,别那样傻气!

陈:(回过头来)哼! 原来你们二位在这——

大:表弟,别那样孩子气,过来,我和你有话说——

陈:(心里真委屈)唉! 大姐! (走过来)我心里难过,为什么不叫我喝酒?

常:梦飞,你心里痛苦的是什么,我完全知道——梦飞,你想错了,并不是玉芬不爱你。

陈:(坦白地)你知道了也好,那么,她既然爱我,为什么她不答应我,她拒绝我?

常:是她不敢爱你——有人在中间破坏你们的爱——情,使玉芬不敢接受你的爱——

陈:(火冒三尺)是谁? 万财,你快告诉我! 他破坏我的爱情,他就是破坏我的生命,你快告诉我,他是谁?

常:就是你的好舅母——玉芬的继母,她不但想破坏你们的爱情,她还想侮辱你,说你有心谋夺高家的财产——

大:(火上浇油)对了,因为她想把二妹妹嫁给别人——

陈:好呵! (气破肝肺)原来是她! 她的心太狠了,我——我——非杀了这个没有人性的东西不可!

常:梦飞,别这样火性,杀人是要偿命的,依我看——只要叫她离开老高家,二妹妹,马上就能嫁给你——

大:是的,二妹妹曾经对我说过,她很爱你——

陈:那么……(心无主意)万财,怎么能使她离开高家呢? (无所措手)你——你替我想个办法吧! 我现在脑子乱得很。

常:(心有底了)也好——可是,你得听我的话,一会我把二妹妹找出来,我们大家一同来对付你舅母,一同来攻击她——

陈:对了,我们就这样办——

常:(不放心)可是一会二妹妹出来,你可别说什么,因为她也正在火头上!

陈:好吧,都听你的话……

大:那么,我叫二妹妹出来,我们大家合计合计,等她回来我们好对付她——

常:对了,你叫二妹妹出来——

大:好——(走至二小姐卧室门前)玉芬,玉芬!你快出来,我们商量了,你快出来呀!

玉:(由室内出来)大姐,你们怎么商量的? 啊!(看见陈梦飞,心里觉得很不舒服)表哥,你还没有睡吗?

陈:是的,我……我还没有睡呢——

常:二妹妹,我都和梦飞解释明白了,请你安心吧——

大:万财,你给我们先说说,等她回来,我们怎么来对付她呢?

常:不用着急,我当然有办法——我想在今天夜里,就把这件事情解决了,……等你继母回来的时候,我们大家先用话讽刺她,侮辱她,然后用几件假造的、不名誉的事情加在她的身上,随便怎么说都可以,因为她是寡妇,同时,她是个很珍重自己人格的人,这么一来,哪怕她不离开高家,就是气也把她气死了……可是,我说什么,你们就随着说什么。总而言之,尽力量破坏她的名誉,破坏她的人格就行——

大:(高兴了)对了对了……就照这样办——

(这时,外面一阵闪电,一阵雷,随后就是倾盆大雨降落了。)

陈:噢!(望望窗外)外面雨下得这么大,恐怕她不能回来了吧!

(大家不约而同地都往外面看看——此时,恰有一阵霹雷响过,

之后正门一开,高太太淋得满身是雨,披散着发,两眼发直呆呆地走
进来——)

玉:(又喜又惊)噢! 妈回来啦……

　　(高无言地走近几步。)

大:哼——(讽刺地)妈,您还回来啦?

高:(不关心地)你们都在这——

常:对了……岳母,夜街逛得怎么样?

陈:是呵……舅母,在这暴风雨的秋夜里散步,是很有诗意的吧?

　　(大家狂笑)

　　(高望望他们仍无言。)

大:妈,您一个人散步,不浑身寂寞吗?

常:对了,若是再有一个人陪着,那才够意思呢!(大家又笑)

高:(冷冷地,向万财)你们,这是什么意思?

常:什么意思? 您自己做的事情,您自己明白——

大:妈是聪明人,还叫我说出来吗?

高:你们说的话,我真不懂!

陈:你不懂? 我问您,您为什么破坏我和二妹的爱情? 这还不算,您
　　还说我有意谋夺高家的财产,哼! 我看,明明是您有意想谋夺高
　　家的全部财产——

玉:怪不得我向妈要五千块钱,妈都不肯给——

大:就是平分家产,也应该有二妹和我一份呢!

常:你们知道什么? 现在高家的全部财产,不久,(冷笑)不久就快归
　　建筑公司副经理掌管了——

大:噢! 怪不得佟经理,近来常常到我们家来,还和妈很亲密的——

陈:是的,我亲眼看见好几次,舅母和经理在大饭店吃饭——

大：噢——原来妈还有这样够意思的事哪，怪不得在这样大雨的夜里，妈还出去散步呢！

常：可惜你们老高家还是书香门第，竟有这样好新闻，真是岳父白白英名一世！

大：我们高家的名誉和高家的门风，都完了，都毁了——哼！若是我呀！我早就没脸活在高家啦。

高：（她的气愤、痛苦，再不能忍受了）都闭住你们的嘴！你——你们太侮辱人了，太欺侮人了，你——你们这样逼迫我，简直不如拿刀来杀了我，你们看我活在高家完全是多余的——噢！你们替我想想，像我这样命运的一个女人——在我有青春的时候我被生活、被不幸剥夺了我的幸福。这还不算，最不幸的是我被一种无可奈何的命运，将我关到这个笼子一样的家庭里来，每天和一个五十多岁的老头子鬼混。我失去了爱情，也失去了希望，我更失去了生活的力量……我把眼泪和痛苦都藏在我的心里——我简直像囚困在监牢里一样——地狱里一样——噢！你们不能同情我，不能拯救我……反而侮辱我，逼迫我，甚至于想杀害我——你们看我活在这世界上，是完全多余的——你们——你们还有良心没有？还有人性没有！（这时一阵雷声）噢！这是雷电哪，你们听听，这是那可怕的雷电哪！你们问问你们自己，你们还有良心没有？你们还有人性没有？

（这时老李由外面忙跑上。）

老：二小姐，二小姐，赵先生来了，他说有要紧的事情找你——

玉：呵！真的吗？

高：（又是一个刺激）呵，老李！你说什么？

（这时，赵志刚由外面进来，他的礼帽和外衣都被雨淋湿了，手里拿着一个中型提包。）

赵:（紧迫地）玉芬,我找你来了,我们马上走——

玉:志刚! 为什么这样急迫呢? 不是明天走么?

赵:不! 我们马上夜车就走!

玉:这个,好! 我就去收拾东西并且——

赵:什么都不必拿,我都替你预备好了,我们赶快走——

玉:（一摸心,一切不顾及了）好——志刚! 我们走!

赵:好——（向大家）诸位,再见!（拉了玉芬转身就走）

高:（冷得如冰）往哪走? 你们回来!

玉:（回转身）妈——

赵:你——

高:我是高太太,是玉芬的母亲,我不允许她和你走!

玉:（跑至高太太面前）噢,妈! 您不能——

赵:你为什么要干涉我们的自由,禁止我们的行动?

高:为什么? 我说过我是她的母亲,我有这种权利,我不愿意她和
　　你走!

玉:妈! 我不能不和他走! 请您放开我吧!

高:玉芬! 我为你将来着想,我不能让你走!

玉:是的,您为了我的将来着想,才应该让我走!

高:玉芬! 男人的心,不会像你理想得那样善良,你知道么?

玉:妈! 志刚他不和普通的青年人一样,他有人格,更有一颗热诚的
　　心,他一定能永远爱我,您让我们走吧!

高:不! 绝能,我不答应——

玉:噢!（几乎落泪）妈! 我求求您,我求您答应我们走吧! 我爱他,
　　他更爱我,我不能离开他,我把生命中的希望,我把一生的幸福,

完全放在他的身上，同时，我怕生活在这个阴暗的家庭里，妈，我
求您救我，救救我逃出这个可怕的家吧！

高：（心软了）玉芬！不要说了，你！你们去吧！你们赶快走——

玉：（高兴极了）噢！妈，妈答应我了！您真是个好人！（向志刚）志
刚，我们走吧——

赵：好——我们走——（二人将走至正门前）

高：玉芬！（忽然她的心又变了，痛苦而嫉妒）不！不行！你
回来——

玉：妈——（又回来）您怎么了？

高：我——我不相信你能永远爱他！我不能叫你和他走——

玉：请您相信我，我绝对能永远爱他！

高：不，我不敢相信你的心——（这时，闪电、雷声接二连三地响着）
玉芬，你听——这是什么？（手指天）

玉：（握住高太太的那只空手）噢！妈，那是雷。我向您发誓！如果
我不真心爱他，我——（下了决心）我叫雷劈了我！噢！妈呀！
（将身伏在高太太身上）

高：好吧！（心又软了）玉芬！你，你们走吧！（忽想起来）玉芬——

玉：（真快乐极了）妈，您做什么？

高：（从腰中取出一串钥匙来）玉芬，你把保险柜开开，把里边那小铁
盒拿出来！

玉：（不知所以然）是的——（过去开开保险柜，取出一个一尺长半尺
高的铁盒来，放在茶几上）妈，这是什么？

高：不要问，把它打开，把里面所有的钱和首饰，全放在你们的提包
里去——

玉：您这是什么意思？

高:不要问,叫你放在里面,就快点放在里面——去呀!

玉:是。妈!(无奈,把钱和首饰拿出来,又放到志刚带来的提包里面)

高:好了,玉芬!噢!(心碎如砂)你们走吧!快走吧!再见——

玉:噢!(一切明白了而痛苦地)妈,再见!

赵:(也明白了)你——(痛苦而感激)再见吧!(拉了玉芬匆匆走出高家)

陈:呵,表妹!(他如失去了灵魂,呆了)

大:好呵,(气极了)你!你这是存的什么心?你把财产都给了二妹妹?

常:好呵!(苦笑)你——你用这种手段来对付我们!好——

高:万财,大小姐!(疯狂地笑)你们的心意,我全明白了,不用着急,高家的财产,全在这里呢——(疯了一样,把铁盒里面的房照、地照和存款折,全拿出来)这是高老头子留给你们的,也是他几十年来的心血——这是地照,这是房照,这还有几处银行的存款折……这才是高家的全部财产呢,(狂笑)这才是你们全部的希望呢!(一股气地把这些东西完全扯碎了,抛在铁盒里)给你们——给你们的希望吧——(疯狂地苦笑,而后逃出高家去)

老:噢!太太,太太!您往哪去呀(追着出去)——

大:完了,她疯了!噢,我们的希望也全毁了!(倒坐在沙发上)

陈:(狂笑)女人?爱情?原来是这么一回事!我——我太混啦,我太傻了!(镇静地)我!我还年轻,我应该寻找我的事业去;对的,我应该寻找我真实的希望去。噢!我太混了——(也狂笑地跑出去)

常:(紧紧地抱起那铁盒而狂笑)这就是高家的财产呵!(狂笑)这就

是我几年来的苦心呵！（又哭号起来）这——这就是我的希望呵……（连哭带笑他几乎疯了）

（幕急落）

一九四五年十一月四日秋夜重修正

选自《北光》创刊号，1946 年

◇王乃堂

翻身英雄黄甫其建

老百姓是主人,土地应归农民,

封建地主黑了心,高租剥削可恨,

共产党八路军,帮助农民翻身,

诉苦清算把冤伸,土地人人有份。

西江月罢,内有残书半篇,列位名公,落座压言,听在下拙口哑

嗓慢慢道来:

天怕浮云地怕荒,花怕狂风草怕霜,

草怕严霜霜怕日,恶人自有正人降。

说罢闲文书归正,说的是翻身英雄事一桩,

要问英雄出在哪一系,河南博爱有家乡。

这英雄,双姓皇甫名其建,他住在,张茹业镇大村庄。

辈辈务农能受苦,出租种地过时光。

早年爹爹下世去,挨饿受冻又死了娘。

娶个老婆生下一女,生活穷困常闹饥荒。

自从日本占了博爱县，烧杀抢掠赛虎狼。

皇甫其建有气节，不给日本当牛羊。

千方百计抵抗日寇，日寇把他当作眼中疮。

今天打来明天骂，再就是，全身上绑灌他辣椒汤。

死去活来两三天，这英雄，斗争意志更坚强，

他说道："血海深仇不能报，誓不为人在世上。"

民国三十二年连遭不幸，博爱又闹大灾荒。

田里庄稼都旱死，晚秋小苗又被蝗虫吃个光。

眼看百姓都要饿死，那地主要租钱，强迫人民卖田房。

地主要租还不算，万恶敌人又来抢粮。

盆里罐里搜个净，捆绑吊打更难挡。

只逼得，其建老婆跳了井，

小女孩，活活饿死实可伤。

家中只有薄田二三亩，保长催款卖了一个光。

只剩下，孤苦伶仃光杆人一个，

受苦受难，好不凄凉。

去年日寇投降了，八路军，驱逐日寇战果辉煌。

河南博爱得解放，老百姓一个一个喜洋洋。

这个说：七八年来，我们好比闷在地狱里，今天才得见太阳；

那个说：汉奸恶霸更可恨，助敌为虐丧天良；

这个说：黑心地主也不是好种，趁火打劫狠毒心肠；

那个说：我们要把农会组织起，团结一气力量强；

这个说：有冤诉冤，有苦诉苦，欠债还债，欠粮还粮；

那个说：我们翻身要翻到底，再不给人把奴隶当；

你一言来我一语，一个个，无情怒火满胸膛。

博爱县,到处掀起翻身运动,好像大海卷起波浪。

搁下旁人咱不表,单表那皇甫其建事一桩。

皇甫其建得解放,成家立业娶上婆娘。

领导全村老百姓,农会工作更加强。

农会里面分成许多小组,到处串连诉冤枉。

一个串俩,两个串四,不几天,全村百姓翻了江。

这个说:"恶霸地主逼我卖田地";

那个说:"地主恶霸强迫卖了我的房";

这个说:"汉奸地主逼我卖儿女";

那个说:"地主汉奸逼死我爹娘";

这个说:"伪军狗腿强奸我妻女";

那个说:"地主恶霸多收我几石粮";

这个说:"地主放债都是利滚利";

那个说:"两年就把我滚了一个光";

这个说:"给恶霸受苦,他不给工价";

那个说:"年年送礼也是一笔账";

你一言来我一语,个个都是气昂昂。

皇甫其建说:"有冤伸冤有债要债,我们的要求理直气壮;

只要大家齐心努力,斗争胜利有保障。"

且不言,群众都要算大账。

再表那恶霸地主个个发了慌,

有的造谣,说:"中央军要来到,中央军来了把你们杀个光。"

有的企图镇压群众运动,偷偷摸摸,到处打黑枪。

皇甫其建,看破地主的鬼把戏,集合群众讲端详。

他说:"特务造谣咱不怕,中央军来了他一刀来我一枪,只要我们团结在一起,不怕虎来不怕狼。

我们要组织民兵武装自己,加紧岗哨把奸防,

提高警惕除奸细,不怕他们打黑枪。"

群众闻言连说好好好! 立刻报名组织武装。

有的说:"我家拿出大刀一把,"

有的说:"我也拿出一杆大鸟枪。"

一霎时组织民兵三十六个,联合邻村成立联防;

站岗放哨不分昼夜,恶霸地主着了慌。

他们的阴谋不得逞,坏人又想出坏主张。

要问恶霸又出什么坏水,下回书里听端详。

地主恶霸可恨,企图破坏群连,

黑枪威胁丧良心,又施小惠小恩。

任你贿赂黄金,任你奉送白银,

翻身英雄立场稳,不变斗争决心。

西江月罢,书接上回,听在下慢慢道来:

说的是,河南博爱得解放,老百姓,一个个喜心间。

他们说:"自从来了共产党,咱们可要把身翻。"

老百姓翻身运动像潮水,排山倒海波浪滔天。

翻身英雄皇甫其建,他在那张茹集里闹得更欢。

地主恶霸心骇怕,千方百计想把群连来摧残。

暗打黑枪屠杀群众,又造谣言想变天。

皇甫其建看穿他们的鬼脸,兵来将挡,水来土掩。

组织民兵三十六个,站岗放哨,担任锄奸。

倘有风声和草动,虎虎的民兵可不容宽。

地主恶霸计划失败,一肚子坏水心不甘。

来硬的不成,给你来个软,他们仗着有的是钱。

他们说:"有钱能使鬼推磨,瓦解群众不费难。"

恶霸地主主意已定,狐朋狗友,商量摆上巧机关。

他们说:"积极分子皇甫其建,这个家伙最讨厌。

若能把他收买了,群众运动就完蛋。"

地主恶霸都说好,专等有空就要钻。

有个地主名叫王福喜,有名的恶霸诡计多端。

那一日,皇甫其建出门去,王福喜看是空子就来钻。

带上鸡蛋三十多个,鬼鬼祟祟,来到其建的家园。

话说王福喜进了其建家的大门喊了一声道:"其建在家吗?"其建的女人正在房里作着针线,听见有人喊叫,随口问道:"谁呀?"王福喜回道:"是我!"说着说着进了房门,其建女人一见是王财主来了,说道:"原来是王先生,快快请坐!"王福喜慢腾腾地坐在一张椅子上,把一篮子鸡蛋放在桌上,明知故问地又说了一声:"其建不在家?"其建女人说:"出去了!"她看见一篮子鸡蛋就问道:"你拿这篮子鸡蛋干啥?"王福喜随手点着一颗烟,放在嘴里吸了两口,贼眉鼠眼地笑道:"大嫂有所不知,听我言讲。"

王福喜未曾开言带笑颜,

叫了声:"其建大嫂听我言。

我来不为别的事,来找其建把心谈。

从小我俩就很好,知疼知热知饥寒。

现在他是群众领袖,帮助人民把身翻。

劳苦功高谁不敬佩,我的心里更喜欢。

你家没有养鸡子,我特意,给他送来几颗鸡蛋。

滚汤炒菜都可用，保养身体佐饭餐。

这是一点小意思，千万不要擦了我的脸。"

王福喜说罢一片昧心话，嬉皮笑脸，吸了几口烟。

其建女人心欢喜，说："你老人家好心田。

你把鸡蛋且留下，其建回来我对他言。"

王福喜一听此言心暗喜，放下鸡蛋提起空篮。

说："我还有事回家转，其建回来多多美言。"

说罢迈步出门去，

心暗想，其建一定中了我的巧机关。

有话就长，无话就短，看看到了黄昏天。

皇甫其建回家转，看到鸡蛋起疑团。

他说道："哪里来的这些鸡蛋，快快说来莫隐瞒。"

女人说："王福喜白天来了一趟，

他送你，三十多个大鸡蛋。"

如此这般说了一遍，其建闻听恼心间。

其建说："你这女人不争气，要他鸡蛋为哪般？

咱与他，一不沾亲，二不带故，

为什么，他把鸡蛋送给咱？

王福喜素来心不善，有名的恶霸诡计多端。"

说罢提篮收拾鸡蛋，急忙送回福喜家园。

晚上又开农民会，这其建，一五一十报告一番。

其建说："地主恶霸王福喜，想用收买瓦解咱。

咱们必须提高警惕，眼睛要明立场要坚。

翻身全靠团结紧，防备坏人耍手腕。"

且不言皇甫其建，揭破地主阴谋诡计，

再把那恶霸地主表一番，

王福喜送鸡蛋，碰了钉子，垂头丧气心不安。

他集合那群狐朋与狗友，

把这桩，丢人的事儿报告一番。

恶霸狗腿都说："不要紧，你老不必心内烦。

一次不成来二次，二次不成再来第三番。

任他人心似钢铁，天长日久，磨也磨个完。"

王福喜一听此言开言道："大家可要照样干。"

恶霸狗腿都说"遵命！"一心收买皇甫其建。

要问恶霸狗腿又耍什么手段，

说书的口干舌燥喝口水儿吃颗烟，

润润喉咙喘喘气，下回书里再接言。

地主生来狡猾，损人利己发家。

万石食粮埋地下，还向穷人搜刮。

群众怒气难压，翻身运动不差。

恶霸地主害了怕，想尽破坏方法。

翻身英雄堪夸，谣言满天不怕。

群众武装声势大，哪怕黑枪毒辣。

地主改变方法，又用感情来拉。

黄狼拜年到鸡家，谁不知他是假。

西江月罢，内有残书半篇，明公稳坐，听在下慢慢道来：

恶霸们一心收买皇甫其建，三番两次去拉拢。

那一天，阴云密布下大雨，大街小巷多泥泞。

有一个地主名叫田生水，担着煤炭往外行，

出门不上别处去，走到其建大门庭。

身上衣裳淋个透，满身大汗像蒸笼。

息息带喘放下担子，嘴里不住打哼哼。

其建一看发了愕，雨天担煤为何情；

走上前来忙迎住，叫了一声："田先生，

天下大雨路难走，担着煤炭哪里行？"

田生水听了此言抢上一步，未从开口带笑容，

他说："今天老天下大雨，没有烧的可不中。

我先送来一担煤炭，你好烧水把饭蒸，

等俺大车拉来了，再多送些也现成。"

你看他，一边说来一边笑，一面拱手一面打躬。

说罢就要把煤倒，皇甫其建，赶上一步拉住绳，

按住煤筐不放手，回头口尊："田先生，

我要烧煤煤厂里买，无功受禄心不宁，

你的煤炭我不要，新社会不兴这事情。

我劝你快担回去，再多说话也不中。"

田生水，死皮赖脸只是笑，连把其建叫两声：

"这会老天下大雨，煤厂路远又难行。

收下吧来收下吧，不要闹得我脸脖红。"

皇甫其建心起火，想起往年旧事情。

他说道："从前我家受冻饿，闺女饿死老婆跳井。

家中粮食无颗粒，东求西借谁应承。

你家有钱又有势，粮食埋在地窖中，

粮食埋得霉又烂，不给穷人把饥充。

那时你眼里没有我，今天送煤为何情？"

田生水一见此情劲不对，担起煤炭一溜风。

皇甫其建回房坐，心内不住暗叮咛，

任你施展千条计，革命的立场要坚定。

且不言田生水碰了钉子，再把那地主狗腿明一明。

阎红勋本来是个中农户，常给恶霸作帮兄。

有一天他的女人背上二斗谷，背到其建大门庭。

她说："俺男人心心惦记你，送点东西表表心情。

咱这里麦子多来谷米少，稀罕物件不要看轻。

碾成小米滚汤水，喝到肚里讲卫生。"

其建女人说："不要，俺男人知道可不成。"

阎氏女人面带笑，说："你要不收可不中，

我既拿来不能拿回去，你不看脸面看人情。"

其建女人无言答对，只好收下谷子二斗整。

黄昏其建回家转，他女人一五一十说个清。

"我说不要她硬送，叫我不能不应承。"

其建一听心生气，骂声女人"你真松"。

话说皇甫其建回到家来，他女人把阎红勋女人送谷的事说了一遍，

她说："人家叫咱碾碾，滚米汤喝，过年时节稀罕些。"其建听了很是生气，骂他女人道："你真不争气，她送来谷，你不会不要吗？"女人说："不要不行么！"两口儿正在吵嘴，邻家满潮过来了，满潮是个农会会员，进门就喊道："你两口儿又吵啥？"皇甫其建一见满潮来到，赶忙让坐，如此这般把阎红勋女人送谷的事说了一遍，要求满潮把谷子替他送回去，满潮笑道："人家送给你，你就吃了吧！"皇甫其建不听此言便罢，一听此言，更是气上加气，说道："满潮呀满潮，你这就错了。"

好一个立场坚定的皇甫其建，头脑清楚两眼明。

地主屡次来收买，他站稳立场不上牢笼。

狗腿送来二斗谷，甜言蜜语说得好听。

其建女人不争气，无端收下理不通。

两口正然在吵嘴，来了满潮人一名。

满潮说："你俩吵嘴为啥事，我来给你们评一评。"

皇甫其建说"好好"，如此这般说个清。

"女人见短不争气，叫我怎不把气生。"

满潮一听微微笑："原来是为了这点小事情。

人家送给你你就吃了吧，吵吵闹闹不好听。"

其建闻言心更气，直气得脖子粗来脸儿红。

他说："别人胡闹犹自可，你要胡闹理不通。

人常说，吃人嘴软，拿人手短，

嘴软手短，怎么来闹翻身。

你的思想里有毛病，快快打通作斗争。

请你替我送回去，要把那地主恶霸的嘴脸认清。"

满潮一听恍然大悟，承认思想上有毛病。

情愿替你送回去，说走就走不消停。

满潮说罢背起二斗谷，迈步出了大门庭。

话休烦絮书要简便，啰里啰嗦不中听。

地主恶霸来送礼，挡出一宗又一宗。

有的送来几丈印花布，让其建缝条棉被好过冬。

有的送来几斤白面，有的送来香油一大瓶。

有的送来冀钞几千块，有的送来现洋花白银。

有的送来几担红薯和山药，有的送来几担萝卜和大葱。

有的说："这点礼物不算啥，咱们都是自己人。"

有的说："咱俩袖口对袖口，没人知道没人唷。"

有的说："这是一点小意思，

请你在，斗争会上留点情。"

前前后后送礼送到十三次，个个都来碰了钉。

皇甫其建说："老鸦飞过还有个影，你们叫我贪污万不能。

谁要贪赃就是卖法，贪赃卖法怎么领导群众作斗争。

农会从前也讨论过，不守规矩可不中。

我有我的老主意，

任凭你，黄金白银也难买我的心。"

皇甫其建为了断绝送礼这件事，群众大会讲分明。

揭发地主阴谋诡计，公布送礼的姓和名。

追出地主们的牢笼计，

在群众面前地主恶霸坦白应承。

群众认清这件事，一个个唾骂地主心不公。

这个说："皇协军中央军都强迫人民给他送礼，

你要不送可不中。"

那个说："八路军来了不兴这，

你就强送也不应。"

你一言来我一语，其建听了带笑容。

其建说："大家认清这件事，是非邪正两分明。

八路军讲的是真理，不能徇私讲人情。

我们过去受压迫，吃亏受气数不清。

我们翻身就要翻到底，还得继续作斗争。

有冤伸冤有债要债，土地应该农民耕。

希望大家齐心努力，斗争意志不要放松。"

群众听罢一席话，一个一个精神奋兴。

高呼口号震天地，打倒封建彻底翻身一定成。

轰轰烈烈开展了翻身运动，

推翻了恶霸地主的小朝廷。

贫苦农民分得田地一千多亩，

农会会员扩大了一百二十还有零。

皇甫其建成为群众领袖，人人称他翻身英雄。

这就是翻身英雄一段故事，千秋万世传美名。

东北书店 1947 年 12 月初版

◇王水亭

二毛立功

小序《二毛立功》

《二毛立功》剧本的作者王水亭是大连船渠锻工厂的工人。工人写剧本，又出版成书，有史以来还是第一次。这一本书将在中国新文艺史上划出一道光芒，而光芒的出现是在一千九百四十九年伟大的毛泽东时代。

毛泽东时代就是光明的时代，就是劳动人民的时代，也就是无产阶级掌握政权的时代，只有这样的时代到来，才能把劳动人民的生活与文化从专制统治的魔手里夺回来。王水亭的作品出现，正是反映了劳动人民的生活文化翻身斗争的胜利，专制统治时代的残酷和愚昧宣告死亡。

劳动人民能创造世界，自然更能创造艺术。新民主主义的旅大，三年来工人阶级的文艺活动的飞跃发展，及其在生产建设上所起作用是值得夸耀的。像《二毛立功》这样的工人创作不只是帮助了国家的生产建设,同时它在工人戏剧活动中创造了自编、自导、自演,与知识分子结合的典型范例(二毛即王水亭,王水亭写二毛,演二毛、又导演《二毛立功》,在编、导、演的全部过程中,王水亭又接受了旅大文工团的正确帮助)。这一榜样是值得介绍和学习的。当然作品本身的艺术性还不够理想——这也是工人创作的一般短处——但它所走的是生活结合艺术,艺术结合生产,工人结合知识分子的道路,它就一定能逐渐完美起来。工人艺术将在新民主主义的艺术园地中开花结果,是可以预言的。

罗烽

一九四九年六月

我是怎样编《二毛立功》的

提起我们演《二毛立功》和我编剧本的话很长,今天我把演出与经过,向大家介绍一下。

船渠文工团在一九四八年六月,召开各现厂文艺小组活动,每个现厂都在七月一日出演了各种节目。

在演出中我们锻工厂也集体前往,可是没出节目,第二天工友们来到厂子说:咱们锻工厂在生产当中,表现了积极的成绩,可惜文艺没组织起来,我一听到此话,就感觉到不愉快。

在这个过程中,就打动了我的心,我想在前我也参加过船渠文工团,因工作忙退团,这样我就下了决心,晚上下班吃晚饭后,就开始写剧。刚把笔拿起又放下了,就是抓不着中心。

这样一连写了五六天,也没写出个头尾来,结果我就不写了。停两天,正好船渠在七月开展立功运动,这个立功运动,全厂有一面锦旗,十四个支会争,若是哪个支会,一个月的生产,超过其他厂子以上，就得着这面旗帜。正好七月九日上午，我们支会长把这一面旗帜拿到锻工厂，当时给了我一个喜心，晚上家去就用了这个材料编了三天，又把我本身的材料加上一些。

对于演员，更困难没人干。我就向大家作动员工作，对他们讲为什么要演剧，把演剧的来意讲给他们听。结果三分之一的参加了。可是没有剧本，晚上回家，我一连用钢笔抄出了六份分给他们，限五天要对会剧本。

排剧时就在一吨半的汽锤旁边排，那地方比较宽一点，一连排了十四个十二点。

我们的剧要在八月二十二日演，可是已经到了八月二十了，这个剧还没有剧名，大家就给了个名叫《加油干》，我一寻思这剧里边是我的事，不能瞎起名。干脆，我就把自己的乳名加上了叫《二毛立功》，大家一听这个名很好，这样就决定叫《二毛立功》。结果二十二号演出去了，颇得观众的好评。

演完之后，工友们谈：这个剧真好，我一听见这个称赞，马上跑到宣传部报告宣传部长，要参加艺术活动，结果在艺术活动周上评了一等奖，得奖之后，大家都说，真没想到咱这块剧还能评上一等奖。

在这过程中，就是说咱们工人不但翻身，在文艺上又翻了个大身，所以我们工人写剧，最好写我们自己的生活，那才能适合。

王水亭

《二毛立功》剧情介绍

一九四八年旅大地区开展生产立功运动的时候，船渠工会就号召十四个支会展开了生产立功的热潮；十四个支会都要争取连得三个月"生产先锋"旗帜的光荣;个个工友都兴奋地要为着在"无产阶级聚财富"的生产当中立大功。

剧中的王二毛在锻工厂支会,便是其中的一个。但在头一个月评功总结会上,因为他时常离开工作岗位的毛病而没有立上功,也因此影响了他们这个小组的生产。虽然工友们会经常地劝告他,评功会也给他提了意见,但王二毛却因为没立上功不服气,闹消极。

锻工厂的工友工会代表赵师傅与支会委员孙师傅,想办法要说服教育二毛,并推动和二毛一块干活的老宋影响他。使得二毛经过思想斗争,认识了自己的错误,终于激起工作的热情,向老宋挑了战。

一个月后在学习上王二毛得了积极分子,在工作上也表现得很积极。便在这一个月当中,在十四个支会上,锻工厂得到了第一个月"生产先锋"的旗帜。

如果王二毛在学习上缺过一次课,或是在生产上有一次不到,锻工厂就不能集体立功,这个旗帜便不能得到。所以每个工友个人的工作学习作风是会影响整个工厂的。

锻工厂的工友们因为全体的努力(集体争取立功),获得了这个光荣,他们在兴奋之下,下了决心,要永远地保住这个"生产先锋"的旗帜。

二毛立功

时间:一九四八年七月。

地点:大连船渠锻工厂。

剧中人:王二毛——二十五岁,船渠锻工厂工友。

老赵——二十六岁,船渠锻工厂工会代表。

老李——二十七岁,船渠锻工厂工友。

老宋——二十六岁,船渠锻工厂工友。

老孙——三十一岁,船渠锻工厂组长支会委员。

第一幕

第一场

时　间:一九四八年七月——船渠开展生产竞赛当中。

地　点:一天早上七点多钟工友们上工的时候。

开　场:王二毛上,他没有一回是七点多钟上工厂,只因他在厂方前天
　　　　的评功时没评上功,有些难过,就没有七点前到工厂参加早晨
　　　　的学习,无精打采地手拿着饭包寻思着。上厂? 还是不去?

毛:(唱第一曲)四八年旅大开展大生产,船渠工会就号召咱,是为咱
　　无产阶级聚财富,生产当中就立大功。我二毛在船渠锻工厂干
　　活,干活的时候加油把活干,前天工厂开了个评功会,他们都有
　　功我没有功!(白)我叫王二毛,在大连船渠锻工厂干活,自从工
　　会号召十四个支会开展生产立功运动以来,哪一个支会都是撒
　　野地干,这是给我们无产阶级聚财富嘛! 多生一些产量,好改善
　　我们工人的生活,所以我比以往就更欢地干起来,早晨八点干
　　活,七点钟就到工厂学习,管谁都想立大功,我觉着我也干得挺
　　欢的。谁知道,我二毛真倒霉,在前天的评功会上,评功委员报
　　告的时候,不是你一小功,就是他一大功,还有一中功的,怎么就
　　是我二毛一功也不功,这他妈也真怪了。你就不用说别的,就说
　　我这月考的成绩吧;还考了三十分,怎么我的生产功劳上就连一
　　分也弄不上? 就说我在汽锤上干活坏吗? 拔个四方铁,六拐铁,

打个螺丝帽什么的,我都能干出来呀,怎么就是一分功也没有立上呢?我越寻思越不服气,心里这两天就别扭,你说这个活还怎么干!两天我他妈也没去学习了,今天也晚了,(这时越想越生气)不去了!(回来又止步)不行!我和老孙挑了战了,保证不歇一天工,我说了我怎么能不算呢?去!(走,又止)现在去学习也晚了。咳!他妈的我早上没吃饭,对了,我在这儿把饼子吃了再说。(打开饭包吃)

(这时听见远处歌声,在后台)

李、赵:(唱第二曲)我们在厂子被选突击队员,不怕吃苦干活在人前。

赵:(唱第二曲)前天评功我评上一大功。

李:(唱第二曲)我也评上了一呀中功。

毛:(自语)好啊!你们都评上功了,(不服气地)慢慢瞧小伙子!

赵、李:(唱)光荣榜上又表扬,咱们心里喜洋洋。(出场)

赵:(急上对后老李)走了一身汗。

李:赵师傅你看,那边道旁怎么像王二毛?

赵:在哪啦?

李:那不在树底下,还吃东西呢。

赵:哎呀!可不是怎么的,他一清早不上班去干活,在那坐着干什么?

李:谁知道来?

赵:走!咱们过去看看去。

李:走!(至二毛前)

赵:二毛,你一早不快上工厂学习,坐在这儿干什么?

毛:不干什么呗!

赵:二毛啊！昨天早晨学习你没去,今天怎么……

毛:我今天晚了没去,那么你们呢？还说我嘞！

赵:昨天晚上俺俩打夜班啦。刚才向学习委员请了假,来家拿饭了。

李:二毛快走吧！要不,干活好晚了。

毛:晚不晚不该你们俩的事儿,你们俩是组长,快走吧！

赵:二毛你不能这样说呀！

毛:我怎么说？反正我是落后的工友呗！我还有什么说的。你们两个先头里走吧！要是耽误了,那些下手就少干活了,再说我今天浑身上下有点不痛快,我二毛今天不想去了！

赵:二毛,咱们生产计划不是也订了吗？管谁不准无故歇工,要完成任务吗！

李:咱还能够说了不算哪？

毛:唉！我知道啊！（数板）叫声老李老赵你们听着,我二毛今天不想上工厂去干活,为什么？相信你们也能晓得,告诉你:就是前天评功给我窝了一肚子火,为什么他们都有功,我二毛连一分功也没有捞着。莫非说我的功劳你们没看见,或是我的名字你们不会写,不想写我也不难,你们应该对我来说！或是哪个地方我不合格,尽量地来帮助我,我他妈越寻思越窝火,就是老宋的意见多,评功会上说我干活不撒野。

赵:是呀！你再加一把油,努一把力,再撒野干不就评上功了吗？

毛:那么,我干活还坏吗？咱们三个人动不动就分在一组上干活,你们两个人也不是看不见,我在汽锤上拔个四方铁,打个螺丝帽什么的,我都能干出来呀,怎么一分功也立不上呢？

赵:你干活倒不坏,你就是有点小毛病,干干活不是上这去就是上那去了,动不动就没有了。

毛：有倒是有哪，一回半回也算不了什么。

赵：嘿嘿！二毛你不能这么说呀，咱这一组多一个人是什么成？少一个人是什么成？你不知道吗？能少干多少活？

毛：（不语）

李：二毛！大家伙都知道你干活不坏，就是因为有那点小毛病耽误了活，所以没给你评功。

赵：我知道你心里不服，可是你想想那些评上功的，是不是不但活干得好，干得欢，还没有别的毛病？你仔细想一想，人家是不是这地方比你强？其实你的毛病也并不难改，只要以后自己注意改啦，下次不就评上功了吗？

李：谁不说，二毛你也是知道的，咱们翻了身，想想过去，再想想现在，再不撒野地干，等到多会儿，你也知道是为谁立功，这次立不上，下次见小伙子，改改毛病不就得啦，二毛，快走吧，好到点了。

毛：（不语）

李：快走吧，好到点了。

赵：走走走二毛。

李：你还想什么？快走吧！（一拖，把二毛的饭盒弄掉，三人微笑）

赵：走吧！

毛：不，我一看见老宋，我心里就别扭。

李：你就是这么小心眼，老宋人家对你可不那样。

赵：见面交换交换就得啦！（三人齐下）

第二场

时间：当天早晨八点干活时间前。

地点：锻工厂的现厂里。

开场：老孙准备着工具，老宋弄炉子里的火，都轻快地打着"没有共产党，就没有中国"的口哨，在准备着工具要开始干活。

宋：孙师傅，咱们这打销的任务特别的急，咱得使劲干哪！

孙：那是当然的啦，活这么忙！二毛怎么到现在还没有来？

宋：他大概是前天没评上功，窝了火，昨个和今个又没来学习，叫我看他今个定规不能来了。

孙：他跟我挑了战了，他不能歇！

宋：可也对，——不过二毛那个脾气有时候真叫人抗不了，要不是工会代表赵师傅和孙师傅你老是对我说；要搁在早俺俩十场架也打过去了。那么老赵和老李，早晨家去拿饭怎么还没回来呢？

孙：谁不说，他们说七点半钟回来，也不知怎么没回来？

宋：大概是家里饭做晚了吧？

孙：对了……咱们快收拾收拾，他们来了好干活。（收拾，不久发现二毛）哎！老宋！老宋！

宋：什么？

孙：你看！老李和老赵那不是来了吗？还有王二毛。

宋：在哪啦？

孙：那不是在锅炉房子后头吗？

宋：可真的，王二毛今天早上怎么能和他俩走一块去了。

孙：赵师傅早晨就对我说，想找二毛谈谈，必是路上遇着了，所以赵师傅也耽误了。

宋：想必是这么回事。（这时李上）

赵：孙师傅，我们来晚了。耽误了学习。（换衣裳）

孙：回来啦？

宋：老赵！老赵！

赵：什么？

宋：你们两个人说是七点半来，怎么来晚了呢？

李：这事是这样：俺俩在半道上碰见二毛了，他在道上打转转，想不来，叫俺给劝来了。（换衣裳）

赵：孙师傅，刚才我跟二毛谈了两句，因为怕耽误活，没多说。二毛干活本来不坏，要能把他那点毛病改过来，对咱这一组生产是不是更好？孙师傅，你是支会委员，又同二毛在一块干活，他现在因为评不上功，闹情绪，你要多说服教育他。

孙：（点头）我本来也预备找机会跟他谈谈，二毛的性子还挺拧，你要直着跟他说还不行。

宋：（摇头）他那个脾气……

赵：老宋！你也应该帮助孙师傅教育二毛。你要知道，今天不但是应该自己好，还应该叫大家都好才行。

孙：老宋有我招呼着。没问题，你去干活吧。（二毛上）

宋：二毛！

毛：什么？

宋：我问你，你今早上想不来了吗？

毛：你说这个话这个怪劲，我这不是来了吗？

宋：你不知道咱厂子的任务有多么紧哪！

毛：紧不紧不干你事，你少和我说话！

宋：你不是咱厂子的人啦？

毛：是不是你管不着！

孙：哎！我说你们两个这是干什么？一清早见了面就抬杠，有什么意见不会在吃晌交换交换吗？

李：对了二毛，再说咱们今天早上来晚了，应该检讨错误。

毛:八点笛还没拉来。检讨我的错误,谁检讨他的错误?（拉笛声）

宋:哎！我说你有话慢慢说好不好？你那么横干什么？

毛:我怎么横？我们说话都是横,就你说话不是横。

宋:我告诉你二毛,你少闹态度呵！

毛:我怎么闹态度？我看你才闹态度啦！（毛下）

孙:你看你们快干活吧！老宋你去找个平锤去。

宋:是找个宽的,还是找个窄的？

孙:找个窄的。

宋:好！（下。二毛上）

孙:二毛你去把大锤拿来咱好干活。

毛:这不是有一把吗？

孙:这是老宋的！（二毛拿出开始和老孙打铁干活）

毛:孙师傅,老宋上哪去了？

孙:老宋去找平锤了。

毛:（自言自语）去找平锤去了。

孙:哎呀！二毛我还忘了,头回工会来电话叫工会代表到工会开会,

　　我去告诉老赵去,你跟这看着火。

毛:好,（干活中发现平锤）老宋！老宋！

宋:干什么？

毛:你上那去干什么来？

宋:我不是去找平锤了吗？

毛:找平锤就找这么大的时候,有没有两个钟头？

宋:管几个钟头也得找来不是吗？

毛:你那是找平锤吗？我看你那是依着找平锤名义满场打八点。

宋:那么你去找。

毛:我不用去找,这是什么? 你倒觉着你干活挺积极的啦,叫我看你
　　比谁都滑,你他妈简直滑蛋头一个,(指平锤)这要叫你又是一
　　小功!

宋:是! 二毛,这是我的错,我接受不行吗?

毛:接受就行。来! 咱来干活。

孙:你们俩又吵吵什么?

宋:没吵吵什么。

孙:干活吧。(三人齐下)

李:(在边幕里)孙师傅,你来看看这个尺码对不对?

孙:好,你们看着火,我去看看老李的活,别干错了。

毛:×他妈的来,这个熊活,越干越没有心干,(发愁)干个什么劲?!

　　(这时老宋拿水桶泼水扫地)

　　(唱第三曲)想起立功心好烦,干起活来没有精神干,人家个个都
　　立上功,怎么我的功不够条件? 我越思想心中好烦,立不上功怎
　　能把人见。我二毛心里真难受,不如坐下歇歇喘喘。(坐在地上
　　脱下鞋)

宋:二毛。

毛:什么?

宋:你往那边坐坐好不好? 我扫这儿。

毛:你上那边扫好不好?

宋:那边都扫完了啊。

毛:我歇一会再说。

宋:你快一点吧。

毛:那边净水,你叫我坐一腚水吗?

宋:你快点,扫完铁沫子好干活。

毛:要不你先在我身后扫吧。

宋:你这个人真是的。（在二毛身后扫）

毛:我看你这个人成心找别扭是不是？（气极）

宋:我怎么找别扭？

毛:你不找别扭是怎么的,你在人家身后扫,慢慢地扫不会吗？使劲往人家身上扫暴土,我告诉你老宋! 我二毛这两天窝了一肚子火,要是你给气上火,急了眼我火上犯纪律可要揍人哪。

孙:（上）你们这又怎么了？

宋:你不知道,孙师傅! 你刚才上老李那去的时候,我寻思就便把地扫一扫,他在这坐的,我扫他跟前,我叫他起起,他就不起,我像要求大爷似的,他叫在他后腔扫,我扫了,谁知道他起来就不让了,又发态度,又骂人的。

毛:（唱第三曲）老宋你小子少来麻烦,什么事情你都要想管,狗咬耗子你多管闲事,往后你就再少来扯淡。我二毛是积极生产,评功会上你给我提意见。反正我这月不算,下月看看,这月全当你占了先。

宋:（唱第三曲）你小子少装大头蒜。因为帮助你才提意见。今天你一来就心中发烦,你要想想咱们的生产。

毛:哎哟! 你自己脖子后的灰看不见,你不撒泡尿照照,不看看你那个样。

宋:就你的样好! 你今天早上这样作,值得自己检讨检讨。

孙:（唱第三曲）叫声二毛你别瞪眼,听我慢慢跟你谈。老宋说你是为你好,你要虚心接受意见。自从工会号召咱,积极完成大生产。这回的立功你没立上,不要消极还上学习班。从今天往后你埋头苦干,保证你立上大功不费难。（白）二毛! 我们不要为

181

的这回没立功就消极,学习班你也两天没来了,二毛,我们要想想,生产是为谁干的!这回没立上功,现在立也不晚。立功总结还有两三个月了。

宋:真的!二毛,我不是来找你的事,是不是?你想一想咱们一个年青青的小伙子,正在有出息的时候,现在再不学习求进步加油地干活,还等多会?像你这样怎能掌握政权。

毛:我告诉你老宋,你不用说我都明白。我就是和你有意见。

宋:有意见,等咱吃晌交换交换。

毛:去你的吧,我不和你说话。

孙:有意见晌午吃饭交换交换,互相检讨检讨,解释通了不就好了吗?来——来干活。

　　(孙、宋打铁,二毛举锤来打,二人停止,二毛回来,二人又打,二毛又过去想打,又止。最后二毛拿锤再打,但那成品已打好)

宋:哎呀!天晌了。

孙:可是的快十二点了。二毛拿二十五块钱,好买饭去。(毛满身掏钱,没掏出一个钱)

宋:二毛!是不是你没带钱买饭?

毛:谁呀?

宋:你呗!

毛:咱不饿!咱不买。

宋:得了,别装了,没有钱没有关系,我给你垫上。(掏钱)

毛:我不借啊!我不借啊!

宋:行啊!二毛,你跟我有意见,咱不能晌午饿肚子,下晌还干活来,孙师傅我给垫上一份饭钱。(交孙)

孙:拿来。

182

毛:我不借你的钱!

宋:二毛,什么你的我的。谁用谁的还不行。

孙:你们谁去领饭去?

毛、宋:(同声)我去吧!(结果宋去下)

李:(上)孙师傅,刚才我照你说的那样干了,你过去看看合适我好干下一个。

孙:干完了吗?

李:完了。

孙:干得真快。

李:不怎么叫突击队员呢?(微笑)

孙:好吧!二毛别闲着!加火呀。(二人下)

毛:好——(二毛被感动了,心里也早有些觉悟,看没有人时,自言自语的)(唱第三曲)二毛的心里为了难。低下头来乱打算盘,我一早瞎胡闹快到晌天,都是我的错,真是个混蛋。(数板)二毛我心里为了难,我低下头来乱打算盘,我今天瞎胡闹了大半天,我寻思起来后悔晚。老宋好话说了千万遍,老孙又忍心顺气地劝在眼前,我他妈的咬个巴巴橛子给个麻花都不换!(白)我王二毛,就为了这回没评上功,来到厂子耍了半天的熊,还怨人家老孙老宋。给人家老宋都弄上火了,咱他妈的还对人家有意见,不和人家说话,再说,孙师傅的好话也劝了多少遍了,我他妈的全当了耳旁风(这时老孙上,发现就躲起偷听),这回没立上功不要紧,从现在立还晚吗?生产是给谁生的?干活是给谁干的?不是给咱们工人阶级自己干的吗?不是给无产阶级聚财富吗?明明知道还咬的什么巴巴橛子生抬杠呢?这不竟把自己拈里去了吗?二毛,二毛啊!你说你能对得起谁呀!唉二毛,二毛,你能对得

起谁呀！你怎么(指自己)混蛋死了,我烦恶给你一巴掌(要打自
己脸),(想了半天)人家也是人,他妈,我也是个人,怎么就立不
上功？我就不信。小毛病不会改一改吗？——好,老宋我今天晚
上家去写一张挑战书,非把我小毛病,改掉它,和你挑挑战,非立
上它几大功！和你比比,我要不在生产上,学习上立大功,我就
不叫二毛了。唉！老宋又给咱垫上钱领饭,要是回来了,可怎么
对得起人家,还要不和人家说话,你这不该死吗？王二毛啊！这
可怎么办哪？(数板)急得我满地走来满地转。急得我满身冒大
汗,我越思越想没有法办,你说这可叫我怎么办……

孙:(急上二毛面前)有办法,有办法！

毛:什么办法？什么办法？孙师傅？(故意)

孙:你刚才不是说了吗？今天对不起老宋了,晌午你们俩互相检讨
  检讨,谁错了,谁就虚心承认错误,今后改正错误,不就是好办
  法吗？

毛:谁说的？ 我刚才没说呀！

孙:唉！你刚才说的话,我都听见了。

毛:你别来套我了。

孙:真个的,照你刚才说的话办,一点也不错。

毛:孙师傅,你真的听见了吗？

孙:看看你这个人,这有什么可撒谎的。

毛:×他妈的,这怎么闹的,哎！孙师傅你说这可怎么能对得起你和
  老宋哪,怎么办？

孙:二毛！我刚才不是说了吗？吃晌饭和老宋,互相自我检讨检讨,
  虚心检讨自己的错误,今后改正错误,不就好了吗？

毛:老宋不能生我的气吗？

孙:他哪能生你的气,他会欢迎得了不得。

毛:真的吗?

孙:看看你这些顾虑吧!

毛:好,今天晌午交换交换意见,今后我非和老宋比乎比乎!

第二幕

第三场

地点:船渠锻工厂里。

时间:是一个月后,王二毛在生产,学习十二分的积极下得到了工会的奖励:积极分子。锻工厂又在十四个支会中获得模范厂"生产先锋"的旗帜。

开场:毛、孙、宋积极打铁准备中(幕后唱第四曲:《咱们工人有力量》歌)。

毛:孙师傅,好了,快点干吧。

孙:来了,来了,来了。

宋:快,快,快!(打铁声随着歌声起)

毛:老宋,累不累伙计?

宋:干这点活就累着啦。

毛:你不用吹乎小伙子,咱一点一点地比!(笑)

宋:好啦。

毛:孙师傅,打这个螺丝帽的料怎么个算法?你等一会教给我好不好?

孙:好好! 现在干活;等晚上下班我教给你。

毛:你可别忘了。

孙:好玄哪!

李:(上)孙师傅,刚才咱厂长说,叫咱工会代表委员赵师傅到工会去。

孙:是吗? 好! 赵师傅在那边干活,我去告诉他吧。(往右下)我一会就来。

毛、宋:好哪!

毛:(拿出账本,宋收拾工具)六二五,七八五十四,是个四五二十,五五二十五,五八四十,是一个一四二十——不对不对,又算错了。

宋:二毛! 你干什么不对不对的。

毛:我呀,咱昨天不是考技术学习,我不是考了九十五分吗? 怎么就是差了五分没考上一百分呢? 我就为了这个有点不高兴,趁着现在不干活,我给它算算,非给它研究对了不可,为了这一道题,昨天晚上下两点才睡觉。

宋:哎呀! 二毛啊! 自从你跟我挑战这一个月里你真撒野了。

毛:研究会了,(指小账)还不是为了咱工作便利吗? 你太夸奖我了。(唱第五曲)叫声老宋别来夸奖我,学习技术是为了工作,以前我不知道学习是为了谁,寻思起来真后悔,多亏了你俩劝我来学习,学习技术来赶上你,白天我加油努力来生产,晚上不睡觉我也把它练。

宋:你真加油了!

孙:你俩又讲什么?

宋:刚才休息一会二毛也不歇歇,又拿出来昨天考的那个技术来算啦。不是差五分一百分吗? 他说他昨天晚上下两点才睡觉。

孙:二毛像这样事是常有的呀!

赵:(急上)哎! 哎!

众:什么? 什么?

赵:二毛! 二毛!

宋:二毛怎么的啦?

赵:你们先别着急,听我慢慢地说。

孙:到底怎么的快说呀!

赵:二毛这个月得上积极分子啦!

众:哪! (鼓掌)好!

毛:我得上积极分子啦?

赵:二毛得的积极分子,是在生产上起了带头,学习上又积极,这一个月里一天也没歇,学习又没缺课,所以得上积极分子了。现在我没有工夫,我还得上工会,给你二毛,这是你的奖励品,你拿去吧! (急跑下)

宋:嘿! 二毛这下子可有了学习的东西了!

孙:这回加油学吧!

毛:孙师傅上个月你给我好一个劝,——没有别的,你弄两本账本留着学习吧!

孙:我不要,我不要。这是你得的,我再用这太不像话了。

毛:行啊! 行啊! 你拿着使用吧!

孙:不用哇! 不要哇!

毛:你看你这个人,我要是不真给你是个大王八蛋,哪哪哪你看,都散在地下啦! (收起来)宋师傅你弄两管铅笔用吧!

宋:不用哇! 不要哇!

赵:(急上)哎! 哎! 你们都来看哪!

众:什么? 什么?

赵:你们看看叫咱锻工厂得来了! (打开旗,上绣"生产先锋")

众：哎呀！旗子！

毛：老李！来来来。

赵：咱们得的这光荣旗子可不简单了！是咱在生产上超过了任务百
　　分之八十，学习上没有一个工友欠课的。卫生上也够条件，特别
　　是二毛在这个月一个工没歇，他要歇一个工，缺一回学习课，就
　　得不着了。现在是干活时间我不多讲了；等吃晌全厂开会的时
　　候，我再详细地和大家谈谈。

孙：我说老赵！

赵：什么？

孙：我看这个光荣旗子，叫咱们新上任的积极分子拿着美一美不
　　好吗？

众：对！对！

毛：（接过手笑了又看，看了又笑）伙计！咱得的这个光荣旗子，怎么
　　得的也不用讲了。就是咱们全船渠有十四个厂子，哪一个厂子
　　连得三回，这光荣旗子就是那个厂子的。我希望大家更进一步
　　团结起来，互相交流生产经验，再努一把力地生产，加油地学习，
　　咱们别叫这个光荣的旗子跑了。

李：我看咱们打个螺丝把它拔上吧！

赵：你说的不对，我看咱们拿电火把它焊上。

孙：叫我看咱们打个铆钉，把它铆上。

众：对！叫它永久在咱厂子里。

毛：（唱第六曲）哎！光荣旗帜呀嗨！

众：光荣旗帜呀嗨！光荣旗帜呀嗨！光荣旗帜呀嗨！

毛：叫咱们夺来嗨！又好看。

众：又鲜明，放在那里真威风，我们要保住，我们要保住，我们要保住

光荣旗。永远把在我们手里,我们永远得光荣。生产战线上干一场,挑战竞赛得胜利。嗨嗨,永远得胜利。

（幕落）

（全剧终）

大连东北书店 1949 年 6 月初版

◇王长林

比有儿子还强

人物:高大爷——六十岁,铁路机务段老工友(老实人)。

高大娘——五十八岁,高大爷老伴。

张老大——四十岁,机务段工友(坚强朴实)。

张文福——二十一岁,机务段青年工友(活泼)。

幕启:(屋里有炕,有桌子,高大娘在炕上纺着线,高大爷垂着头叹气
走进屋)

高大爷:一天到晚就是睁睁,真"个蝇"人!(把铁钳子,斧子往桌
一扔)

高大娘:你又怎的啦? 进屋就拉个脸,鼻子眼睛就不是你啦(放下缝
扣子的单军衣下地)。

高大爷:你摸不着根底,就少嘀咕。(拿出小烟袋)

高大娘:今个怎回来这么早?

高大爷:回来早? 早回来还不好? 我这大老头子没几年干头啦,眼
看土埋到脖子,临死连个打"灵头幡"的都没有……(坐在炕

190

沿上）

高大娘：你这几天也不怎的啦！回来就是不三不四的话，就顺口开
　　　　河，说那些有啥用处？

高大爷：共产党这一来，我啥都挺舒心，有吃的有穿的。我一看这白
　　　　胡子我就不高兴，你看看咱俩多大岁数啦，我到六十岁的人
　　　　啦，你今年都五十八啦！

高大娘：你就不会说点别的，唠这伤心嗑干啥？咱们小拴柱还有指
　　　　望哪。（理着线，不耐烦）

高大爷：小拴柱！小拴柱是别人家肚里爬出来的孩子，人家不能养
　　　　咱老。

高大娘：管到怎的，他是干儿子，还比别人强。

高大爷：强啥，干儿子就是那么回事呗，你有钱，人家把你看到眼，你
　　　　要没钱，人家就下眼瞧啦，人家常说："干亲进门，不是要钱，
　　　　就是要人。"

高大娘：咱俩应当好好待他，后首不会差的，再说小拴柱那孩子也
　　　　挺好。

高大爷：好是好，是人家养的，（老头站起）刚才我从站上回来，我还
　　　　到员工子弟学校去了一趟，我一看小拴柱和他爸爸唠得挺
　　　　欢，等我一到那"立刻亮"就不使劲唠了。我那阵"热汤呼
　　　　啦"的，没等我说话，小拴柱就大声说了一句扎心话。（愁
　　　　样，又坐下）

高大娘：（疑心地问）小拴柱说啥扎心话？

高大爷：小拴柱说我又有个儿子。

高大娘：（奇怪）什么？又有个儿子？是谁？

高大爷：是谁？小拴柱说，也不什么"劳保"？

高大娘："劳保"！"劳保"是谁家的孩子？

高大爷：当时我也不知是谁家的孩子，后首小拴柱又说什么"劳动保险"，我一听也不是什么儿子，我就不太高兴，人家亲爷俩笑呵呵地唠，我一寻思，啥都是白挠毛。（站起磕打磕打小烟袋）

高大娘：那个"劳动保险"不是个儿子，那是个啥？

高大爷：那不是好"玩意儿"，我昨个在站上还听站长讲，我也没稀得听，就回来啦。

高大娘：那到底是个啥呀？（整理着线）

高大爷：啥也不是，日本子那前也有这个"玩意儿"，就是叫你拿点税，捐两个钱。

高大娘：不对吧，那为啥小拴柱说是儿子？不是你听错啦？"劳保"和你说的不对头，八成是你听错啦。

高大爷：我没听错。前个站上人也说过，听我告诉你，就是把挣的工资扣下点，给治病，给啥的，完啦都得自个拿钱。

高大娘：如今咱是民主国家，不能有吧，你还是听错啦，不价，你去打听打听。

高大爷：人家赶不上你！打听啥？秃子头上的虱子，不是明摆吗？和从前一样。

高大娘：我说咱们如今是民主国家，和过去不同啦，一天有吃的有穿的，哪和从前一样呢？

高大爷：那我比你还明白，共产党来啦我翻身我还不知道，我说的是"劳动保险"和从前一样，我也没说别的。

高大娘：别唠啦，收拾吃饭吧！（老太太说完，就听见张老大的笑声）

张老大：（大声进屋）老大哥老大嫂，我给你们报喜来啦！

高大娘：看你愣头愣脑的啥喜事啊？

张老大：老大嫂你还装糊涂呢？这回你又得个大儿子，老了也不用
　　　　害怕，这回有养老的啦！（坐在炕上）

高大娘：到底啥样大儿子？你大哥回来也没说个头脑。（放下单
　　　　军衣）

高大爷：（不高兴）就是才刚我说那个。

高大娘：你说的不对头，人家大兄弟说是个儿子，大兄弟你说。（撞
　　　　张，张莫明其妙。）

张老大：老大嫂，从前我也没少愁过，看我跑腿一个，从十五岁就从
　　　　南闯到北，闯了好几十年，闯到今个可有头了。我今个比那
　　　　前都乐。昨个站长同咱们大伙讲，现在政府照顾咱们工人
　　　　的福利，给咱们办"劳动保险"，为后咱们闹个天灾病业的，
　　　　政府有医院给治，赶到老啦，官家给"发送"，这个"劳保"可
　　　　好啦！

高大娘：闹了半天，我才开窍，还是这么一个儿子，我当谁要认我干
　　　　妈呢！要是这样可真不错。

高大爷：我经过好几回"劳动保险"，就像日本子那前，我也做工，也
　　　　讲什么"劳动者保险"，也说治病治灾的，赶到你要真有病，
　　　　还得自个拿钱，要我看这"玩意儿"，连搭本带赔利。

张老大：老大哥你说这可不对，咱们如今晚可不像日本子那前的事。

高大爷：我啥都明白，我说的是"劳动保险"和从前一样。

张老大：那也不一样，听我说……

高大爷：（急抢过说）怎不一样，如今晚叫"劳动保险"四个字，日本子
　　　　那前叫"劳动者保险"，就多了一个字，上哪会不一样呢？

张老大：老大哥你说这个我可不赞成，现在我给你做个比方，咱俩都

是工人吧？

高大爷：对，咱俩都是工人，都做三十来年啦。

张老大：从前的工人吃不上穿不上，挨冷受饿挨打受骂，连人家有钱人一条狗都不如，可咱们如今晚有吃有穿，屋里暖暖的，吃得饱饱的，学识字，学唱歌，有活大家干，有事大家合计，如今是主人啦，你说一样不一样？

高大爷：这大大不一样，这些我都明白。谁给我的好处，我还能忘吗？我就说"劳动保险"。

张老大：老大哥你糊涂啦，你知道咱们过去和现在不一样，那如今晚的"劳动保险"和从前也就大大不一样。

高大娘：你大哥心眼可笨啦，不离一点小事就划不开窍，如今民主国家和从前不能一码事。

高大爷：我也明白，你说吧，这前我啥都舒心，够吃够穿，住的是官房；干活也舒心，白天没事还学唱歌；我过去一个不认，光看人家白纸画黑道，如今我也"半拉克及"地认了不少字。这些好处都是共产党给我的，我到哪阵也不能忘。再说，铁路是国家的，也就是咱们大伙的，政府还高看我，那些日子我干得可有劲啦，加班加点我打头干，建设咱们自己的铁路、火车，别人都说我人老心可不老，像小伙子一样地干，——可是我一听这话，我心就"克登"一下，一看我这白胡子我就伤心。老啦谁养活我，还能干几天？一想起后首我就不高兴。前个又听说"劳保"，又说什么儿子的，我一想哪有个儿子？有了"劳动保险"我寻思又该拿花销啦。（高大娘一边缝军衣一边听着）

张老大：老大哥你想错啦，民主政府啥事都给咱们工人想得周周到到的,"劳动保险"和从前日本子说的完全是两码事,咱们的"劳动保险"是政府拿钱,完全为咱们谋福利。

高大爷:不是从咱工钱扣吗?

张老大:不是那么回事。现在人民政府和咱们的工会,完全给工人打算,还能叫咱们工人拿钱?! 完全是政府拿钱,不像从前日本子国民党他们那帮家伙,净"卡"工人的油水。那阵的"劳动保险"是保有钱人的险,如今晚是保咱工人的险,老大哥! (拍着老高的头肩)

高大娘:这可好啦,咱们老两口子也有指望啦,我就说你笨,遇着事就划不开窍,要不叫老张大兄弟这一说,你还划不开窍。

高大爷:可不怎的,我脑袋真笨。 (用手打着脑袋又说)我以前寻思扣工钱呢! 我真没划开窍。 (又打头)(这时张文福在外边唱着《铁路工人歌》)

张老大:这是谁唱的? 挺好听呢。 (三人听着)

张文福:(在窗外唱)穿过山洞,穿过铁桥,不分黑夜和白天,越铺越长,越铺越远,千山万水没阻拦,枪炮大马,粮食被服,海水一样地送到前线,前方后方,连成一片,绿灯时时报平安……咳咳……路程在我们面前缩短,不管冷热,不论早晚,火车头吼叫着,一直地一直地,一直地冲向前。

高大爷、张老大:唱得太好啦。 (拍着手)

高大爷:这是谁唱的?

张老大:八成是"小乐天"张文福唱的。

高大爷:把他叫来咱们唠唠。

张老大:对! 张文福! 张文福……(出门外叫着)

张文福:(在门外)干啥呀! 张大叔? (脚步声)

张老大：来，文福到高大爷家唠唠。（二人进屋）

高大娘：文福坐下，昨个怎没来？这孩子老是活蹦乱跳的。

张文福：昨个，我去看剧去啦，张大叔高大爷怎没去？（坐下）

高大爷：昨个没去，我寻思天黑啦。

张老大：我昨晚上做点别的活。

张文福：昨个晚上可好啦，人家文工团演的《劳保儿》，还唱的《工人大合唱》的歌，今个早晨，我还学会一个歌呢！

张老大：刚才唱的就是吧？明个我也学。

高大爷：我也得学学，你唱我听听！

张文福：（唱着）穿过山洞，穿过铁桥……

高大爷：（也唱）穿过山洞，穿过铁桥……

高大娘：你的老嗓子，唱得一点不好听！（在旁笑）

张文福：这歌好学，就像开火车的动静。（学着开火车走的声音）

张老大：先别唱啦，文福你讲讲《劳保儿》那个剧吧，是怎演的？

高大爷：对，你学学给大爷看看。

高大娘：学学给大娘看看。

张文福：我先讲讲吧，剧是有个老工友没儿没女，一天老是愁，寻思老啦，没人给养老，又怕老啦，政府不要，干活就没心干。后首政府、工会，办"劳动保险"，老头就乐啦，一天加劲干，后来到"五一"当了老英雄；剧情就是这么回事。

高大爷：我后悔，我昨个晚上怎没去呢？（徘徊走着）

张老大：这个剧情和老大哥的身世差不多少，文福你给学演一下。

高大娘：对喽，文福学学给大娘看。

高大爷：你学学，没外人，有啥臊的。

张文福：我一个人也演不了啊，人家那好些个人呢。

196

高大娘：比量比量试试。

张文福：（想了想）有啦，那个剧有一场一个老工友和小工友对答数快板，那个可行。

高大爷：怎数法？

张文福：高大爷当老工友正好，叫张大叔打快板，咱们爷俩就数数看。

高大爷：我"笨手拉脚"的怎数啊？

　　（高大娘笑，也帮着张老大找打板的家什）

张文福：好数，你就装啥也不懂，问这个问那个的，可得要编成话。

张老大：那还不好数！（到屋里去找木棒）

高大爷：怎问呢？得问个啥呀？（张老大上）

张老大：就问"劳保"的事呗，你刚才怎想怎样问就行。（打着板）

张文福：对啦，你就问啥叫"劳保"，和从前日本子、国民党有啥不同，它有啥好处，问这些就行，就像数顺口溜一样。

高大爷：好，试试，他大叔你敲吧！（高大娘笑）（快板）叫文福，我问你，"劳保"到底是怎回事？

张文福：（快板）叫大爷，听我说，民主政府颁法令，保护工人政策高，工人翻身做主人，"劳动保险"有依靠；生儿女，年纪老，得疾病，死亡了，或是受伤残废了，这些费用都由国家津贴来照顾，减轻负担免苦恼。

高大爷：（快板）叫文福，你再讲，他和日本子、国民党，有啥不一样？

张文福：（快板）人人都知道，"劳保"的经费不用自己掏腰包，人民政府早就替咱拿出了。日本子，国民党，他们的"劳保"是欺骗工人的花招，工人拿了钱，完全落在老板的腰包。

高大爷：（快板）叫文福，我问你，今后我有病？

张文福：（快板）扎针，吃药，住院，一文不拿，尽管你治疗。

高大爷:（快板）我老了？

张文福:（快板）政府照顾得更周到,给你吃,给你穿,把你送到养老院。

高大爷:（快板）我死了？

张文福:（快板）政府买棺材,料理后事把你葬埋。

高大爷:哎呀！我的妈呀！这太好啦,政府照顾得太周到,真比有个儿子还强。（老头高兴极了）

高大娘:这回我真从心眼往外乐,真比有儿子还强。

张老大:你们爷俩弄得挺好。

高大爷:这回政府对咱们这样好,咱们今后更要加紧干,到处都是火车头,把铁路铺遍全中国。

张老大:老大哥说得对,我老跑腿的也不愁啦,只有好好干,咱们才能对得起共产党毛主席,明个咱们要挑战竞赛。

张文福:对,咱们明个挑战竞赛,到"五一"看谁是英雄。

高大爷:别看你是小伙子,我老头子也不服气,瞧家伙吧。（撸胳臂卷袖地）

高大娘:我也和你们挑战,我多缝军衣才能对得起"劳保儿"。

高大爷:以后我要领头去干,好好领导青年工友,和他们抱成团,我今年才六十岁,明个我把胡子剃剃,再干他十年,我才七十岁,我要使我这老劲加紧干,咱们挑战,到"五一"节,我老头子,一定要做个老英雄！（握着拳头）

张老大、张文福:咱们一定要做劳动英雄！

（接着后台唱铁路工人歌）

（全剧终）

选自《东北日报》,1949 年 4 月 22 日

◇王　肯

二流子转变

人物表:李万金——廿五岁,二流子。

李妻——廿四岁。

于大哥——三十二岁,生产小组长。

于大嫂——三十岁,泼辣。

二楞——廿二岁,暴烈。

小柱——十八岁。

赵大叔——五十八岁,忠厚诚恳。

二丫、二小——十二岁,儿童团。

第一场

时间:种地以前。

地点:组长家。

人物:二楞,小柱,组长,赵大叔,李万金。

（锣鼓开场）

（二楞、小柱舞上）

二楞、小柱：（唱一曲）

　　共产党领咱把呀么把身翻，好像大风刮呀么刮晴了天，斗倒地
　　主恶霸，咱们有了房子又有田。

　　往年地主压呀么压迫咱，又没吃来又那么又没穿，谁说穷人命
　　不好，如今咱们掌了大权。

小柱：（简称柱）二楞！你站一会儿！

二楞：（简称楞）干啥？柱啊！

柱：你说咱们分的地倒挺可心，就是车马不够咋种呀？

楞：咋种？活人还叫尿憋死啦，用他妈“五尺耙子”也搔他两埚。

柱：你小子懂得个屁，走吧！到组长那块再商量吧！

柱、楞：（唱一曲）

　　咱俩赶快找呀么找组长，到那（儿）开会再呀么再商量，大家
　　管保想出法，车马不够不用慌。（白）哎！到啦！组长！组
　　长！（组长、赵大叔上）

组长：（简称组）二楞、小柱你俩来啦！

柱：哎！还是赵大叔来得早呀！

赵大叔：（简称赵）这还早，我他妈都抽两袋烟啦。

柱：赵大叔！你说今年咱们这个地可咋“调理”呀？

赵：咋“调理”？等一会儿开会再合计呗。

组：哎！李万金咋还没来呀？

楞：那小子老调皮，我看，去他的得啦，爱来不来。

组：别！……柱啊！你看看他去！叫他快点来！

柱：这小子神老啦，还得请。（柱下）

楞：李万金那个二流子顶不是人揍啦，上回咋劝他打柴火他也不干，

他说没柴火烧大腿……（三人蹲在一起唠嗑）

赵：唉！那小子懒惯啦！他爹活着那"前儿"不是挺"棒实"个小伙子么？他爹死了以后，一年打下点粮，不够还三阎王的"饥荒"和交租子的，再加"满洲国"一捏弄，生把个孩子的给"糟践"坏啦，这前儿连看"小马掌"的地方都没有，还不难为他。

楞：咋的？赵大叔！你还可怜他呢？都是二十岁的大小伙子，他为啥就不干活？

组：别忙！往后大伙常劝着点就好啦，今年要想生产搞得好，非把二流子改造过来不可，再说他也是咱们穷哥们，自个人还能往外推么？

赵：对呀！要不把二流子改造过来，对咱们生产也是个累赘呀！

（柱上）

组：柱啊！李万金来了没有？

柱：这就来啦！这小子，我去那前儿，还睡大觉呢，硬叫我给"抠"起来的。

赵：（笑）他妈的！这个小杂种……（李万金上）

李：（快板）李万金，把霉倒，这个日子我过不了；要想耍钱没人干，要想喝酒也喝不着，烟馆窑子全取消，要想出门不给路条。想当年，乐道遥，爱往哪跑就往哪跑，这前儿啥也捞不着，今个小柱又找我，弄得我早觉睡不好，睡不好。（白）真他妈的麻烦，又开个鸡巴毛会呀？

组：来啦！万金呀！

李：来啦！又开啥大会呀？（不耐烦地）

组：大伙合计合计，今年这个地咋种？

李：合计啥呀！我早就说，分地倒挺乐，你赶种地就该发愁啦！

组：哎！愁啥？早头咱们给地主扛活咋干来的，这前儿自个儿有地倒愁啦？……来！赵大叔！小柱！咱们往一块凑合凑合！（赵、组、楞、柱蹲在一起，李蹲在一旁）从打分了地，我就琢磨，今年这地可咋调理呢，咱不像他妈地主钱大底厚，咱们刚翻身，底薄呀！我看还是区上告诉咱们那个道儿挺好，大伙在一块干。就拿上回合伙打柴火说吧！要是一个人去，别说剩钱，顶多能扛回来几捆，你们琢磨琢磨这个理儿？

楞：这个理儿对！我赞成。

李：我他妈可不赞成呢！上回打柴火，你们那是一脚踢出个屁来，赶上那么个当当。种地那是一年到头的事呀！

柱：（无主意）那可咋整呀？

楞：咋整？咱们大伙组织生产小组，在一块干。

李：我看他妈穷人穷命，用不着想啥高招儿，分点地比没分强，天老爷饿不死瞎家雀，混一天少一天。

组：要搁我这个笨理儿合计，还是大伙在一块干好，就拿万金他说吧，就一个马，他这个地可咋种；要是组织生产小组呢，咱这组有六个牲口，一挂车，一共才三十来垧地，那不超超容容的，到秋天准能多打粮……

李：多打粮还不得多交公粮，那"背着抱着一般沉"呀！

组：区上不是再三告诉咱们么，会粮该交多少是多少，多打粮还不是你自个的。

李：哼！"人嘴两层皮"谁敢管保？

楞：你小子真没良心，政府多咱糊弄过咱们，再说交公粮也是给咱们自己政府用，早点打垮蒋介石，好过太平日子，我看多交点也应当。

柱：真的！要不叫八路军来,你早饿死啦。

赵：唉！万金啊！你咋这么糊涂?

李：糊涂? 我比谁都明白！

组：政府啥都替咱们想得周周到到的,组织小组,还不是为咱们好,人多好干活,又快又不累,到秋后就知道这好处啦！

楞：对,就这么干,你们说对不对?

柱：对！

李：对? 说得可倒像那么回事似的,你等干活那前儿,还不得狗舐屁子各顾各呀！（站起要走）

楞：他妈的！（站起来要发作）

组：别！二楞！……万金呀！你合计合计,咱们都是自己哥们,还能给你亏吃……你车马不够,先可你种,你看咋样? ……

李：（不耐烦地）行啦！我不跟你们扯这个,今个开会不就这点小事么,没啥事咱要走啦！（唱二曲）什么小组不小组,万金不比你糊涂,车到山前必有路,回家睡觉我舒服。（李下）

组：万金,万金！（追李）

楞：（拉回组长）去他的吧！"缺他个臭鸡子,还不做糟子糕"啦呢！反正咱们在一块干。

柱：对！咱们在一块干,不管他！

组：不光咱们在一块干,也得把李万金改造过来,家里人不能往外推呀！

赵：是呀,咱们得分清家里外头呀！

楞、柱：可也对！

四人：（唱一曲）咱们穷哥们一呀么一条心,黄土也能变呀么变成金,大家加劲儿来生产,二流子叫他变成好人。（舞下）

第二场

时间：送粪。

地点：李家。

人物：李妻，李，赵，于大嫂。

（妻拿苞米筐上）

妻：（唱三曲）我的丈夫李万金，吃喝嫖赌不成人，从我过门五年整，没有一天舒过心。（擦泪）共产党领着翻了身，穷人再也不受贫，人家大伙忙生产，谁想他还不长进。（白）哎！没法子，从打我过门，到老李家，没过过一天舒心日子，缺吃少穿，我都能受得了，谁想他好吃懒做，半点不务正，这回共产党来了，分了房子分了地，还是不学好，人家不嫌恶咱们，叫咱们参加生产小组。今个大伙都忙着帮咱送粪，他又不知道上哪游逛去啦……（搓苞米）

（李上）

李：（唱二曲）今年偏偏大生产，男女老少手不闲，见面尽讲这些事，弄得我万金不耐烦。（白）他妈的，真怪！大肚皮垮了呗，人也变样啦，这屯子宝局、酒铺也他妈没啦。就连刘大红梨那个破鞋，也正经起来啦！从东头溜达到西头，没有个我站脚的地方，×他妈的，我算受不了，还是回家弄件衣裳卖了它，进城散散心，省着憋病啦！（进屋……）

妻：你上哪去啦，饭都摆凉啦。

李：啥饭？

妻：咱们还有啥，苞米粥呗！

李：又是苞米粥，我不吃啦！

妻：真难为你说出口，苞米粥也是我老娘们挣来的，你挣回来多少？

李:那怨你妈眼睛瞎,倒霉摊上我这么个草蛋货,认命吧!

妻:认命? 你还是那封建脑瓜筋。唉! 我多咱埋怨过你,我是挂着你好歹吃一口,省着饿。我也不求跟你享福,咱们翻身啦,妇女也一样生产,不专指着你老爷们,我只求你帮把手,你看咱家这样子,人家大伙谁不忙着大生产? ……

李:大生产,行啦,行啦,我的娘娘,又是这一套,我不如你积极,我是完蛋一个,我看咱俩还是"洋历年少来话各干各的",你要委屈,看谁好跟谁去。

妻:你说的那叫啥话,我说这些为的是谁?

李:我知道你那是好心,好心可换我个驴肝肺呢! 哎……那件小夹袄呢? 给我拿来。

妻:你,你要干啥?

李:你管不着,别看你翻身啦,我他妈还是一家之主,我说了算,这前不像早头那么揍你,你还不知足? 快点拿来!

妻:你又是要卖。

李:管不着,快拿来。

妻:咱们就剩那一件,你不能……

李:少来话! 你不拿,我自个取去。(李下,妻随下)

妻:不能卖啦,你。

(幕后)你不能卖,就剩这一件啦。

(哭喊。李拉妻上。妻抢衣服)

妻:不能卖,你给我……

李:我给你妈啦个腿! 你给我滚回去。(打)

妻:你打吧! 你打死我吧!

李:我打死你个败家娘们还能咋的?(赵、于大嫂上)

赵:你们这是咋的啦！咋又打起来啦？

于:大妹子,你别哭啦。

赵:唉！万金呵,你看看,街坊邻居谁像你,大清早起就打架？

李:他不是,赵大叔,你不知道,我这两天就没个零钱花,这件破衣裳搁着也是搁着,我寻思把他"折当"几个钱……你说她就"破裤子缠腿"地不让,这还怪我？

妻:你还有个人心没有,你啥时把它卖啦干正经的,买柴火买米,你一到手,不是吃就是喝,再不就是……

李:你他妈再叨咕,再,我还"揍"你。

于:干啥！大兄弟,这前不像早先那前儿啦,拿我们老娘们不当人,这回咱们妇女也翻身啦,你随便打骂就不行！大妹子,说你的,完啦我告诉妇女会去。

李:不是,大嫂,别看兄弟脾气不好,你问问她,我哪样对不起她？

妻:你,你哪样对起我啦,家里的活半点也不伸手;水得我自个儿挑,牲口也得我自个儿喂;就是这口饭,还不是我自个儿这么水一把,泥一把换来的。累得都喘不过气来！大嫂！你看看我这件破袄。他除了不回来,一回来不是要这个,就是卖那个,就这么一件啦,不叫他卖,就打……

赵:唉！万金呵,你说你？你爹活着那前儿,血一把汗一把地,连块豆腐都舍不得吃呀！累了一辈子,才剩下那么半垧来地。你爹死了以后,你都败坏啦,虽说是三阎王逼的你,你若是争点气,也不能"糟蹋"得这样呀！八路军来了以后,穷人可算穷出头来了,你们才两口人,分三垧多地,一个马,你再分下点力呗,小日子不挺好！你看看你媳妇"老实巴交"地跟你受这个罪,家里地里哪不得她手到,累得腰都抬不起来。你动不动还打她！你能对得起活的,对起死的? ……咄,到多咱是个头呢?

李:不是,赵大叔,我这心也像明镜似的,我啥不懂,就是瞅着这个败家娘们"别扭"。

妻:我咋"别扭"来的?

于:大妹子,别跟他惹气,到咱家待一会去。

（妻、于下）

（幕后）哎! 李万金,快点送粪去呗!

赵:是呀,今儿大伙还是给你送粪,你想人家连饭都不在你家吃,为的是啥,还不是为了咱们都是穷人,你要是好吃懒做,再不好好干活,再穷也不打腰啦? 去! 把衣裳送回去好下地。去! 送回去。(李转身下,簸箕遗在台上)唉! 把簸箕也捎回去! (李将衣裳扔在簸箕中,用脚踢着簸箕下)

赵:万金呵,下地吧!

李:(不耐烦地)拿粪叉子呢!

（李背手拽粪叉上,懒洋洋地从旁门下）

第三场

地点:屯头。

时间:送完粪开荒。

人物:李,二丫,二小。

二丫、二小:(唱四曲)日头压出黑了天,翻身的儿童把岗站,要有坏人打这过,盘问他一番。

二小:哎! 二丫。咱俩可得小心点呀!

二丫:嗯哪! (巡视)

二丫:哎! 二小,你看前个大伙批评二流子张滑鬼,多气人。

二小：咋的？气人？

二丫：你忘啦，他自个老说他有病，不说他懒，大伙那么劝他，也不坦白，我看不如戴高帽子斗斗他。

二小：二丫，你真糊涂，组长不是说张滑鬼也是咱们穷哥们，对待他，不能像对待大肚皮那样斗，他也没像大肚皮那样剥削咱们呀，他除了懒……

二丫：哼！我看越懒越坏，没个学好。

二小：这回大伙不是叫他参加开荒队么，大伙一带就带起来了！你个小丫头不懂得这些生产的事。

二丫：你懂得！我看你可是脑瓜筋"登登的"，啥丫头小子的，全是一样，地一样分，活也不比你小子少干多少！

二小：咱们一天可学三个字呢！

二丫：咱们一天也学三个字呀！

二小：哎！二丫，你学的是啥？

二丫：咱学得可好啦，就是不告诉你。

二小：告诉咱们得啦呗！告诉我，我还告诉你呢！

二丫：咱学得可好啦，是"小组长"，二小，就是于大叔那个生产小组长，你学的是啥？

二小：咱学得可好啦，就是不告诉你。

二丫：好二小，告诉我吧！

二小：不么！

二丫：得啦，咱不和你玩啦！（佯作生气）

二小：来来，二丫，别生气！我告诉你，我学的是二……

二丫：二啥呀？

二小：你猜！刚才还说啦呢！

二丫:二小?

二小:不对。

二丫:二丫?

二小:不对,告诉你吧,"二流子"!

二丫:哎呀,咱学得多好,咱是小组长,你是二流子。

二小:你是二流子。

二丫:你是二流子。

二小:你是呀!(互争不已)

二丫:哎!二小,别闹啦,咱俩好好站岗吧。

二小:嗯哪!(巡视)

二小:哎!二丫,你看那边来个人,那是谁?

二丫:哎呀!那是二流子李万金啊!咱俩"猫"在树后头,看他干啥。

　　(李夹包上)

李:(唱二曲)前天批评张滑鬼,万金心里着了慌,恐怕这块待不了,想到北屯去躲藏。(白)哎呀!你说这家伙,前个眼查黑那前儿,大伙批评二流子张滑鬼,完啦,叫张滑鬼参加开荒队去开荒,那还干得了?我看我总和他在一块"打涟涟"早晚也免不了,这两天真有点稳不住神,你看,觉也睡不好啦呢!我他妈从家里把那件小夹袄偷出来,"折当"几个钱,到北屯躲两天去,对!对!躲两天去。(二丫、二小从树后出来)

二小:站下,这么晚,上哪去?李大叔。

李:哈,二丫,二小,你俩站岗呢呵!对,好好站岗呀!(要走过去)

二丫:大叔!这么黑往哪去?进城可得开路条呀!

李:啥?路条?大叔没有呢!大叔不上远场去,你看,(用手向远处指)还不是,眼瞅着那个小屯子,不等老爷落山,大叔就回来。

二小:哎！你拿包干啥呀？（发现包袱）

李:哎！哎！没啥！没啥！二丫,二小,叫大叔过去吧！啊！

二小:不行！你抱包干啥呢？你准是要进城,没路条不行。

李:咄,旁人不行,大叔还不行么？

二丫:别套头！咱们儿童团是管这个的,没路条谁也不行。

李:别！叫大叔过去吧！

二小:不行！别粘道！

二丫:不行！不行！

李:（吓唬二丫、二小）哼！大叔生气啦！

二丫:生气？不行！走！走！上农会去。（二儿用红缨枪逼李）

李:哎！别喊！别喊！

二丫:走！走！我要喊啦。

李:（无奈）走！走！你看大叔这不走呢吗！（下）

第四场

时间:种大田时。

地点:街头和李家。

人物:李,柱,楞,二丫,二小,赵,组,妻,于。

（组长背米袋上）

组:（唱五曲）今年大家忙生产,万金还是不转变,他家缺吃又少烧,叫我组长叫我组长挂心间。（白）咱们这组大伙都干得挺欢,就是李万金不好好干活,大伙为他不知费了多少劲,咋劝他也不进盐医,今早晨听我屋里的说他家又没有吃的啦,从家背点米给他送去,再劝劝他。说啥也得叫他学好呀！（组下）

（李懒洋洋上）

210

李:草！这算没治啦！头些天想躲开荒,倒霉,叫二丫二小把我"得"回来了,好歹糊弄出头啦,又他妈该种大田啦,装病也装不当呀！今年我算没完啦……早头,屯里人见面嘻嘻哈哈的,打打闹闹,这前儿一个个都他妈积极起来啦,见面就是"生产！生产！干活！干活……",就连张滑鬼也来这一套,大爷干不干与你们有啥相干,组长更是跟腔劝,唉！……晌午啦,柴火米没有啦！上赵大叔那吃一顿去,这老头还算明白我呀！……（发现小柱）小柱又来啦！

柱:（幕内）二楞！我先到组长那套拉子去,你收拾完套,快去呀！

（楞:嗯哪！）

（唱五曲）今年咱们大生产,全屯老少忙得欢,小柱虽然年纪小,要当生产要当生产好模范。

柱:哎！李大哥！病好啦吗？

李:啊！好啦,柱啊！你干啥去？（作笑脸）

柱:今个下晌把北头那块地耩出来,明个给你干！李大哥！病好啦,还是下地吧！你看全屯哪有个闲人,就是你……

李:对！哥哥明白,柱啊！你别耽误工,下地要紧,我明个就去。

柱:好！李大哥！说话可得算话呀！

李:放心吧！

柱:这回可得去呀！（柱下）

李:去,去……你看见面就是这一套！小孩伢子,不怕累不出好老头来……（楞又上）（李生气躲在一旁）

楞:（唱五曲）二楞本是庄稼汉,扛活的苦处说不完,这回翻身分了地,一心一意一心一意忙生产。（白）啊！李大哥！你病好啦？咋溜达出来啦？

李：嘿！二兄弟！我是出来散散心，你忙吧。（佯作笑脸）

楞：李大哥！病好啦，还是快点下地，咱这组只要你钉着点，准能赶
　　上赵大把他们那组，咱们也得他个大红旗……

李：说的是呢！哥哥这前儿不像早头那么懒啦，那前儿简直不是人
　　揍，就是这两天肚子不好，"好人架不住三泼屎"，你看这手软得
　　像棉花团儿一样，一点劲也没有……你摸摸！……

楞：行啦！行啦！我还忙呢！李大哥，你也不是小人，照量办吧！
　　（楞下）

李：这家伙！我算服你啦！三句话不来就上火，我看你……

　　（楞又回来）

楞：哎！李大哥，你家柴火烧完了吧？

李：啊！还有，还有……（楞又下）

李：烧不烧完管你啥事，生产积极，得他妈大红旗，我看不跟看"小马
　　掌"过瘾呢！唉！还是找赵大叔去吧，这些人我算唠不来……
　　（快走）喂，这两个小犊子又来了。

　　（二丫、二小挎小筐上）

二丫、二小：（唱五曲）如今不比往常年，二流子起名叫懒蛋，油瓶倒
　　　　了你不管，肩不能担担手不提篮。

李：哎！二丫！二小！你俩唱啥？

二小：大叔你听：

二小（快板）：叫大叔！听我言！

二丫（快板）：提起二流子讨人嫌。

二小（快板）：老牛老马都加劲干。

二丫（快板）：黄狗也能把家看。

二小（快板）：为什么吃饭一吃好几大碗。

二丫（快板）：干起活来就瞪了眼。

二小（快板）：为什么五尺来高的男子汉。

二丫（快板）：肩不担担，手不提篮。

二丫、二小（合）：三岁孩子也有个脸，二流子咋就不转变呀不转变。

李：哎！二丫！二小！你俩唱啥？

二丫：哎，大叔！咱俩可不是唱你呀，你可别生气……

二小：对！大叔，你说咱俩能唱你么？你也不是那样人呀……

二丫：走！二小，咱俩今个趁着礼拜，不上课，挖菜去，小孩也别闲着。（唱五曲）别看人小力气小，一天到晚手不闲，别学那懒蛋二流子，长大要当长大要当好模范！（边唱边逗下）

李：他妈的，孩子大人都气我，二小，二丫，你他妈的再唱……（追下）

（赵背柴上）

赵：哎！万金！挺大个人咋和小孩一般见识！

李：哎呀！正好，赵大叔你可来啦。

（唱五曲）大叔别把我埋怨，气得我浑身直打战，小柱二楞逼我生产，二丫二小二丫二小要笑咱。（哀怨地）（白）赵大叔，你说能怪我吗？我病刚好，咱爷俩对劲，想看看你老去，你说遇见二楞小柱，不替我想想，见面就生产长，生产短，也不唠两句知心嗑，他妈的，二丫二小还唱懒蛋歌气我。

赵：哎！万金哪！你他妈竟是拿不是当理说，二楞小柱叫你干活，是啥坏话？人家全屯老少忙得热火朝天的，谁跟你扯闲白？二丫二小那么大点也蹦着高干，他说好说歹，是个孩子，你也值得和他置气？万金啊！你啥是大病，叫他妈跳蚤蹦一脚也得歇几天，你看今年这生产，谁闲着？就是你。

李：得啦！得啦！我是"马尾子拴豆腐提不起来"啦，我是完蛋货，我

浑身全是不是还不行么……赵大叔,你说我啥不懂,谁不愿意像
个人似的,可是干不动咋整?再说二楞也不该老和我动脾气呀!

赵:二楞脾气不好,是他的短处,他也紧改,他心眼比谁可都好使,你
看这柴火就是他告诉我给你送去的,他说你没有柴火啦……给
你拿回去!

李:我不要,我嫌他压得慌呢。寻思找你诉诉苦,你也是这一套,唉,
这年头算没有我李万金说话场啦!

赵:万金啊,大叔说你不是为你好么!你他妈生气就生气,万金啊!
你拿回去,给你!我还得下地踩格子呢!给你呀!(李接过去)
慢慢就知道大伙对你的心啦……(下,又回)万金!好啦还是下
去吧!哎,年轻人咋不能争口气……(下,李看全去生产,心也有
些难受)

李:(唱五曲)(慢,凄凉地)人家全都把活干,万金心里打算盘,左思
右想干不了,风吹雨打风吹雨打太困难。(白)哎这庄稼活我算
呛不住劲,还是懒一天算一天吧!……又到家啦,喂,你干啥呢?
(妻上)

妻:呀!我寻思你又闲逛去啦,你还是弄柴火去啦……在哪整
的……你累啦?(李不语)你累啦吧!

李:啊!累啦!累啦!粘道劲!

妻:你看你干点活就不是你啦,你等着,我给你做饭去。

李:做饭?不是没米啦么?

妻:人家小组长听说咱们没米啦,特意给咱们送来的。

李:组长给的?组长在哪呢?

妻:帮着喂牲口呢!

(组长上)

214

组:啊！万金你上哪去啦？

李:啊……没哪去,你看大哥你想得真周到。

妻:大哥！他整柴火去啦,你看!

组:啊！万金！在哪整的,这才对呀,这年头庄稼人手脚一勤俭,啥也不用愁,万金！你能自个打柴火去,大哥心里真痛快。

李:大哥……咱们下地吧。（不好意思）

组:好吧!

妻:哎！你还没吃饭呢。

组:到咱家吃去吧!（于大嫂上）

于:我合计你在这么,快回去吃饭吧,二楞小柱都吃完啦,大兄弟你也没下地呀!

妻:那是,大嫂！他打柴火才回来。

于:是么,你看我早就说,人家大兄弟不是糊涂人,除非不干,要伸伸手,比谁都行,大兄弟,你说是不是?

李:啊……是,大哥,咱们下地吧!（组、李下）

于:大兄弟咋像不痛快呢?

妻:大嫂,你还不知道,那老不干活的人,干点活又美起来了。

于:啊,怪不得,我回去啦!（下）

妻:唉!（抱起柴火,感动地）没想到今个也能烧一捆他打的柴火。

（下）

第五场

时间:铲地时。

地点:李家。

人物:二丫,二小,妻,李,于大嫂,组,楞,柱,赵。

215

（二丫、二小上）

二丫、二小：（唱四曲）咱是翻身的好儿童，红缨扎枪拿手中，站岗放
　　　　哨查懒汉，来到二流子门前。

二丫：二小！我就说么，二流子越惯越坏，你看头些日子给李万金送
　　　　柴火送米，干了几天又犯老毛病啦！

二小：慢慢来呵！人家张滑鬼可学好啦呢。

二丫：咱们还是进去看看他，叫他起来下地。大婶！大婶！

二小：大叔下地没有？（妻上）

妻：没呢！

二丫：在哪呢？

妻：在屋里呢。

　　　（二丫、二小进幕内）

　　　（幕后）

二小：起来！起来！天都啥前儿啦，日头影都歪啦，还睡大觉呢！

李：你看，这不结裤腰带呢么？

　　　（二丫、二小推李上，李紧腰带）

二丫、二小：（唱四曲）说你懒来你真懒，人家铲地你不铲。

李：（接唱）不是有活我不干，腰痛腿又酸。

二丫、二小：走吧！你老有说的。快走吧！

李：还拿锄头不价！（李下取锄头，旋持锄头上）

　　　（于上）

于：呀！大兄弟，你咋还不下地呀？

李：呵！这就去，大嫂你坐着，啊！（硬装笑脸）（李下）

妻：大嫂你看咋整？你看你大兄弟那个死色，我跟他操够心啦！

于：大妹子，你别伤心，他是懒惯啦，不是一天半天能够改过来的。

216

这不比春起好多啦,多少也能下地干点,人家头几天干得不挺好吗?

妻:挺好啥呀? 头些日子人家二楞给他的柴火,他扛回来啦,我"傻乎乎地"寻思是他打的呢。那不你和大哥也把他好顿夸,他有点磨不开啦,才干几天。

于:今早晨你大哥下地还叫我告诉你,好好劝劝他。

妻:大嫂你还不知道,我急得没法没法的。本来小组是大伙的活,你家大哥倒没啥,人家为啥白养活他……唉! 劝几回打几回,生就的骨头长就的肉,没个改!

于:其实谁多干点少干点倒没啥,都是为大兄弟打算呀! 你也不用愁,慢慢就好啦,你看张滑鬼这前儿可积极啦,这年头他想懒也懒不长。

(李拿破锄头上)

李:他妈的,锄头又坏啦。

妻:你咋去这么一会儿就回来啦?

李:锄头坏啦不回来咋的? (理直气壮地)

妻:咋坏的?

李:咋坏的? 他妈一铲就坏啦呗。

妻:坏啦你就不好收拾收拾?

李:收拾啥呀? 脚往垄沟一踩,"卡崩"就"歪"啦,哎哟,我得歇一会儿去。

妻:大嫂你看咋整? 气死人不?

李:咋的? 官还不踩病人呢! 我守着你个扫帚星没个好,全是你穷命妨的。(怒)

于:啥? 穷命? 穷命打垮大肚皮命咋就不穷啦呢? 你看谁家不有车

有马的,也就是干滞着不干活的人才穷呢。

李:大嫂你不知道这个败家娘们一天总叽咕。(卖乖)

妻:我叽咕啥? 你不说你一天死懒死懒的……

李:你他妈不用"喳喳",等大嫂走我才"擂"你呢。(李下)

(楞等上)

楞:今儿非得好好问问他,老这么整也不是个玩意啦。

妻:二楞! 你们咋回来啦?

楞:找李大哥来啦。咋刚到地头就回来啦?

(李上)

李:你看,锄头坏啦不回来咋的。

柱:你那是铲坏的么? 我眼睛瞅着你把它打下来的。

李:小柱你啥时候看见的?(窘极)

楞:别耍花舌子啦!

组长:唉,万金呵,你也该知道点好歹啦,你想想咱们过去受的那些
苦,早头穷人还是人么,这回可算熬出头啦,咱们自个儿也有
啦地啦,在屯里也说了算啦,再分有点心的人也该争口气! 你
看这前儿全屯哪有像你这样闲,人赵大叔那么大年纪跟大伙
一样干,小柱那么大个孩子干起活来顶个大人,二楞脾气不好
说话粗鲁点,在地里给你干活比谁都有劲。

楞:李大哥,就是不能把心掏出来给你看看,唉!(热情地)

柱:真的,李大哥你要能学好,我和二楞认可把自个儿地撂啦,也给
你干呀!

组:你看看大伙是不是为你好? 就打你劳动力不好,干得好坏都没
啥,咱们慢慢练,你也得钉着点。

妻:从春起,大伙帮咱们种,这阵又帮咱们铲,你看比你老的比你小

的人家都钉着干,你没病没灾的还等秋天,人家给你打到家呀! 没米送米,没柴火送柴火,人家那都是凭着力气累来的,为啥白白地送给咱们? 问问你自个良心能下得去么?

赵:唉,万金呀,这前儿不像"满洲国"那前儿啦,那前儿吃喝玩乐谁管你,挨饿受冻谁可怜你,可下子八路军来啦,领咱们翻了身,像你这年轻轻的咋不挺起腰板干,你看后街大锁都参军打仗去啦。张滑鬼比你咋样,这前干得可欢实啦。你呢? 心里明明白白的就是不能干,你看全是"班头班"的小伙子,为啥叫人家一口一个二流子? 万金! 大叔拿你们都当自个孩子一样,你听大叔话,咱们争口气!

于:大兄弟,咱们庄稼人,不就是指着翻土拉块活着么? 除了种地干啥都是浮的,懒能懒一辈子么?

组:万金! 你寻思寻思,大伙这都是为了谁? 咱们翻身头一宗就是为了生产。谁生好产的谁就发财,再不好好干还要受穷受罪。不光别人不拿当人看,你自个这下半辈也没法过呀! 万金! 你也不是不开窍的人,大伙这么待你,半点也不往心里去? 总得像张滑鬼那样大伙逼着干才干么? 咋就不能狠狠心?(静一会儿)

李:我一小那前儿挺好,这不赵大叔也在这,哪像这前儿这个熊色? 我爹死了以后该三阎王那些饥荒我也还不清,一年打下那点粮除啦还利,交租子,就剩不多少啦,那你干一年呀,还是穷得个叮当的,后来我越干越伤心,越憋气,反正你干也是穷,不干也是穷,我他妈就不好好玩活计啦。(无限感慨)后来一来二去"越待越懒,越吃越馋",他妈的就弄成这步田地。翻身以后,我心里也明白应该学好啦,就是懒惯啦见活脑筋就疼,这不是么经全屯老少跟着腔劝我,处处帮助我,人心都是肉长的,我一定学好,你们

219

放心吧。

妻：这回你可得给你的话做主。

楞：李大哥，你也不是木头人，咋就不能学好呢？

李：我学好，我能对得起你们。

组：好吧，万金你把话也说到这啦，大伙也用不着多说啥，万金，你再合计合计，咱们耽误不少时候啦，下地吧。

楞等：好吧！下地吧。李大哥你也去呵！

李：嗯哪！

众：（唱）咱们穷哥们一条心，黄土也能变成金，大家拼命来生产，二流子也能变成好人。

　　　（楞、柱、赵、组下）

于：大妹子，这回你放心吧！我下地薅草去。

妻：大嫂你先走呵，一会我也去。

　　　（于下）（李收拾锄头）（楞又上）

楞：哎！李大哥，锄头呢？你拿来我给你收拾收拾。

李：不用啦，二楞！我自个整吧。

楞：熊色，还外道起来啦，拿来吧！（楞下，舞台静一静）

妻：（边说边哭）你想想！咱爹活着那前儿，起五更爬半夜地给人家累，遭了一辈子罪才剩下了不到半垧地，你都把它败坏啦，这回分了地，你还是不学好，往后咱家的日子可咋过呀……你看你糟践的这样，我嘴里不说啥，我心里能不难过么？（极悲伤）你要是帮我一把手，我就是跟你受点委屈……（哭）

李：（唱三曲）从前我是二流子。

妻：今后要做好农民。

李：地里的庄稼我管保。

妻:家里的事情你放心。

李、妻:(合)夫妻二人加紧干,小日子叫他一番新。

妻:你还不撺人家去!我一会也下地薅草去。

（李下）

妻:这回他也许能学好。（李妻微笑下）

第六场

时间:麦收。

地点:麦地。

人物:楞、柱、李、妻。

（楞、柱、李割麦上）

楞、柱:(唱一曲)七月里来麦穗黄,大家割麦一齐忙。

李:(接唱)自从大伙帮助我。

楞、柱:(接唱)万金干得一天比一天强。（楞、柱下）

（台上留李自己割）

李:(接唱)天又热来垄那么垄又长,万金有点跟呀跟不上,干得大汗满脸淌,咱觉有点累得慌。(白)哎呀,太累啦!（将要坐下）

楞:(在幕内喊)李大哥,快干吧!

柱:(在幕内喊)到地头再歇着吧!

李:哎,这就干啦……（割几下发现妻来送饭）喂!二楞,小柱!饭来了。（李坐下）

（妻挑筐上）

妻:(唱一曲)丈夫下地割麦忙,我挑扁担送干粮,穿过高岗抬头看,他咋坐在麦地上。(重复一句)(白)哎!你咋自个儿在这歇着?

李:哎呀!太累啦,你看这汗。

妻：你看人家二楞、小柱还干呢！咱累也得钉着点！

李：（喊）二楞！吃饭了。

（楞、柱上）

楞：李大哥，你咋又泄气啦？

李：我看饭来了。

柱：大嫂，今儿个啥饭呀？

妻：粘豆包。

李：咳，有啥好的，粘豆包子呗！等来年再给哥哥干活，哥哥摞倒一口猪犒劳犒劳你们。

（三人坐下吃饭）

柱：你真有点差劲，眼瞅着就割到头了。

李：我看饭来了，不价你们拉不下。

妻：看你挺大个人连小柱都跟不上。

李：小柱，昨个没拉你半条垄？

柱：别吹了！你割得多埋汰，茬子半尺多高。

李：你不服，下晌比量比量！赵大把那个半拉子叫我拉那么远！

楞：人家小半拉子才十四岁。

柱：人家才十四岁呀！

李：我说的是大半拉子。

柱：反正你比以前强多了。

李：哎！花咸菜你咋没拿来？

妻：哟！我忘了。

李：你这脑瓜筋真够呛！

柱：李大哥，上回二楞叫赵大叔给你送柴火，你咋想来的。

李：别提了，"砢拉八碜"的。

柱:你说说!（李用眼睛告诉小柱,妻在身后）……那怕啥? 老夫老妻的。

李:你说本来是二楞打的柴火,你大嫂土命人心实,硬说是我打的,你说,于大哥还在那,我他妈心里热乎拉的,可真难受,太寒碜啦。

柱:怕寒碜,为啥不干呀?

李:要说不能干,那简直是扯鸡巴蛋,就是懒惯了,见活脑袋疼。

柱:叫你参加小组咋不干呢?

李:我寻思大伙在一块,也不随我自个便。

柱:这前儿呢?

李:这前儿还说啥。

楞:李大哥,我可真没想到你干得这么好,再练一练,我也赶不上你啦。

李:老手旧胳膊,捡起来倒容易,就是不上劲呢?

柱:慢慢就好啦。

楞:快吃吧!

柱:吃完了。

妻:你吃饱了? 柱啊!

柱:嗯哪! 饱啦。

妻:我回去了。

柱:大嫂,晚饭炸点辣椒酱啊!

妻:你好好干吧! 晚上准给你炸。（妻下）

李:哎! 多搁点油啊。

楞:哎! 我上北头帮组长和赵大叔割去,你俩把这块地包了啊!

（楞下）

223

李:来！咱俩比一比！

柱:好！照量照量。

李:(唱一曲)小柱咱俩拉一拉。

柱:管保能把你拉下。

李、柱:(合)干净利索茬要矮,落后就是大王八。

柱:(柱拉下李)喂！李大哥,服了吧！

李:小柱！你看着,咱们慢慢来,用不着半个月就赶上你。

柱:好,李大哥,咱哥俩都较股劲,等半个月后看,到底谁是谁的个。

李:好,咱们就一句话！

柱:哎！李大哥,剩这几条垄你自个干吧！北头"片亮"大,我帮组长他们割去。

李:你去吧！看我的。

柱:不好好干可没脸吃辣椒酱啊！

李:你来者子吧！(柱下)(唱一曲)从前总觉我不善,干起活来现了眼,磨得我两手起大泡,眼睛冒花腰发酸。(白)哎呀！这他妈真不是闹着玩的,太累了,这大泡(看手),这腰！……(低头想一会)不行啊！还得干。(用力割)(唱一曲)树有皮来人呀么人有脸,万金决心要呀么要转变,咬紧牙关往前割,不当英雄当模范。(下)

第七场

时间:麦秋。

地点:李家。

人物:于妻,李妻,李。

　　(于大嫂上)

于:(唱六曲)鸡叫三遍东方亮,全屯老少一齐忙,挑那上风好麦子,

　　给咱政府送公粮。(重复一句)(白)这两天全屯都忙着送公粮

　　呢,孩子他爹是生产小组长,咱得起带头作用呀!他今个开会去

　　啦,叫我到老李家借个筛子,回来好帮他筛……(走几步)哎!到

　　啦,大妹子!你忙啥呢?

妻:做军鞋呢,大嫂!你这么早早,来干啥?

于:你们有筛子没有?借我使使!

妻:没有呢,你到前院老赵大叔那看看,八成他有。

于:好!我看看去……大妹子!今年我说不上怎这么乐,一天忙到

　　晚,半点也不觉累……

妻:可不是怎的,我从到老李家,也没像今年这样乐过,大嫂!你说

　　那是咋回事?

于:咳!傻妹子!他不是世道变啦。若不是共产党来,这前儿早叫

　　地主逼上门啦,别说乐呀,哭你也哭不上溜来。再加上大兄弟一

　　学好,你看他干得多欢,谁提起来谁夸,你那小心眼儿还能不乐?

妻:大嫂你别闹啦……我也没想到他干得这么好,起早贪黑的,半点

　　也不闲着,大嫂!你看外面那垛柴火,可真是他打的,这不多亏

　　小组里大伙帮助他……

于:我看要不叫翻了身,自个都吃不上穿不上,还有闲心帮助别

　　人?……大妹子,我回去啦。

妻:大嫂你不坐一会儿啦?

于:不行呀,孩子快醒啦,我抽工夫出来的,他爹开会去啦,大兄弟也

　　去啦吧!还没回来?

妻:没有呢。

于:我回去啦!

妻：大嫂你串门来！

于：嗯哪！（于下）

妻：（张望李）（自语）他怎还没回来呢？（下）

（伴奏锣鼓，李持狗熊旗上）

李：（快板）（高兴地）李万金，好喜欢，民主政府改了咱，不抽烟不要钱，吃喝玩乐咱不干，早早起，晚晚眠，天天干活干得欢，咱对政府印象好，二流子名字全推翻，农民会承认咱是好会员，开大会，先找咱，咱还有那个发言权，今个会上挑了战，一心要做好模范，急急忙忙回家转，见了老婆说一番，说一番。（白）哎！到啦……你干啥呢？

（妻上）

妻：（高兴地）你看你慌慌张张的，啥事呀？

李：嘿！好事！（逗妻）

妻：你拿那个是啥玩意儿呀？

李：啥？宝贝！

妻：你看你那个死色，快点吧！

李：好！你拿着这头！（把旗一头给妻，妻将要接）

李：（吓妻）喂！咬着！

妻：哟！吓我一跳！

李：来吧！这回咬不着啦。（将狗熊旗展开）

妻：呀！你怎把我包皮给扯啦，这都写些啥呀？

李：啥？连这几个字你都不认识，那我得给你们识字班王同志提个意见，就说你学习不积极！

妻：你认识是怎的？

李：还有个不认识！你听着！当腰带四疙瘩这个念熊，狗……狗呀！

226

妻：到底哪个是狗呀？

李：狗……狗！（指"旗"字）这个是狗，对啦！狗熊旗。

妻：狗熊旗是怎回事呀？

李：咱屯不是有个赵大把么，他家有个英雄旗，他说谁的活也赶不上他，我今个在会上和他挑战啦，咱要赢啦，英雄旗就插在咱们大门上，狗熊旗就给他插上，你说这不是宝贝？

妻：你啥时候整的？

李：昨晚求老王头写的。

妻：都比啥呀？

李：比啥呀？头一宗活干得快还得爽利，第二样公粮送得好，第三样要团结得好。

妻：咱能比过人家咋的？

李：要干还有不能的事，哎！你看咱这事办得咋样？

妻：我看咱比的是活，弄这狗熊旗干啥，人有脸树有皮，给人家插上多寒碜人。

李：（寻思一下）可也是个理，不插啦！你收起来吧！哎！光顾唠嗑啦，簸箕呢？

妻：我给你取去。（拿旗下）

李：（在台角做在麦堆抓麦子姿势，用嘴咬麦子）这麦子没比的！

　　（妻拿簸箕和鞋底上）

妻：这麦子都簸两遍啦，还簸呀？

李：不行啊！小组长还要簸四遍呢。

妻：你说伪满那前儿交出荷粮，警察那么逼也不送好的，这前儿送公粮咋簸一遍又一遍的？

李：那前儿政府是给谁办事的，咱们政府是给谁办事的？簸个三遍

227

四遍也不算多呀！再说肉肥汤也肥,早点把蒋介石那个坏蛋打

垮啦,咱们的小日子更得过啦!

妻:这前儿你像个人似的,忘了你春起挑皮那前儿啦?

李:去你的吧! 提那些光彩事干啥? 来吧! 别耽误工啦! 你做你的

军鞋,我簸我的麦子。

(二人边唱边舞)

李:(唱七曲)撮起麦子簸三四遍,要送公粮咱当先。

妻:(对唱)拿起针线把鞋做,做好军鞋送前线。

李:(唱二段)咱的麦粒大又胖,同志们吃了身板壮。

妻:(二段)咱的军鞋"纳"得好,战士穿上打胜仗。

妻:(唱三段)你快簸来!

李:(接唱)你快"纳"!

(合)咱俩的活计谁也拉不下。

妻:别簸啦! 等吃完饭再干吧!

李:好! ……哎! 啥饭呀?

妻:昨晚剩的苞米粥我热热,咱们先别吃好的,这前儿先节省点过,

好日子在后头呢。

李:对! 还是我老婆,真会算计,走! 吃饭去! (下)

第八场

时间:冬,阴历年前。

地点:李万金家。

人物:全体。

(二楞、小柱同由右上,满面笑容地边舞边唱)

柱、楞:(唱一曲)翻身的日子真呀么真快乐,又有吃来又呀么又有

228

喝,生产小组搞得好,互助的好处真正多。

柱:(边舞边说)二楞你今年打多少粮?

楞:(唱一曲)二楞今年没呀么没白干,好粮就剩十呀么十多担。(白)柱你呢?

柱:(接唱)小柱也不次于你,粮食八石柴两垛。(白)二楞呵你站一会儿!你说咱们长这么大也没剩过这么多粮,你都打算干点啥呀?

楞:小柱你听着。(快板)叫小柱! 你听言,二楞可会打算盘,卖完粮食把城进,衣帽鞋袜都买全。(白)柱你呢?

柱:(快板)叫二楞! 你听我说,小柱的主意比你多,买上肥猪一大口,乐乐哈哈把年过。

楞:(快板)你想得好。

柱:(接)你想得妙。

(合)咱俩再到李万金那唠一唠。

柱:哎! 到啦。李大哥,李大哥。

(李妻由左上)

妻:二兄弟来啦,(向里屋喊)哎! 二兄弟来啦。

(李由左边上)

李:呵,你们两个来啦,赵大叔和于大嫂也在这呢。

楞:于大哥呢?

李:于大嫂说上区上开会去啦。

楞:可是李大哥呀,你今年这个劳动英雄还有点门儿呢!

李:还有门呢?

柱:那可不,准不大离。

(赵大叔由左边上)

229

赵：二楞你他妈总是毛毛愣愣的，你的庄稼"归弄"得咋样啦？

楞：（眉飞眼舞地）咱二楞呀，今年零星八碎的都不算，净剩两石苞米一石麦子还有一石豆。

赵：哎呀，那可真不少，你都打算干啥呀？

楞：（窘）我……我，我打算……

妻：你，你打算娶个小媳妇是不是？

楞：（更窘）去个屁的吧，咱这愣色谁敢给呀！

（于大嫂上，正听这句话）

于：谁敢给？像你这样大棒小个子没人给？明儿大嫂给你保个媒。

妻：对啦，人家区上还张罗给你安家呢！

楞：去你的吧！咱不要那玩意儿。

李、柱：好！二楞，看你的呵。

赵：说真个的，你到底打算干啥呀？

楞：我打算买点鞋袜子啥的，我还没有拿定主意呢。

李：小柱你呢？

柱：（稚气十足）我他妈的更没主意了，光顾乐啦呗！

赵：哎！光乐不行呵，我看还是李万金他们小两口合计那个道儿挺好，万金！咋回事来的，你给他们讲讲。

楞、柱：咋回事？你讲讲。

李：那是昨个儿我和你大嫂合计的。这不是吗，今年咱们谁也没白忙活，都剩点"疙马"的，你赶我去了留来年的籽种和口粮以外，还能剩五石多粮。我春起不是分个老马吗，再加上我那口肥猪我打算把他都卖了。

柱：你卖啦他干啥呀？

李：安家底呀！

楞、柱:那不是家底吗?

李:你等我说完的,我把粮食牲口卖了,先扣他一辆大车,过后我再到海拉尔去一趟,把我那匹老马添上几个钱再换一口硬实牲口,回来我再买一个老母猪,来年就能生一窝羔子,你赶再有余剩呢,你看你大嫂的棉袄面也坏啦,再给你大嫂换个棉袄面,你赶我呢(用手掭量一下自己的棉袄),这样也就满好。(笑)

妻:你还忘啦呢,咱家那两个"老抱子",来年准能抱两窝崽儿,再说往后你也能下地啦,倒出空我在家还能纺个线啥的……

李:对啦,这也是个道儿。

柱:这个道儿可挺好,可是那年可咋过呀?

赵:哎!他妈的常言说得好,"年好过,节好过,日子难过呀!"还是安家底要紧。

(组长、二小由右上)

组:你们爷几个唠啥呢?

李:大哥来啦。

赵:组长来啦,我们正唠万金他们小两口合计那个道,真挺好呵!

组:可不是咋的,才刚我搁区上跟他们讲,大伙都夸这人可真没地方看去,李万金这前儿跟在早可真是两个人啦!

赵:人没地方看去,早头别说叫他安家底呀,他那点玩意卖还卖不过来呢,你看这会儿又买这个又买那个,这人可真没地方去看呀!

组:万金呵,这回你学好,不但你自己小日子过好啦,咱们小组也跟着光荣呵。

赵:可不是咋的,哎,可真是,咱们刚翻身底儿薄呵,咱们认可紧一点省吃俭用也得把这个富根扎下,还是安家底要紧呵!

楞、柱:呵!咱俩想得不对呵,还是安家底要紧呵!

柱：可不是怎的，光想过年哪行，都得安家底呀！还是安家底要紧！

　　（二丫由右上喊：组长，组长。）

丫：组长，组长，你在这呢，人家大伙等你去开会呢，（见二小等）哎你
　　们都在这儿。

组：对啦，咱去开会啦，八成也是合计安家底的事。

李等：走吧，咱们开会去！

　　（乐起，唱主题歌《安家底》，反复两遍）

　　大家齐心安家底呀，

　　安呀么安家底，

　　嘿安家底！

　　买下车马扎富根呀，

　　扎呀么扎富根，

　　嘿扎富根！

　　省吃俭用别浪费，

　　明年生产更有劲。

　　省吃俭用别浪费，

　　明年生产更有劲。

　　宁可今年受点累，

　　发家致富有了根。（众舞下）

（完）

东北书店 1949 年 5 月

232

◇毛　烽

两相好

第一场

（幕启：乌云满天，打雷打闪，大雨将要来临）

老太太（以下简称老）：（出来，看看门外的天色，焦虑不安）

　　（白）小拴子！小拴子！（不应）这孩子又跑到哪儿去啦！

　　（唱第一曲）

　　　　层层的黑云遮满天，

　　　　一阵阵打雷又打闪，

　　　　麦子刚刚收割完，

　　　　还都垛在地里边，

　　　　老天若要下大雨，

　　　　金黄的麦子糟蹋完，

　　　　吃到嘴里的粮食收不回，

　　　　怎不叫人心麻烦。

（白）唉！满天的黑云彩密密层层的，眼看就要下大雨，分的那一坰多麦子，才割下来，一捆一捆的还都在地里呢，这一下雨，非都糟蹋了不价，想求个车吧，这时候家家户户都在忙着，光我自个儿和个十来岁的孩子，怎么能把麦子扛回来呢！真是穷人天生命不济，老天不可怜苦命人，（拿扁担拿绳，喊）小拴子！小拴子！（不应）唉！寻思着我们娘儿俩把麦子弄回一点是一点，谁知道这孩子像个野马似的，又不知道跑到哪里去玩去啦！

（唱第一曲）

拿根扁担拿条绳，

要把麦子收回家，

抬回一捆是一捆，

抱回一把是一把。（欲下）

（小孩领着一群人上）

小拴子（以下简称小）：妈！妈！农会主任要我领这一班同志，在咱们家里歇一会儿。

班长（以下简称班）：老太太！我们来麻烦你啦！

老：（心里本来着急下地，但无可奈何）这有啥麻烦，快到屋里歇着！

班：我们队伍今天走好几十里路了！天气又不好！路过这里顺便在这里歇歇，天道缓一缓我们还得走！

老：没有啥！咱们队伍常打这儿路过，在这儿歇歇脚算个啥，你们快到里屋炕上躺一会儿！我给你们收拾收拾。

众：不用！不用！我们自己收拾吧！

班：老太太，你不用照顾我们，我们自己收拾，歇一会儿就走了！

老：那可就太……

班：咱们就到里屋去吧！（同众下，小拴子也随下）

老:小拴子！小拴子！（不应）怎么不出来呀？

小:干啥呀?！（出来）

老:我在家里招呼同志们,你去把地里的麦子抱回一点是一点,一会

　儿把他们安顿好了我也去！

小:（不乐意）不,我不去！我要和八路同志玩儿呢！

老:你看你！眼看就要下大雨了,快去！

小:不！不！我不去！我不去！

老:（急了）我叫你不听话！（打小拴子一巴掌,小拴子哭了）庄稼收

　不回来,看饿不死你！（生气地坐在地下）

班:（见此情景,问）老太太！有什么事情那么不高兴啊？

老:（强作笑颜）没有啥！

班:老太太！（唱第二曲）

　莫不是因我们来到这里,

　给你老增加了许多麻烦？

老:不是！（唱第三曲）

　队伍上在这里常来常往,

　又和蔼又可亲如同家人,

　又扫地又担水有说有笑,

　到这里歇一会儿有啥麻烦。

班:（唱第二曲）

　莫不是有坏人欺压于你,

　逼得你老太太有苦难言？

老:那是早先的事情了！（唱第三曲）

　回想起"满洲国"一十四年,

　过的那黑日子如过火焰山。

从打来了咱八路军，

拨开了云和雾见了青天。

班：（唱第二曲）

莫不是家贫穷少吃缺穿，

老太太一家人度日艰难？

老：（唱第三曲）

农民会成立后穷人翻身，

斗倒了大地主恶霸汉奸，

分了房分青苗分了土地，

如今呀日子呀没有困难。

班：（唱第二曲）

这不是那不是到底为啥，

老太太把心事快对我言。

老：说了也没有用！

班：（思索了一会儿，唱第二曲）

莫不是家里边缺少人手，

地里边没有人去把活干？

老：唉！（唱第三曲）

左一问右一问说到心间，

正因为这件事心里不安。

班：（唱第二曲）

老太太有啥事需要帮忙，

说出来我替你想法去办。

老：（唱第三曲）

好同志你这么心慈口善，

不由得引起我心里凄酸。

国民党狗胡子黑心肺烂，

把我的大儿子打死在荒山，

撇下了他兄弟和他老母，

地里边庄稼活难以照管，

农会上帮我家割了麦子，

一捆捆一码码还在地里边。

眼看着下大雨粮食糟蹋，

这件事真叫我心里麻烦。

（白）唉！这才是：

墙头种瓜扎不下根，

咱是那天生的苦命人。

班：老太太！你不要难过，我们帮你来做！

老：那怎么能行呢，你们还没歇一会儿呢！说什么我心里也过意
不去！

班：我们不累，马上都去，帮你把麦子扛回来！（向屋里叫）同志们！
出来一下！

（众上）

班：老太太家没有人手，才分了点地，好容易庄稼熟了，眼看着要下
大雨，麦子割下来还留在地里，扛不回来就糟蹋啦！咱们帮老太
太扛回来好不好？

众：好！

老：唉！可不要这样！你们累了，歇一会儿吧！

众：不累！不累！

班：老太太！叫你小孩子马上带我们到地里去！（向战士甲）你去跟

连部说一下,回来就在家里等着,(向众)咱们去吧!

(甲下里屋)(众随小拴子下)

老:(将战士们送出门)(唱第一曲)

　　八路军呀八路军,

　　待咱百姓像亲人,

　　马里头挑马不一般高,

　　人里头挑人数咱八路军。(下)

第二场

(大风大雨,雷电交加,道路泥泞,一班人扛麦子回来,小拴随在后边)

小:(领唱第四曲)

　　扛了一趟又一趟,

众:咳咳哟又一趟,

小:(领)八路军为的是老乡,

众:咳咳哟为老乡。

合:哪怕大雨淋满身,

　　哪怕泥泞满路上,

　　扛了一趟又一趟,

　　八路军都是好儿郎。

(大水冲下,过河)

小:(领)泥河弯弯长流水,

众:咳咳哟长流水,

小:(领)军民的情义海样深,

众:咳咳哟海样深。

合：大浪冲不倒泰山顶，

　　急水挡不住八路军，

　　一心为了老百姓，

　　哪怕艰难与苦辛。

小：（领）反动派像那黑云彩，

众：咳咳哟黑云彩，

小：（领）八路军好比红太阳，

众：咳咳哟红太阳。

合：大风一吹黑云散，

　　太阳永远放红光，

　　八路军个个英雄将，

　　反动派命运不久长。

第三场

老：（拿一把斧头上，看看门外，作抱柴状）

　　（唱第五曲）

　　同志们帮我去干活，

　　大风刮来大雨淋，

　　我这里劈柴烧开水，

　　叫他们喝了暖暖身。

甲：（挑水上）

老：唉！你挑了一挑又一挑，水缸都挑满啦！衣服也淋湿了，快坐下

　　歇一会儿吧！

甲：（把水桶放下，擦汗，解衣）

老：（刷锅，刷毕，去提水桶往锅里倒水）

甲：我来倒吧！

老：我倒！

甲：你上了年纪了，我来倒吧！（倒水）

老：（唱第六曲1）

　　八路军好比透亮的水，

　　照得见咱们百姓的心。

甲：八路军是鱼，老百姓是水，

　　离开人民不能生存。

　　（倒完水，老太太点火）

老：（唱第六曲2）

　　八路军好比一团火，

　　百姓靠他得温暖，

　　大火烧得旺又红，

　　黑天地里放光明。（烧火）

甲：放光明呀放光明，

　　八路军离不开老百姓，

　　老百姓是那引火的种，

　　八路军离开百姓不能生。

　　（甲去拿斧头劈柴）

老：我来劈吧！你累了！歇一会儿吧！

甲：不累！（劈）

老：（唱第六曲2）

　　你劈柴来我烧水，

　　简直就是一家人，

甲：你年纪大来我年纪轻，

老太太就像我的老母亲。

（战士甲劈柴中，老太太看见他的衣服破了）

老：你累得出了满身大汗，把衣服脱下来凉快凉快。

甲：对！（脱衣服）

（老太太将衣服接过，掏出针线就缝）

甲：我自己会缝！

老：你能叫我老母亲，你的衣裳破了，我就不能给你缝一缝？

甲：老太太你太好了！（拿起扫帚就扫地）

老：别扫地啦！你歇一会儿吧！

甲：不！我既然像你老人家的儿子一样，就不能给你扫扫地么？

老：唉！你们真是……

（唱第六曲 2）

　　高高山上的灵芝草，

　　年纪轻轻心眼好，

　　雪白的手巾包冰糖，

　　八路军个个好心肠。

甲：八路军好来老百姓好，

　　都是两好并一好，

合：八路军好来老百姓好，

　　这才是两好并一好。

（稍静，音乐过门，老太太缝衣服，甲扫地）

老：（唱第六曲 2）

　　一针针来一线线，

　　针针线线情意深，

　　针不离线来线不离针，

老百姓离不开八路军。

（缝好衣裳,给甲穿上）

老:快把衣服穿好了！小心伤风着凉！（替他把扣子扣好）

甲:老太太！你太好了！

老:（唱第六曲2）

歇凉不忘种树人,

我一生不忘八路军,

吃过黄连又吃糖,

至死我忘不了共产党。

甲:（唱第六曲2）

水有源来树有根,

八路军人不忘本,

我们的父母是老百姓,

到死为的是人民。

合:（唱第六曲3）

老百姓和八路军,

十指连心不能分,

八路军百姓一家人,

满架的葡萄一条根,

军爱民,民爱军,

军民团结亲又亲。

（一班人和小拴子从地里回来,在外唱主题歌）

老:他们都回来了,快架大火烧开水！（烧火）

众:（上）老太太,我们把麦子都给你扛回来啦,放在那边的空房子里了。

242

老:你们累了,快把衣服脱掉,我给你们烤一烤!

众:不用! 不用! 我们自己来。

老:你们班长呢?

乙:到连部去了。

老:你快到里面炕上暖一暖,喝口开水。(众下)(向甲)我出去有点事,今天下大雨,道上那么泞,你们走不了啦!

(甲盛开水)

老:(刚出门就喊)小拴子! 小拴子! (小拴子上)你快去把咱们那只大白公鸡抓住,我去拿面来,回头咱们炖小鸡烙饼,给同志们做一顿饭吃。

小:对! (跑下)

(老太太亦下)

班:(上)(向甲)队伍马上集合出发,老太太呢?

甲:刚出去!

班:你去找一找她,告诉她我们马上要出发,你的东西我给你带上!

甲:好! 你把水给同志们提进去吧! (下)

(班长提水进屋)

第四场

(鸡叫声)

小:(上来捉鸡,音乐伴奏)

(唱第七曲)

大白公鸡叫咯咯,

我妈叫我来捉它,

妈妈杀鸡我拽腿,

慰劳八路军笑哈哈。

咕咕……咕……（叫鸡，捉鸡）

大白公鸡扑噜噜飞，

紧跑慢跑把它追，

一把将你捉住了，

我看你还飞不飞。

（从帷幕旁捉住一只鸡）

一把将你捉住了，

我看你还飞不飞。

（打鸡，鸡咯咯叫）

甲：（上）小拴子！干啥呢？

小：我妈叫我捉鸡呢！

甲：捉鸡干啥呢？

小：我妈不让告诉你们！

甲：为啥呢？

小：我妈说给你们杀着吃呢！

甲：我看看这只鸡，怪好看的噢？

小：你看！（将鸡给甲）

甲：它会飞不会飞？（一把将鸡放了）噢，会飞！

小：（急了）你得给我抓回来！

甲：不要抓了！你告诉你妈，我们马上就走了，谢谢你们！

小：不！我不让你们走。我不让你们走！

甲：那哪能呢！你回头告诉你妈说我们走了！麻烦你们啦！（下）

小：我得告诉我妈去！（下）

　　（老太太上，手端着一簸箕面）

老:(唱第五曲)

　　八路军给我把麦扛回,

　　肚里的疙瘩化成水,

　　杀只公鸡烙些饼,

　　表表我的一片心。

小:(上)妈! 鸡我抓住啦! 那个同志又给我放啦!

老:你看你! 怎么又给放了呢?!

小:八路军放的,队伍都开走啦。

老:怎么,这么快就走啦? 走多大会儿啦?

小:刚走!

老:这还行! 来,你跟我来!(匆匆跑下)

第五场

　　(一班战士唱着主题歌正向大集合的地方行进,老太太拿着一篮鸡蛋追上)

老:等一等! 等一等! ……等……

众:老太太!(回头)

老:(一语不发急急地把鸡蛋往每个人口袋里装)

　　(集合的号音响了)

班:老太太,我们走啦!

老:唉! 再路过这儿,可要到家呀!

众:(合唱第八曲)

　　八路军和老百姓,

　　十指连心不能分,

　　八路军百姓一家人,

满架的葡萄一条根，

军爱民，民爱军，

军民就是一家人，

军和民，团结紧，

消灭那"中央"胡子军。

（众下，后台歌声，老太太看着战士们的背影恋恋不舍）

（幕徐落）

选自《立功》，东北书店 1948 年初版

◇邓　泽

红娘子

前　记

《红娘子》的剧本已在齐齐哈尔、佳木斯等地陆续和观众见面了。在哈尔滨是今年一月间由新舞台首次露演。而在各地演出,均有增改,出现了彼此不同的面貌。演出效果,据闻,一般的都还不坏。

在哈尔滨是根据邓泽同志所写的原稿,由侯先生增了几场,经文协同志们提了不少意见,才正式上演。连续演出在三十场以上,可以说是观众所喜爱的一个剧目。

改造旧剧,发生一个严重问题,就是"剧本荒"。为了供应需要,同时找出一个比较完整的剧本,就想把这个戏整理出版,这就是所以重新改写的原因。

演出时增加的几场,中间有的是多余。并使剧中人物性格,前后发生了矛盾,台词也还存在着一些缺点,因此,就根据该剧演出效果,保持了它的优良部分,重新增改,从头写起。至于是否改得令人满意,当然不敢说,不过这是应当由我负责的。为了供给演出,就这样匆促出版了。在以后演出中再去修正,再去补偿这个遗憾吧!

在《东北日报》我所写的关于《红娘子》的一段文字中有下面一段话,我把它引在下面:

"明末清初,由于统治阶级的昏庸无能,贪官污吏,充斥各地,造成民不聊生,人怨沸腾。到处农民暴动,到处起义。红娘子就是中间的一个,一个为正义而战斗的女英雄。本剧是以红娘子和李信恋爱为线索,描写出当时社会的黑暗,和人民所受的痛苦。官家囤积居奇,人民不得一饱。开明地主李信义卖所存余粮,反被诬为搅乱社会秩序,最后被捉进监狱。红娘子以身卖艺仅仅得来的几个钱,也被抢出交税。人民在种种压迫下,官逼民反不能不反的时候,就以李信事件爆发了群众的斗争,和鸡公山的英雄们配合之下,杀死贼官,最后共投民族英雄李闯王。在这个剧里,我们看到两种不同人物。知识分子李信(就是话剧《李闯王》中的李制将军)虽然开明,对于现实不满,但当时表现了动摇,在红娘子鼓舞下,最后由于不合理社会的加害,逼迫而走向革命。红娘子和山上的农民领袖则表露出毫无顾忌,坚毅、勇敢的战斗精神。虽然李信开初动摇,继之发出不屈不挠的坚强意志,最后为正义牺牲。使我们依旧肃而起敬。今天有少数人不敢或者不愿意面对现实,有的彷徨,有的叹气,我就希望这些人平心静气冷静地分析考察。"是"只有一个,真理就在前面。

我现在对这个剧本的态度依然如此。

一九四七年六月于文协

目次：

第一场　重整人马

第二场　路上

第三场　别李放赈

第四场　卖艺

第五场　籴粮

第六场　红李相遇

第七场　拜见李母

第八场　聚义

第九场　园会

第十场　辞妹

第十一场　谋害

第十二场　告密

第十三场　出奔

第十四场　上山

第十五场　送信

第十六场　私逃

第十七场　暗中保护

第十八场　捕李

第十九场　公堂

第二十场　策划救李

第二一场　开城

第二二场　迎接李母

第二三场　破牢

第二四场　仓惶应战

第二五场　赔礼

第二六场　对阵

第二七场　杀死赃官

第二八场　战胜回山，投奔闯王

出场人物（以出场前后为次序，列表如下）：

刘刚——性情直爽。净，但不用脸谱，时扮大头目——鸡公山的
　　　大头目，不要画脸

红娘子

罗龙

李信

李忠——李信的老家院

杨国栋

张禹才——群众领袖

观众甲

衙役——丑

酒保

斗手——丑

秤手——丑

仓官——丑

二妈

小孩

中年

一老汉——以上四人是买米的

李母——李信之母

丫环

宋廉——杞县县官——丑

差役——即赵老二

周员外——顽固地主

周力——武丑

兵——甲乙二人,鸡公山守寨门的

报子

马夫

张强——张禹才之弟

官兵一

另外观众、士兵、买米等群众若干人

第一场　重整人马

(四兵士,刘刚上)

刘刚:(引子)扫恶除奸,众弟兄虎踞山林。

(诗)时中无谋军心散,

闯王起义在河南。

官逼民叛势必叛,

推倒昏君乐安然。

(白)俺,刘刚。只因崇祯无道,贪官污吏,横征暴敛,苦害百姓。激愤四起,俺与袁时中起义鸡公山。不想时中无谋,被明朝人马战败,隐居他乡。近闻闯王河南起义,集贤纳士,声势浩大。是俺素得民心,意欲重整人马,投奔闯王,同谋大业。大头目!

大头目:在。

刘刚:命你巧装改扮,下得山去,招集流散人马,回转鸡公山。快去!

大头目:遵命。(下)

刘刚:正是,重整旗鼓再练兵,舍身奋起救黎民。(同下)

第二场　路上

(趟马。红娘子引罗龙上。)

罗龙:(西皮摇板)

行人加鞭催瘦马,

中原纷争乱如麻。

田野里草不生那来庄稼,

村落内飞起来阵阵寒鸦。

饿狗饿狼成群叫,

累累白骨盖黄沙。

红娘子:(接唱摇板)

风凄凄云黯然荒凉可怕,

兄妹们不得已卖艺天涯。

叫兄长请等待权且住马,

一路上怎不见三五人家。

(白)兄长,你看这一路之上,断墙破屋,荒烟乱草,凄凉之状,令人落泪。

罗龙:妹子! 你来看扶老携幼,牵妻抱子,到处逃难。像这荒乱年月,人民无以为生,从山东来到河南,沿途看来,俱是一样。你我又往哪里逃呀?!

红娘子:既已来到此地,这,这,这又往哪里逃呀?!

罗龙:不必着急。你我奔走江湖之时,结识许多好友。闻听人言,他们俱都纷纷起义。以兄长之意,暂且找一安身之处,打听确实,前往入伙。

红娘子：此事但凭兄长。

罗龙：啊，妹子！听说附近就有几家侠义英雄，但不知是哪几家。

红娘子：既然如此，何不前去访问，约同他们，就在鸡公山上招集兵
　　　　马，也好起义。

罗龙：妹子所见甚是。前面离杞县不远，你我先到那里卖他几天武
　　　艺。城里不比乡下，有的是有钱人家。赚上几个钱，也好糊
　　　口，趁此机会也好打听众位英雄。

红娘子：如此马上加鞭。（西皮摇板）

　　　　满眼中俱都是忧山愁海，

罗龙：老百姓一个个哭不成声。

红娘子：口声声叫的是难以活命，

罗龙：兄妹们受风霜为的穷人。

红娘子：田野里忽吹来腥风一阵，

罗龙：催坐马忙把那杞县投奔。（下）

第三场　别李放赈

（李信上）

李信：（引子）韬雄略广结英雄济困扶亡。

（李忠暗上）

　　（诗）任他大马笑蛟龙，

　　　　　来日总能立奇功。

　　　　　但愿豪杰均得志，

　　　　　扶助黎民享太平。

　　（白）卑人李信，乃杞县人氏。我父精白尚书，早年下世。清白
　　数代，我却落得举人出身。是我绝意功名，专力读书，长于战

253

略。广交志士,周济贫民。在这杞县一带声名颇重,四方豪杰多来拜访。这几年天灾不断,百姓流离失所,各地均有起义之事。国栋兄出去打探,月余未归。烽火连天,真真令人焦虑。正是,四海英雄纷起义,闭户空怀报国忧。

(杨国栋上)

杨国栋:(西皮摇板)

高台山上动刀兵,

如虎似狼呈豪能。

(白)参见公子。

李信:杨仁兄回来了。

杨国栋:回来了。

李信:不知探得几桩新闻?

杨国栋:新闻不曾探得,愚兄要告辞。

李信:却是为何?

杨国栋:这个……

李信:莫非小弟对仁兄怠慢不成?

杨国栋:岂敢。想愚兄在家之时,见那贪官,索诈百姓,俺就抗粮抗款,打伤人命。逃在贤弟门下,将及一载。今日得一出身之地,故而告辞。

李信:但不知是哪一家?

杨国栋:这……

李信:杨仁兄!你我相处多日,定能知晓。小弟虽出身富贵之家,对贫苦百姓竭力相助。兄长不必过虑。

杨国栋:公子为人,愚兄深知。此次出外,得知张献忠兵反谷城。李自成招集旧部正向川鄂边境进发。官兵抵挡不住,各地饥民均往投奔。

李信：李自成是否陕西米脂县人，号称闯王？

杨国栋：正是此人。礼贤下士，雄才大略。

李信：除此之外，不知还有几路起义英雄？

杨国栋：起义英雄，为数甚多。张献忠李自成两家声势最大。张献忠一度投降，害得闯王困在崤函山中，熬度日月。

李信：啊，如今呢？

杨国栋：如今张献忠兵反谷城，与罗汝才合兵房县。左良玉追及大败而回，连兵符将印也不知丢到何处。此外革里眼左攻占霍山，袁时中起兵攻破亳县。其他人天王小红狼二条龙儿梁星均已投奔闯王。依我看来，闯王帐下人才众多，深得民心。百折不挠，可算当今第一家英雄。

李信：如此甚好，也算找得一出身之地。仁兄还是暂住几日，打点行李，也好前去。

杨国栋：丹心一片，别无他物，就此告辞。

李信：海阔仅鱼游，天高任鸟飞。小弟稍具薄酒，与仁兄饯行如何？

杨国栋：愚兄叨扰。

李信：李忠看酒。（李忠摆酒，饮介）

（西皮摇板）

　　杨仁兄你本是穷人苦汉，

　　自幼儿作牛马受尽熬煎。

　　但愿得此一去挣脱锁链，

　　这杯酒预祝你来把身翻。

杨国栋：（接唱摇板）

　　受苦人原本是无人照管，

255

贤弟你可算是有志儿男。

今愿你与黎民共受苦难，

到后来青史上李信名传。

拜别了李贤弟忙把路赶，（出门介）

杀贪官除恶霸重建江山。

（白）请呀！（下）

李信：（接唱摇板）

眼望着杨仁兄离了庄院，（回来入座）

好一似困蛟龙沧海归还。

可叹我一书生乾坤难转，

每想起不由人坐立不安。

李忠：（白）启公子，连年荒旱，城中无粮。太夫人吩咐开仓济贫。

李信：我也早有此意。听说官家也在卖粮，不知景况如何？

李忠：公子休提此专。是我刚才去至大街，走到官家仓库。听到人
声吵嚷，过去一看，果然是开仓卖粮。啊，公子！你猜他卖多
少钱一石啊！

李信：多少钱一石？

李忠：卖一百五十两银子一石。这是官家卖呢！他们的斗、秤还有
毛病。百姓都不服气。吵吵闹闹，哭哭啼啼，看着实在令人
难受。

李信：噢，噢。

李忠：记得天启年间一两银子能买一石。崇祯四年涨到四两银子。
那时就逼得饿死人了。如今要一百五十两银子一石。公子！
这，这如何得了啊！

李信：既然如此，明日不要钱。你我开仓放粮，每人五升。

李忠：我看使不得。你想那些当官的都想从米上发财。我们不要钱，哪个还去他们那里买米！这样恐怕对公子不利。我倒有个主意。

李信：有何主意？

李忠：咱们也卖，卖便宜点也就是了。

李信：言得有理，就卖一两银子一斗如何？

李忠：管他一两几两，我们不在乎。大小有个价钱，他们就不能说话了。

李信：明日你领家人前去卖粮，公平买卖，不得欺负百姓。

李忠：是。（李信下）唉，从前都看不起做买卖的，如今做官的老爷们也做起买卖来了。这倒不管，那些米店粮栈都不许卖，必须到官仓去买。哼！他要多少钱就得给多少钱。老百姓为了吃饭，只好卖儿卖女，惨不忍闻。真是，作官又作商，官商两头忙。刚放下算盘，又拿起印章。这边摸一把，那头搞一筐。你们发了财，百姓遭了殃啊！（下）

第四场　卖艺

（罗龙红娘子同上）

罗龙：（西皮摇板）

　　来到了杞县城暂住下店，

红娘子：兄妹们上街来卖艺挣钱。

罗龙：耳边厢又听得人声吵乱，

红娘子：原来是买米人喧嚷向前。

　　（白）那里人多，你我到那里去卖。

罗龙：好，随我来。（圆场。打锣鼓。观众慢慢围上。罗龙亮汤子

257

介。以下用京白。)

红娘子:伙计!时间不早了,客人也不少了。你是干什么的,要给大
　　　　爷们交代交代。

罗龙:对,要交代交代。鼓不打不响,话不说不明。学徒兄妹二人幼
　　　年受过明人指点,师父的传授。祖学十几路棍棒刀枪,练过几
　　　套花拳绣腿。来到杞县地方。南来的,北往的四路英雄,八方
　　　好汉。学徒不能一一拜访,就在这里打躬作揖。一来求求名
　　　师指点,二来求几个行路的盘费。

红娘子:对了,一来求求名师指点,二来求几个行路的盘费。要好要
　　　　歹,还要大爷们包涵。有钱的帮个钱场,没钱的帮个人场。
　　　　学徒一样给你们作揖打躬。

罗龙:一样给你们作揖打躬,请站稳脚步,看个热闹。有道是光棍光
　　　棍大家帮衬,不帮不衬……

红娘子:算不了光棍。伙计,废话少说,多练武艺,练完了大
　　　　爷们……

罗龙:大爷们都是花钱捧场的。咱们先踢踢腿。

红娘子:对了,先趟趟腿,打拳不踢腿,必是个冒失鬼。(罗龙踢腿
　　　　介)你踢的什么腿呀?

罗龙:我踢的是过颈腿。

红娘子:别取笑了,还是练练功夫吧。

罗龙:如此,得我先练一趟花枪。练起来,(西皮摇板)
　　　　忙把花枪来练起(扫头)。

红娘子:好,看我的。(舞剑。群众不断喊好。罗拾钱介)

钉狗虫:有什么了不起,这两下子就把你们的眼给看花了,(由群众
　　　　中挤出)没有见过世面,瞧我的。喂,你这个娘们倒有两手。

二爷我也练过这么两天。今日天气清和,闲暇无事。来!咱哥俩比试比试。

罗龙:(迎上去,下转韵白)大官人休要取笑。俺们兄妹两个练这套拳棒也是为了混碗饭吃。练得不好还望大官人包涵。

钉狗虫:什么包涵不包涵。你来到这杞县城里作买卖,也不拜访拜访我钉狗虫蒋二。就想在这混饭吃啦?

罗龙:我们是远方人,流落江湖。不知蒋二爷的威名,明日一定带领小妹前去拜访。

钉狗虫:我又不和你比量,要你来啰嗦,真是岂有此理。我说小娘们! 就是吃饭,不能马马虎虎,也得问好了二爷呀。二爷我也学过这么两手,咱们来比量。

观众甲:张大哥! 这人为什么这样不讲理呢?

张禹才:不讲理的事情有的是啊。(以上两人旁白)

红娘子:二爷饶过我们吧! 我们学了一点花枪拳棒,只能给人家开心,不能给人家比量。

钉狗虫:别客气! 唉! 小娘们! 我这套本领专门学来对付你们娘们。你要在这吃饭,成! 咱得比量比量。

红娘子:饶过我们吧!

钉狗虫:那,那我的本领往哪使呢?

张禹才:(愤然)这是什么话。

红娘子:(上下打量一下,气极)往你妈身上使去。

钉狗虫:哼! 敢骂人,找打!

　　(红娘子打钉狗虫,观众叫好)

钉狗虫:你利害,好! 你们等着。(下)

罗龙:你打出祸来了。

红娘子：打出祸来?! 不要紧，咱们有的是腿，快走!（收拾东西介）

衙役：哪去呀! 青天白日竟敢行凶打人。你们在这干什么?（观众
　　　见是衙役，慢慢退下）一群混蛋! 你们还向这些乡下佬说什
　　　么? 他们趁这饥荒年间，到处犯法，使得皇帝老儿也睡不着
　　　觉。你们竟敢有意鼓动、宣传。再说也不先到衙门里去登个
　　　记，弄个国民身份证。随便就扯起圈子来啦?! 这叫目无政
　　　府，自由行动。算起来两大罪状。送到衙门就要判决两年零
　　　六个月的有期徒刑。念你们年幼无知，暂记一过。没有别的，
　　　拿钱来上税吧!

罗龙：大哥!

衙役：什么大哥!

罗龙：啊! 老爷，适才一番吵闹，看官们都已走散。今天连饭钱都没
　　　混上。明日有了钱自然去交税呀!

衙役：话是好话。得了，今儿不交钱，明日就不叫你们卖艺。（看到
　　　钱）这是什么?（拿罐取钱）这么多钱，还说没有钱?! 真不识
　　　抬举。（欲下，罗龙怒迎上）怎么着? 谁还要你这破罐!（扔到
　　　地上急下。红娘子追两步）

罗龙：啊! 妹子!

红娘子：把钱全都拿去，我们怎么吃饭呢!

罗龙：衙门里的人不去惹他。这里不让吃饭，我们到别处去啊!（正
　　　要走时）

杨国栋：（内白）慢走，慢走!

红娘子：你瞧，又来了。

杨国栋：（上白）壮士请来见礼。（罗还礼）适才二位受人欺负，我已
　　　看得明白。怎奈有事在身，不能上前相助。

260

罗龙:感谢仁兄关照。不知尊姓大名,小弟拜见。

杨国栋:此处非讲话之所,随我酒楼一叙。(罗龙上下打量国栋)

红娘子:哥哥!

罗龙:不妨事,妹子收拾起来。(红收拾介)

杨国栋:如此(一起叫板)请哪!(西皮摇板)

红娘子:卖艺人最艰难不易谋生,

罗龙:官吏们比灾荒还凶十分。

杨国栋:看起来真不让穷人活命。

酒保:(上白)好酒啊!

罗龙:流落到酒楼上叙叙苦情。

酒保:三位喝酒?

杨国栋:(白)可有清静房间?

酒保:有,有,有!请上楼。(上楼,摆酒)

杨国栋:唤你再来。(酒保退)请酒!(饮酒介)

罗龙:敢问仁兄尊姓大名?

杨国栋:在下杨国栋。河南汝州人氏。二位从何处来此,意欲何往?

罗龙:小弟姓罗名龙。山东人氏。这是家妹。(见礼)幼年父母双
　　亡,携同小妹卖艺为生。漂流黄河南北,萍踪无定。看兄长也
　　像远行模样。

杨国栋:正是。只因愚下避难到此,在李公子门下客居数月。现已
　　觅得出身之地,正要前往。

红娘子:哪个李公子?

杨国栋:就是杞县城中举人李信。为人仗义疏财,扶危济困。才高
　　见广,胸有大志。杞县一带人民称他为李公子。

红娘子:方才所言"出身之地"又是何处?

杨国栋：这，此时不必言讲，以后自然明白。我看这里不是糊口之
　　　　地。你们何不拜访李公子？如有困难，定能相助。

罗龙：怎耐无人引见。

杨国栋：公子为人慷慨，喜交江湖朋友。就说愚下荐你们前去，定会
　　　　接待。

罗、红：多谢兄长。

杨国栋：有事在身，就此告别，你我后会有期。酒保！酒钱在此。

　　　　（下楼）请哪！（西皮摇板）

　　　　　海到深中必流水，

　　　　　遇不平处也高声。

同白：请！（分两旁下）

第五场　籴粮

（秤斗二手上）

斗手：开官仓使的是大秤小斗，

秤手：每日价吃的是穷人骨头。

斗手：每日价吃的是穷人的骨头。喂！伙计！这话怎么讲呀？

秤手：要先问你，在衙门里办事靠什么吃饭呀？

斗手：靠皇家的俸禄呀！

秤手：都靠皇家的俸禄？你穿这么漂亮，吃这么好。每天在王粉头
　　　家里花银子。不靠吃穷人的骨头，靠什么？再说皇家的俸禄
　　　哪来的？还不是从这些乡下佬身上刮来的。

斗手：你当我是傻瓜？这衙门里哪个不靠穷人发财！

秤手：知道你还问我。

斗手：说说倒痛快。想起来就生气。

秤手:你生哪门子气呢?

斗手:你瞧,当大官吃的是穷人的肉,小官吃的是穷人的肋巴骨。

秤手:那到底还有点肋巴骨呀!

斗手:得了,到咱们嘴上只剩下光骨头了。昨儿开仓卖粮。我管斗你管秤,闹了一天,得了银子,县太爷分五成,管仓的分三成。到我们手上就剩两成。这还不像吃骨头一样?

秤手:别叹气了。不杀穷人不富,今儿卖粮再狠一点,就在这里头。唉! 油水就出来了。

斗手:买米的等了半天,管仓的还没有来。

秤手:你们两个都往王粉头那跑。心里不痛快吗? 这有什么,还不是逢场作戏。来吧! 桌子摆好,管仓的一来就可以卖了。(内咳嗽)管仓的来了。

仓官:(醉醺醺上)王粉头这个小娘们真利害。一见她我就走不动了。

秤、斗:仓官老爷!

仓官:唔! 预备好了吗?

秤、斗:预备好了。

仓官:还是昨天那杆秤?

秤手:还是那一个加三大秤。

仓官:斗呢?

斗手:还是那个八升小斗。

仓官:好小子! 你们真会办事。

秤手:在老爷门下办事你就放心。不然,谁还会歌颂我们呢?!

仓官:胡说!

秤手:是,老爷。

仓官：开仓卖米！

秤、斗：是。卖米了，买米的快进来。

（群众拿粮袋上）

张禹才：饥荒饥荒！要命要命！昨天官家开仓卖粮，要一百五十两
　　　　银子一石。这哪里是吃米，简直是吃……

二妈：这有什么办法！又不让别家卖，非到他们这买不成。还得买
　　　一斗。你看我们几家才凑够了这点钱。一大家子人，两三天
　　　就要吃光。唉！过一天说一天吧！

张禹才：唉！我们也是几家人凑了这十几两银子。穷人们逼得没有
　　　　路走的时候，哼！那也就好办了。到那边买米吧？管仓
　　　　老爷！

仓官：买米吗？

张禹才：买米。

仓官：那边去。

斗手：你买多少？

张禹才：买一斗。

斗手：拿银子好过秤。（张付银）到那边去。

秤手：（用手托银）多少？

张禹才：十五两。

秤手：不够，十四两。

张禹才：你又没有秤，怎么知道十四两啊？

秤手：怎么没有秤？手就是秤。我这手比秤还准呢。

张禹才：怎么，十五两银子到你手里就变成十四两啊？

秤手：胡说！你原来就是十四两银子，怎么变成十四两。快添钱！
　　　不够不卖。

264

张禹才:行行好,可怜可怜我们穷人吧!

秤手:什么行好不行好,公事公办。我也是穷人,谁可怜我呀?

张禹才:实在是没有钱了。

二妈:我这里还有几个钱,你拿去吧!

张禹才:(接钱)老爷! 没有银子,只有这几个钱了。

秤手:还不够,好吧! 给你一斗。

仓官:银子给够了吗?

秤手:给够了。

仓官:给他过米吧!(斗手过米)

张禹才:这样小的斗。米还不平,中间有鸡窝呀!

斗手:怎么? 你还想起堆吗?(大笑)

小孩:二婶! 你看,他们还往外抓米呢!

二妈:唉!(叹一口气)别说了。

张禹才:怎么你还把米抓出来了?

斗手:米太高啦,怎么不抓出来?!

张禹才:这米都是沙子呀!

斗手:他妈的! 这么啰嗦。从泥沙里长出来还不带点沙子! 从你妈
　　　肚子里出来还带着屎臭呢!

张禹才:你怎么骂人?(吵成一片。另一中年由下场门上)

中年:众位! 你们怎么在这里买米?(在群众旁边低声讲)这边官家
　　　用的是加三大秤,八升小斗。还卖十五银子一斗。那边李公
　　　子也开仓卖粮。公平买卖,一两银子一斗。米里又没有泥沙。
　　　为什么不到那里去买呀?(仓官偷听)

一老汉:怎么,李公子又开仓卖粮了? 真是大大的好人呀! 快快随
　　　我到那边去买。(一二群众随下)

小孩：张伯伯！我们到李公子那里买米吧。（跑下）

秤手：这个小王八蛋！

张禹才：退我钱，我不买了。

斗手：不买就退钱？（欲打）

仓官：（气愤地）把钱给他。不买就不买。

张禹才：走！咱们都到那边去买。（一齐下）

斗手：都走了。

秤手：他妈的！饿不死的东西们！

仓官：喂！喂！你这小子回来！

中年：做什么？

仓官：你这米从哪弄来的？

中年：李公子仓上买来的。

仓官：多少钱一斗？

中年：一两银子一斗。

斗手：一两银子一斗！

仓官：这么便宜？现在正是荒年，哪有这么便宜的米！一定是抢来
    的。把他带走！

    （罗龙、红娘子暗上）

中年：青天白日，我这是买来的呀！

秤手：走！走！……

罗龙：大哥！这是何事？

斗手：何事何事，关你屁事。

红娘子：问者不相亏。

秤手：什么不相亏。这事你们不要问。

中年：壮士有所不知，只因李公子开仓卖粮。

红娘子:李公子开仓卖粮?!

中年:比官仓便宜得多。一两银子我买了一斗。打此经过,父老们
　　　知道一哄而散。到李公子那里去买了。三位差官心里不服,
　　　说我这米是抢来的。

仓官:好利害的嘴,不是抢从哪弄来的?（红娘子暗拉中年人下）

罗龙:妹子还是不惹事的好!

红娘子:也不是我先问的。上马!（二人下。仓、秤、斗三人愣了
　　　一阵）

斗手:哪来了这么一个臭婊子!

秤手:你瞧,都走远了。

仓官:得了,得了。李信这小子也开仓卖粮,给我们唱对台戏。咱们
　　　回去报告太爷,说李信故意降低物价,捣乱市面。

秤、斗:对,对,对!（同下）

第六场　红李相遇

李信:（上唱西皮原板）

　　　互倾诈官吏们使用毒计,

　　　只害得众黎民难以生存。

　　　我有心随他人持竿而起,

　　　又恐怕落一个叛乱之名。

　　　我好比沙漠中失了路径,

　　　又好比蹈深渊离开光明。

　　　一步儿来至在书房内坐,

　　　只觉得世界上一派阴沉。

　　　（罗龙、红娘子上唱西皮摇板）

267

罗龙：杞县城李公子万民救星，

红娘子：兄妹们来拜访有志之人。

罗龙：（白）门上哪位在？

李忠：何事？

罗龙：今有罗龙兄妹前来拜见公子。

李忠：你请少待。（半圆场）启公子，门外有人求见。

李信：何等样人？

李忠：兄妹二人，壮士打扮。

李信：就说里面有请。

李忠：公子有请。（罗、红二人进）这是我家公子。

罗龙：公子。

李信：壮士，请坐。（入座）

罗龙：久闻公子大名，幸得国栋兄介绍前来拜访。

李信：岂敢？小弟一介书生何足见爱，敢问壮士尊姓大名。

罗龙：小弟姓罗名龙。山东济南府人氏。幼年父母双亡。兄妹二人
　　　流浪江湖，卖艺为生。此乃胞妹红娘子。妹子快来见过公子。

红娘子：公子在上，红娘子有礼。

李信：还礼。多大年纪？

罗龙：一十九岁。幼习弓马，略知礼义。

李信：果然落落大方，可算女中豪杰。

罗龙：公子夸奖。

李信：敢问壮士意欲何往？

罗龙：小弟卖艺为生，四海为家。昨日大街之上，遭遇恶棍，官府欺
　　　辱。幸有国栋兄，方得有缘拜见公子。还望指教。

李信：既然如此，就在舍下暂住一时，再作商议。

罗龙:不敢打搅。

红娘子:兄长,在这杞县城内,俱是饥民,卖艺也难糊口。公子既然
　　　　仁侠好义,不如暂时住下,以后再作打算。

李信:姑娘说的极是。李忠!将行装马匹牵到后院。今日初见,后
　　　堂略备薄酒,给二位洗尘。

罗龙:这就不敢。

李信:请哪。(圆场,入座。唱西皮摇板)

罗龙:李公子你本是人民灯亮,

红娘子:老百姓都认为活命难忘。

李信:说什么我是那人民灯亮,

　　　开仓库救饥民理所应当。

　　　见二位心豪爽好不欢畅,

　　　但不知对今事有何主张。

罗龙:公子啊!(西皮原板)

　　　治邦家官无道民遭大难,

红娘子:只害得众黎民离家四散。

罗龙:荒凉事到各地俱是一般,

红娘子:是志士就应该共赴此难。

罗龙:(白)昏王无道,天下纷乱。连年荒旱,老百姓无以为生。迫使
　　　豪杰四起,只要登高一呼,人人响应,可惜均是流散不定,没有
　　　作长久之计。

红娘子:自从随家兄奔走大河南北,所见所闻,寒庄荒冢,家破人亡,
　　　　卖儿卖女,铁石心肠也要闻之落泪呀!有志之士多要奋起!

李信:我为此事日夜焦心,只是拿不定主意。

红娘子:我有一拙见在此。

269

李信:有何高见?

红娘子:兄长! 忘了鸡公山之事吗?

罗龙:噢,噢! 以后再提。

红娘子:那有什么,我看公子也是有志之人,不妨明讲。

李信:是,是,是!

红娘子:公子! 我和兄长路过鸡公山,真是高山峻岭,古树深谷。那里有袁时中手下数千流散人马。一路之上和兄长商议,若在那招集一支人马,结交志士,以待时机,可成大事。

罗龙:是啊! 一则待机起义,拯救百姓。二则兄妹二人也可有了出身之地。

李信:既然如此,罗龙兄何不到鸡公山打探。如能成事,也是好的。姑娘就在我家,早晚有人照应。仁兄只管放心前去。

罗龙:萍水相逢,于心不安。

李信:一见如故,自家兄弟不必客气。后面歇息,明日早行。

罗龙:请哪!(西皮摇板)

李信:一席话说得我精神奋起,

罗、红:鸡公山成大事全仗此行。(同下)

第七场　拜见李母

(李母、丫环上)

李母:(引子)先夫弃世留一子教养成名。

　　　(诗)当年儿夫万民恩,

　　　　　　为官清正留下名。

　　　　　　连年饥荒今年旱,

　　　　　　官不过问民遭难。

（白）老身李信之母。先夫官居尚书。留下我儿李信。攻读诗书，绝意功名。昏王无治邦之道，连年灾荒，官吏们反而专利祟粮。苛捐杂税，民不聊生。我儿开仓卖粮，救济灾民。也可算做下一件善事。

丫环：老太太可别提开仓卖粮啦！事是好事，哪一个不说我们好呢！可是把官府就给得罪了，对我们公子爷恐怕有害无益吧！

李母：这话怎么讲呢？

丫环：你想这个年月，粮谷不收，米贵如珠。若是谁家囤下了米，那不就发了财吗；官家专卖，要一百五十两银子一石。

李母：这就害苦了百姓。

丫环：那才不管呢！咱们卖十两银子一石，还不是给人家唱对台戏吗？！从官府里传出话来，说李公子故意降低粮价，搅乱市面。

李母：这话何人对你言讲？

丫环：李忠说的。说公子故意降低粮价，搅乱市面。

李母：哎呀！（西皮摇板）

听罢言不由我气往上冲，

做好事反落是乱市之名。

从今后李信儿（要）做事慎重。

免得那无缘故被人陷坑。

李信：（接唱西皮摇板）

久知道令兄妹豪侠可敬，

红娘子：我也闻公子你仁义之名。

李信：来来来你与我二堂迈进，

红娘子：这又是何样人我不知名。

李信：这是我生身母，

红娘子：我急忙来拜定。

李母：这是何人跪埃尘？

李信：他兄罗龙有本领。

红娘子：红娘子（我）奔走风尘。

李母：但不知两双亲？

红娘子：俱早已把命尽。

　　　　　抛下了我兄妹无处存身，

　　　　　兄带我到贵府前来访问。

李母：（白）你兄长哪里去了？

红娘子：我兄长鸡公山探望宾朋。

李母：叫丫环你忙把酒宴摆定。（下）

红娘子：贤伯母待儿女令人可敬，

李信：我今日要敬你美酒三樽。（同下）

第八场　聚义

（刘刚、四兵士上。唱西皮小倒板）

刘刚：招兵聚将逞豪强，（转流水）

　　　　聚草囤粮在山岗。

　　　　有朝一日兵马广，

　　　　率领弟兄奔闯王。

（大头目上）

大头目：（白）启禀头领。山下有一汉子，名唤罗龙，前来拜见。

刘刚：久闻此人胸怀大志，当世英雄。今来山寨，（得）众兄弟！大开

　　　寨门，摆队相迎。

（罗龙上山）

罗龙：我罗龙乃是武夫,劳动寨主与众家兄弟相迎,愧不敢当。

刘刚：久闻大名,不必客气。请!

罗龙：请!（圆场,入座）

刘刚：罗兄仁义侠士,今来草寨,使我弟兄好不荣幸也。

罗龙：兄言太谦了。小弟越发地不敢。

刘刚：兄到草寨,必有所为。

罗龙：因昏王无道,民遭大难。群雄四起,闻听寨主招集袁时中流散
　　　人马,以图大事。是俺罗龙不才,愿投帐下效犬马之劳,好救
　　　万民于水火之中。

刘刚：哈哈哈……山寨之中,正缺领袖之人。如今罗兄到此,正好统
　　　率寨内人马,共举大义。

罗龙：我乃庸夫之辈,难当重任。万万使不得!

刘刚：不必推辞。众家兄弟! 请来拜见大寨主。

罗龙：使不得,使不得!

众弟兄：大寨主在上,小弟等拜见。（拜介）

罗龙：既蒙推崇。这,这就不敢辞却了。日后如有不到之处,还望列
　　　位兄弟多多指教。

刘刚等：太谦了。

罗龙：愚兄长于上阵交锋。至于军机大事,恐难胜任。

刘刚：罗兄何不请一文墨之家,前来帮助。

罗龙：这个,噢! 我倒想起来了。离此不远,杞县城内,有一志士,名
　　　叫李信。

刘刚：李信吗! 久闻此人志高略广,仗义疏财。罗兄就该聘请此人
　　　才是。

罗龙：此人来与不来,尚且不知。可以前去试探。今天已晚,明日

早行。

刘刚:如此后寨设宴,庆贺大哥。

罗龙:大家同贺。请!(同下)

第九场　园会

(一个幽美的花园,已是深夜,月亮斜射过来,在一阵安静的音乐里,红娘子慢步踱来,好像有什么心事围绕在她心里)

红娘子:(反二簧慢板)

　　　　心烦闷百愁集环绕胸怀,

　　　　父母亡跟兄长已有十载。

　　　　贫穷家养成我直爽豪迈,

　　　　随风波逐风尘日月苦挨。

　　　　世界上不平事件件明白,

　　　　荒旱年救黎民理所应该。

　　　　可叹我红颜女缺力无才,

　　　　虚度过贵年华青春难来。

　　　　遇见了李公子博学和蔼,

　　　　但不知到何日他才理解。

丫环:(拉灯上)红姐!你倒先来了。到咱们这已经七八天了,这花园里你还没有来过呢!

红娘子:是。

丫环:红姐!不舒服吧?怎么你不说话?

红娘子:啊……啊!兰妹!你看这月明星稀,柳暗夜静,风景是多么好哇!

丫环:有什么好的。月亮把这花园弄得迷迷糊糊,什么也看不清楚。

你听，远处好像还有饥饿叫喊的声音，真是可怜。

红娘子：啊！（稍停）唉！

丫环：红姐！这边怪静的，到那边去吧！

红娘子：那旁高大的楼房是什么所在？

丫环：没有来过花园，你就糊涂了。那不是老太太的卧房吗？

红娘子：不要惊动她老人家，我们到那边去吧。（半圆场）树林深处
　　　　又是何人的卧室？

丫环：那不是卧室，是我家尚书爷的书房。尚书爷死后，就没有人到
　　　　那边去了。

红娘子：前面九曲栏杆，两座草亭，又是什么所在？

丫环："水角凉亭"就是我们公子乘凉的地方。

　　　　（边说边走）今年闹饥荒，老百姓没有饭吃。公子整天发愁，也
　　　　就没有心思来这了。你瞧灰有多厚。

红娘子：那里点着灯亮……

丫环：（紧接）噢！半夜三更公子还在书房里念书呢！（红悄悄上前）

李信：（内白）国事茫茫……（稍停）唉！红尘中虚度了我青春少年！

　　　　（红痴想）

丫环：红姐！好像不是念书吧？！我看你也累了，就在这歇歇吧！

红娘子：好。

丫环：公子不到花园里，没有人管。太湖石都塌了。我到书房给你
　　　　搬个座来。

　　　　（红又在痴想。丫环搬凳上）

丫环：坐下吧。红姐！今儿你得告诉我，你家究竟在哪，你怎么跟你
　　　　哥哥到这来的？

红娘子：妹妹呀！（音乐停。转歌曲）

说不尽故乡情，

提起来泪盈盈。

家住大明湖边落凤村，

柴扉近处杨柳绿荫荫。

爹爹种田娘织布，

哥哥汲水我拾薪。

丫环：（白）现在你爹和妈呢？（在插白之间乐声不断）

红娘子：爹娘早年丧了命，

兄妹卖艺度光阴。（李信暗上）

为活命哪顾得疲劳辛忙，

一村村一县县受尽凄凉。

丫环：红姐！这几年闹饥荒，百姓们都没有饭吃，你们卖艺的又怎么

办呢？

红娘子：这几年闹荒旱灾难受尽，

又无衣又无食实难生存。

种谷人都不能苟延性命，

靠卖艺谁管你终日辛勤。

挖草根刮树皮俱都吃尽，

父吃子子吃父人也吃人。

官府里都只怪黎民百姓，

却依然催捐税逼死好人。

丫环：是的，我爷爷就是被他们逼死的。

红娘子：逼得人一个个无处投奔，

就只好聚山林结队成群。

丫环：红姐！告诉你吧，有什么法子，我爹就是被逼得无路可走，才

276

跟大伙上了山。

李信:唉!

丫环:(惊起)哟!公子来了。

李信:红姑娘你说得对呀!像这样荒乱年月,官府不设法救济,弄得
　　人人无以为生,打家劫舍也是情有可原,怪不得他们。红姑
　　娘!你,你往下讲呵!

丫环:红姐!你大概想喝水了吧?我给你拿茶去。(取茶,喝茶介)

李信:你,往下讲呵!

红娘子:公子呀!(转二簧摇板)

　　　　抢大户杀贪官为人消恨,

　　(起风,红娘子冷,公子脱大衣给红娘子。红不安而披上)

　　　　官兵来不管事乱杀好人。

　　　　似这等悲惨事暗无天日,

　　　　受苦人何日里才得翻身。(丫哭李感)

　　　　无奈何却只得依人篱下,(红呜咽)

　　　　空负了(我)好女儿弓马红巾。(哭介)

李信:(白)姑娘不必悲伤,住在我家,并无人敢慢待你呀!

红娘子:多谢公子。

李信:听你方才之言,是一有志的女子。想我李信乃堂堂丈夫,反不
　　深知民间疾苦,真真愧煞人也。

红娘子:公子不必如此。从今以后不顾自己安危,但求黎民衣食饱
　　暖,来日方长,也不为晚。

李信:姑娘所言甚是,李信自当谨记在心。

红娘子:公子这几日可曾听到什么新闻?

李信:还不是卖儿卖女,家破人亡。

丫环:我听人家说:

红娘子:说什么?

丫环:说兵部杨大人下了命令。不管灾荒多么利害,这个粮捐还是
要催交。老百姓都在骂呢!

李信:此话当真?

丫环:这都是李忠说的。

李信:唉! 事到如今还催得什么捐呀!

红娘子:他们不要捐,天下就不会乱了。

李信:姑娘呀! (二簧摇板)

　　　　莫非说大明的江山气数已尽。

红娘子:(白)像这样,也就不会多久了。

李信:君非亡国之君,臣是亡国之臣哪。

红娘子:(白)说什么君非亡国之君,臣是亡国之臣。自古道,君昏臣
虐,君虐臣暴。如今兵荒马乱,朝廷束手无策,一任宵小官
吏毁法乱纪,滥行职权,依我看不尽是为臣的过处。

李信:是丈夫就应该任劳任怨。

红娘子:(白)就不该袖手旁观么!

李信:成则王败者寇自有判断。

红娘子:(白)为人民谋福利,被人民所爱戴,寇就是王。祸国殃民,
背叛祖宗,王也是寇。

李信:既如此我就去……

红娘子:(白)对吗!

李信:我去打……

红娘子:(白)打什么呀?

李信:去打听新闻。

红娘子:（白）公子！我以为你是有志的丈夫,原来是胆小之辈。

李信:（白）啊！我是胆小之辈,想来你就是胆大之辈。诺,诺,诺,我
　　　倒要问问你这胆大之辈,碰到这样事情该怎么办呀？

红娘子:我吗？

李信:就是问得你呀！

红娘子:公子呵！（二簧摇板）

　　　　天下乱每个人应有责任。

李信:（白）我也是这样讲呵。

红娘子:为黎民作牛马死也甘心。

李信:（表示敬佩）（白）果然志气不小呵！

红娘子:可叹我……

李信:（白）怎么你又叹起气来了？

　　　（红欲说未说,李信示意,丫环下）

红娘子:一身粗鲁少学问。

李信:（白）姑娘你是大大有学问的人呀！

红娘子:一生里经受了苦难风尘。

李信:（白）你,是从风尘里过来的人哪！

红娘子:寒窗下空寂寞孤身只影,

　　　　独自儿奔走在乱世途径。

　　　　但愿得我和你……

李信:（白）你和我怎么样呵？

红娘子:我和你……

李信:你和我倒是怎么样呵？

红娘子:我和你在一起共赴前程。

李信:这个……

李忠:（急上）启公子,宋大老爷有书信到来。

（丫环暗上）

李信:拿来我看。（看书介）吩咐下去,说我即刻就到。

红娘子:公子! 夜静更深,有何公事?

李信:只因今日饥民甚多,嗷嗷待哺。如不及时救济,恐有他变。故
　　　而宋大老爷请我前去商议。

红娘子:（脱衣还李信）如此速去速回。

李信:园里风大。丫环,取你姐姐的衣服来。

（李信披衣,丫环取衣上）

李信:我去去就回。（下）

李忠:方才你同我家公子商议什么?

红娘子:并无什么商议,只是谈论这荒旱年月。

李忠:荒旱之事,家家户户哪个不谈,还谈什么呢?

红娘子:还谈父母和我兄妹卖艺之事。

李忠:受了许多灾难,这事么,倒值得一谈。此外还讲什么,唉,你们
　　　两个的事呀!

丫环:哟,李老伯,你倒是不放松,问得周到。

红娘子:（面红）李忠你休要取笑,公子乃是富贵之人,想我乃是贫穷
　　　之女,无有此事。

李忠:怪我直言,有也没有关系。我家公子别看他是富贵出身,不同
　　　于那些花花公子。平素就喜结交那些江湖上的豪杰志士,恨
　　　的是那些仗势欺人的作官人。我看你们两个一文一武倒也
　　　相当。

红娘子:（慢慢地）以后不要再提此事。

丫环:李老伯你知道的事多,给我们讲几段新闻吧!

红娘子:是呵,给我们讲几段新闻吧!

李忠:新闻吗,有的是。那天衙门里派人往山内剿"匪"。听说打了胜仗,带回来五十颗人头。带兵的头儿也赏了银子。打开一看全是女人头,连一个男的也没有。这是剿的什么"匪"呀!就是"杀人请赏"。

红娘子:知道了。

李忠:北门外李老汉的孙子,前天出城打柴,说是"土匪"的探子,抓去就杀了。李老汉那大年纪,气成疯子。真是可怜呀!

红娘子:知道了。

李忠:又知道了。南门缺口每天有人把小孩扔到那里,有的还没有死,马马虎虎就埋掉,刚埋了明日又有了。

红娘子:知道了。

李忠:你都知道了,我也就没有了。

红娘子:这都是公子讲的。

李忠:噢,噢,都是公子讲的,讲的倒是不少呵!

丫环:李老伯! 你讲给人家的都是旧闻了。

李忠:哼! 有一件事,你们一定不会知道。

红娘子:哪一件事呀?

李忠:猜猜看。

红娘子:李忠快讲吧!

李忠:不要着急,你兄长回来了。

红娘子:我哥哥回来了,怎么不叫我呢!

李忠:他回来的时候,以为你们都睡了。后来看到你同李公子在花园之内谈心。我吗(拖长声音),就让他先去吃饭,现在正吃呢!

红娘子：快快叫他前来！

李忠：是，我去请他。

红娘子：这就好了。（二簧摇板）

听说是哥哥到心中欢畅，

还须要等公子（把）大事商量。

罗龙：（上场）妹妹哪里？

红娘子：哥哥回来了，打探之事如何？

罗龙：为兄去到鸡公山上，结识一人，名唤刘刚。正在招集袁时中手
下流散人马，已有数百余名。是我与他结为兄弟，下山接妹子
前去。

红娘子：你我俱是一勇之夫，不懂兵法战术。袁时中虽拥有二十万
大兵，也是乌合之众，一战即败。若得一人前去，大事可成。

罗龙：（故意问）是哪一个？

红娘子：就是李公子。

罗龙：李公子怎能前去呀？

红娘子：公子才高识广，深通战略。平日对我言讲，如今天下荒乱，
正是创业之时。现下群雄起义，可惜无能干之人为首。只
要用大义激励于他，我想是肯去的。

罗龙：我看李公子虽然仗义疏财，爱惜平民，不过出身不同，此等行
为，会认为叛乱之事，断断不肯前去。

红娘子：我却不以为然。兄长不必过急。和公子商议，如若不去再
作打算。

李信：（上场）要解饥民困苦，只有大户出粮。

罗龙：参见公子。

李信：罗龙兄回来了。

罗龙:小弟去至鸡公山,探得有一刘刚,此人甚是豪爽,勇猛忠厚,与小弟结为弟兄,现招集袁时中流散人马,已达五百之众,正在建立山寨。

李信:如此甚好。

红娘子:建立山寨,无一英明能干之人为首,也是枉然。

李信:罗龙兄英明强干,正当此职。

红娘子:我等均是粗鲁之人,不懂兵法战略,如有一人前去,定能大功成就。

李信:是哪一个?

红娘子:公子莫非忘了自己之言。是丈夫就应该挺身而起,打救黎民,建功立业此其时也。

李信:这个……

罗龙:如何?

红娘子:如成大事,必须亲临其境,群众起义。公子为百姓所爱,甚孚众望。爱国爱民,胸怀大志,还望公子三思。

李信:此事不可过急,容我从长计议。

罗龙:妹子! 此事不可过急,容公子从长计议。

红娘子:啊,公子! 方才到衙门商议何事?

李信:城内百姓饿饿叫喊,并非粮食不足。只因各家大户和官家勾结起来,囤积居奇,使百姓无法生活。如不赶快设法,恐出大患。故而县太爷请各大户去商议。无人讲话,是我答应明日拿出二百石粮食作为救济之用。还引起一些人不满。

罗龙:公子急公好义,黎民救命之恩,当有后报。

李信:自古道:施恩不望报。只是不忍一个个活活饿死。

红娘子:公子虽然急公好义,怎耐饥民众多,各家大户不肯出粮,恐怕杯水车薪无济于事。

李信：我也知道杯水车薪无济于事，但求心中无愧。红姑娘！你看风寒露冷，皓月西沉，你我暂时休息，上山之事明日再议，罗龙兄一路劳累，也请歇息了吧！

罗龙：如此大家安歇了吧！（丫环扶红，罗下）

李信：李忠明日命你发放二百石粮食，救济贫民，不要耽误。

李忠：是。（下）

李信：今天晚上真是多事呀，红娘子说什么孤身只影，又劝我上山聚义，这便如何是好。

（二六）

红娘子年纪小颇有才能，

她那里想和我结伴成婚。

我本当与红娘终身来定，

心想她是一个卖艺之人。

鸡公山去聚义为民消恨，

又恐怕落下了叛乱之名。

前后思左右想心不安定，（墙外有叫苦声）

又听得花园外一片哭声。

有志人就应该当机立定，唉！

自古道大丈夫（要）三思而行。（下）

第十场　辞妹

（内罗龙唱西皮倒板）

兄妹们自幼儿相亲相爱，（上唱原板）

罗龙：共欢乐与患难已有十载。

自幼儿丧父母好不伤怀,

受尽了跋涉苦生活难挨。

寻到了鸡公山建立山寨,

一定要为黎民除去灾害。

（白）妹子,你我今日一别,天各一方,不知何时才得相见。

红娘子:何出此言。兄长前去鸡公山招集人马建立山寨,妹子不久
　　　　就到。

罗龙:但愿如此。我看那李公子愿来就让他来,不愿来就由公子自
　　　便。妹子前来鸡公山,也算有一安身之地。

红娘子:自从丧了父母,兄妹相依为命。此番劝公子上山,一来为着
　　　　共图大事;二来小妹也好终身有靠。兄长! 你要与我做主。
　　　　以后共同建功立业,也不枉你我兄妹苦心一场。（哭介）

罗龙:妹子不必伤心,不是为兄不与你做主,是我做不了主啊。李公
　　　子乃是富贵人家,要他上山起义,恐怕难以做到。

红娘子:倘若公子愿意前去,我们一同上山。他若不去我便一人前
　　　　来。兄长山寨等候。

罗龙:那时你的终身大事呢?

红娘子:那,那就顾不得许多了。

罗龙:如此甚好,妹妹! 前面就是城门,那里人多。你我同行,恐怕
　　　不便,还是回去了吧!

红娘子:再送一程。

罗龙:不要再送,还是回去了吧!

红娘子:兄长只管前去,妹妹多则一月,少则半月,即来相见。兄长
　　　　路上保重。

罗龙:晓得了,妹子你也要保重。

红娘子：是。（慢慢下）

罗龙：我家妹子虽然忠烈成性，却碰见李公子这段姻缘。怕她失了

　　　志气，便不前来。适才用言语激动于她，想半月后定会上山。

　　　正是，哥哥本是英雄汉，妹妹也算女丈夫。（下）

第十一场　谋害

（四青袍，县令宋廉上）

宋廉：（引子）作官倒也逍遥，每天里吃喝睡觉。

　　　（诗）官不在大小，

　　　　　　只要有珠宝。

　　　　　　喜的是金银，

　　　　　　哪怕穷人死不了。

　　　（白）下官宋廉。杞县县令。到这两年啦。我算倒霉，年头荒

　　　旱，民穷财尽，一点油水也没有。这些日子奉令开仓卖粮，马

　　　马虎虎捞了一把。所有街上的买卖，全都关门大吉。（稍停）

　　　哼！是我怀恨在心，那天晚上把大户李信找到县衙，就说饥民

　　　众多，别的大户不讲话，我就叫他救济。他倒答应了，昨天李

　　　信已经拿出二百石米来分给穷人，要是出了乱子，李信呀李

　　　信！我叫你吃不了兜着走。可是一转两转我也得了点油水。

　　　好吧！穷人要有什么变故，再去找他。

（差役赵老二上）

差役：周员外到。

宋廉：快快有请。（出迎）

差役：有请。（周上，见二人打恭，入座）

宋廉：不知员外驾到，未曾远迎，当面恕罪。（作揖）

286

周员外:岂敢,小弟俗事在身,少来问候,太爷海涵。（作揖）

宋廉:员外不必客气,下官担当不起呀!（作揖）

周员外:李信这小子前天拿出二百石粮,弄得那些穷人到处乱叫,说
　　　　什么李公子都拿出粮来救济我们。还有比李公子富的多着
　　　　呢!怎么他们不拿呢?要是不拿,我们大家动手抢他妈的。
　　　　这话不是对我说吗!太爷!我的家底你是知道的,就剩下
　　　　三千石粮。要是拿出一点,我不就少一点吗?

宋廉:这都是李信小子想出来的主意。

周员外:我看李信这小子私散家财,聚众捣乱,心怀不正,一定别有
　　　　意图。县太爷你可要提防着点。

宋廉:对,员外所见颇是。我就等着他的岔子呢!

　　（仓官急上）

仓官:穷人真可恶,到处抢大户。老爷坏了。

宋廉:什么坏了?

仓官:李信把粮分给穷人,这不打紧,那些穷小子成群结队,团团乱
　　　转,大喊大闹说什么李公子救活我们呀!大户也要拿粮呀!
　　　一面嚷,一面就到大户家里去抢粮去啦!周老你还坐在这儿
　　　呢!那些穷小子就到你家去抢粮了。

周员外:这!这可是真的?

仓官:可不是真的么。

周员外:县太爷!你可得想想办法!那我得去看看。（狼狈下,宋廉
　　　　入正座）

宋廉:他们造反了!那些官兵怎么就看着不动?!

仓官:别提那些当差的啦。一天到晚吃不饱饭,看着那些大吵大闹
　　　的穷人去抢粮,他们也就参加啦。要不是当官的提防得紧,可

就都去啦。

宋廉：真是混蛋。（内群众声，李公子救活我们，你们也要拿出粮来）

仓官：（慌）来啦！来啦！（宋廉惊，抱起印就往后跑。群众上）

宋廉：你你！快告诉他们。

仓官：别怕，那些人到底还是怕衙门的，叫为首的进来吓唬吓唬也就完了。

宋廉：好。（入座）把那个为首的给我叫进来。（整衣，故意装腔）

仓官：（出外）你们哪个是首领？（群众互相注视）就是你们哪个是头！（没人答话）我看就是你吧，你倒是挺能说话。（领张禹才进）

张禹才：参见老爷。

宋廉：嘟！你们都没有王法啦？

张禹才：给老爷回话，这些穷人都是城内安善良民。只因荒年没有饭吃，求老爷借点粮食救济救济。

宋廉：嘟！抢人家的还是良民？

张禹才：李公子都几次拿出粮来。城里许多大户比李公子富得多，他们为什么不拿出一点来？再说并不是抢粮，是向他们借粮。

宋廉：嘟，嘟！抢粮说什么借粮，你还得起？姑念你们愚昧无知，赶快把那些穷队伍解散。可以不加追究。告诉他们，从今以后，不准借名求粮，藉众要挟。如要不听，那就是乱民。就有杀头之罪，懂了吧？给我赶出去！（向仓官）

仓官：（向差役）给我赶出去。

差役：出去再说吧！

张禹才：好。（出门对群众）官逼民反，我们就不能不反。走！抢

　　粮去！

　　（群众响应，一齐下）

宋廉：（向仓官）出去看他们散了没有！

仓官：是。我去给打听打听。（下）

宋廉：（对赵老二）你还在这儿？我问你吃饱了没有？

差役：小人也是穷人，哪儿能吃饱呀！

宋廉：没有吃饭，你怎么不跟着大伙儿去抢呀？！

差役：王法条条，小人不敢。

宋廉：量你也不敢。对，你还是有见识。这一辈子饥饿，冤不冤？也
　　　是你的命不好，你祖先没积下阴功。就是饿死，也是阎王爷罚
　　　你，说你前辈子吃的太多了，是胀死的。

差役：老爷！照你这么说，这辈子挨饿，是那辈子吃多了？！老爷你
　　　这辈子衣食饱暖，前辈子必定是讨饭吃吧？

宋廉：嘟！不识抬举的东西，敢骂起老爷！

　　（仓官急上）

仓官：打坏了，打坏了……

　　（宋廉欲跑，又转回）

宋廉：什么打坏了？

仓官：刚才周员外从衙门回去，那些穷汉跑到他家，吵了几句，大伙
　　　一气，活活地就把周老给打死了。

宋廉：啊！

仓官：刚才那个为首的出去，把老爷的话给那些穷小子一讲，可不大
　　　要紧，衙门口那对虎头牌可就碎了。

宋廉：怎么？！他们敢打衙门？

仓官：这还不算，老爷上任时人家送给的"重见青天"那块大匾哪，也

给砸了个稀烂碎。走时还说话呢。

宋廉：说什么？

仓官："反正是饿死，就不如抢他个干净。"

宋廉：这简直是反了！都是李信这小子弄出来的鬼，找他去！

仓官：慢着。

宋廉：怎么？

仓官：李信这小子现在已得民心。说老实话咱们的威信可就有点扫地。倘若李信有个风吹草动，在这个时候，那就不大方便。我看还是先报告上司，请点兵来。就是不派兵，也就不会说咱们事前不防备了。给他弄个什么罪名呢？

宋廉：罪名有的是。说他私散家财，收买人心，聚众哗变，危害政府，若不早图，恐生他变，你看如何？

仓官：甚好甚好，事不宜迟，快快动手。老爷后堂，歇息饮酒，我到外面，看看风头。（同下）

差役：哎呀！看他们两个交头接耳，什么李信。莫非要害李公子？李信是全城的救命恩人，哪个没有受过他的好处。我若不告诉他，大伙岂不说我也跟着害李公子。对，赶快到李府报告，也好让他逃走。（下）

第十二场　告密

李信：（上唱西皮夺板）

穷苦人一个个愁肠苦丧，

秋已过并不见粮粒上仓。

近日来抢大户群情激荡，

官府里果然是毫无主张。

看起来人民事（由）人民执掌，

众官家好比那开门放狼。

将身儿坐书房心中暗想，

倒不如脱青袍奔走四方。

（红娘子持灯暗上）

（白）姑娘你来了啊！

红娘子：兰妹到老太太房中，故而我把灯给公子送来。

李信：劳动大驾，这就不敢。

红娘子：得了，别客气了。

李信：如此，请坐。

红娘子：这几日公子总是愁眉苦脸，想些什么呢？有什么心事吗？

李信：城里饥民纷纷言讲，饿死就不如抢他个干净。官家束手无策。
　　　我看人民的事，要靠人民自己来管呀。（红点头不言）衙门出
　　　了禁令，不许借名求赈，聚众要挟。你看大户不出粮，又不准
　　　百姓去抢。叫他们往哪里逃啊？租税不免，杨阁部又行文如
　　　雨，定要催交，真是逼良为盗。

红娘子：你想的太多了。

李信：不想，又待如何？

红娘子：我有一言，不知公子可听否？

李信：有言何不早讲。

红娘子：我家兄长到得鸡公山，招集人马，建立山寨。公子你若同
　　　去，拯救百姓，乃万民之幸也。如果不然终日长叹，无济于
　　　事。黎民饥饿，于心何忍？

李信：姑娘言之有理，但我尚有一事未决。

红娘子：但不知哪一事？

李信：当今群英四起，不知哪位胸怀宽大，有龙虎之胆，超人伟略。若有此等为首之人，愚下愿往。

红娘子：替天行道，为民除害。至于哪路英雄能成大事，尚待时机。我看不如先到鸡公山，寨内之事全由公子作主，我兄妹二人愿听调遣。

李信：探听明白，再去不迟。

红娘子：既然有此大志，何去何从，不敢强劝。公子乃富贵人家出身，寄身山林，恐有不便。

李信：此言差矣，家虽富贵，心向黎民。为大义，虽死不辞。

红娘子：既然如此，莫非早晚无人……

李信：若得一知己之人也是好的，姑娘你……

红娘子：我么……

李忠：（急上）衙门差役求见，说有机密奉告。

红娘子：不知又是何事。

（李引差役上）

差役：参见公子。

李信：罢了，有何机密见告。

差役：小人曾受公子大恩。听太爷言讲，说公子私散家财，收买人心，聚众哗变，危害政府。他们都给杨阁部说了，马上就要捉你。

李信：何时言讲？

差役：就是刚才么。

红娘子：公子！这便如何是好呢？

李信：出粮放赈原为救民，不获功而有罪，谅他们不敢。

差役、李忠：（同白）怎么不敢！他们杀那样多的人，还怕公子吗？还是避一避的好。

李信:往哪里避呀?

红娘子:我看只好连夜逃往鸡公山,就是官兵也好抵挡。

李忠:红姑娘说的极对。家中之事由我照管,事平之后再接公子
　　　回来。

红娘子:李忠!快快收拾马匹后门等候。

差役:我帮着你。

　　　(李忠差役同下)

红娘子:公子你还发什么呆?

李信:这个……

红娘子:快走吧!(拉下)

第十三场　　出奔

李母:(上唱二簧原板)

　　　年荒旱众黎民受尽苦难,

　　　我的儿空有志难把身翻。

　　　为放粮得罪了富户县官,

　　　衙门里一个个虎狼一般。

　　　闷忧忧来至在二堂观看,

　　　李信儿慌忙忙所为哪般?

李信:(和红娘子一起上,以下转西皮摇板)

　　　恼恨官府行强暴,

红娘子:你我避难山中逃。

李母:我儿慌乱为哪条,

　　　快对为娘说根苗。

李信:(白)哎呀母亲！只因孩儿开仓放粮,救济贫民。县官反说故
　　　意降低物价,搅乱市面。又道孩儿鼓动民众,有意谋反。

李母:哎呀！(西皮小倒板)

　　　听一言来胆吓坏。(摇板)

　　　点点珠泪洒下来。

　　　县官作事理不该,

　　　不顾贫民受苦灾。

　　　我儿若是命不在,

　　　留下为娘苦难挨。

李信:母亲不必泪珠抛,

　　　孩儿言来禀年高。

　　　县官不仁生计巧,

　　　要害性命实难逃。

红娘子:公子不必心烦躁,

　　　　红娘言来听根苗。

　　　　衙役如同虎狼豹,

　　　　不如即速深山逃。

李信:本当随你深山逃,

　　　难舍老娘白发高。

李母:我儿把话错讲了,

　　　为娘言来记心梢。

　　　自古尽忠难尽孝,

　　　为民除害是英豪。

　　　官府陷害命难保,

　　　不如深山把命逃。

294

（李忠上）

李忠：吓得李忠魂魄消，

　　　赃官县衙传令号。

　　　要拿公子下监牢，

　　　急急忙忙二堂到。

　　　（白）公子大事不好。

李信：何事惊慌？

李忠：今有县官带领三班人役捉拿公子来了。

李信：这这！

李母：哎呀儿啦！事到如今，并无别计，快随小姐去至鸡公山，以避

　　　此祸。

李信：母亲！孩儿想来！

红娘子：我说公子，既然老太太叫你走，你就赶快走。倘若县官到

　　　　此，那就迟了，有道是顺者为孝啊。

李信：如此母亲请上受儿一拜，（西皮摇板）

　　　含悲忍泪忙拜倒，

　　　难舍老母白发高。（叩头，李忠拉马上，红娘子催李信下。县

　　　官原人上）

李母：参见县太爷。

宋廉：罢了。

李母：不知县太爷到此何事？

宋廉：李老太太，你儿子李信往哪儿去了？

李母：出外访友去了。

宋廉：几时回来呀？

李母：日期不知。

宋廉：日期不知？好吧，你儿子犯法。你知道不知道？

李母：想我儿幼读诗书，奉公守法，不知身犯何罪？

宋廉：只因他私自开仓放粮，降低物价，搅乱市面。又勾引市内贫
　　　民，抢夺周家米仓，打死周老，如同造反一样，其罪非小。

李母：近年以来天灾荒旱，民不聊生。我儿起了恻隐之心，将家中所
　　　有几石余粮救济贫民，何言我儿搅乱市面？！人急造反，狗急
　　　跳墙，贫民要饿死，富户囤粮不卖。惹起公愤打死周老，与我
　　　儿何关？

宋廉：哈哈！好利害的一张嘴。胡说八道，这都是上司的公文，你以
　　　为以前你们有过尚书，就有理了吗？你敢违抗官府？我劝你
　　　赶快将李信交出，免得麻烦。

李母：不敢，李信确实不在家内。

宋廉：不在？人哪！给我搜！（两下搜）

衙役们：两旁无有。

宋廉：这小子真跑了。跑了和尚跑不了寺。来呀！将他家中财产仓
　　　库，一概查封。所有余粮听候本县拍卖，顺轿回衙。

仓官：醉翁之意不在酒，财物到手就算够。老家伙小心点！（同下）

李母：好赃官！（西皮摇板）

　　　　赃官作事心太狠，

　　　　搜刮财产封仓门。

　　　　耳边又听喊声振，

　　　（上禹才等）

禹才：大街来了受苦人。

　　　　闻听公子遭不幸，

　　　　搭救我们祸临门。

296

来在门外忙唤定,

李忠:原来父老大驾临。

　　(白)众位老乡到此何事?

禹才:老管家! 我们听说县官带领衙役到府上捉拿李公子,可有

　　此事?

李忠:不错,正有此事。(哭介)

禹才:不要啼哭,他们把公子捉去无有?

李忠:公子前日出外访友去了。可恨县官不见公子就将财产仓库全

　　部查封。

禹才:众位父老兄弟! 你们全已听到。公子为救我们惹下杀身大

　　祸。将全家财产仓库封锁。大家奋起,打倒专横的县官,扫除

　　土豪恶霸,再不受他们欺压。

群众:对,再不受他们欺压。

禹才:走,说走就走!

李母:众位慢来! 如此行为岂不是造反!

群众:要不就得饿死,不如给他们拼了吧!

李忠:众位不要着急,待我连夜寻找公子,报告此事,再做道理。

群众:快快前去!

李忠:老夫人保重,是我去去就回。

李母:路上小心。(李忠下)

禹才:周老头并非公子打死,老夫人放心,请家中歇息,一切由我们

　　做主。

李母:全仗列位。正是:闭门家中坐,大祸终于来。(同下)

第十四场　上山

罗龙:(上唱西皮流水)

鸡公山果然是高峰峻岭,

一层层围绕着深山丛林。

山岩下寨门前扎下大营,

为的是今日后才好练兵。

(白)自从别了妹子来在鸡公山上,与刘刚周力贤弟在这虎距岩前扎下山寨。招集袁时中流散人马,已有五千之众。每日操练人马,抢富济贫。已差人四处打探各路英雄成败情况,也好待机而动。正是:要捉蛟龙入深水,为了虎豹到深山。

(周力上)

周力:参见大哥。

罗龙:周贤弟,兵马可曾操练完毕?

周力:操练已毕。

罗龙:今日操练何种战法?

周力:攻城战法。

罗龙:何谓攻城战法?

周力:大哥! 我们要图大事,少不了就要攻打县城。河南一带城墙都是用土垒的,外面加上一层砖。单靠我们这些戈矛刀剑,恐怕就有点不大成了。所以我就想了一个法子,先把砖弄下来,那可就好办了。

罗龙:这砖么,如何弄下来呢?

周力:一部分人头顶盾牌冲到城下挖砖,别人就用箭射住城上,摇旗呐喊。只要挖去一片露出黄土,那就算功成一半。

罗龙:以后又怎么办呢?

周力:掀了砖便用镐锹头挖他个大窟窿,每一个三五步。大伙一拥而上按上大柱子,顶着点,不然上边就要塌下来。然后用大铁索套在柱子上,用上二三百人这么一拉,城墙一倒,露出缺口,步马兵就可冲入城中。要是高大的城墙可就不灵了。唉,也有办法,那就挖洞埋火药炸他一家伙。今儿就练过这个土法子,没有名,给他起了一个攻城战法。

罗龙:好一个攻城战法。啊贤弟! 我来问你弟兄们的衣食如何?

周力:吃么,粗茶粗米还不错。就是穿的差一点,正在想法子,大哥放心。

(刘刚上)

刘刚:大哥! 袁时中带领数千人马前去投奔李自成。

罗龙:李自成现在何处?

刘刚:闻听人言由巴西转到河南南阳一带。

(报上)

报子:山下有一姑娘带一书生,说是大哥妹子前来求见。

罗龙:原来是舍妹与李公子前来,快快出迎。

报子:大哥出迎。

(李信红娘子上)

罗龙:公子来了。

红娘子:兄长!

李信:罗龙兄!

罗龙:寨中有请。(圆场入座)周刘二位贤弟! 此乃杞县举人李公子。

刘、周:(同白)久闻大名,参见公子。

李信:岂敢。

罗龙:公子到此,可谓寨中之幸也。

李信:小弟避难至此。还望各位相助。

罗龙：公子避的是哪家之难呀？！

红娘子：兄长有所不知。是你走后公子开仓放粮。官府反说公子私
　　　　散家财，收买人心，图谋不轨。要来捉拿公子，无计奈何，连
　　　　夜逃此。

刘刚：真真岂有此理。

周力：这放粮还要犯罪吗？

罗龙：既然如此，公子雄才大略，山寨之事就请作主，我等愿听调遣，
　　　以图大事。

李信：哎呀，小弟前来避难，在此并非长久之计，焉能作寨中之主，实
　　　实不敢。

罗龙：不看弟等，也要看在饥民身上，公子三思。

李信：也罢，罗龙兄不必如此，若有用弟之处，必然效命。

刘刚：我等俱是粗鲁之人，兵法战略全然不懂，还望公子指教。

李信：小弟不才，以后望求列位多多奉告，我有一言不知当讲否？

众白：公子请讲。

李信：诸君听了。（西皮散板）

　　　　　第一件切莫要乱伤人命。

红娘子：（白）公子说头一件不要乱杀好人。

李信：第二件切莫要乱拿金银。

红娘子：（白）第二件就是公买公卖，不要抢穷人的东西。

李信：第三件官兵要相爱相敬。

红娘子：（白）第三件就是爱护弟兄，不要闹意气。

李信：遵守这三件事大业可成。

众：（白）公子所言弟兄们自当谨守。

罗龙：刘刚贤弟明日操练时节，说与弟兄们大家知道。我有一言，不

知公子肯听否？

李信：罗龙兄请讲。

罗龙：小妹红娘子今年一十九岁，武艺娴熟，略知礼义。幼丧父母，随我漂流在杞县城内，又蒙公子多加照顾。此番上得山来，无人侍奉公子。欲将小妹配与足下，不知公子意下如何？

　　（红娘子暗下）

李信：红姑娘武艺高强，人才出众，对我又有活命之恩，正当图报，小弟不敢。

刘刚：公子雄才大略，红娘子武艺超群。你们二人又有患难之交，真乃巧配良缘，公子万勿推辞。

周力：这么好的媳妇你还推辞吗？我看就这么办吧。让咱们也欢欢喜喜喝个大醉，闹个洞房。

李信：众意已定，本当从命，只是还须禀报老母。

周力：得了，咱们这是自由恋爱，只要你们两个愿意就行。我看今天就是好日子。别再说了。

罗龙：周力你去准备酒宴不可铺张！公子后寨歇息。

　　（李信下）

刘、周：（同白）大哥大喜受我等一贺。

罗龙：大家同贺。正是：荒山草寨吹来一阵春风，军营战场又添一双鸳鸯。（同下）

第十五场　送信

李忠：（内倒板）

　　　晓行夜宿山岗上，（李忠上）

　　　一步一跌走慌忙。

可叹李忠年已苍，

风吹雪打力难当。

急急忙忙往前闯，

见了二位问端详。

（上二兵）

兵甲：（白）喂！老人家往哪去呀？

李忠：请问二位此处可是鸡公山？

兵甲：不错，是鸡公山。你问这个干什么？

李忠：我叫李忠，寻找我家公子李信来了。

兵甲：（上下看了一下李忠）你是李公子家里的人？

李忠：正是。

兵甲：现在后山随我来。

第十六场　私逃

（李信携红娘子上）

李信：哈哈哈……（西皮摇板）

山寨中春风起双双殷勤。

红娘子：从今后我是你结发之人，

李信：你习武我读书良缘配定。

红娘子：书房内战场上永不离分。

度新婚只觉得芬芳满襟。

李信：（白）娘子你来看树枝梢头却带有愁意啊！

红娘子：都只为闹饥馑万民受困。

山林内树枝儿他也伤心。

因此上有志者均应激愤。

李信：夫妻们双携手寨门来进，（半圆场，转快板）

红娘子：我红娘不由得心中暗喜。

　　　　心内事到如今不是梦呓，

　　　　与公子成婚姻结为夫妻。

　　　　文和武你与我共取大义，

　　　　风景好就在此稍事休息。

　　　　（白）公子！你整日坐在书房筹划战略，计议练兵，也该出来

　　　　游玩游玩，散散心哪！

李信：是啊，也该散散心哪。就烦请娘子习武一番如何？

红娘子：这个，我今日有点累了。就给你唱个曲子吧！

李信：好得很，娘子请唱。

红娘子：公子听了。（起曲子）

　　　　冬去春来乐安然，

　　　　荒年饥饿无人欢。

　　　　创业虽艰由人干，

　　　　与民携手共向前。

　　　　（后山鼓声）

　　　　呀！（转摇板）

　　　　夫妻们在此处游玩散心，

　　　　猛听得金鼓响操练刀兵。

　　　　（白）后山金鼓响动，今日是我操练人马，不能陪你，少时

　　　　就回。

李信：娘子请。

红娘子：你要等我一等啊。（下）

李信：哈哈……（摇板）

我和她结婚来半月有余，

红娘子她待我一心一意。

（白）虽然终日练兵，无奈俱是农民出身，缺少精明强干之人，恐难成就大事，长此下去，李信岂不埋没在这鸡公山。县衙捕我之事，也未见到信息。有心辞别他们，暂回杞县探听情形，定会不允。不如私自下山，一见红娘子我又儿女情短，也罢，暂时苦了你，红娘子我们后会有期。待我寻找马匹逃下山去。（返回来）慢来，慢来，这一走岂不被他们耻笑我贪图富贵，不肯吃苦吗？老母在堂我也顾不得许多了。（欲下，李忠上）

李忠：咳呀，公子！

李信：李忠，你来了。家中情形如何？快快报来。

李忠：自从公子走后，那赃官假借罪名，将全家财产查封，还要捉拿公子。

李信：有这等事，待我回去找他辩理。

李忠：唉，公子你也气糊涂了。找他辩得什么理。狼心的东西，只要一怒，公子的性命可就难保。依我看不如将老夫人送到二公子那里，暂时安身。

李信：你我回去私下打探，再作道理。

李忠：待我禀知少夫人。

李信：告诉他们，就难以走成。寻找马匹，快快下山。（同下）

第十七场　暗中保护

（红娘子、罗龙、刘刚、周力、四兵士同上）

红、罗：（同白）深林学弓箭，

刘、周：（同白）平地好练兵。（入座）

罗龙:众家贤弟！今日操练场上,弟兄们个个精神奋发,如狼似虎。

　　　　阵阵刀枪,丝毫不乱,此乃众家贤弟教导有方。

众白:岂敢岂敢,都是大哥的主意。

罗龙:虽是小弟主意,多赖李公子之助也。

刘刚:为何不见李公子？

红娘子:在前寨散心。

罗龙:快请公子前来商议军事。

红娘子:是。（下,上报子）

报子:山下有一人自称杨国栋,前来求见。

罗龙:莫非红脸大汉,三绺须髯。

报子:正是。

罗龙:快快有请,众位弟兄随愚兄出迎。

　　（上杨国栋）

杨国栋:哪位是头领？

罗龙:杨大哥怎么不认识我了？

杨国栋:原来是罗龙贤弟。

罗龙:大哥。

众:哈哈哈。（圆场入座）

罗龙:众家兄弟,此乃杨国栋杨大哥,快快见过。

众:参见杨大哥。

杨国栋:众位贤弟,岂敢。

罗龙:杞县一别不知投奔何处,又因何到此？

杨国栋:酒楼别后,愚下投奔闯王。转战河南、陕西、湖北一带。不

　　　　想杨嗣昌在巴西鱼腹山中兵尽粮绝,麾下壮士,抛妻离子,

　　　　相从闯王,才得冲出重围。来到河南南阳等处,招集饥苦贫

民已得八万余人。正在整顿武器,攻取南路。闯王命俺到河南各地,安定军心,联络有志之士。闻听人言,鸡公山上有一姓罗之人为首,有数千之众。故来拜见,不想遇到贤弟,真乃大幸也。

罗龙:多蒙大哥引荐结识李公子,红妹寄居公子家中,小弟到得此处。招集人马,终日操练,待机而动。前半月因李公子开仓放粮,惹怒各大户和官府,就要捉拿于他。是红妹护着公子,逃到山上。又与小妹成了亲眷。

杨国栋:原来还有一件喜事在内,贤弟受我一贺。

罗龙:多谢大哥。

杨国栋:公子与令妹现在何处?

罗龙:现在前寨。

杨国栋:烦请公子与红娘子相见。

罗龙:兄长稍候,周贤弟促请小妹前来。

(红娘子急上)

红娘子:兄长不好。

众白:何事惊慌?

红娘子:公子不见了。是我走到书房,只见砚墨未干,卷帙如旧,叫他不应,踪影不见。

周力:李公子平日就爱在寨前游山玩水,不知跑到哪个山谷深林去了。

红娘子:山前山后,均已找过,连个人影也是无有。杨大哥你来了?

杨国栋:这就怪了。

(马夫上)

马夫:启禀大哥,马房内丢了一匹马。

红娘子:平日哪个乘骑？

马夫:李公子平日骑的那匹白马。

刘刚:莫非他骑走了？

杨国栋:官府正要捉他。焉能逃走。

红娘子:杨大哥,自从公子上山,虽然面带高兴,暗中愁眉苦脸,长吁
　　　　短叹。

罗龙:李公子乃富贵之人。恐不愿与我等为伍。

红娘子:还是派人到杞县打听打听,如有风吹草动,也好想个主意。

周力:唉,这个书呆子跑就跑了,还拿什么主意。他只会念书,不会
　　　操练人马。在操场上,他也不会操,还指手画脚地乱讲。没打
　　　仗就走了,要是打仗,他更……

罗龙:哽……

刘刚:贤弟休要乱讲。

罗龙:还是差一心细胆壮之人,前去打听。

周力:打听就打听吧!

红娘子:待我前去。

杨国栋:慢来。让我乔装改扮,前去杞县。那里有几个朋友可以
　　　　援助。

罗龙:若得兄长前去,万无一失。

杨国栋:事不宜迟,愚兄即刻起程。红姑娘我也无暇给你贺喜。

周力:人都跑了,还道的什么喜。

红娘子:杨大哥从何来的?

杨国栋:你问令兄便知明白。众家弟兄相候,愚兄去也。

众白:我等相送。

　　（杨国栋下）

罗龙:妹子不必着急,公子若有风吹草动,有为兄与你作主。

刘刚:公子若有不幸,我们带领人马杀奔杞县。

周力:少不得我也要以死相拼。

罗龙:妹子后寨歇息去吧。

（红娘下）

正是:救公子必须操练人马,为姑娘杞县城与兵厮杀。

第十八场　捕李

（李信李忠过场,和仓官打照面。）

仓官:哎呀,过去的好像是李信,待我赶快报告县官。（仓官下,上李
　　　母。西皮摇板）

李母:恼恨赃官心太狠,

　　　查封财产吓杀人。

（上李信李忠）

李信:心乱似火急忙奔。

　　　披星戴月转家门。

　　　（白)参见母亲。

李母:你你你怎么回来了?县衙正在捉拿与你,这这这便如何是好。

李信:母亲不必着急,是我回来想和母亲商议,不如暂时躲到二弟那
　　　里,事平之后,再作道理,你看如何?

李母:也好,李忠赶快收拾马匹行李。

（仓官带衙役上）

仓官:往哪走啊?好,李信你这是自投罗网,走吧!

李信:你们这是为何?

仓官:怎么?你犯了罪还不知道吗?

李信：我身犯何罪？

仓官：这没有工夫给你说，到堂上讲理。来呀！给我带走。

（大家蛮横地把李信带下）

李母：李信，我儿，哎呀！（摇板）

　　一见我儿被拿定，

　　不由老身心内惊。

　　李忠前去快打听，（李忠下）

　　我儿不该转回程。（哭下）

第十九场　公堂

（县官仓官四衙役上）

宋廉：（诗）拿住李信，

　　　　上堂审问。

　　　　明知理屈，

　　　　唉，也得这样审问。

　　（白）给我带李信。

仓官：带李信。（李信上）气还不小呢。

宋廉：李信你惧罪远逃，今日锁拿公堂，还有什么说的吗？

李信：你们如此无理，抢夺财产，查封仓库。是我出外访友，身犯
　　　何罪？

宋廉：说得干净。就老实告诉你吧，只因你私自卖粮，降低物价，搅
　　　乱市面。勾结穷人，打死周老，上司命令严拿于你，这罪还
　　　小吗？

李信：你道我私自卖粮，搅乱市面。你来看连年荒旱，寸草不生，百
　　　姓眼看就要饿死，像你们为官的不顾黎民困苦，每日饮酒取

乐,抢夺民财。你们喝的酒,是老百姓的血,吃的饭,是老百姓的肉。我李信不忍杞县父老冻饿而死,拿出余粮救济贫民,你反道我降低物价,聚众谋反。像你这狗官身为七品,上不能为国办事,下不能与民分忧,图财受贿,暗害好人,你这岂不是官逼民反?

宋廉:嘟!大胆的李信,上得堂来咒骂本县。你要知道,杀人的知县,灭门的知府。已有真凭实据,你还要狡赖。来呀,将李信钉镣收监。听候上文到来处斩,退堂。(给李信钉手铐,推到堂外)

李信:好赃官呀!(摇板)

　　骂声赃官瞎了眼,

　　不问皂白拿在监。

　　我今虽死无含怨,

　　为民斩首也心甘。

第二十场　策划救李

(上李忠,西皮摇板)

李忠:县官无理公子拿,

　　夫人终日把心挂。

(白)罗龙红娘子聚义鸡公山,为民除害,还有少数无耻之徒称他们为匪。这样的匪吗,我若有儿子也要他去当啊。红姑娘和我家公子结为婚姻,甚是相配。老夫人听到心中欢喜。不想公子不听良言相劝,私自跑回家来,又被县官拿去,老夫人唉声叹气,这便如何是好?待我去至鸡公山,禀报红娘子。且慢,事情未决,我若一走,家内之事恐有不便。

（上张禹才）

张禹才：听说公子遭难，

百姓个个不安。

李老伯为何在此地发呆呀！

李忠：啊，原来是张大哥。

张禹才：听说公子被县官无理拿去，吃了官司。城里穷人哪个没有

受过公子的恩呀。故而大家商议，想把公子救了出来。

李忠：你们穷人无力，怎么搭救公子？

张禹才：人穷不要命，天不怕地也就不怕。城里抢粮之时，一些胆小

之人，不敢前去，如今就连这些人，也都摩拳擦掌，公子为我

们受罪，我们就要搭救公子。往日公子结交不少英雄义士，

如有他们帮助，就好办了。

李忠：可惜相隔甚远，无济于事。

（上杨国栋）

杨国栋：门上哪位在？

（李忠出门介）

李忠：啊，原来是杨……

杨国栋：禁声！（拉李进门，见张禹才）这是何人？

李忠：这是城里挑粪的老张。公子对他有活命之恩，听说公子有难，

前来打听，要救公子。

杨国栋：原来是张贤弟，我倒忘怀了，近来可好？

张禹才：我到李家，常常见你，一次我母生病，多蒙协助。

杨国栋：我来问你，公子有难，你们打算怎样救法？

张禹才：我们没有银子买动县官。

李忠：有也不买。可也买不动这个死对头。

张禹才：因此我们就想劫牢翻狱，搭救公子。杨大哥与公子也有交
　　　　情，不知能否帮助？

李忠：杨壮士到此一定出力。

杨国栋：那是自然。想众家兄弟，均是散漫之众，抵不过官兵。今有
　　　　一标人马，两家联合，你们作为内应，就可马到成功，一来放
　　　　出公子，二来解救百姓，大家分得粮食，也好度日，你看
　　　　如何？

张禹才：甚好，不知何时前来？

杨国栋：他们还不知李公子下落，如有可靠之人，送信鸡公山，约好
　　　　时日，就可发兵到此。

张禹才：让我前去。

杨国栋：你若前去，城内之事，何人掌管？

张禹才：这个，那就让我兄弟前去送信。

杨国栋：待我修书。（修书介，将书交与张禹才）万勿丢失。

张禹才：只管放心。

李忠：杨壮士，不必走了，就住在此处。

张禹才：李公馆近来有人注意，不如住在我那茅草棚内，也好给我们
　　　　计划计划，帮助调动。

杨国栋：也好。我来问你把守城门，可有熟人？

张禹才：有呀，衙里当差的赵老二，县太爷看他老实可靠，就派他前
　　　　去把守城门。此人也曾受过公子大恩。待我前去告诉与
　　　　他，按时开城，让他进来。

杨国栋：此事不可鲁莽。

张禹才：上次公子逃走就是赵老二送的信，你放心，我们走吧！

杨国栋：李忠回去告诉老夫人，不必着急，自有办法。你我走啊！

312

（张、杨同下）

李忠：哈哈……行善必有善报,作恶必有恶报。公子平日结交朋友,
　　　爱护穷人,此时就有这样多人帮助,待我赶快禀报老夫人。
　　　（下）

第二十一场　开城

［月夜下,张禹才之弟张强机警地走上。到城前击掌。赵老二
（即差役）在城上］

赵老二：张强吗？（低声）

张强：是我,二哥快快开城。

赵老二：就知道是你。（下,开城,出城介）把我等急了。兵来了吗？

张强：来了。（用手击掌）

赵老二：你大哥就在我房里,我赶快告诉他。

　　　（赵进城。红娘子领一支人马暗暗进城。张禹才带几个老乡手
　　　拿菜刀由城门出。罗龙率大队人马赶到）

张禹才：哪个是罗头领？

罗龙：你是何人？

张禹才：我是张禹才。

罗龙：原来是张大哥。周贤弟赶快带一支人马随张大哥打破监牢,
　　　援助杨大哥救出李公子。（周力领人马进城介）刘刚贤弟,你
　　　我杀奔县府。（进城介。以上均是悄悄而紧张进行）

第二十二场　迎接李母

（上李忠）

李忠：此时为何还不见动静？（红娘子上,叩门）什么人？

红娘子：红娘子，李忠快快开门。

李忠：（开门介）原来少夫人，你，你来了。

红娘子：快请老夫人。

李忠：有请老夫人。（上李母、丫环）少夫人来了，少夫人来了。

李母：哎呀，媳妇。（哭介）

丫环：红姐你可来了。

红娘子：此时不宜讲话，婆母赶快上车随我走。（圆场，出城下）

第二十三场　破牢

（张禹才引周力等上，打开监狱救出李信）

李信：周力兄，啊，多谢众位父老。

周力：李公子！见了红姑娘你可要说是我把你救出的，这次可不能
　　　再溜啦。

李信：不要取笑，赶快救我家母亲。

周力：红娘子早把伯母救出去了。随我来。

（周力、李信等下）

张禹才：众位乡亲！今天就是我们出头之日。我们要出出气。走，
　　　　找县官去。

众白：对。找这个赃官算账。

张禹才：走，走，走！（一拥而下）

第二十四场　仓惶应战

（仓官急忙上）

仓官：里面有人吗？快快开门。（打门）

官兵：（上，开门）干什么？

仓官:赶快告诉杨守将,有人劫牢翻狱,我要去报告县太爷,这可不
　　得了。(下)

官兵:有请杨守将。

　　(上杨守将)

杨守将:(诗)今日有酒今日欢,

　　　　　　太爷请我摆大筵。

　　(白)何事?

官兵:有人劫牢翻狱。

杨守将:有这等事。众将官!(兵士走上)你我迎上前去。(带马下)

第二十五场　赔礼

　　(红娘子、李母、李忠等人上)

红娘子:(快板)

　　　　急急忙忙往前闯,

　　　　护送婆母回山岗。

　　　　正行之间回头望,

　　　　又见尘土起飞扬。

　　(白)后面有人追来,李忠你们先行,待我迎上前去。

李忠:不是追兵,是李公子回来了。

　　(红娘子马上生气地退到一旁。李信、周力等上)

李母:我儿回来了。

李信:参见母亲。

李母:赶快见过红姑娘。

李信:这个,娘子我这边有礼了。(红不言)是我李信惭愧得很呀。

　　(红不言)啊娘子! 像我李信,虽然才多智广,一人终于难成大

事。如今山寨弟兄,个个英雄好汉,还记得花园之时,姑娘言道:为贫民做牛马,这回甘心听你的话。从今之后,决意和姑娘随同众位之后,救万民于水火之中,你看如何?(战鼓声起)

李母:战鼓声起,媳妇!你就饶了他吧!

周力:红姑娘!李信是我救回来的。他已声明,不敢再溜,依伯母之言,你还是饶了他吧!我好回去打仗呀!

红娘子:(回头一笑)周力去你的。公子但愿如此,此处不能久待,赶快上马回山。

(红娘子、李母、李信、李忠、丫环等下)

周力:弟兄们!你我杀回杞县。(下)

第二十六场 对阵

(罗龙、杨守将等从两边上,对阵)

罗龙:来者通名。

杨守将:俺守将杨忠。你是何人?

罗龙:老子罗龙。休走,看枪。

(起打,罗龙败,追下)

第二十七场 杀死赃官

(宋廉手拿一壶酒,醉醺醺地上)

宋廉:杨守将的酒量太小了,可不如我,你瞧,我能喝他一晚上。我的二太太哪去了,她哪去……

(仓官急上)

仓官:别找二太太了,老爷,有人劫牢翻狱,土匪杀进城来了。

宋廉:杀进城来了?怎么不报呢?(鼓声)呀!这不是到门口了吗?

混蛋,混蛋! 这往哪逃呀!

仓官:老爷! 对不起,我可要走了。(往外跑)

宋廉:这可怎么办?(慌慌张张躲到厕所。同时张禹才等群众上。抓住仓官)

张禹才:你这个仗势欺人的狗东西,也知会有今日吗?

群众:打死他,打死他。

张禹才:慢来,慢来。赃官现在何处?

仓官:饶了我吧! 就在里面。

张禹才:赵老二你们带着这个狗东西去捉拿王文那个恶霸,然后一起处理。(赵老二、仓官等人下)

（张禹才进县衙搜索。从厕所内把县官拉出,群情激愤。张禹才手持菜刀抓住宋廉）赃官呀赃官! 自你到任之后,欺压百姓,无所不为。年境荒旱,民不聊生。幸有李公子开仓放粮,搭救我们,反被你陷害入监,误伤好人。今日将你捉住,恨不能吃尔之肉,喝尔之血,剥尔之皮。打,打,打死你这赃官。(杀死)众位乡亲! 今日打死赃官。走,到那边帮着打。

群众:走,走,走!（同下）

第二十八场　战胜回山　投奔闯王

（以下起武打。最后把杨忠杀死）

罗龙:众位乡亲! 今已将赃官恶霸杀死。愿随我们投奔闯王,为民除害,创建大业者,即请报名,不愿者留在城中。现有大户粮食,可以分而食之。

张禹才:我要参加。

（接着有不少人报名）

罗龙：如此众家弟兄！带马回山。（同下）

（剧终）

东北书店 1947 年 9 月初版

◇左　林

光荣夫妻

人物：王保生——二十四五岁，东北解放军排长。

　　　桂花——二十二三岁，王之妻，新民主主义青年团团员。

　　　小明子——十四五岁，王之妹。

　　　王老汉——四十六七岁，王之父。

　　　村长。

　　　妇女会长。

　　　儿童团员——男二女二，均穿花衣。

　　　群众——男女各三五人。

地点：天津附近解放区某村。

景：如有条件可搭一"欢迎东北解放军进关"的彩楼，或空台演出
　　亦可。

幕启：锣鼓声、歌声非常热闹。奏曲，桂花手执布鞋边走边绣鞋头上
　　的"雄"字，愉快地唱第一曲。

桂：(一)风吹云散露青天，东北解放军进了关，敲锣打鼓齐欢迎，家

319

家户户真喜欢。

(二)常胜解放军向前进,胜利捷报飞满天,解放平津在眼前,全
　　国胜利在今年。

(三)河里的鱼要使水养,解放军队要百姓帮,担架运粮做军鞋,
　　支援前线日夜忙。

(白)这几天庄上闹得热火朝天,比过年都热闹,还扎了一个高高
大大的彩楼,这些都是为的欢迎东北解放军进关。前几天一听
说东北解放军进关,早就乐得我心里直跳,什么工作做起来都起
劲。天津卫快解放了,这可是头一件高兴。我男人他也在东北
解放军里呢,这是二一件高兴。啊,想着心事就停了活,还是赶
快把这个"雄"字绣起来,好送去慰劳咱们东北解放军。

(唱第一曲)

(四)千针缝来万针引,万针缝来千针行,千层鞋底黑布帮,灰布
　　又把口儿镶。

(五)红绿丝绸把字绣,英雄二字绣鞋上,手艺巧妙人人夸,针针
　　为了打老蒋。

(六)绣字绣在我心中,心里想起王保生,大前年参加解放军,全
　　庄上他是第一名。

(小明上,偷偷走到桂花背后。)

桂:(白)王保生大前年参军,后来就随解放军开到关外去了,这几年
　　也不捎个信回家。他在家是个生产模范,又是个参军模范,到军
　　队后,不是个英雄,也该是个模范吧! 这几天一听说东北军进
　　关,我就想,他能不能也进了关哪……

小:(调皮地)吓!

桂:哎哟,小丫头,把我吓死了!

小：嫂子！这几天怎么这么乐呀？

桂：要打天津卫了，谁不乐呀！

小：别人乐的是打天津卫，你可不是。

桂：那你说乐什么？

小：（学桂花口气）不是个英雄，也该是个模范，哎，你乐的就是那个"他"！

桂：（假生气）要死了，小丫头，你再胡说，我就揍你。

小：揍我是假的，你心里乐得直跳是真的。嫂子，东北解放军过庄的时候，好好一个一个看清哪，不要让"他"走过去了！

桂：你自己好好看着吧，看着哪个八路军好，我给你作媒人。

小：哟，谁有你的那个他好嘿！（唱第一曲）

（七）黄黄军装皮带腰中系，三八式步枪扛在肩。为人民去打蒋匪军，哥哥本是个英雄汉。

（八）排山倒海冲向平津，解放军各路大进军。人民的军队永远打胜仗，好像猛虎下山林。

（白）嫂子，这回要是看见哥哥，他要是战斗英雄，那正好！你们两个是一对，一个是英雄，一个是生产模范。要是我哥哥落后，你怎么办呢？

桂：那就批评他。

小：批评他不接受，还开小差回家，怎么办？

桂：那我和他离婚。

小：哈哈，恐怕你舍不得吧。啊，倒忘了，青年团要你去开会哩。

桂：唔，小明，你把大路上扫扫，好欢迎解放军！

小：不，我还要烧一大锅开水，给解放军路过时喝呢！

桂：好，那我先走了！

（桂花笑着下，小明活泼地唱第一曲，并从幕后搬小桌小凳上。）

（唱九）小桌小凳大路上摆，黄烟开水桌上放。男女老少欢迎解
　　　放军，拿下平津打向南方。

（小明下，王保生全副武装精神饱满地唱《三大纪律歌》上。）

保：（白）喂，你们家里有人吗？

小：（幕后）谁呀！

保：我，解放军！

小：（热情地）啊，解放军来了。啊嗬，哥哥，哥哥，你回家了？

保：不，要等打败了蒋介石才回家啦。今天我是打前站。刚才村长
　　张罗地方去了，我顺便来家看看。喂，爸爸呢？还有你嫂子呢？

小：爸爸赶集去了，嫂子上青年团开会去了。

保：啊，都不在家。

小：（摸保生口袋）哥哥，这是什么呀？

保：（拿出一硬片）你认的字吗？

小：（拿过来）"战斗英雄"，"给王排长"啊！哥哥，你是战斗英雄，还
　　当了排长，嫂子看见了要高兴坏了。

保：你嫂子这几年有进步吗？

小：吓，可了不得，嫂子是全村的生产模范，今年还参加了新民主主
　　义青年团啦。哦，哥哥也喜欢地笑了。

保：（笑）那就好了。

小：嫂子什么都好，就是想哥哥这点不好。

保：（笑）哦，真这么着呀？那倒不知道她是真进步呢，还是假进步？
　　来，小妹妹，趁着村长这会儿还没来叫我呢，咱们来试试她！（和
　　小明耳语，小明点头赶快把枪、子弹和背包拿进家，桂花从保生
　　背后上）

小:(上)嫂子,你来得正好,你看,来了一个八路军。

桂:你怎么不请他喝水抽烟呀?

小:他说,不抽我的烟,就要抽嫂子的烟呢。

桂:瞎说呢? 你回来了!

保:(故作冷淡)唔,回家了。

桂:(亲热地)请了几天假呀?

保:不用请假了,这趟回家,再也用不着回队伍去了。

桂:(惊)莫非你受了伤吗?

保:咳,你看,腿不是好好的。

桂:莫非是你跟同志们吵了架吗?

保:解放军同志们在一起,比兄弟还亲热。

桂:莫非是队伍上生活不好?

保:白面馍馍不比家里强。

桂:(急)左不是,右不是,那你为什么离开队伍呢?

保:(唱第二曲)

　　(一)想起了家中心不安,第一怕田地没人管,再就怕有困难你遭
　　　　难,家中的事儿怎么办?

桂:(二)家中的事情众人帮,代耕队代割又代耕。优待军属真周到,
　　　　家中事用不着你担心。

保:(三)还有件事情我难开口,想起家来丢不下你。没有请假回家
　　　　转,咱们在一块儿不分离。

小:嫂子,哥哥开了小差,你高兴了吧?

桂:保生,真的吗?

保:谁说假,你看,枪也没带,背包也没带。

桂:(急)你这不忘了本吗,多丢人!(唱第二曲)

（唱）

（四）别忘了从前的伤心事，身上没衣肚里饥，活活受那地主的制，打下粮食是人家吃。

（五）自从来了共产党，穷人才得把身翻，平分土地有房住，又有吃来又有穿。

（六）有吃有穿凭的谁？当兵打仗为的谁？手摸胸膛问一问，逃跑回家对得起谁？

（七）要想翻身翻彻底，只有打败蒋匪军，你参军本是英雄汉，为什么长了糊涂心？

（白）就快打到南京去解放全中国了，庄上青年人都抢着报名参军，你倒开小差，翻了身就忘了本，亏的你参军时候还是模范啦！

保：我又不是"生产模范"，要当模范你当得了。

桂：儿童团的道理都知道得比你多，你不归队，看你有什么脸见人？

保：你说的再好听，反正我不去！

桂：（急得哭）真把人急死了，连批评都不接受，你这落后分子！

小：呢！嫂子，你刚才说我哥哥落后怎样？不舍得了吧？

桂：（哭，气）保生，你说，回队伍不回？

保：你进步，那你去好了！

桂：（哭，走）不接受批评，我也不要开小差的男人。

保：（拦住）哎，得了得了，来听我跟你说，何必生气呢？

桂：不说了，咱俩打今儿起没有什么可说的了。

　　（保生与桂花正争执时，王老汉、村长、妇女会长、儿童团员及群众上。）

众：啊。欢迎，欢迎，保生哥回来了。

王：（惊）刚回家，小两口又闹什么呀？

324

保:爸爸,您好。哎! 村长! 地方有了?

村:那一点也不用你费心。(桂花注意倾听)喂,保生,这是怎么一回事呀?

保:(笑)你去问她好了!

妇:桂花,到底为什么事闹呀?

桂:你去问他。

保:她要闹,又不是我要闹。

桂:你不是说你开了小差?

儿童团员甲:啊,保生哥不要脸开小差!

儿童团员乙:啊,保生哥还没有桂花姐进步啊!

丙:哪能跟桂花姐比呀,桂花姐是青年团员哩! 嘿! 嘿!

(众团员一齐手指保生。)

村:(忙上前排解)哎! 瞎说瞎说! 快别瞎扯了! 王排长! 你们要的开水,休息地方,都准备好了。你用看看去不用?

保:(大笑)得了! 咱们别闹了! 小妹妹,快把枪拿来吧!

(小明把枪和背包拿上,众欢呼。)

儿童团员:啊,保生哥,保生哥,保生哥是我们好哥哥啊!

王:保生,这就是你的不是了!

保:听说她在家挂念我嘛! 我就试试她是真进步啦还是假进步!

众:(笑)啊!

王:保生,刚回家,你也不该骗她。

保:这个玩笑可大了,闹出个离婚来!

妇:桂花,是真的呀? 啊,保生那你就不对了,快给她赔个不是。

保:(上前)敬礼!

桂:(不好意思笑)谁要你赔那不是。

众：（笑）好啦，好啦！

王：保生，你请了几天假呀？

保：喝了水就走，我是打前站，后面大军就到。

众：保生，好容易回家，住一宿再走吧！

桂：（不好意思）还生我的气呀？

保：不，还有任务要完成哩。

小：我哥哥是留不住的，他当了排长还是战斗英雄啦！

众：啊，留是留不住，也该慰劳慰劳。

（奏花棍调并配锣鼓，四个化装的儿童团员走出，表演打花棍，见花棍调。然后桂花不好意思地走出。）

桂：唔，这是双鞋，打败了蒋匪早点回来呀！

（王保生点头笑，王老汉、王保生、桂花、小明四个站成一排，众围着唱第三曲，儿童团拿红花表演。）

（一）鞋袜花手巾，送给王排长，

勇敢打老蒋，全国得解放。

（二）红红光荣花，英雄胸前挂，

战场立大功，美名人人夸。

（三）红红光荣花，老大爷身上挂，

解放军家属，人人都敬他！

（四）红红光荣花，桂花衣上挂，

生产做模范，个个称赞她！

（五）红红光荣花，小明头上插，

努力多学习，全家都爱她。

（六）桂花是模范，保生是英雄，

英雄加模范，两个真光荣。

（七）红红光荣花，英雄胸前飘，

　　　打下那平津，大家哈哈笑。

众：欢迎东北解放军进关呀！

　　（秧歌声锣鼓声响起，非常热闹，幕急落。）

　　排演时如平津已解放，可改为其他城名或改为解放军南下均可。如不会表演"打花棍"，其他如花鼓、花灯等表演也可。除最后一场的群众场面外，其他各场不必扭着秧歌舞表演。

　　　　　　　　　　　　　　　　　于一九四九年元旦

选自《红藏·中国青年》（1948 年复刊）第 3 期

◇石化玉

董存瑞

台前挂帅点将，

城下陷阵冲锋，

自我牺牲留美名，

英雄人人尊敬！

西江月罢，下引出冀察热辽人民解放军的一位英雄，这位英雄名叫董存瑞。列位哑言落座，细听我慢慢地道来——

（一）苔山顶上草青青，（慢板）

　　脚底下就是隆化城。

　　隆化战争英雄勇，

　　董存瑞的事情更有名。

提起了董存瑞此人大大有名，他本是敢五部八支队六分队第六班长。在这次打隆化作下了一件惊天动地的事情。

（二）董存瑞家住在河北省，（中板）

　　怀柔县南山堡里有门庭，

小时候给人家放羊多辛苦，

家庭成分是贫农。

（三）四五年参加在人民的军队里，

第二年就参加在共产党中。

他在那六分队里当班长，

他曾经三次立下大功。

（四）生就的侠心义胆人难比，

更加上对革命无限的忠诚。

哪一次作战不是跑在最前面。

哪一次作战不是带头打冲锋。

（五）一生地刻苦用心学本领，

全班里投弹射击他都是第一名。

不断地用心学爆炸，

四大技术他样样精通。

（六）他不但把战斗的技术都学好；

就是在团结方面也是成功。

无论是老乡和同志，

提起董存瑞都点头赞成。

（七）董存瑞的好处说不尽，（改调）

董存瑞的优点我数也数不清。

我有心再说上三五句，

赶多咱才能说到热闹当中。

书要简短方为妙，

啰哩啰嗦不受听。

咱把这人物介绍过且不再表，

回文来单表说这正文的事情。

（八）解放军出发去打隆化城，（慢板）

董存瑞在军人大会把话明：

"我要为热河的人民把仇报，

我要为中国的人民立大功！"

（九）当场就挂帅点了将，

准备着战场以上显威风。

战斗中我军拿下了苔山顶，

一步步逼近了隆化城。

（一〇）中学校就是敌人的心脏地，

拿不下那中学校你就别想进城。

东北角上有一群大堡垒，

和一座桥形碉堡把路横。

（一一）碉堡里敌人的机枪扫得猛，

把一条进攻的道路封锁得紧绷绷，

派去了两次的爆炸都没起作用，

不由得董存瑞心中怒火生！

（一二）虽然他刚才完成了两次爆炸，

这个艰巨的任务他又来担承。

连长呀三次阻拦都不中用，

这英雄抢起了炸药就往上冲！

（一三）（白）董存瑞说："这正是为人民立功的时候了，我是个

共产党员，我不去谁去？"正是——唱（快板）

敌人一见发了疯，机枪扫得更加凶。

你扫得紧来我躲得快，机动灵活身手轻。

你看他一会儿跑来一会卧，

一会儿滚进一会爬行，

说时迟来那时快，跑到碉堡底下把身停。

举目留神仔细看，他把这座桥形堡垒看分明，

这碉堡修得牢，修得精，没有眼，没有缝，

浑身上下一抹平。没有一个楞，没有一个顶，想要放上炸药万不能。

没有木棍和木架，这一个炸药的任务怎完成？

董存瑞心一横，腹内辗转暗叮咛：

"我一个人死了不要紧，救出了多少人的活性命；我一个人死了不要紧，隆化战斗就有了保证。

共产党员要有好品质，

为人民服务就不怕自我来牺牲！"

说时迟来他想得快，

这些事想了想也不过三秒钟。

这英雄主意已定不怠慢，

他毫不犹疑立刻就实行。

他把炸药箱子忙托起，

一只手按在墙上不放松。

一只手拉起引火线，只听得轰隆一声响——

亚赛响雷鸣。砖头瓦块腾空起，

敌人的尸首起在空。黑烟起处杀声喊，

只听得"杀！"——人民的队伍往上冲！

杀的杀挑的挑，全部敌人都肃清。

缴获了机枪十几挺，

活捉俘虏一百三十零几名。

隆化战斗得了胜,英雄血染满地红!

(白)战斗胜利结束啦,人家都来看地形,看见董存瑞同志的遗体,都不由落下泪来。

(一四)战斗完毕展开了战评,

研究那英雄当时动作的情形;

全连的同志都感动,

决心要替他报仇多立功。

(一五)指导员听说存瑞丧了命,

不由得痛哭流泪大放悲声。

这样的革命精神谁不尊敬?

这样的自我牺牲谁不心疼?

(一六)董存瑞同志的精神不死,

董存瑞同志的功劳算是第一名!

这本是人民军队的优良传统,

咱们要按着他的道路向前行。

(一七)冀热察行署发了命令:

把隆化中学改了名称。

改名就叫作存瑞中学校,

英雄的事迹万古留名!

(一八)大军区程司令员给他把文章写:

叫学习他对革命的无限忠诚,

发扬那英勇顽强的精神猛,

加紧学习,战术要精通。

(一九)董存瑞同志永垂不朽!

千秋万古留下了美名!

人人都学习董存瑞,

这伟大的革命事业就要成功!

选自《文学战线》,1949 年第 2 卷第 5 期

◇田　川

打黄狼

时：一个春天的早晨。

地：荒山野林中。

人：傅恒昌——十七八岁。

　　小黄狼——身披狼皮，性极狡猾。

　　老汉——山民，白髯老汉（亦可用儿童扮演），英俊坚决。

　　打狼的山民若干人。

幕启：山坡上树叶茂盛野花盛开春光明媚时有野鸟叽喳鸣叫。

　　（稍慢）（田野味）

　　（傅恒昌背药筐上）

恒昌：（唱）春天里来野花香

　　　百草丛生

　　　满山岗

　　　我爹叫我来采药

　　　采回药草配丹黄配丹黄

我姓傅名叫傅恒昌

我爹在家

开药房

四乡邻里来看病

药到病除有名望有名望

我今天上山来采药

脚也忙来

手也忙

累得浑身都是汗

歇息歇息爬山岗爬山岗

傅:(白)哎呀

平路好走山道难

我爹叫我上山来采药

累了一身大汗

我歇歇再爬这座山(坐在石头上擦汗)

(突然三声枪响)(鼓声)

(恒昌受惊跃起)(唱)

恒昌正在乘阴凉

忽听得惊天动地的响三枪

(鼓声)

上在高处朝下看

是一哨人马打黄狼

(锣声)

(山民在台后)(唱)

拿起长杆子

短棍棒

铁尺八叉钩镰枪

咱们吃过黄狼的苦

大家合力打黄狼

山民喊追呀！追呀！打黄狼呀！

（小黄狼仓惶逃上，恒昌见狼急躲在树后）

（狼上前摸摸爪）（唱）

叫声少年

不要慌

叫声少年

不要藏（追赶人声）

别看我是只狼

我有佛爷的好心肠（锣鼓声）

不嫌弃咱俩交个朋友

上前与你谈家常

你家住哪州并哪县

家中二老可安康

（恒昌急忙还礼）你问我家吗？

我家住在归德府

离城十里傅家庄

我是爹妈独生子

起名就叫傅恒昌

爹爹在家开药店

叫我采药上山岗

狼：（白）哦，傅恒昌好名字，你家开药店，救苦救难太好了，傅恒昌！

（唱）

看你面相真厚道

见义勇为好心肠

后面有人把我赶

望你救我小黄狼

世人都说狼心狼

我的心眼比人强

您若今番把我救

我帮你采药到山岗

（追赶声）（锣声）

恒昌：（唱）从前祖母教训我

凡是生物不可伤

我是有心救下你

不知你住在哪山上

狼：我家就在西山住

住在西山乱山岗

今天下午来找饭吃

正好路过庄头上

就在庄头大路边

遇着小孩玩泥浆

见了小孩心里饿

吃了娃娃当顿汤

我直说吃了小孩没有事

不料想村庄人马打黄狼

恒昌：（唱）看你黄狼怪可怜

见生不救理不当

我有心今天救下你

你在那里去躲藏

狼:(唱)今天你来救下我

我就藏进你药筐

恒昌:(白)药筐子这么小,怕装不进去吧!

狼:(白)身子缩一缩,藏一会,人马一过去我就出来。

(山民喊追呀!)快吧! 人马都追上来了。

恒昌:(白)好! 好! 你钻进去吧。

(小黄狼钻进筐里,昌拿草盖住,坐在筐上,假装歇息)

山民:(在内喊)追呵! 追呵! (锣声)

(老汉率山民众人急上,手持各种打狼武器)

老:(白)哦! 学生,我请问你!

(唱)你在树下歇息坐

可曾看见一个黄脸狼

恒昌:(唱)我家住在平川地

从小没见过黄脸狼

我只见东边跑来小黄狗

夹尾巴跑到那山上

山民众:(白)哦! 那就是黄脸狼!

(唱)那就是

那就是

那就是野兽黄脸狼

山民众:(白)不能让他跑了! 快追! 快追! (众人急下)

恒昌:(唱)一见打生的人儿走

恒昌我心里好喜欢

今天我救了小黄狼

黄天之下行一善

伸手揭开盖筐的草

叫声黄狼你快跑

（黄狼伸腰站起）

狼：（唱）要不是你救下我

黄狼我一命见阎王

黄狼我跳出筐子外

打量青年傅恒昌

他又红来他又胖

血肉肥美赛绵羊

（跳出筐外）

恒昌：（唱）救出你黄狼

你快走

上下看我为哪桩

黄狼：（唱）黄狼我三天没吃饱

这会又觉饿得慌

恒昌：（唱）你饿了山上有青草

渴了山水有水塘

黄狼：（唱）恒昌你救我救到底

我闻着你的人肉香

请你管我一顿饱

忘不了你的好心肠

（黄狼张牙舞爪扑恒昌，恒昌急急躲闪）

恒昌：（唱）黄狼他把我恩情忘

　　　　吓得我浑身打战心发慌

　　　　我本出心可怜你

　　　　见死不救理不当

　　　　别讲那些瞎道德

　　　　道理不抵人肉香

　　　　今天救你一活命

　　　　为啥反要把我伤

　　　　野兽三天不吃肉

　　　　口里发干心痒痒

恒昌：（唱）黄狼他嘴巧心眼狠

　　　　这回我恒昌上了当

　　　（黄狼捕昌，终将恒昌捉住扑倒在地，撕脱衣衫欲咬死恒昌，恒昌极力挣扎）

　　　（突然枪声三响）（鼓声）

　　　（黄狼大惊失色）（锣声）

山民：（在内唱）高山上跑了野豺狼

　　　　打坐的人们回村庄

　　　　豺狼若敢再出来

　　　　剥下狼皮做衣裳

　　　（黄狼随又满脸赔笑，赶紧支起恒昌给他穿衣结纽扣）

狼：（白）恒昌

　　　（接唱）刚才跟你开玩笑

　　　　说啥不能把你伤

　　　　你要二番搭救我

救命的恩人不能忘

禽兽之类知情意

何况我这小黄狼

恒昌:(唱)黄狼他还想把我骗

这回我恒昌有主张

好好好

好好好

二番救你小黄狼

赶快藏在筐子里

打生的人们到近旁

(黄狼急急钻进筐内,恒昌盖草结绳)

恒昌:(唱)伸手抓过一把草

结结实实来盖上

再把麻绳拿在手

一道一道紧捆上

我这里一切都停当

(白)再去喊打生的——(站在高处招手)

喊打生的人们快来吧!

这里藏着一个黄脸狼

(黄狼在筐里挣扎,弄得筐子在地上滚来滚去)

黄狼:(唱)黄狼我听见外面喊

要遭殃

大事不好

恨不能咬断绳两股

恨不

恨不能咬断装药筐

（山民众人急上）

恒昌：（唱）叫声哥们快动手

活活打死这黄脸狼

（众山民动手打狼，配打声，把狼打死）

老唱：老弟请到咱村庄

尝尝这狼肉香不香

煮好狼肉吃个饱

剩下这狼皮做衣裳

做衣裳

恒昌：（唱）刚才你们来追赶

我把野兽藏进了筐

要想救它一活命

它出来反要把我伤

把我伤

要不是你们回家转

我的性命就灭亡

野兽心肝真恶狼

差点儿受骗把命丧

把命丧

这一回野兽被打死

应谢大家出力量

我去有心去吃狼肉

又怕耽误采药上山岗

上山岗

老:（唱）你生在平地年纪轻

不懂野兽坏心肠

我们住在平坡地

曾被豺狼来咬伤

来咬伤

民:（合唱）那以后我们合力打野兽

日夜加紧做提防

见一个来打一个

见一双来打一双

打一双

老:（唱）山上野兽渐稀少

众民:（合唱）还有那毒蛇和黄狼

老:（唱）别看黄狼身个小

众民:（合唱）肚里藏着坏心肠

老:（唱）别看他有时假装可怜相

众民:（合唱）反过脸来把人伤

咱们把人手组织好

咱们把人手组织好

棍棒多来好

咱们把人手组织好

棍棒枪火强

棍棒多来枪火强

多来枪火强

棍棒多来

不管他白脸狼来黄脸狼

枪火强

不管他红脸狼来黄脸狼

毒蛇猛兽野豺狼

野豺狼

咱们坚决一齐消灭净

咱们坚决消灭净

不给人民留祸殃

不给人民留祸殃

人民留祸殃

不给人民

到那时

不受欺来不受害

留祸殃

到那时

不受欺来不受害

男女老幼得安康

得安康

恒昌:（唱）多谢众位救命恩

下回再也不上当

我今采药上山去

打去的人们回村庄

回村庄

（抬起狼尸分头下场）

选自《人民戏剧》,1949年新1卷第4期

担架队

（锣鼓作枪炮节奏，开场）

（担架队员甲、乙抬担架上，在场中环绕，边走边唱）

耳听炮声震呀震天响，

民主联军打呀打胜仗。

老百姓组织担架队，

要求上前方。

甲：我抬着担架前面走，

乙：我抬着担架紧跟上，

老百姓组织担架队，

要求上前方。

联军来了福呀福满堂，

中央军来了活呀活遭殃，

帮助军队来打仗，

一齐打老蒋！

甲：我抬着担架前面走，

　　你抬着担架紧跟上，

　　要把那些个反动派，

　　一齐消灭光。

甲：老王，咱们停下来歇歇吧！

乙：好呵！

　　（二人把担架轻放下）

乙：同志呵！你冷吗？（手伸进被子里）哎呀！被窝里冷得跟冰窖子
　　一样。

甲：这样大风，哪有不冷的！你别杀鸡问客人，（说着脱下棉袍给伤
　　兵盖上）来，盖暖和一点。

乙：这还不行吧？（脱棉袍）来，我这破棉袍给你盖着脚。

甲：饿了吧？同志！咱们到兵站上喂饭给你吃！

乙：咱们快走吧！

甲：好！

　　（二人抬起担架，绕场一周，边走边唱）

　　轻手轻脚抬呀抬伤号，

　　当心别颠着了同志的腰！

　　快快送到军医院，

　　把伤来治好。

甲：小路上走得平又稳，

乙：大路上走得快如风，

　　快快送到军医院，

　　把伤来治好。

　　（唱着转入后台）

（丙、丁抬一担架上，步履轻快，绕场唱）

耳听炮火震呀震天响，

民主联军打呀打胜仗，

老百姓组织担架队，

要求上前方。

丙：肩上抬了千斤重，

心中高兴脚下轻，

老百姓组织担架队，

快快上前方。

联军来了福呀福满堂，

中央军来了活呀活遭殃。

帮助军队来打仗，

一齐打老蒋！

丙：肩上抬了千斤重，

丁：心中高兴脚下轻，

要把那些个反动派，

一齐消灭光！

（甲、乙抬担架上，行进仍平稳）

丙：哎！咱们快点走，多来两趟。

丁：好！快！

（急步赶到甲、乙前面去）

甲：喂！喂！你们怎么的了？发疯了吗？

丙：啥玩意？谁发疯了？

甲：抬担架怎能这样逗乐子呢？又不是跳大神，蹦蹦跶跶的，把同志伤口颠疼了可怎么好？

丙:(忍不住地笑了笑)你说怎么样好呢？你给做个榜样看一看(与丁使眼色)！

丁:对！你们给做个样子看看！

甲:好！你们站一边,咱走几步给他们看看。

（甲、乙边走边唱）

轻手轻脚抬呀抬伤号,

当心别颠着了同志的腰!

快快送到军医院,

把伤来治好。

甲:小路上走得平又稳,

乙:大路上走得快如风,

快快送到军医院,

把伤来治好。

（停下来）

甲:明白了吗?

丙、丁:明白了！走走试试看！（走了几步）

乙:行！行！这样就行了！

甲:走起来脚尖先落地,前后合着步子,不要蹦蹦跶跶、歪歪扭扭的,颠得同志伤口疼,平平稳稳,一步是一步的就好了！

乙:我们走前面,你们跟着,看我们怎么走,你们就怎么走啊！

丙:好,走吧！

（同走,穿花,唱）

合着步子点着点脚尖,

平平稳稳走呀走向前,

颠不着来碰不着,

348

同志心喜欢!

甲、乙:脱下来棉袍给他盖,

丙、丁:他要饿了给喂饭,

爱护咱们的好同志,

同志心喜欢。

甲:哎呀!这么宽的交通壕可不好跳呀!等一会,我们先跳过去,你们再接着来呀!

(细心谨慎地过去了)

乙:你们来吧,这可得当心啊!要是跳不过来,把同志摔着了,可了不得。

丙、丁:没事。(跳,丙把土踩塌了,二人跌倒,担架摔在地上)

甲、乙:(急将担架放下,焦急万分)

甲:(大怒)两个大笨瓜,把同志跌疼了吧!

(二人走近)哎呀!可了不得,把同志给摔断了气了吧!

乙:是呵!摔得这么重,他能一声都不哼吗!

丙、丁:(在一旁摸着跌疼的地方,大笑不止)哈哈……

乙:这两个家伙真是疯子!

(甲、乙向担架伏下身)

甲:同志!跌疼了吗!同志!(难受得几乎哭出来)同志!(听不见回答,掀开被子,原来里面躺着一挺美国机关枪,一箱美国子弹,皮衣物等战利品)

甲:(莫明其妙)这是怎么的?不担伤兵,怎么抬起美国机关枪来了?

丙:哈……你们俩抬下来哪个伤兵呵!反动派都摇白旗子降服了,民主联军得的那枪呵,炮呵,子弹呵……可是老了鼻子了,枪堆得和草堆似的,多得了不得!

甲、乙:啊!你们怎么早不说呢?

（嬉笑着追打丙、丁）

丁：好了，咱们赶快送到兵站，没有伤兵抬，叫咱们赶快回转去运枪

炮呢！

众：走呵！（合唱）

　　民主联军打呀打胜仗，

　　缴获的枪炮堆积如山岗，

　　担架抬呀大车搬，

　　搬呀搬不完。

　　火箭炮呀冲锋式，

　　六〇小炮机关枪，

　　担架抬呀大车搬，

　　搬呀搬不完。

　　准备了担架没有伤员，

　　美国的枪炮我抬上几天，

　　抬伤员要爱护，

　　抬枪炮更喜欢。

　　火箭炮来冲锋式，

　　六〇小炮来机关枪，

　　军民合作打老蒋，

　　咱们加油干，

　　军民合作打老蒋，

　　保住我家乡。

（急步下）

（完）

选自《西满日报》，1947 年 8 月 10 日

两个大土豆

人物：蒋军甲（甲）

　　　蒋军乙（乙）

　　　老头（老）

　　　解放军战士（战）

开场：打击乐作机枪大炮节奏，战斗气氛

　　　（甲、乙狼狈跑上）

甲：（唱）我蒙头盖脸睡大觉，（一曲）

　　　忽听得吹起了冲锋号。

　　　又是那枪声又是炮。

　　　大炮弹落在我小坑梢！

甲：（唱）我只当手榴弹走了火！

　　　原来是解放军打来了！

乙：（唱）我急忙起身穿上裤子，

　　　吓得我屁滚心儿又跳。

甲：（唱）连长他穿上了兔子鞋，

　　　颠的颠来跑的跑。

乙：（唱）连长他都跑咱也跑，

　　　枪械子弹还要干啥。

　　　（炮声大作，甲、乙急切地张望）

甲：不好，追上来了，你听，炮响！

乙：（镇静，少顷）……不是，是我刚才放个屁响。

甲：（爬起）看你，放屁也不找个好时候，把我吓得够呛。

乙：快点找个老百姓家藏起来吧。

甲：对，藏起来。

　　　（甲、乙四下寻找，忽听有动静又急忙趴下，判明是个老头，才爬

起，威风十足地）

甲：老家伙，过来！（老上）

乙：过来！

老：啥事呀，老总？

甲、乙：快把我们藏起来。

老：（故作惊讶状）什么？……藏起来啦！没有哇。没藏起来呀，就

　　　剩两个小花鸡，前天还叫贵队长老总杀吃了！

甲：不是藏鸡，是藏人。

老：人，人更没有了，我就一个儿子，叫你们抓壮丁打死了，媳妇出门

　　　了，就剩我这个孤老头子。

甲、乙：不是，不是。

甲：（唱）人民解放军打上来了，（一曲）

　　　咱队伍被打得乱七八糟。

乙：（唱）求求你老爷子大发慈悲，

快快地救我们小命两条。

老：啊！解放军打来了，……要我把你们藏起来呀，（想了一下）唉，藏到草堆里吧。

（甲急钻进草堆）

乙：不行不行，解放军来了要烧草的。（将甲拖出）

老：那么，就藏到水缸后头吧。（乙欲进）

甲：不行，解放军跑渴了，进门就要喝水。

甲、乙：（无奈地）快，快想个别的办法吧！

老：（环顾四周，想出一计）那我看就藏到这麻袋里吧，再保险也没有了。

甲：解放军看见要问呢？

老：我就说这是两袋大土豆。

乙：解放军要吃土豆呢？

老：我就说屋里有现成的，他们就不要了。

乙：好，好，那就快藏起来吧。

（甲、乙忙钻进麻袋，老将袋口紧紧扎好，用草盖上）

老：你们别乱动啊，叫解放军看见可了不得，我去给你们把风去。

甲、乙：费心了！

老：（看了看，满意地）这回看你往哪跑！

（唱）面似虎来心似狼，（二曲）

行凶作恶你擅长！

善恶到头终有报。

这回犯到我手上，

快快去报告解放军。

看你投降不投降？！

看你投降不投降?!

（面向后喊：同志！同志！战士上）

战：（唱）忽听得后面有人喊,（二曲）

急忙上前问端详。

老：（唱）一把拉住同志手,

请到我家中西厢房。

炒两个土豆给你吃。

炒两个土豆你尝尝。

战：（唱）叫声老乡别客气。

我有事情不想吃。

老：不用客气,同志！走吧。（拉战士走）

（唱）同志们打仗多辛苦,（二曲）

我特地慰劳你们的。

这是两袋大土豆。

同志请吃别客气。

战：好吧。

（唱）正要做饭没有菜,

我先扛回伙房去。

报告上士司务长,

马上给你送钱来。

老：不要钱,这是慰劳你们的。

（战、老抬起一袋,老猛地一摔,甲哎呀一声）

战：这土豆怎么会说话呢？（忙持枪对之）

不许动！

（老慢慢地将麻袋解开,甲、乙慌张跪地求饶,老爷！饶命啊！）

老:(笑)同志,你看这两个土豆有多大呀!

战:原来是这么回事。

甲、乙:(叩头如捣蒜)同志,饶命啊,我们投降,我们是叫国民党抓兵抓来的呀!

战:说实话就行,只要你们投降,我们是优待俘虏的,不要怕,去吧,到连部去。

甲、乙:(起)到连部去……

战:走!

　　(甲、乙在前,战士持枪尾随,老跟后,绕场)

战、老:(唱)人民解放军真不善,

　　　　打得蒋匪七零八散。

　　　　粪堆里躲来口袋里钻,

　　　　终究瞒不住老百姓的眼。

　　　　不管你土遁入了地,

　　　　不管你驾云飞上天,

　　　　民心向着共产党,

　　　　定把蒋匪消灭光。(在鼓声中下)

(完)

选自《西满日报》,1947 年 9 月 12 日

◇ 白　人

老张机智捉俘虏

人物：张德胜——炊事员，称他老张。

　　　蒋军甲、乙、丙、丁、戊。

开场：锣鼓声中，老张挑担上，边走边唱。

　　（老妈开谤调）（第一曲）

张：机枪大炮连天响，

　　来了我伙夫叫老张，

　　同志们火线上作战多辛苦，

　　做好了菜饭咱忙送上，

　　从开火足打了那一天半，

　　这回定把那狗日中央消灭光，

　　同志们个个奋勇杀敌把功立，

　　俺老张也不甘落后上前方，

　　手拿着一颗手榴弹，

　　咱也来缴他几棵美国枪，

想从前俺本是那受苦汉，

多亏那共产党来把咱来帮，

分给咱房子又分地，

分了那衣裳和牛羊，

小日子吃不愁来穿不愁来过得好，

俺参加解放军保护咱那房屋土地和家乡，

坚决要打倒那伤天害理恶贯满盈卖国独裁的反动派，

为人民立下大功四海名扬！

（白）我，张德胜，参加革命九个月了。因为共产党帮咱翻了身，安了家立了业，小日子也过起来了，咱也开了脑筋，明白了道理，所以就自动报名参加了人民解放军，来打反动派，给个人报仇，为人民立功，自从俺参加了队伍，首长就分配俺作炊事员的工作，反正革命工作啥都一样干呗！咱干了九个月了，没犯过一次错误，可也没受过一次批评，在上次夏季攻势时候，因为俺的工作积极，同志们给我请了一个小功，也参加过庆功大会，戴过红花，吃过酒席，可是比起人家那挂金牌、挂银牌的立特功立大功的可就差远去了，俺老张就有点不服劲！哼！人家是个人，咱老张就他妈不是个人吗？恨不得到战场上去较量较量！这回出发，同志们又都订了立功计划，俺老张也下了决心，平时工作咱更加劲干，战斗时咱也要拼他一拼，就瞧咱这颗手榴弹的吧！

（唱）

别看我老张是个大老粗，

咱可是粗中有细不糊涂，

你是那英雄咱是好汉，

单在这节骨眼上分清楚，

说着天黑太阳落，

快快送饭别耽误，

老张我这厢急急走，

（蒋军狼狈逃上，丢盔卸甲，甲拿冲锋枪，乙扛机枪，余皆步枪）

（接唱）

蒋众：来了咱一群败兵走卒，

蒋甲乙：恨不得多长上他两条腿，

蒋丙丁：倒不如变个兔子更舒服，

蒋甲乙：八路军好比那下山猛虎，

蒋丙丁：只打得咱队伍东逃西窜落花流水丢盔卸甲一塌糊涂。

蒋甲：我正在工事里面坚决抵抗，

蒋乙：谁知八路军他硬往前冲，

蒋甲：手榴弹机关枪一齐开火，

蒋乙：紧接着杀声震天刺刀见血眼睛红。

蒋丙丁戊：刚把我抓来两个多月没见着仗，

蒋众：只顾得逃命去求生，

蒋戊：团长他硬下命令咱死守，

蒋众：还不是要咱们小兵来把炮眼来堵，

蒋戊：恨老将强逼咱们来送死，

蒋众：抛下那孩儿寡母多么惨苦！

蒋丙：好容易逃出天罗地网，

蒋众：精疲力尽蒙头转向我又迷失路途。

蒋戊：（忽然想起）听说八路军宽大政收优待俘虏，

蒋甲乙：别信他花言巧语把人唬，

蒋丙丁：（动摇）倒不如缴枪投降求活命，

蒋甲:(用枪威胁)快他妈的逃命别糊涂。

蒋戊:(发现高粱地)眼前一片高粱地,

蒋众:快窜进去躲躲莫踌躇,

蒋丙丁:跑得我浑身无力腿发软。

　　(老张挑担上接唱)

张:老张我送饭走得欢,

　　头上那子溜子嗥嗥地响,

　　大炮弹落在眼前炸个大坑。

　　枪林弹雨咱都不怕,

　　为人民牺牲咱也光荣。

　　行行走走来得快,

　　一片高粱地面前迎,

　　只听得高粱叶子哗啦啦响,

　　不是风来准有敌情,

　　老张我这厢不怠慢。

(上前侦察)

嘿!可不是嘛,黑古洞洞,巩巩松松,谷谷涌涌,慌里慌张,抓耳挠腮,那里边藏着五六个那蒋家兵。

咱要是不敢上前把饭送,

完成不了任务立不了功,

报仇立功就在这个节骨眼,

(决心地)解决不了这几个家伙不算英雄,

手里只有这么一颗手榴弹,

眉头一皱巧计生,

打个诈语把他们来骗,

叫个机枪班上来咱往前冲。

（白）机枪班上来,对准前面高粱地,喂！蒋军弟兄们！赶快交枪投降吧,枪是老蒋的,命是自己的！不要糊里糊涂替老蒋送死呀,我们八路军宽大政策优待俘虏,快交枪,要不,我就用机关枪突突死你们！

（唱）（仍同前转快板第二曲）

老张我虚虚实实大声嚷,

蒋众:（接唱）蒋家兵高粱地里心胆寒。

蒋甲:忽听得背后有人喊。

蒋乙:原来是八路军追到眼前,

蒋丙:吓得我浑身发抖不能动。

蒋丁戊:我看是趁早交枪莫迟延。

　　〔张:（过门中插白）快出来！交枪不要命！〕

蒋甲:我看是三十六计跑了好！

蒋乙:他一阵机关枪咱们大家命玩完。

　　（张:快交枪！四面都包围上了！跑不了！）

蒋丙:左思右想没法办。

蒋丁乙:若不交枪难上难。

蒋众:（决心硬着头皮地）低头举枪走出高粱地！

蒋甲乙:心里是怀揣兔子不登不登跳得欢。

蒋众:恭恭敬敬把枪放下。（枪放在地）

张:老张我一见心喜欢。

蒋众:（白）八路同志！饶命啊！饶命啊！

张:（白）不许动,手举起来。

　　（唱）蒋军他虽然把枪缴,

我老张寡不敌众又为了难。

蒋甲：（唱）我这里定神抬头看。

蒋乙：哪里来的机枪班？

蒋丙：都是他一个搞的鬼。

蒋甲乙：把他收拾了咱好逃窜。

蒋甲乙丙：商量商量我就要动手。

　　（张喊：不许动！）

张：老张我二计上心间。

　　（白）转过去！向前三步走！不许动啊。动一动我的手榴弹就

　　扔过去了！

　　（唱）老张我正要把枪取。

蒋丙：溜之大吉小命保全。（欲溜走）

张：（白）站住！妈的你跑我都打死你们，听我的口令啊！向左转，

　　（有向右者）你们国民党连左右都分不开。

蒋甲丙：我们吓蒙了，同志把枪交了就得啦呗！

张：（白）齐步走，左转弯，立定！动啊！

　　（唱）老张我忙把机枪来架好。

　　卸下来大栓让他搬。

　　（忙卸枪栓）

蒋甲：（唱）我这还有一颗手榴弹。

蒋乙：快扔过去，炸死这个家伙就好办。

　　（张喊：不许动！）

张：一见那狗日的要动手，

　　老张我三计上心间。

　　（白）趴下！哎，脑瓜对脑瓜，齐把手伸到头顶上，动一动我就要

你的命。

（唱）你打死我一个不要紧，

俺手指头一动你们五条狗命都玩完。

蒋丁戊：（白）别他妈动了，你一个人不愿意活着，别拐带别人哪！

蒋丙：八路同志啊！

（唱）同志同志我要拉屎，

张：（唱）拉屎就往那裤裆里装。

蒋甲：八路军同志我这钱送给你，

请你开恩把我放。

张：敢再说话不客气，

小心我的机关枪。

蒋丁：害群之马你太捣乱。

蒋戊：老老实实别声张。

蒋乙：这块手表我不要了，

这个金戒指你带上，

咱们哥俩交个朋友。

张：小心我的机关枪。

（将枪栓已全部卸完，机枪梭子亦卸下，端起冲锋枪）

张：（上前搜蒋军武器，边搜边唱）

（调同前，转慢板）（第一曲）

蒋军弟兄不要害怕，

缴枪投降就是咱们自家人一样，

八路军三大纪律八项注意规定得好。

不要你命来只要你枪。

（搜出甲的手榴弹）

你有那千两银子咱也不爱,

快快地收拾起来莫要心慌,

愿意回家给你路费,

有良心的!跟咱们一同打老蒋。

(白)站起来吧,过来过来,一人拿一棵枪。(指甲)你来挑担子!走!

(张持枪尾随)

(绕场唱,调同前)

张:人民解放军打胜仗。

蒋众:中央军缴枪投了降。

张:为人民立下功多荣耀。

蒋众:咱他妈的提心吊胆死里逃生为谁辛苦为谁忙!

张:只要你诚心悔过认清真理,

　　改邪归正既往不咎。

蒋众:同志你可称英雄算好汉。

众合:独胆英雄美名扬!

　　(锣鼓声中下)

(完)

选自《人民戏剧》,1949 年新 1 卷第 2 期

◇白　华

杨勇立功

人物：武占魁——二十五岁，三连三班班长，贫农出身。

　　　杨勇——二十三岁，三班战士，贫农出身。

　　　战士——甲、乙、丙。

　　　指导员

　　　战士们——若干人。

　　　老大娘——四十五六岁，翻身的群众。

　　　杨老汉——五十七岁，杨勇父，翻身的老农民。

　　　大妮子——十四岁，杨勇妹。

　　　小三——十二岁，杨勇弟。

　　　秧歌队——四人至八人，战士扮演。

　　　群众——男女各若干人。

　　　报告人——即报幕者。

时间：一九四七年初春至夏季。（三下江南战役结束后到夏季攻势

　　　结束）

第一场

出场人物:秧歌队(四人或八人),战士们(若干),男女群众(若干),

功臣(若干),指导员。

(锣鼓喧天,随着一阵嘹亮的歌声中,秧歌队舞了出来,每人左手举一朵大红花,打头的是两个战士举着一块大红布横旗,上写"欢送功臣"四个大字)

秧:(唱大红花曲)

大红花,红又红,人民功臣挂前胸,

人人敬来人人爱,立下功劳真光荣,

呀呼嘿嘿依呀嘿,呀呼嘿嘿依呀嘿!

大红花,放光彩,欢送功臣去把会开,

祝咱的大会开得好,宝贵的经验带回来,

呀呼嘿嘿依呀嘿,呀呼嘿嘿依呀嘿!

(战士们、男女群众们跟在后边,熙熙攘攘嘻嘻哈哈地看热闹,秧歌队扭了一遍,大家鼓掌喝"好!")

战甲:(从人群中挤了出来)闪开! 闪开! 功臣来啦!

(场中人闪出一条路来,几个功臣武装整齐鱼贯而出,为首的是三班长武占魁,大伙猛的一声"好"! 掌声如雷,口号继之而起:)

"欢送功臣参加庆功会!

"人民功臣最光荣!

"向功臣们学习!

"……"(喧嚷声搅成一片)

战乙:(高喊)别吵了,给功臣们戴花吧!

众：对！ 秧歌队戴花！

秧：（唱上曲,扭起来,给功臣佩花,众和着）

（指导员上）

指：（在一旁看着秧歌队给功臣们戴花和战士们拥着功臣们说笑,一曲歌完,他鼓掌大笑地走到人群中去）哈,哈！ 你们搞得真热闹！

众：指导员来啦！

指：你们倒像是办喜事啦！

战甲：欢迎指导员给咱说两句！

众：对！ 欢迎,欢迎！

指：好！ 别欢迎啦！ 一会全连集合欢送的时候,我再说,你们一排在三下江南中打得很好,出现了好几个功臣,像三班长武占魁同志,战斗爱兵在咱们全营都很有名,这次到师里去开庆功会,多学些经验带回来,再要打仗咱们全连都立个功,你们说好不好！

众：好！ （呼口号）

指：好了,时候不早了,该到连部门口集合欢送啦！

众：对！

战丙：（跑了出来）班长,班长！

武：怎么？

战丙：杨勇说不去啦！

武：不去啦？

战甲：又是什么事闹别扭啦,班长,我去叫他！

武：你们先去集合,我找他谈谈去！

指：三班长,他请假的事情,告诉他过几天再回家看看,这次庆功会还是要参加,对他会有好处的！

武：对！ （下）

366

指：同志们,集合去吧!（先下）

众：走! 秧歌队领头!

（秧歌队扭起来,唱起来,齐和着簇拥而下）

第二场

出场人物：武占魁,杨勇,战士丙。

（杨勇背枪上）

杨：（唱杨勇一曲）

大冷天出了兵三下江南,

好容易打完仗才得回还,

离家门十来里驻军休整,

实指望请个假回家看看。

谁知道不准假这还不算,

咱班长还给我故意为难,

十来个人单派我当了代表,

去参加庆功会真是现眼!

（白）真他妈的别扭,不准假就不准假,还叫我当什么代表,人家是功臣去开会,我去干屌! 我杨勇又不想立功,天生这付熊脾气,不稀罕这个!（接唱二曲）

我杨勇生来就浪荡成性,

东游游西逛逛不务正经,

爱干啥就干啥谁也管不着,

去年底离了家出来当兵。

一当兵就参加了民主联军，

都说是闹革命为了人民，

又不打又不骂倒还自在，

讲纪律太认真实在难忍。

（白）当兵就当兵，又什么"革命""立功""为人民"，听了就头痛！

（武占魁佩大红花武装上）

武：杨勇，你怎么还不去呢？

杨：我去干啥，我又不是功臣！

武：唉，你看，昨晚我不是给你谈得清清楚楚，指导员不也跟你说过

　　了；除了功臣以外，一个班还要去一个代表参加的吗？

杨：一个班去一个，干啥单派上我了呢！

武：大伙选的，怎么是派的呢？再说你去参加庆功会也是一件好

　　事呀！

杨：我不稀罕，好事就轮不着咱！

武：杨勇同志，你听我说！（唱武占魁一曲）

革命战士为人民，战场立功是本分，

为了消灭反动派，早日和平享安宁。

这回参加庆功会，多多学习好本领，

学得本领上战场，也能一样立功勋。

（白）这回参加大会也是很好地学习呀！

杨：班长，不用说那么多大道理啦，我知道你们就是打主意不让我请

　　假回家看看！

武：杨勇同志，你这是扯到哪儿去啦，现在队伍在此地休整，还有一

　　个时期，离你家也不远，晚两天回去也不要紧，可是这次大会不

368

参加就损失太大了,指导员的意思是叫你开完会再回去,我家离

你家不远,说不定那时候我还能陪你一块走一趟哩!

杨:(不语)

武:走吧,时候不早啦,大伙都等着哩!

　　[外面秧歌队的歌声渐起(大红花曲),战士丙喊着跑进来。]

战丙:班长,班长,大伙都到连部集合了,杨勇快走吧! 人家哪一班

　　的代表都去啦!

武:你听,都集合去了,快走吧!

杨:(背枪向外走)

武:杨勇,把背包带着!

杨:不,我不带那个!

武:你看……(跑下拿背包)

战丙:得开好几天的会,不带背包还行!

武:(提背包出)走吧!

战丙:我拿着!(替杨勇背上背包)快走,杨勇,大伙等着欢送你

　　们哩!

　　(武占魁、战丙拥着杨勇下,外面秧歌队的歌声大起)

第三场

出场人物:大娘,杨勇,武占魁,功臣甲、乙,小招待员。

　　(大娘端一小盆上)

娘:(唱大娘曲)

　　蓝蓝的天上没有云,如今咱穷人翻了身,

　　这都全靠共产党,这都全靠八路军。

十冬腊月封了江,队伍江南打胜仗,

活捉了中央一万多,江北才得享安康。

(白)咱八路军冒着天寒地冻地在江南打了大胜仗,咱江北老百姓的日子,这才算过得安稳了;这两天队伍上在咱屯里开大会,说都是这回下江南打仗有功的人,这些同志真喜人,住俺西屋的几个,整天忙着开会,还帮咱干活,又挑水又扫院子,唉,头些年哪,哪儿去找这样的队伍哟!

(接唱上曲)

这些同志真喜人,难怪个个是功臣!

打起仗来赛猛虎,对待百姓亲又亲。

喝水想起挖井人,翻身不忘八路军,

同志们给咱好光景,蒸几个豆包表表心。

(白)今儿推了点黏米面子,蒸上几个豆包,给同志们尝尝,算是我一点小心意!(端盆下)

(杨勇佩了代表证无精打采上)

杨:(唱杨勇一曲)

这两天开大会真是闷人,

直闷得我杨勇无处安身,

屋子里屋子外村前村后,

走过来走过去全是功臣。

这光荣那光荣咱全没份,

左想想右想想心中不定,

会场里实在是坐不下去,

装头痛请个假找个清静。

（白）会场里说来说去总是光荣光荣,跟我有什么关系！真他妈的倒霉,班长死拉活扯地非要我来参加,还说对我有什么好处,我就不爱听那一套,哼,我连看都不想看,让你们自己光荣去吧！（进屋放下枪）开了两天会,真把我憋坏了,刚才装着头痛,请了个假回来清静清静！（端起桌上空茶缸子看了看）大娘,大娘,有水喝没有？

娘:（出）同志,开完会了吗？

杨:没有！

娘:（热情地凑上来）哎呀,开得真热闹呀！又是戏又是秧歌,花花绿绿的,我老婆子这辈子还头一回见到哩！也真是,为咱老百姓立下这么大的功劳,怎么不该好好热闹一下哩！

杨:（不耐烦忍耐地）有水喝吗？大娘！

娘:有,有,我给同志们早烧好了一壶了,哎,咱干别的不行,给咱有功的同志烧壶水喝还算得了啥,同志们那么冷的天,翻山越岭,枪林弹雨地立个功还容易吗？

杨:（更听不下去了,端起缸子）大娘,你水在哪儿？（要进去）

娘:（拦住）同志,你歇着,我给你提去！

杨:（勉强地）那麻烦你啦！

娘:哎,那算得了啥！（忽下）

杨:（牢骚地）他妈的,哪里都是这一套,真讨厌！（憋气地躺在铺上）

娘:（提水壶出）同志,喝水吧！

杨:嗯！

娘:（忽然看见杨勇躺着不动,关怀地趋前）同志是不是不舒服？

杨:（不动）嗯,头痛！

娘:哎,这是咋整的! 找个先生看看吧!

杨:不要紧,一会就好啦!

娘:唉,喝口水吧! (为杨倒水端到铺前)

杨:(发觉不好意思地)哎,大娘,我自己来吧!

娘:喝吧!

杨:(喝水)……

娘:(闲谈地)同志家是哪儿?

杨:杨家屯!

娘:(惊奇地)杨家屯? 是北边那个杨家屯吗?

杨:嗯,是!

娘:哎哟! 那可不远呵! 才十来里地,你没回去看看!

杨:没有!

娘:咋不回去看看? 同志,你要回去看看,家里的要多高兴呵! 真是
    一人立功,全家光荣!

杨:(刺激得烦躁而又难言地)哎呀! (抱住耳朵倒在铺上)

娘:(惊慌地)怎么,同志,头痛得更厉害了吗?

杨:(不语)……

娘:唉,还是找个先生来看看吧! 同志们又都没在家,这咋整! ——
    我去吧,我去找个同志回来!

杨:(急坐起)大娘,你别——

声:好! 真打得好!

    哈! 哈!……

    (杨又倒下,大娘止住)

    (是武占魁和功臣甲、乙三人佩大红花谈着回来了)

功甲:武班长,你真行!

功乙:你这个大功比七连报告的那个强得多啦!

武:那倒不一定,人家还是有很多值得咱学习的! ——(见大娘)大娘在这儿啦!

娘:武班长,你们回来了可好,这个同志病了,还是找个先生来瞧瞧吧!

武:(入内趋杨前)杨勇,你怎么样啦,找卫生所看看吧!

功甲、乙:(放下枪亦趋杨前)老杨,冻着了吧?

杨:(一骨碌坐了起来)好啦,好啦!

众:(惊异地)好啦?!

娘:唉! 病了就该找点药吃,可不能硬挺着,弄大发了还行吗?

武:杨勇,真好啦吗?

杨:好啦就是好啦吗!

娘:唉,好了就好,刚才看同志那个样,可真叫人担心!

功乙:老杨,今天下午会餐,你要病了,可就误了大事啦!

众:哈! 哈!

武:几点啦,快开饭了吧?

功甲:(看表)四点快十分!

功乙:快啦! 准备武器吧!(拿碗筷)

娘:(忽然想起)哎呀! 我光顾着给同志们唠嗑,把正经事都给忘了!

(匆匆下)

武:(望着大娘下去)咱房东大娘真不错!

功甲:是呵! 江北的群众跟去年大变样了,要不还打得了胜仗!

(外边小招待员在喊"给功臣发好东西啰!")

刘:(蹦蹦跳跳地跑了进来,提着一包东西)你们看,这是什么?

武:小刘,又发什么好东西啦?

功甲、乙:(齐奔小刘)什么好东西,快给咱看看!

刘:(闪在一旁)你们猜猜看!

功甲:是肥皂吧?

功乙:像是牙膏!

刘:不是! 烟卷!(说着跑开多远)

功甲、乙:(高兴地跟过去)烟卷,快来!

刘:这是哈尔滨送来的慰劳品,先发给功臣一人一包!(分别递与武占魁及功臣甲、乙)

功乙:好,还是老巴夺的烟卷哩!

功甲:后方支援前线真是想得周到!

刘:(最后递给杨勇)哪! 你的!

杨:(伸手去接)

刘:(调皮地)咳,没你的份!(又将手缩了回来)

杨:操! 没有就没有,他妈的!

刘:(笑了)你急什么! 代表也有一包,沾了功臣的光啦,可别忘了立功!(又递了过去)

杨:(恼羞地一巴掌把烟打在地上)去你妈的,老子不要!

刘:(调皮地逗弄着)哟,还不好意思哩!

杨:(恼怒地站起来)我揍你个小鬼!

刘:哟,杨勇磨不开啰!

　　(杨气极,追着小刘,小刘一面逗着他,一面跑了下去)

武:(拉住杨勇)杨勇,跟小鬼闹什么! 拿起来吧!(把烟拾起来给杨)

杨:(余怒未息)我不要!

功乙:你这是干啥,谁不知道你是个老烟瘾,这个比烟叶子强得多!

374

武、功甲:拿上吧!（武将烟塞到杨口袋里）

娘:（端了一盆豆包出来）同志们,都来尝尝!

武:大娘,你这是干什么,咱一会就要开饭啦!

娘:武班长,我知道你们快开饭了,乡下没有什么好吃的,这是我一
　　点小意思!

功甲、乙:大娘,别客气,咱住你家就添麻烦啦!

娘:哎哟,要不是开大会,你们几位请还请不到哩!（捡起豆包塞到
　　每个人手中,大家只好接着）（唱军民对唱曲）

　　叫声我的同志们,客气就不是一家人,

　　好吃好喝咱没有,蒸几个豆包表表心。

武、功甲、功乙:（接唱）谢谢大娘一片心,咱来打搅太过分。

娘:（唱上曲）

　　咱们八路为百姓,千辛万苦杀敌人,

　　同志们功劳高如山,咱们才能享太平。

武、功甲、功乙:（接唱）杀敌保护老百姓,原是咱们军队的本分!

　　（开饭号响了）

武:开饭了,大娘,你端回去吧!

娘:不行,同志们开饭了也得带着吃完了它!

众:那怎么行哩,大娘你留下吧!

娘:说什么也不行,来,都带着!（硬塞给甲、乙,二人只好道谢接着
　　下去）

武:行啦,大娘留下吧!（要走）

娘:（拦住）唉!同志们!（塞两个给武）为咱老百姓立了大功,（又
　　塞两个给杨）吃我几个豆包算得了啥呀!

杨:（将豆包倒在盆里）我不吃这个!（转身就跑出）

武：老杨，你怎么的！（追下）

娘：杨同志！杨同志！（已经喊不回来了）唉，这个杨同志真怪！（端
　　盆下）

第四场

出场人物：武占魁，杨勇。

　　（武占魁戴着大红花，挂包里装着满满的，兴冲冲地上）

武：（唱武占魁一曲）

　　大会开了整三天，叫我心中好喜欢，

　　得了奖励记了功，光荣的事情说不完。

　　首长讲话来号召，一条一条要记牢，

　　有了功劳不骄傲，功劳上面加功劳。

　　团结群众更重要，全班的工作要搞好，

　　争取落后都立功，要把那模范班来创造。

　　昨晚大会已开完，今早急忙赶回还，

　　见了同志们说详细，今后的工作好开展。

　　（杨勇垂头丧气跟在后面上）

杨：（唱杨勇一曲）

　　杨勇我一边走一边发恨，

　　三天会开得我真是头痛，

　　就好像小蚂蚁爬上热锅，

　　弄得我日日夜夜坐卧不宁。

好容易熬过了三天日程，

今天能回班去才算安心，

这样的新鲜事头回见到，

悔不该参加了庆功大会。

武:(转身对杨)杨勇同志,快走吧,班里的同志们都知道咱今早回

去,说不定等得着急了哩!

杨:急什么,咱又没给他们带什么好吃的!

武:不是这么说,咱跟班里的同志们好几天没见面啦,大伙都会挂念

的,再说师里开会的情形大伙也想知道知道!

杨:(不紧不慢地)走吧!

武:(一面走一面谈着)杨勇你看这三天会开得怎么样?

杨:(不满地)好!(往前走了)

武:(追上去)杨勇,昨天发奖,给我不少东西,有毛巾、肥皂、牙膏、日

记本、铅笔,你缺什么我送给你!

杨:(掉头就走)我什么都不缺!

武:(愣了一会又赶上去)杨勇同志,为什么这几天你老是不高兴?

杨:(欲言又止)

武:是不是对我有意见?

杨:(难言地)没有!

武:那到底是为了什么呢?

杨:(干脆不讲了)自己闷得慌,回去就好了!(走)

武:(赶上)杨勇,你还是跟我谈谈,咱们研究研究!

杨:没有什么可研究的!

武:杨勇同志……

杨：（抢着说）你看太阳老高的，班里同志们都等着哩，快走吧！（跑
　　了下去）

武：（无可奈何地随下）

第五场

出场人物：战士甲、乙、丙，武占魁，杨勇。

　　（锣鼓声中战甲持扫帚上）

战甲：（唱扫地曲）

　　　庆功会开了三天整，今天班长转回程，

　　　拿起扫把里外扫，要把那埋汰扫干净。

　　　（扫地）

战乙：（提水壶及茶叶包上，唱上曲）

　　　庆功会开了三天整，今天班长转回程，

　　　提上茶壶去烧水，泡上壶浓茶来欢迎。

　　　（进门白）老张，你怎么又扫起地来啦？

战甲：早起我扫了一遍，可是这会看着还是埋汰，这叫班长回来看着
　　　还像话吗？

战乙：你办事就是不"利索"，连个地都扫不好！

战甲：（笑了）别批评啦，时候不早啦，你干啥去？

战乙：我呀！（郑重其事地）我去烧壶水，昨天我就托人到街上买了
　　　点茶叶，等班长回来，咱泡上壶浓茶给他喝着，叫他把庆功会
　　　上热闹的情形给咱好好说说！

战甲：对，对！你快整去吧！

战乙：好！（提壶下）

战丙：（用手巾包了几个鸡蛋上唱前曲）

庆功会开了三天整,今天班长转回程,

买了几个大鸡蛋,炒上它一盘来慰问。

(进门白)老张,我找了半天才买到几个鸡蛋,行吧?

战甲:行!

战丙:去炒上吧?

战甲:咳,等班长回来吃饭的时候再炒吗,现在炒,待一会凉了就没味道啦!

战丙:对,先放起来!(送入)

战乙:(出)老乡帮着咱烧水啦!

战甲:你看,你又麻烦老乡干啥?

战乙:老乡抢着非要帮着烧,我怕还有别的事情就让他烧了。

战甲:现在也没有什么事情,就等着班长跟杨勇同志回来啦!

(大家把桌凳整理一下,战丙上)

战乙:老张,你看这回杨勇怎么样?

战甲:我看总会有些进步!指导员说这回杨勇去参加庆功会,对他能起些推动作用,还说是咱班上要把杨勇的情绪搞起来,模范班就差不多了!

战丙:哼,别想得那么美啦,那天让他当代表去参加大会,他还别别扭扭地不愿去哩,我看他那个吊儿郎当疲疲沓沓的劲,什么都不在乎,转变可没那么容易!

战甲:这也不一定,只要大家好好帮助他,还是可以转变的。

战乙:是呀,咱们还不是指导员、班长常帮助才转了脑筋的吗?

战甲:对啦,小李往后对杨勇同志态度要好一些,大家好好团结,什么事都好做啦!

战丙:我保证往后不跟杨勇吵架,就看他的啦!

（鼓乐声起）

战乙：（跑到门口一看）来啦，回来啦！（跑出去，战甲、丙随下）

（外唱欢迎功臣曲）

　　　　欢迎欢迎，欢迎我们的功臣，

　　　　你们参加庆功会，

　　　　带回宝贵经验给我们。

　　　　欢迎欢迎，欢迎我们的功臣，

　　　　你们回到部队里，

　　　　领导全体同志学本领。

　　　　欢迎欢迎，欢迎我们的功臣！

（歌声中战士甲、乙、丙拥着武占魁、杨勇上，帮着拿枪拿背包，嘻嘻笑笑忙作一团）

战丙：班长，会上热闹的情形，你快给咱说说！

战乙：看你急什么，班长刚回来也该歇歇呀。（对武）班长，我给你泡
　　　了壶茶，一会你喝着茶慢慢给咱讲！可得等着我！

武：好！（战乙下）

战甲：班长，这几天咱在家里可憋坏了，整天叨念着你跟杨勇同志，
　　　会上热闹劲咱没见着，可想也想着啦！

战丙：班长，演剧了吧？

武：演了，演了两晚上，可好啦！

战丙：（急不可待地）班长，还有，还有什么新鲜事给咱先说说！——
　　　照相了吧？

武：这回大会上照相机可老了鼻子啦，连照电影的都来啦！

战甲、丙：（高兴地）照电影也来啦？！

战丙：那班长不上了电影啦！

战甲:怎么照法的?

武:那个机器像个小猪脑袋似的,对着我吱吱地直响,吓得我也没敢看它,谁知道那么一下就照进去啦!

战甲、丙:哈,哈! 好!

战甲:当了个功臣不光四海闻名,这一下不是四海——四海都认得了吗?

战丙:(高兴得跳起来)好! 好! 杨勇,这回也开了眼啦,你小子运气好,摊上个代表也光荣啦!

杨:(苦笑低下头去)

战乙:(提茶匆匆出)班长,你把什么新鲜事都给说啦?

战丙:告诉你,班长上电影啦!

战乙:上电影啦,快说给咱听听! (倒茶)

战丙:班长,还有什么?

战甲:看你一个劲地催着问,让班长喝口茶慢慢说嘛!

战乙:(端茶给武与杨)班长,杨勇同志,买不到好茶叶,算是咱班上欢迎的一点小意思!

战丙:对啦,一会吃饭的时候,我给你们炒鸡蛋!

武:你看,还花那些钱干什么!

战甲:大伙都说你跟杨勇同志开了几天会,怪辛苦的,今天回来该欢迎一下,可又买不到什么好东西!

武:咳,师里开会辛苦什么,吃得可好哩!

战丙:班长,你快给咱讲讲吧!

武:对! 我讲讲,大会上热闹的情形多得很,一会全连开会还要讲,我先把几桩要紧的事情说一说,好不好?

众:好! 班长说吧!

武:(唱武占魁一曲)

　　大会开得真正好,热闹的情景说不了,

　　先把几桩大事情,给咱同志们表一表。

　　自卫战争一年多,打得老蒋没奈何,

　　要想最后得胜利,还有几桩事情要好好做。

(接唱武占魁二曲)

　　第一练兵要用功,四大技术练精通,

　　三三制战术要学好,上了战场灵活用,

　　第二人人守纪律,爱护群众如父母,

　　第三大家团结好,互相帮助求进步,

　　立功运动要开展,咱们一齐加油干,

　　互相督促订计划,定要争取模范班!

　　(白)我说完了,这是首长号召的几件大事情!

众:拥护首长的号召,

　　咱们三班一定做得到!

战甲:班长,咱们立功计划早订出来了,你听我的!(唱订计划曲)

　　　练兵中我保证学好本领,

　　　劈刺刀要经常射击要准,

　　　向班长学爆炸多练投弹,

　　　战场上要立功歼灭敌人。

武:好! 咱们好好练兵。

战乙:班长听我的! (唱上曲)

　　　我一定要遵守群众纪律,

　　　不侵犯老百姓分毫利益,

　　　在战时找向导和气气,

　　　　　驻军时帮老乡挑水扫地。

武:对,平时战时都要遵守群众纪律。

战丙:班长,该我说啦!(唱上曲)

　　　　　同志们在一起如同家庭,

　　　　　都是为干革命穷人翻身,

　　　　　爱吵闹耍脾气一定改正,

　　　　　团结一心才能战胜敌人。

武:好!(唱武占魁一曲)

　　　　大家的意见都很好,说到就要做得到,

　　　　只要共同来努力,定能把模范班来创造!

众:对!(接唱)

　　　　只要共同来努力,定能把模范班来创造!

武:(转向杨)杨勇同志,你有什么意见?

众:对,杨勇同志,给咱讲讲!

杨:(低头不语)

武:杨勇同志,大会上的情形你补充补充,给同志们谈谈!

杨:(慢慢地抬起头来)没有!

众:(沉静)

武:杨勇同志,开了三天会,看到的、听到的也不少,你也会有些感
　　想,有空可以给同志们谈谈!

众:对,杨勇同志,有空咱们唠唠!

　　(集合哨音)

武:同志们,集合了,全连要开会,快走吧!

　　(众急持武器下,杨缓缓跟在后边)

杨:(唱杨勇一曲)

咱班里全都把决心来表，

一个个订计划要立功劳，

我杨勇在一旁无言无语，

心里头一阵阵如同火烧！

眼看着同志全都走了，

留下我在后边好不烦恼，

想过来想过去心中不定，

真叫我不知道如何是好！

武声：杨勇同志，集合啦！ 快来吧！

杨：（缓步而下）

第六场

出场人物：小三，大妮，大爷，武占魁，杨勇。

　　（小三背一捆柴火上）

三：（唱儿童曲）

我哥哥，二十三，去年十月把军参，

我也在，儿童团，村前村后把岗站，

清早起，上了山，拾完柴火回家转，

吃罢了，晌午饭，下午上学把书念。

　　（吆小鸡的声音中大妮上）

妮：（唱上唱）

三月里，好春天，小鸡喂了一满院，

喂得肥，喂得胖，长大天天下鸡蛋，

解放区，太平年，民主联军保护咱，

分田地,分房产,咱家日子过得欢!

三:姐姐!

妮:小三回来啦!

三:回来啦,你看我今儿拾了这么一大捆柴火!

妮:天不早啦,快家走吃晌午饭去吧!

三:对!

妮:(赶鸡,小三随在后边)

三:姐,咱这块住么多队伍,怎么没见咱大哥呢?

妮:咱民主联军那么多,谁知道他住在哪儿!

三:你说咱大哥这会怎么个样啦?

妮:一定像个当兵的!

三:有枪吧?

妮:当然有枪,打仗没枪还行!

三:这回下江南打仗,咱大哥不知去了没有?

妮:一定去了,人说是这回过江的队伍老了鼻子啦!

三:都说这回抓了不老少的中央军,都送到哈尔滨去了!

妮:大哥一定也抓了不少!

三:唔,大哥要回来就好啦!

妮:(小鸡跑散了,赶鸡,吆鸡,突然发现地)小三,你看那边两个同志往这边来啦!

三:是大哥吧!

妮:哪能!许是到咱屯子里开会的。

三:姐,咱去问问他吧!

妮:问啥?

三:问问咱大哥在哪儿?

妮：那上哪儿问去，队伍那么多！（赶鸡）

三：（往回看）姐，你看前边那个同志，走路可真像大哥咧！

妮：（转身细看）小三，是大哥，你瞧，他看咱哩。

三：（看了看，高兴得跳起来）是大哥，是大哥，我说是大哥吗！（蹦蹦跳跳地下）大哥……大哥……

妮：（随下）大哥，大哥……

（老头喜颜悦色地上）

老：（唱杨老头一曲）

青天高来高又高，太阳红来当头照，

自从来了共产党，咱们的光景变了样，

分了房子有三间，又分好地整两垧，

不愁吃来不愁穿，一家老少喜洋洋。

（白）我杨老头，今年五十七啦，头几年伪满时候受罪的日子，把老伴活活给折腾死了，留下两男一女，日子是一天难似一天，谁知道八一五光复，日本鬼子垮了台，伪满的警察特务那些兔羔子也死的死窜的窜，共产党民主联军到了，咱穷人这才来了个大翻个！如今分了房子又分了地，真是吃穿不愁！——天下的事也真是早安排定了，咱那个大小子杨勇打小在家逛逛荡荡，连饭都混不上吃，去年跑出去当兵，总算差一点没走错了路，一下就投到咱民主联军里头去了，只是他到了队伍上不知道干得怎么样，要是还像头二年那个没出息的劲可就对不起咱共产党民主联军啦！——听说下江南的队伍都回来啦，也不知道大小子那部分住在哪，我得找人打听打听，抽空还得去望望！（出门）大妮、小三怎么还不回来吃晌午饭哩！（向远处喊）大妮！小三！……

三：（跑得直喘地上）爹！大哥回来啦！

老：怎么，你大哥回来啦！

三：还有他们班长！

老：（惊喜地）在哪儿哩？

三：（指）那不是来啦！

　　（大妮拉着杨勇上，后边跟着武占魁，提着一块肉）

妮：爹，大哥回来啦！

杨：爹！

老：（高兴得说不出话）回来啦，好！

武：老大爷！

老：这就是班长吗？

杨：这就是咱班长武占魁同志！

老：哈！好，里边坐！（让进屋中）

妮：（搬座位）爹，你看大哥胖了！

老：哈！胖了，胖了！（唱杨老头二曲）

　　一见大小子回家门，笑在脸上喜在心。

　　半年不见你的面，又红又胖有精神。

　　（白）半年不见，胖得多了！——班长，请坐！

武：不客气，老大爷，这是咱连长指导员叫带来送给你老人家的！

　　（将肉递与老）

老：咳，这，这还像话吗！这叫连长指导员太费心啦！

武：算不了什么，也买不到什么好东西！

老：大妮子！（将肉接下交妮）快去预备晌午饭，多炒几个鸡蛋！

妮：（接下）嗯！

老：咳，早就听说队伍打江南返回来了，就是怎么也打听不到你们那
　　一部分住在哪儿，今后晌他四叔要上街，我还打算托他再给打听

打听,想不到你们这就回来啦!

武:老大爷,咱们住得离这儿不远,本来头几天就想让杨勇同志回来
看看的,因为队伍里开庆功会,杨勇同志跟我都去参加,所以就
晚了两天!

老:庆功会? 听队伍上都说开庆功会,是怎么个事?

武:就是这回三下江南打仗立了功的同志开的庆祝会!

老:(恍然地)呵! 我明白啦,这一说班长跟咱家大小子这回打仗都
立了功啦!

杨:(大窘)……

武:(欲言又止)……

老:哈! 好,这一下我可就放心了!

(唱上曲)

听说大小子立了功,杨老汉这才放下心,

有功之人好名声,全家老少也光荣!

(白)大小子立了功,咱全家也都光彩啦!

三:爹,啥叫立功?

老:立功? 立功就是立功,小孩不懂,就是干得好!

武:(故意扭转话题地)老大爷,家里有什么困难吗?

老:哎,班长,如今还有什么困难,大翻个啦,要拿往年来说,班长上
咱家不用说我招待不起一顿饭,就连个座位都没有哇! 大小子,
你也听我把家里的情形给你诉说诉说,你也放下心,在队伍里好
好地干!

(唱杨老头一曲)

自从你去参了军,地面上穷人大翻身,

斗倒了地主和恶霸,穷棒子个个把地分,(插白)

咱家分了房三间,又分好地两垧整,

军人家属受优待,民主政府常慰问,(插白)

这些好处要记在心,吃饱穿暖当报恩,

共产党和八路军,就是咱的救命星,(插白)

如今你当八路军,就是给自己办事情,

家里的老小你别挂念,一心一意杀敌人。

(白)大小子,家里的事你放心,在队伍上好好干!

武:老大爷,你老人家说得很对,杨勇同志在队伍上很好,你老人家也放心!(杨勇难堪状)

老:哎,我放心,我放心! 咱八路军里头我明白,又不打又不骂,吃得好穿得好,那还用说吗? 再说在武班长名下那更错不了!

武:我也不懂什么,要干得好还得靠杨勇同志自己!

老:班长太客气了,不瞒班长说,咱这个大小子早先在家里的时候也不正干,这会到队伍上能立上功,要没班长领导着还行吗?

三:(拉住杨)大哥,什么叫立功?

杨:(窘态)……

武:(解围地)小弟弟,立功就是打了胜仗,缴了枪炮,抓了中央军……

三:(高兴地扑向杨)呵,大哥抓了中央军啦! 大哥,你抓了几个?

老:哈! 哈! 好! ……

杨:……

妮:(出)爹,饭好了,里屋吃饭吧!

老:好,班长,大小子,咱先吃饭,吃完饭慢慢再唠!(拉着班长下)

　　(小三拉住大妮在一旁耳语)

杨:(缓缓地向内屋走去,忽又止步悔恨地)杨勇,你对得起你爹吗?

你对得起共产党民主联军吗？你为什么不能立功呢？……

（两个小孩忽然高兴地喊着跑过来拉住杨勇）

妮：大哥，是你抓了中央军了吗？

三：大哥，你怎么不给咱讲讲哩！

杨：（难言地）大妮……小三……（拉住大妮、小三的手无语）

老声：大小子，快来陪班长吃饭呀！

杨：（摔下大妮、小三的手，长叹一声转身入内）

妮、三：（莫名其妙）

妮：（噘起了小嘴）大哥生气啦！

三：怎么回事？

妮：谁知道，都是你叫问的！

三：（无可奈何地）吃饭去吧！（向里屋走去，大妮缓缓随入）

第七场

出场人物：武占魁，杨勇，指导员，三班全体战士。

（进军曲）

武：（上唱武占魁一曲）

部队四次下江南，夏季攻势要开展，
迎接全面大反攻，民主和平早实现，
刚才连部会开完，回班对同志们讲一番，
武占魁这次加油干，决心争取模范班。

（白）部队在江北休整了一个时期，现在又出发到江南，夏季攻势就要开始了，部队在这里待命，刚才连部开会动员，说是营部号召创造模范连，还做了一面很漂亮的奖旗，在咱三连也号召创造模范班，指导员还鼓励我，说咱三班很有希望，自从杨勇同志在江北参加了庆功会回家一趟以后,有了很大的转变,练兵很积极,到一个地方就搞起手榴弹靶来练习,还不断地和我学爆炸,这样一来,全班的情绪更高涨起来了,我武占魁有信心争取模范班的胜利!

(接唱上曲)

自从杨勇有转变,下了苦功把兵练,

过去的缺点全改正,真是一个好青年,

全班同志都喜欢,团结一心铁一般,

武占魁越想越高兴,迈开大步赶回班。

(向内喊)同志们,同志们!

(全班同志着白衬衣持枪纷纷上)

众:班长开完会啦?

武:同志们在练劈刺!

众:对啦,抓紧时间多练练好!

战乙:班长,有什么好消息没有?

武:有,有!

战丙:是不是要打仗啦!

众:怎么还不动手?

武:只要大家准备得好好的,打仗就快啦!

众:准备好了,什么都准备好了!

战甲:大伙别嚷,听咱班长说说,到底有什么好消息!

众:对,班长,你快给咱说说!

武:(看了看大家)杨勇呢?

战甲:找杆子去了!

武:找什么杆子?

战乙：昨天咱们在院子里竖的那个手榴弹靶太短了，他又去找杆子

想接上一截！

武：吓，真积极！

战甲：班长，杨勇的手榴弹练得不错啦！

战丙：（对甲）这两天他练得比你都准了！

战乙：你还说哩！他比你也强得多啦，你再不加油，可要落后啦！

众：哈……

武：好！同志们，刚才连部开会号召创造模范班，大家有信心没有？

众：有信心，怎么没信心！

班长，我保证完成任务！

我保证做到立功计划！（七嘴八舌把武占魁拥来拥去）

武：对！同志们都有信心，我也有信心！大家看，咱班上杨勇同志最

近能有这么大的进步，投弹爆炸都学得很好，其他同志更不用说

了，模范班的条件不成问题，我武占魁上了战场，同志们看吧，决

不孬种！

众：拥护班长！

班长，你指到哪我打到哪！……

一定要争取模范班！不成问题！（吵成一团）

武：好！同志们都把决心手册检查一下，随时准备战斗！

众：对！

战甲：班长，咱还是抓紧时间练练劈刺吧！

武：对，同志们咱集合一下！

（众整队）

武：立正！向右看齐！向前看！报数！向右转！跑步走！（武领

众下）

（杨勇扛了一根红白色的测量标杆上）

杨：（唱杨勇二曲）

杨勇决心要立功，每日苦练不放松，

单等战斗一打响，定要杀敌显威风！

（白）同志们，同志们！（众持枪蜂拥而上）你们看找了半天，到村
公所才找到这根杆子！

众：这是干什么用的！

倒怪好看的！……

杨：说是伪满时候测量局用的，倒怪结实！

战甲：呵，我见过，伪满时候画地图的，立着这个玩意测量用的！

武：怪好看的，这做了手榴弹靶不是太可惜啦！

杨：旁的还能有什么用！

战甲：哪儿也用不上，快接上吧，一会咱还得练习哩！

众：对！接上吧！（纷纷将散去时指导员上）

指：同志们在这儿干什么？

武：指导员来啦，你看，刚才杨勇同志找来这么根杆子接手榴弹靶
的，大伙都看太可惜了，可又没啥别的用处！

指：（看了看）有用，有用，用处可大哩！

众：（又围了上来）什么用处？

指：营部号召创造模范连，做了一面很漂亮的大旗，旗子现在已经做
好了，就是缺旗杆，把这个送去不是正好吗？

众：对了，拿它做旗杆再漂亮不过啦！

战丙：那咱们找来这根杆子白搭了！

战乙：你看，你自己又用不上！

战甲：是呀，做旗杆使比做手榴弹靶总合适得多！

武:那就送到营部去吧！

指:杨勇同志,你送去吧,交给教导员！

杨:(看了看杆子恋恋不舍地,众战士缓缓散开,他走了两步突然转身大喊)同志们,你们说这根杆子好不好？

众:(愕然地)好哇！

杨:咱们要这根杆子行不行？

众:(莫名其妙地)你要它干啥？

杨:(大声)我们要这根杆子打旗,我们要营部的旗子！

众:(愣了一会恍然大悟)对！我们要营部的旗子,我们要争取模范连!(围住杆子嚷成一片)

指:(鼓动地)同志们,杨勇同志说得很对,得了营部的旗子才能保住这根杆子,我们要这根杆子就得要营部那面旗,你们说对不对？

众:(雷吼)对！

指:有决心没有？

众:有！！！

指:有信心没有？

众:有！！

指:好,同志们,杨勇同志的口号应当普及全连,让大家努力保住旗杆！

众:对！！

杨:(举起杆子高喊)同志们,我杨勇在旗杆下宣誓,为了争取模范连,消灭反动派,不完成任务就不回来见它的面,同志们,战场上见!

众:(像爆竹一样)好！战场上见！！！

　　(齐唱保住旗杆曲)

我们要保住旗杆，

我们要争取模范，

战场上，人人都立功，

杀敌人，个个都争光，（举杆举枪齐走）

我们要保住旗杆，

我们要争取模范，

为人民自由而战斗，

要争取光荣的模范连！

（齐下）

第八场

出场人物：指导员，通信员，武占魁，战士甲、乙、丙，杨勇，战士们。

（前奏黄昏时分，炮声隆隆）

（指导员走在前面，身后紧随一武装通信员，他率领了突击组武占魁及战士甲、乙、丙隐蔽姿势上，越过缺口敌人火力有效区后，他到缺口前用望远镜观察着敌方，武占魁和战士们隐蔽在后边）

指：（有顷）三班长！

武：有！（趋指身旁）

指：前面那个大白炮楼看见了没有？

武：看见了！

指：那就是敌人的一个指挥所，如果把它拿下来，这附近的小地堡都可以很快地解决的！

武：对！

指：（稍停起身向侧方隐蔽处）现在杨勇同志在包炸药，（看表）已经七点五十分了，很快就要开始动作。

武:是！

指:你们在炸药响了以后,要迅速突上去,消灭炮楼里的敌人,占住阵地,连长带着三排从东边突击,二排是你们的预备队,都明白了吗？

武:明白了！

指:这次攻击很重要,营首长说,如果胜利地完成,模范连的旗子就差不多了,你们如果能完成任务,模范班当然也不成问题。

武:是！

指:(欲走又返)这次杨勇同志再三要求爆炸任务,前两天的战斗,他表现得很好,所以就答应他了,但他爆炸的技术恐怕不一定能很熟练！

武:指导员放心,杨勇同志爆炸学得差不多,如果万一不能完成任务还有我哩,咱们三班保证就是了！

指:好,你们三班担任这个任务我很放心,你们先在这里隐蔽,我到一排去看看！一会杨勇来了,叫他在这里等命令！

武:是！

　　(指导员率通信员下)

武:同志们都听清楚了吗？

众:听清啦！

武:同志们,平时讲立功,这就到了该立功的时候啦！

战甲:错不了,咱不能给三班丢脸！

战乙:只要炸开了缺口,咱就能冲得进去！

武:对！同志们别忘了咱三班是向全连挑战的！

战丙:班长,你看杨勇爆炸行吗？

武:行！爆炸主要是勇敢沉着,动作迅速,你们看,前两天他在战场上表现得还真不错哩!

战甲:我看杨勇还真够立功的条件哩!

武:这次他要完成了任务,我一定替他请功!

战乙:班长,你看杨勇来了!

（杨抱一大包炸药上）

武:杨勇同志!

杨:（冲过火力封锁地跑到武前）班长!

武:准备好了吗?

杨:准备好了,三十斤!（放下炸药）

武:差不多,（望了望炮楼）狗日的,够他呛的!

战乙:杨勇,这回要看你的啦!

杨:不成问题!

战甲:杨勇,完成任务咱全班给你请功!

战丙:再开功臣会该你上电影啦!

杨:（笑了）操! 咱不稀罕那个!

（远远炮声机枪声）

众:（凝神倾听）……

武:动手了吗? 怎么还不来命令?

（通信员急上）

通:三班长,指导员说开始动作了,叫杨勇把炸药赶快送上去!

（众迅速准备）

武:对! 你告诉指导员放心,我们都准备好了!

通:是!（急下）

武:杨勇同志,任务都清楚了吧!

杨:指导员已经跟我讲了!

武：好！这两天战斗中，你完成了很多任务，这一次——

杨：班长，你放心就是了。（抱起炸药包）

武：你的决心我很了解，模范班模范连就看你的了！

杨：同志们不完成任务，我杨勇就不回来！（冲上前去唱杨勇二曲）

　　杨勇抱起炸药包，实现决心立功劳，

　　这次任务重如山，不能完成不回还。

　　不怕炮楼高又高，不怕炮楼铁石牢，

　　这包炸药送上去，定要把它全炸倒！

　　（越过缺口冲下，枪声急骤）

武：同志们，准备好！

　　（众屏息凝神注视前方，忽然一声炮响，众变色）

武：不好！杨勇挂彩啦！

战丙：怎么办？

战甲：班长，我去！

战乙：班长，我去！（二人争着向前）

武：（一把拦住）不！（对战甲）老张，你代理班长，我去！（向前
　　冲去）

战丙：（拖住武）班长，起来了！

众：（看前方缓了口气）起来了！……又上去了！

武：好，杨勇真有种！

战丙：跑得真快！……

武：（片刻）好，送到了！……

众：（喜色）送到了！

武：回来了，准备，同志们！

　　（众紧张屏息，突然一声巨响）

武:(疾呼)同志们！立功的时候到了,冲呵！

（冲锋号响了）

众:冲呵！（齐冲上前下）

（号声、杀声、枪炮声搅成一片,后续部队源源冲上前去）

第九场

出场人物:指导员,武占魁,杨勇,战士们,报告人

（进行曲中指导员、武占魁、杨勇走在前面,杨勇佩大红花,举大红锦旗,上书"勇猛迅速"四个大字,后面是整齐的全副武装的战士行列齐步而出,唱得了红旗曲）

众:我们得了胜利,

我们得了红旗,

你看那,胜利在招手,

你看那,红旗在飘扬,

我们得了胜利,

我们得了红旗,

要随它,继续地前进,

要保持,光荣的胜利!

我们得了胜利,

我们得了红旗,

你看那,胜利在招手,

你看那,红旗在飘扬!

（行列横摆在台中,报告人出）

报:同志们,这次战役行动胜利结束,三连完成了消灭敌人指挥部的艰巨任务,奖给战斗模范连的光荣旗帜一面!（掌声中指导员向

众敬礼)三连三班战斗中坚决勇敢,全班记功,奖为三连的模范班!(掌声中武占魁向众敬礼)三班杨勇同志负伤不下火线,坚决完成爆炸任务,记大功一次!(掌声中杨勇向众敬礼)

(乐声起众唱前曲,随着飘扬的红旗下)

（全剧终）

一九四七年八月二十五日于盘石

《杨勇立功》演出说明

此剧系表现立功运动热火朝天开展中一个落后战士杨勇之转变,主要的力量是放在刺激启发立功热情上,但在剧中各种对杨勇的刺激切忌表现讥刺的成分,而是群众运动浪潮的推动和激励;因此杨勇周围的每一个战士都是具有立功的热情和推动立功运动的至诚,每一个群众又都是具有对民主联军高度拥戴和爱护,一切活动都是团结、活泼、愉快的。

演出上要从始至终贯彻紧凑高昂的调子,不容一刻松缓,这样就能构成全剧带有较浓的喜剧色彩。

在对杨勇几个刺激的场面,要表现得明朗而又有层次,这样才能使其转变有力量(三、五、六,三场是三个过程)。

第八场(战场)是一个尝试,尽量能配本剧中之乐曲,庶使帮助战场气氛,而演员在无布景、无真效果的场合下,更要求有真实的战场情绪,方不致给观众以"做戏"的感觉(炮声、枪声、爆炸声完全用打击乐器较好)。

广场演出时仅以道具分别各场环境:第二场一桌一凳,第三场一桌三凳一木板铺,第五场一桌三凳一小凳,第六场二凳,其他各场均空场,舞台演出时则避免捡场,适当加以二道幕即可(二、四场及六场小孩部分均在二道幕前）。

　　尚希出演团体能将演出情况转总政宣传队赐知。

十月五日

东北书店 1948 年 2 月

◇白　辛

鞋

时间：一九四七年十一月。

地点：由米沙子到伊丹站途中。

人物：牟庆福——东北解放军一团一连二排五班长。

　　　康宝贵——五班战士。

　　　郑永——外号小郑，班里的活跃分子。

　　　郭祥——五班战士。

　　　魏柏海——五班战士。

　　　傅海山——五班战士。

　　　刘春富——五班战士。

　　　任章德——五班战士。

　　　陶有——五班战士。

　　　副排长。

　　　连部通信员。

　　　（队伍在路上走，唱第一曲）

大胜利嘿大呀么大反攻，

八路军嘿齐呀么齐出动！

千军万马向前进哪，

嘿，嘿，嘿，多呀么多威风！

大路上队伍像潮水，

小路上一条龙。

嘿！千万英雄一条心哪！

报仇立大功！

（前边的队伍休息了）

牟：往后传，原地休息！

郭：往后传，原地休息！

郑：往后传，原地休息！

魏：原地休息！

傅：……

刘：往后传，原地休息！

任：往后传，原地休息！

康：往后传，原地休息！

（都倚着路旁的土坎坐下；有的整理伪装，有的整理鞋子）

郑：（看了看脚）操蛋，饿了！

郭：刚吃完饭，走没三十里地就饿了？真是个饭桶！

魏：那你就吃两块干粮嘛！

郑：别不了解情况就乱发手榴弹！你才是饭桶呢！

郭：你不是饿了吗？

郑：谁饿了？

魏：你刚才说的。

郑：我说的是它。（脱下鞋子）你看，不是张嘴了？

魏：你一说话，总得带拐弯的。

傅：人家小郑，那叫会活跃；不说话拉倒，一说话总得带那么点意思。

刘：小郑，你鞋张嘴了，你瞧，咱这双也不落后，露了蒜瓣了。

任：咱这五个老达也出来卖呆来了。

郭：你们前边露蒜瓣，咱们这叫后边露鸭蛋儿！

魏：你们那还叫"劲儿"呵！咱们这前后都开门了，带喘气的凉快！

郑：我们谁也不用吹，看看咱们班长和陶有、康宝贵，那才够得上艰
　　苦呢！这冷天，一句怪话没有，光着脚板，放鸭子。

牟：陶有还没上来呀！

任：没有，下去搞鞋子去了。

牟：上哪儿搞鞋子？

任：他说他有办法嘛！

牟：别去犯群众纪律呀！

刘：老陶不能！

牟：哎，这是谁扔的破鞋？要再有一只嘛，可就阔了……

康：我屁股底下还坐着一只。

牟：扔给我！

康：要它干啥？如果能挂脚人家也不扔了。

牟：拿来吧！我有用。（接过来背在身上）

郑：班长，真会过，破鞋还背着。

牟：（笑了）

　　　（陶有脚上包着麻袋上）

任：班长，陶有上来了！

牟：你上哪搞鞋子去了？没犯纪律呀！

陶:你看,班长!（举起脚）

郑:吓,大家注意了,陶有穿上外国凉鞋了。

众:（大笑）

牟:在哪儿搞的破麻袋?

陶:炊事班长给我解决的。

牟:好! 能行呵?

陶:挺得!

傅:小郑,你不是跟宣传队学会了吗? 不说是见着好的就唱吗? 今儿这些事,你也编上它一段吧!

众:对,对,编上一段!

郑:对,咱可不像宣传队那么啰嗦:又是笔,又是本的。咱们张口是韵,闭口是曲!

众:别吹,别吹! 快点,快点!

郑:（数快板）哎,让我唱,我就唱,唱唱咱五班的艰苦作风真"倍儿棒"。哎,可真"倍儿棒"……

刘:怎么的? 往下编哪!

郑:可真"倍儿棒",可真"倍儿棒"……

任:说呀!

郑:别忙! 这不是宣传队,编好了唱。现发现卖,这手功夫可不易呀!

郭:快点吧!

郑:着急? 着急不唱了!

众:不着急,不着急! 编,快点编吧!

郑:（快板）哎——打仗要打歼灭战,

吃饭要吃烂乎饭,

人民英雄不怕苦，

艰苦作风属咱第五班！

哎——前边露蒜瓣，

后边露鸭蛋，

班长老康都光着脚，

陶有解决了一双外国凉鞋，原来是麻袋破片片！

哎——不怕吃苦不怕赖，

咱们五班走得快！

……

众：好！好，好，好！……（鼓掌）

（通信员上）

通：哎，五班长，指导员给你双鞋！

牟：好！

（通跑下，前边的队伍走了）

牟：往后传，走了！

郭：走了啊！

郑：走了！

魏：走了！

傅：走哇！

刘：走了！

陶：走！

任：走了！

康：往后传，走了！

（班长站在路旁）

牟：康宝贵，这双鞋给你！

康:哦哈,这回可"自儿"了!

　　(班长跟上队伍去)

康:(刚要穿)嘿,不对呀!班长他也光着脚,怎么把鞋给我穿?……

　　哎,班长,班长!你等等,你等等!(唱第二曲)

　　康宝贵我喊一声,

　　班长班长你等等!

　　咱们俩都光鸭子,

　　鞋子给我叫啥事情?

　　(班长回来)

牟:干吗,康宝贵?

康:班长,给你!

牟:给你穿嘛!

康:都光着脚,干啥给我穿?班长你穿吧!

牟:啧,你这个同志真成问题!你忘了?指导员常讲,要打胜仗,就

　　得多走路;要多走路,你不把鞋子搞好,这冻天冻地,磕磕碰碰扎

　　根刺,那还了得!

康:那你不用说那个!我光鸭子怕扎刺,那么你那对脚鸭子是铁的?

牟:你这话——

康:班长,你是为干部的,责任比我重,不用讲道理,这双鞋一定得

　　你穿。

牟:你别耍嘴皮子!这双鞋我给你,你就穿。

康:指导员不也常讲尊重干部,爱护干部嘛!班长,该咋的是咋的!

　　你快穿上,看把脚冻坏了!(把鞋递给牟)

牟:真啰嗦,给你穿就穿嘛!(又塞给康)

康:班长,你别让我着急好不好?人家不穿,你还行强迫咋的?(又

给牟）

牟：唉，让你穿你就穿得了！（又塞给康）

康：我不能穿嘛！（又递回去）

牟：你穿嘛！

康：你穿吧！

（一双鞋子推来推去）

牟：你看队伍拉远了！快点吧！反正我交给你了！（塞给康就跑）

康：（拎鞋追）（唱第二曲）

　　班长班长你别跑，

　　这事咱俩要商量好，

　　为干部的责任重，

　　碰坏你的脚可不得了！

牟：（唱）

　　康宝贵你别麻烦，

　　冻坏你脚我不安。

　　干部应该多吃苦，

　　说让你穿你就穿。

康：（唱）

　　不穿不穿不能穿，

　　班长冻着咱不干。

　　看你能跑哪里去，

　　除非你插翅上了天！

　　你站下不！哎，真急人！今儿个你不站下，我就坐这豁上了——

　　掉队！（坐下）

牟：好，那你就掉队吧！（跑下去）

康:哎,班长,班长!……你等等,咱跟你有话说! 好,你不穿,你不穿咱就跟你"靠靠",看谁靠过谁? 走,拎着!（拎着鞋,大踏步下)

第二场

（班长在头前带着队伍,康宝贵拎着鞋子在排尾跟着)

牟:（唱第三曲)

一边走我回头看,

老康拎鞋在后边,

说啥他都不穿鞋,

活活叫咱为了难!

康:（唱)

拎着新鞋在后边,

咱跟班长靠靠看;

咱们应该多吃苦,

班长光脚咱不干。

（队伍走过去了,班长在道旁站着)

牟:哎,康宝贵,你先站一会!

康:干吗?

牟:这鞋子你赶紧穿上。

康:别废话,班长! 你要不穿,咱们就拎着。

牟:你看,放着一双新鞋不穿,光脚拎着,让别人看见,不笑话咱们是傻子呵!

康:是啊! 那你就穿上吧!

牟:我穿上你怎么办?

康：你就不用说那个，班长。我要穿上，你可又怎么办？

牟：哎，这事真不好办，一双鞋装不了四只脚，又不好一人一只！

康：就是嘛！

牟：我看这样吧！一人穿四十里地，咱们俩轮班穿！

康：好！那么班长你先穿吧！

牟：得你先穿嘛！

康：班长，你别调理人了，再有四十里就到宿营地，你这不是拿我"土鳖"吗？

牟：那二十里地一换吧！

康：行！你先穿！

牟：那哪能？得你先穿哪！

康：班长，今儿个你就不用绕脖子，你要不穿，咱就拎着！

牟：（想了想，计上心来）这么的吧！弄双鞋，你推我让的，太耽误时间，咱俩碰碰大运吧！

康：碰大运？行！怎么碰？

牟：就这么的！（捡一支草棍，从中折成一长一短）明白不？输的穿鞋，赢的光脚。

康：长的输，短的输？

牟：咱们是让又不是争，当然是短的输呗！

康：好！那你就做吧，咱们碰碰试试！

牟：可有言在先，要输了不许打赖？

康：那一定！

牟：不行，你得表示表示态度！

康：我要打赖是这么大个的王八，那你呢？

牟：我打赖也一样呗！

康:你做吧!

牟:你先转过去!不许看哪!

康:可不许做假呀!

牟:让你先拿,有啥假!

康:好!

牟:(唱第三曲)

康宝贵这同志,

干啥事,实心眼,

给他鞋子不肯穿,

他从心里爱护咱!

当班长,爱同志,

吃苦定要走在前,

今天全凭一根草,

要把鞋子给他穿!

康:怎么样?做好没有,班长?

牟:别忙,这就得!

(把那根草也折短了,两根一样长)

哎,抽吧!

康:抽?哎,我可得好好合计合计!(唱第三曲)

一根草折两段,

一根长来一根短,

抽着长的光脚鸭,

抽着短的把鞋穿!

(伸手欲抽,又缩回来)

不行,得再看看!

牟:一点假没有,随你看!

康:(唱)

> 长的长,短的短,
>
> 一长一短分两边;
>
> 抽着长的遂心愿,
>
> 抽着短的可咋办?(又要抽)
>
> 班长啊,咱不抽了,干脆你穿得了!

牟:当革命军人的,说到哪儿干到哪儿,可不能拉屎又坐回去!

康:好,咱豁上了,就抽一根试试!

(伸出手,又缩回去)

牟:抽啊!

康:好,(下狠心抽了一支,边抽边叫)长的!

牟:长的在这儿!

康:哎呀,坏了! 怎么来了短的?

牟:这回没说的,你穿吧!(急急跑下去)

康:操蛋!(唱)

> 拎起了新鞋子,
>
> 心里头真委屈!
>
> 一根草棍决定了,
>
> 牟班长他光鸭子。

> 雪风寒,天气冷,
>
> 土块冻得登登硬;
>
> 牟班长他光着脚,

咱的心里实在疼！

我怎么就偏抽着短的！穿吧，先对付他二十里地。穿！（下）

第三场

（队伍在路上走）

牟：（唱第三曲）

一边走回头看，

老康把新鞋脚上穿，

大步流星走得快，

不由我心里多喜欢。

康：迈一步瞅一瞅，

班长光脚前边走，

步步踏在咱心上，

脚疼哪有心疼苦？

（紧跑几步拉住班长）哎，班长，你站一站！

牟：又干吗？

康：（脱下鞋子）给你，二十里路到了！

牟：嗬，你这不是存心找麻烦？还没有十里地呢！

康：我跟老乡问了，搁放牛沟到这整二十。

牟：算了！你都穿了，就穿到底吧！

康：那还行？你讲过，拉屎还行坐回去！

牟：行了！眼看就到了，我穿那几步干啥？

康：没说的！咱们输了，咱就穿；这回轮到你了，该咋是咋的，反正我把鞋交给你了，爱穿不穿！（扔地下就走）

牟：好，扔就扔，（也走）看谁穿！

康:哎,班长,班长,你先等等! 你这不是熊人吗?

牟:(站住)我怎么熊人了?

康:该你穿,你为啥不穿呢?

牟:赢的就没穿鞋的道理!

康:咱们不是讲的一人穿二十里,输的先穿,完了赢的穿嘛?

牟:要是再碰一回,我输了就没意见。

康:你这不是耍赖吗?

牟:不干就拉倒!

康:真熊人! 好! 就再碰一回! 班长,这回可不行说了不算!

牟:那当然。

康:好,你做吧!

牟:(捡草棍)看好,一长一短哪!

康:嗯! (心里打主意)

牟:转过去吧!

康:做吧! 转过去了!

牟:(自言自语地)康宝贵呀,康宝贵,你这不是找着费事吗?(把长的折短)

　　(康悄悄回头发现他的把戏后,又悄悄转回头去)

康:班长,我转过来了? 好没好?

牟:转过来吧,好了! 快点抽,队伍拉远了!

康:班长,这回没别的,头一回我先抽的,这回该你先来了!

牟:我做的,还行先抽? 在我手里攥着,我还不知哪根长,哪根短? 我要先拿,不成了骗你!

康:行,班长,我信得着你,你先抽吧!

牟:不行,不行,你先来,你先来!

康：好，我先就我先的！（装腔作势地抽一根，搁手里攒着）班长，看看你那根是长的短的吧！

牟：不用看，我这根是长的。看你的吧！

康：不用看，我这根是长的，你那根一定是短的。干脆穿上吧！

牟：不，我的是长的，没错！

康：不行，今儿个一定先看你的！

牟：我，我这个……（顺手扔身后去）丢了！

康：（捡起来）刚才你哄我一回了，闹了归齐两根是一般长的！班长，别打马虎眼了，这回没说的，你穿！

牟：（拎起鞋）老康，你别跟我为难，我是汗脚，穿鞋遭罪，（塞给康就跑）你穿上就算成全我了！

康：哎，班长，班长，你看你！这事整的！班长，班长！（唱第三曲）

　康宝贵我悄悄看，

　看破班长的巧机关；

　眼看该他穿新鞋，

　他又说是脚出汗。

　谁愿意走路不穿鞋？

　谁的脚走路不出汗？

　千方百计来推让，

　班长实在爱护咱！

　唉，真是！把戏看漏了，又愣说是汗脚，不能穿鞋！他妈的，天底下有几个脚巴鸭子不出汗？怎么办呢？……好！你不穿，咱们就拎着！对，拎着！

　（大踏步下）

第四场

（部队到了宿营地，已经进房子了。班长从外边往屋里抱草，小郑、傅、郭在后边跟着）

郑：班长，你进屋里，我在外边打草铺！

傅：别，班长，我在外屋！

郭：班长，我身体棒，我打草铺！

牟：快抓紧时间进屋休息，没烫脚的把脚烫烫！轮班今儿个也轮着我打草铺了。

郑：哎，班长，真……

郭：这一点，真够咱们学二年的了！

（康从屋里拎双鞋出来）

康：班长，饭也吃了，脚也烫了，你说咋处理吧？

牟：你看你，弄双鞋，拎过来拎过去，一个劲地蘑菇，你就穿嘛！

康：班长，没二话，你不要，咱就拎着！

牟：好，你先拎着，明儿早上再处理这个问题。

康：明天早上？好，班长，可你说的！

牟：快，大家赶紧休息！

郑：哎，慢着！我说一段欢迎不欢迎？

同：好，好！来一段，来一段！

郑：（说快板）

哎——往前走，一阵风，

光脚走路逞英雄，

老康光脚来拥干，

班长吃苦要爱兵！

416

一双鞋,都没穿,

好事出在第五班,

你爱我来我爱你,

阶级弟兄抱一团。

大伙齐心铆股劲,

管叫老蒋吃颗伸,腿,瞪,眼,丸!

同:好,好! 再来一段,再来一段!

郑:见好就收。赶紧休息,明儿见。

（众大笑齐下。康又回来）

康:班长,这双鞋?

牟:没说吗,明早处理。

康:好,明早啊!（下）

牟:咱五班这些同志坚持性真强! 头几天一百二十多里路的奔袭,尽横垄地,同志们把鞋子全搞坏了;别说没人叫苦,情绪倒特别活跃,连一个掉队的也没有! 可是——这鞋子问题要是不解决,把同志们的脚搞坏了,那可就成问题了!（唱第三曲）

八路军,三不怕:

不怕冻饿和疲乏;

要打胜仗多走路,

吃苦耐劳把敌杀!

爬高山,过草原,

鞋子磨破不能穿;

咱班要立行军功,

没有鞋子怎么办?

大家行军多疲乏，

咱要好好照顾他，

身为班长多吃苦，

今夜彻底想办法！

对，同志们太疲劳了，今晚让他们好好休息，我豁出它一夜不睡，也要把这个问题解决……怎么办呢？坏的可以掌，没有的可……嗯，康宝贵穿那双新的……可是我要没穿的，他还是非拎着不可；陶有还包着麻袋……真成问题！（摸着背上背的鞋子）哎，有了！把这双破鞋缝好给陶有，我包那双麻袋；我脚上有了东西，康宝贵可也就没说的了。天黑了。对，就这么办！我先到伙房搞点灯油，再跟老乡匀点麻绳，马上动手。对，就这么的！

（班长下。康宝贵拿着棉袄上）

康：（唱第三曲）

牟班长真模范，

吃苦他都走在前，

同志们在炕上睡，

他打草铺睡外间。

班长在地下睡，一定很冷，又没盖的，咱把棉衣给他盖上……班长，班长！（摸了摸）出去了？先给他搁这儿，自己盖吧！（下）

（班长端灯，拿麻绳、锥子和针上）

牟：（唱第四曲）

豆油灯，手内端，

钢针锥子和麻线，

一心要为同志们，

418

多呀多地把活干。

全准备妥了。（把针和灯放下）咦！谁把棉袄送来了？哎！先到
里屋把麻袋和同志们的鞋子取来……哎，可不要惊动了他们，大
家走得怪乏的。（拿起棉衣）康宝贵这同志，就光知道爱护我，自
己啥也不盖那还行？

（班长进屋去。小郑睡得稀里糊涂从屋里出来）

郑：天头越冷，尿越勤家，生给憋醒了。破鞋都整哪去了？摸这么半
天，一双也没摸着，真他妈别扭……哎！怎么点灯熬油的？班长
上哪去了？

（郑下。班长抱鞋子、麻袋上）

牟：小郑让尿憋醒了，幸亏躲得快，差点没给他撞见；看见又不完不
了的！哎，赶紧躺下熄了灯，别让他看见了！（熄灯）

（小郑撒尿回来）

郑：哎，班长啥时候回来的？把灯也熄了？我还寻思就个亮找找鞋
呢！班长，班长，你睡了？

牟：嗯——啥事呵？

郑：你有火没有？点个亮，我找找鞋。鞋摸不着了，也不知跑哪儿
去了？

牟：快抓紧时间休息吧！丢不了，还能出去那屋了？明早上，天亮就
有了。

郑：嗯！（下）

牟：走了！得抓紧时间做。（点灯）天亮以前得赶完。就先缝捡来这
双破的吧！对！（唱第四曲）

对着那豆油灯，

瞄准针眼穿麻绳，

先用锥子扎个孔，
一针一针加劲缝。

缝一双，又一双，
哥布底，靠鞋帮，
同志们穿上它，
好呀好去打胜仗！

穿得忙，马蹄针，
三三制战术记在心；
千万英雄一股劲，
战场英勇杀敌人！

睁眼睛，振精神，
四下江南打黑林，
杀得那敌人，
腿肚子呀转了筋！

小麻绳，紧沉沉，
五月端午歼敌人；
打得那敌人，
他呀丧气又灰心！

铆点劲，加油干，
六月××攻坚战，

机枪打,大炮轰,

解放军人人逞英雄!

捻捻绳,拨拨灯,

七月来了小陈诚;

别说个小不中用,

就是老蒋也白扔!

七双鞋,缝成功,

干部吃苦要爱兵,

阶级弟兄一条心,

一齐打到南京城!

啊——哈——眼是懒蛋,手是好汉,这点活真不经干;天还没亮呢就干完了。赶紧给同志们送去。明天大家一穿上,准高兴。对,赶快送去。

（班长刚走到门前,小郑又在屋里吵着摸鞋子,接着又光脚走出来。班长急忙躲在一旁）

郑:他妈的,老起夜,也摸不着鞋,这冰凉地出来进去,不是糟践人吗?

（班长溜进屋去。鸡叫了）

郑:咦? 怎么又点上灯了? 班长又蹓哪去了,小鸡都叫了!

（郑下。班长上）

牟:鸡叫了,得赶快休息,明天好行军。哎,得先包好麻袋,免得康宝贵又添麻烦。（急急包上麻袋,熄了灯。小郑上）

郑:操,刚寻思就亮找找鞋,怎么灯又熄了?

（班长打呼声）

郑：哎，见鬼呀！班长又从哪儿钻出来的？班长，班长……睡着了？

真怪，怎么回子事呀？

（小郑下。鸡叫。外边吹哨子起床，打饭，屋里起床的声音）

（有人喊：快，快，动作要快！）

鞋哪？鞋哪？

鞋都哪儿去了？

怎么一双也没了？

我的也没了？

哪去了？

这怎么搞的？

（小郑又光脚跑出来）

郑：哎呀，我鞋，我鞋！这不要"抓瞎"吗？班长，班长！

牟：干啥？

郑：把你这个灯点上，我找找鞋。

牟：嗯，（点上灯）怎么鞋丢了？

郑：（拿起灯就跑）找了半夜也没找着！

（班长收拾起家什，整理铺草。小郑端着灯，郭、魏、傅、刘、任都
一齐跑出来）

郑：怪呀！怎么我这双鞋，丢了一宿，它自个闭上嘴了？

任：我这双也好了！

郭：吓，你们看，我这双这个"紧成"劲！

刘：怪呀，怎么搞的？

傅：咱这双前后门都堵死了！

魏：这活是谁干的呢？

（陶有从屋里冲出来,拎着鞋）

陶：哎呀,谁拿错了？ 谁把我麻袋片拿去,把鞋给我套脚上了？

众：怎么你的外国凉鞋丢了？

（康宝贵又拎双鞋跑出来）

康：班长,这双鞋子怎么办吧？ 你不说今早处理吗？

牟：没问题,那双鞋就归你了。

康：那不行！ 你不穿,咱就给你拎着。

牟：我有鞋,我还穿它干啥？

康：在哪呢？

牟：你看哪,这不是！

（小郑端灯照了照班长的脚）

郑：吓！ 班长把外国凉鞋穿上了！

陶：哎,不对呀,这双鞋子是谁的？

牟：你的嘛！

郭：啊！ 班长把昨天捡那双破鞋缝好了！

魏：咱们这几双鞋,一定是班长掌的了！

众：那还用说！

郑：噢,怪不得一会点灯,一会灭了！ 你一出去灯点着没人,你一回来,灯就熄了,有人打呼噜！

康：班长,没别的,麻袋给我,你穿鞋子。

陶：不行！ 班长,麻袋是我的,应该还我,班长穿这双鞋子！

康：不,班长,我穿麻袋！

陶：那还行,我的麻袋,可不能给他穿！

牟：哎,不要吵,不要吵！ 还照旧到伙房那屋借家什打饭去,回头吃不上饭,又抓了！ 鞋子先这么的吧,我都穿上了,再解下来,不太耽误时间了？先对付着走！走，快吃饭去。

康：班长，说啥我也得穿麻袋呀！

陶：不行，麻袋是我的！

牟：快，快，穿上吧，别蘑菇啦！

众：走，吃饭，吃饭！（下）

第五场

（队伍又走在路上）

（齐唱第三曲）

解放军，本领大，

什么困难都不怕，

只要团结一条心，

解决困难有办法。

鞋缝好，脚不疼！

走起路来有精神，

两腿使劲往前赶，

越走心里越高兴！

牟：往后传，停止了！

郭：停止了！

郑：停止！

魏：停止了！

傅：停止！

刘：停止！

任：停止了！

康:往后传,停止了!

傅:哎,(抬起脚)这一缝呀,走起来真带劲!

郭:那敢情——

郑:班长,怎么样,外国凉鞋够呛吧?

众:怎么样,班长? 怎么样,班长?

牟:再走个百儿八的也没问题! 哎,你们先等等,我看看副排长把咱

　　们房子分好没有?

众:好!

　　(班下)

康:嘿,这又是谁扔的破鞋? 咱也捡着,今晚给班长掌上!(捡起来)

陶:(一把抢过去)老康,今晚你好好休息,让我缝!

康:陶有,别! 你休息,我缝! 给我!

陶:行啊,我缝吧!

康:快拿回来,别麻烦!

陶:今儿个说啥也不能给你!

康:别闹,快点!

陶:谁和你闹了?

康:陶有,你不给我,我可要急了?

陶:急? 好,你就急一个看看!

康:你真是找费事!(扑过去)

众:好,看你们俩谁抢过谁?

郑:先别抢,别抢! 我看这么办吧!

　　(两个人抢着不放)

陶
　　:怎么办？
康

郑:我看你们俩都撒手,让我缝得了!

陶
　　:操,尽想好事!（又抢）
康

牟:哎,快,进屋子,进屋子! 咦? 你们俩干啥呢?

众:抢破鞋呢!

陶:班长,今儿个我得给你掌一双!

康:不,班长,今儿个我给你掌一双!

牟:别抢了,管它谁掌呢,进屋子再说吧!

　　（副排长抱靰鞡上）

副:哎,五班长,给你们发靰鞡!

郑:吓,（急忙抱过来）靰鞡来了!

　　（副排长下）

郭:靰鞡来了!

任:靰鞡来了!

牟:这回问题都解决了! 大家快进房子!

魏:靰鞡来了,阔呵!

傅:阔!

刘:那穿上走起来可盖了!

陶:老康,鞋,我不要了,给你!（扔地下）

康:陶有,鞋,我不要了,给你!（扔地下）

郑:起了个大早,赶个晚集,你们俩倒抢呵?

　　（众大笑,拥着靰鞡跑下）

（幕后唱第一曲）

靰鞡头，嘿，两呀么两个钉，

大耳朵，嘿，穿呀么穿麻绳，

好好絮上靰鞡草哇！嘿，嘿，嘿！

走路一阵风！

撒开大步向前进，

战场上立大功！嘿！

毛主席奖章胸前挂呀，

多呀么多光荣！

多呀么多光荣！

（完）

编后记

此剧在一纵曾普遍演出，效果良好，是我们收到的许多剧本中比较好的一个。这里，我们顺便谈谈这个剧本的一个特点——

乍一看来，作者似乎把我们解放军写得太穷了点——一个班的鞋子统统破了，并且破得那样厉害。但看完全剧后，这个印象被另一个印象代替了：革命的战士不怕困难，不为困难所苦，并能愉快而积极地克服困难；同时，也很令人感动的是阶级友爱的伟大！这不是一个简单的问题。如果作者没有丰富的部队生活，正确的立场和健康的感情，是不愿意描写这样的主题，就是写，也不会写得现在这样明快。当然，作者在前后的布置也有助于这一点——刚开场时即说明这是因为雪地急行军才把鞋子穿破的，新鞋子一时发不下来，结尾时又有一个发新靰鞡鞋的动作。

此外，这个剧在结构上、语言上，都有不少好的地方。

因此，我们把它印出来。

编者

东北书店 1948 年 11 月初版

存　目

丁洪

两天一夜

小波

幸福

王家乙

光荣匾

文泉

接收小员

平章

报喜

田稼

捡宝

史奔

十一运动

西虹

梁万金，决心干！

庄中

白玉江光救活了老李吗？

苍松

状元过年

李熏风

卓喜富扭秧歌

张绍杰

陈树元挂奖章

陈戈

大兵

抓俘虏

陈明

夜战大凤庄

武老二

小英雄

郑文

送郎参军

赵云华

姑嫂做军鞋

胡青

李有才板话影词

胡莫臣

兄弟

昨非

机智英雄丁显荣

侯相九

灯下劝夫

铁石

铁石快板

奚子矶

义气

高水宝

自找麻烦

黄红

治病

黄耘

新小放牛

崔宝玉

翻身

鲁亚农

百战百胜

丁洪、陈戈、戴碧湘、吴雪等

抓壮丁

正平、维纲

捉害虫

合江省鲁艺农民组

王家大院

军大宣传队

天下无敌

祁继先、侯心一

演唱戴荣久

苏里、武照题、吴因

钢筋铁骨

张为、吴琼

翻身年

雪立、宁森

坚守排

432

韩彤、赵家襄

破除迷信